Diogenes Taschenbuch 22434

Margery Allingham

Gedanken-schnüffler

Roman

Aus dem Englischen von
Irene Holicki

Diogenes

Titel der 1965 bei
Chatto & Windus erschienenen Originalausgabe:
›The Mind Readers‹

Umschlagzeichnung von Hans Traxler

Deutsche Erstausgabe

120/92/43/1
ISBN 3 257 22434 6

Inhalt

Mein Dank gilt meinen technischen Beratern, die mir eine faszinierende, neue Welt eröffnet haben. Ich hoffe, diese Geschichte herausbringen zu können, ehe sie mir zuvorkommen.

Alle Personen in diesem Buch sind frei erfunden, die hier dargestellten Ereignisse sind noch nicht eingetreten.

I

Die ersten Vorboten

Die große Stadt London erstrahlte wieder in ihrem alten Glanz, rätselhaft wie immer, aber berstend vor neuem Leben.

In den dicht besiedelten Stadtvierteln mit den alten Namen – Hackney, Holborn, Shoreditch, Putney, Paddington, Bow – ragten neue Türme in den gelben Himmel. Die freien Flächen waren zwar weniger geworden, aber sie wirkten gepflegter, die alten Häuser hatten einen frischen Anstrich bekommen, und auch die Denkmäler hatte man vom Schmutz befreit.

Die beste Nachricht war freilich, daß die Menschen nachgewachsen waren. Die gleiche von wilder Lebenslust überschäumende Rasse, mit so viel neuem Blut aufgefrischt wie noch nie in ihrer Geschichte, tummelte sich, angeregt durch das Fernsehen, in allen möglichen, phantasievollen Verkleidungen in Straßen und Gassen. Um sie herum schoß eine üppige Saat von gut ausgebildeten Kindern ebenso schnell in die Höhe wie die Türme, eine Verheißung für die Zukunft.

Eines Donnerstags gegen Ende des Jahres, etwa zur gleichen Zeit am frühen Abend, kurz vor dem Einsetzen des Stoßverkehrs, als die ersten Lichter aufflammten und die Schatten immer dunkler wurden, spielten sich weit voneinander entfernt in der großen Stadt im Leben von fünf ganz gewöhnlichen, normalen Menschen fünf Begebenheiten ab, die nach außen hin nichts miteinander zu tun hatten. Diese fünf Menschen betraten, ohne sich gegenseitig weiter zu beachten, ahnungslos ein mystisches Labyrinth, eines jener menschlichen Abenteuer, die mit unmerklichen Bewegungen beginnen, ähnlich den winzigen Erschütterungen im Umkreis einer Knospe, die sich durch die Erde schiebt, die sich aber irgendwann entwickelt und dann schnell zu einer überraschend großen Pflanze heranwächst und die ganze Landschaft der Geschichte verändert.

Die erste jener fünf Begebenheiten war nicht mehr als ein flüchtiger Gedanke. Der Inspektor der Abteilung Eastern Waterside der Metropolitan Police saß in seinem Büro und ärgerte sich, weil er vergessen hatte, seinem alten Freund, Polizeichef Charles Luke von Scotland Yard, der nach einem Routinebesuch eben gegangen war, von einer belanglosen Kleinigkeit zu erzählen, die den großen Mann vielleicht erheitert hätte. Sie waren so damit beschäftigt gewesen, moralische Betrachtungen über die jüngste Bedrohung der Existenz der Welt durch die steigende Selbstmordrate unter den Jugendlichen der Stadt anzustellen, daß er seine eigene Geschichte über den Endzeitpropheten, ein wohlbekanntes ›Unikum‹ der Stadt, die ihm durch den Kopf gegangen war, während Luke sprach, ganz vergessen hatte.

Es ging um eine eigenartige Sache, die er mit eigenen Augen beobachtet hatte, als er gegen Ende des Sommers in einem Polizeiwagen durch das West End gefahren war. Oben am Park, an der Ecke Wigmore und Orchard Street, hatte er von hinten die vertraute Gestalt entdeckt, wie üblich in ihrer staubigen Kutte, die Kapuze auf dem Kopf und die Plakate vor sich hertragend, auf denen der Weltuntergang prophezeit wurde. Der alte Fanatiker hatte sich durch die Kauflustigen auf dem Gehsteig gedrängt und war schließlich in der Menge verschwunden. Keine fünf Minuten später, nach zügiger Fahrt, er hatte auf die Uhr gesehen, hatte er ihn erneut gesichtet, diesmal war er ihm vom Strand her über den Haymarket entgegengekommen. Der Mann hatte also, und Luke hätte das vielleicht ganz unterhaltsam gefunden, entweder eine wundersame Beförderungsmethode entdeckt, was eher unwahrscheinlich war, oder es gab zwei von der Sorte, die sich genau gleich kleideten und von denen jedenfalls einer sich große Mühe gab, dem anderen ähnlich zu sein. Angesichts dessen, was er und Luke über das zunehmende Interesse an den bedrückenden Prognosen solcher Leute gesagt hatten, war das recht komisch.

Die zweite Erschütterung im harten Boden erfolgte genau zur gleichen Zeit im Westen der Stadt, und dabei handelte es sich um eine Unterhaltung in einem Pfarrhaus aus der Zeit des Regency in einem halb vergessenen, beschaulichen Winkel namens St. Peter's Gate Square.

Die beiden Gesprächspartner befanden sich in einem Arbeitszimmer voller Bücher, dem kleineren der beiden Wohnräume im Erdgeschoß. Kanonikus Avril hatte diese Pfarrstelle schon sehr lange inne, und die gewaltigen Veränderungen, von denen die Welt draußen zerrissen worden war, hatten sich in seinem eigenen Hauswesen nur sehr behutsam ausgewirkt. Jetzt war er ein alter Mann, seit vielen Jahren verwitwet, seine Tochter war längst verheiratet und hatte das Haus verlassen, und er lebte bescheiden, aber behaglich im Erdgeschoß, während William Talisman, sein Küster, sich im Souterrain häuslich eingerichtet hatte und Mrs. Talisman sich um die beiden Männer kümmerte.

Im ersten Stock hatte früher die Tochter des Kanonikus gewohnt, jetzt waren die Räume an seinen Neffen Mr. Albert Campion und dessen Frau vermietet, die sie bei ihren Besuchen in London als Zweitwohnung benützten. Darüber gab es noch eine rustikale Mansarde, die im Moment ebenfalls an Verwandte vermietet war, an Helena Ferris und ihren jungen amerikanischen Gatten, einen hervorragenden Wissenschaftler. Die beiden flüchteten sich hierher, so oft sie seiner Arbeitsstelle, einer Forschungsstation auf einer Insel an der Ostküste, entkommen konnten.

Der Kanonikus war ein beleibter, kräftig gebauter Mann mit stets zerzaustem weißem Haar. Seine regelmäßigen Züge strahlten neben Intelligenz eine fast verwirrende Heiterkeit aus. Er hatte erlebt, wie die im edwardianischen Zeitalter wohlhabende Gegend fast zu einem Slum verkommen war, und konnte jetzt beobachten, wie sie allmählich wieder zu einem mondänen, kostspieligen Wohngebiet aufrückte. Sein Einkommen war durch alle Höhen und Tiefen hindurch gleich geblieben, und gegenwärtig lebte er eigentlich in bitterer Armut, aber seine Ansprüche waren gering, und daher hatte er keinerlei materielle Sorgen. Sicher, er war schäbig gekleidet, und am Ende einer Woche war es buchstäblich unmöglich, sich auch nur einen Shilling von ihm zu borgen, doch er wahrte inmitten der schrecklichen Krisen, die so oft um ihn herum die Welt erschütterten, nicht nur seine Zufriedenheit, sondern fühlte sich auch abgesichert. Ein Phantast war er freilich nicht. Seine Sicht der Dinge war durchaus praktisch, auch wenn sie einigen Leuten, die nicht wußten, daß er nicht unbedingt exakt im Zentrum seines eigenen Universums stand, gelegentlich ein wenig an der Realität vorbeizugehen schien.

Eine der vernünftigsten Neuerungen, die er eingeführt hatte, befand sich in diesem Augenblick bei ihm im Zimmer und störte ihn mit ihrem wohlmeinenden Geplauder fast unerträglich in seinen Gedanken. Miss Dorothy Warburton war nie verheiratet gewesen, und bei ihr war alles sicher – ihr Einkommen ebenso wie ihre Tugend und ihr Alter. Sie bewohnte eines der beiden kleinen Häuschen gleich neben der Kirche und verwaltete das Privatbudget des Kanonikus nach den gleichen Prinzipien wie den Kirchenbasar, das heißt, mit fester Hand, in aller Offenheit und natürlich bis auf den letzten Penny. Nichts blieb ihr verborgen, es gab nicht den kleinsten Betrag, über den er frei verfügen konnte. Über jede Spende für wohltätige Zwecke mußte er Rechenschaft ablegen, und auf diese Weise blieb er fest auf dem Boden der Tatsachen und wußte stets genau, was etwas kosten oder nicht kosten durfte. Davon abgesehen ließ er sich jedoch von materiellen Erwägungen nicht belasten, und er vergaß auch nie, welch ein Segen seine liebe Auf-Punkt-und-Komma-Dot, wie er sie nannte, für ihn war und wieviel er ihr verdankte.

Sie hegte ihrerseits die größte Achtung vor ihm, bezeichnete ihn als ihren ›karitativen Beitrag‹ und kommandierte ihn genauso herum, wie sie es höchstwahrscheinlich bei ihrem Vater getan hätte. Zum Glück hielt sie sich nicht für übermäßig fromm, sah sich eher als Martha denn als Maria, und vielleicht hatte es mit diesem althergebrachten Zwist zu tun, daß sie, wo es ihn betraf, ein wenig dickfellig war.

Dies war die Stunde, die der Kanonikus gerne von Verpflichtungen freihielt, um sich einer beruflichen Tätigkeit zu widmen, die nur von wenigen gewürdigt wurde. Er versuchte nie, sich zu rechtfertigen, da er sich wohl bewußt war, in welche Fallen man dabei tappen konnte, sondern fand sich geduldig mit jeder Störung ab, die er nicht vermeiden konnte. Andererseits ließ er sich aber auch nie von dieser Beschäftigung abhalten, die er als seine wichtigste Aufgabe betrachtete. Im Laufe der Jahre war er inmitten einer Generation, die diese Fertigkeit vernachlässigte, zu einiger Übung in der Kunst der kontemplativen Betrachtung gelangt. Einfache Leute hielten ihn oft für liebenswert, aber etwas verschroben, und andere, weniger schlichte Gemüter, für gefährlich. Dagegen konnte Avril nichts machen, er tat, was er tun mußte, kümmerte sich um seine Pfarrei und setzte sich Tag für Tag hin, um darüber nachzudenken, was er tat, warum er es tat und wie er es tat.

Miss Warburton konnte nicht begreifen, was er eigentlich damit bezweckte, er vergeudete doch nur seine Zeit und ruhte sich nicht einmal aus. Und so pflegte sie immer wieder unter irgendeinem Vorwand hereinzuplatzen und ihn zu piesacken, um endlich dahinterzukommen.

Heute sprudelte sie nur so über vor Neuigkeiten und Klatsch. »Morgen ist das Haus voll!« strahlte sie. »Das wird Ihnen gefallen! Albert und Amanda, ihr kleiner Neffe Edward, Helena und Sam, alle kommen sie zu den Kurzferien hierher. Das wird doch herrlich für Sie, endlich einmal eine Abwechslung!«

Avril wußte, was sie meinte. Obwohl das Haus wochenlang leer gewesen war, hatte er kaum etwas vermißt. Er fürchtete, daß eher sie diejenige war, die unter Einsamkeit litt, und so unterbrach er ihren Redefluß nicht. »Mrs. Talisman will einen Kuchen backen, falls sie Polizeichef Luke mitbringen sollten. Sie glaubt, weil sie kochen kann und im Souterrain wohnt und weil er ein Polizist ist, wäre dies das Richtige. Ich frage mich, warum sie nicht einfach eine Kaninchenpastete macht, wenn es denn schon so viktorianisch zugehen soll. Der arme Martin Ferris. Er muß auf dieser schrecklichen Elektronikinsel viel zu schwer arbeiten.«

»Wirklich?«

»Man hat jedenfalls den Eindruck, wenn er nicht einmal ein Wochenende mit seiner Familie hier verbringen darf. Obwohl das Kind zu den Kurzferien nach Hause kommt, muß er auf dieser eiskalten Schlamminsel bleiben und forschen. Ich habe noch nie zwei junge Menschen gesehen, die anfangs so verliebt waren, aber ich warne Sie, Kanonikus, die Ehe könnte in die Brüche gehen, wenn man ihn weiter so unter Druck setzt. Wahrscheinlich gibt es bald wieder Krieg.«

»Hoffentlich nicht!«

»Ich hoffe es auch nicht. Es ist auch so schon alles teuer genug. Ich brauche nur meine Nase in den Supermarkt zu stecken, und schon habe ich ein Pfund ausgegeben. Übrigens habe ich Mrs. Flooder getroffen, und sie hat mir eine ganz erstaunliche Geschichte erzählt. Der arme Mann hätte umkommen *und* das ganze Haus in Brand stecken können.«

Avril nahm den Köder nicht an, aber seine Augen verloren den abwesenden Ausdruck, ein Tropfen ätzenden Gifts fraß sich in sein Herz. Sie hatte ihn an einen peinlichen Vorfall erinnert, bei dem er sich so unüberlegt verhalten hatte, wie es eigentlich sonst nicht seine Art war. So viel Dummheit hatte er sich gar nicht zugetraut.

»Sie hat mir erzählt, daß Sie ihr begegnet sind«, fuhr Miss Warburton geschwätzig fort. »Sie müssen direkt in sie hineingelaufen sein, glaube ich, weil sie gerade aus dem Laden kam.

Sie hätte beinahe ihre Pakete fallen lassen, und da wollten Sie sie ablenken und haben ihr erzählt, der Junge ihrer Schwester hätte endlich das Aufgebot bestellt.«

Der Kanonikus senkte sein ehrwürdiges Haupt. So war es ganz und gar nicht gewesen. Diese schreckliche Frau, mit Beutegut beladen und blind vor Raffgier, hatte ihn fast umgerannt, ihn dann wüst beschimpft, weil er ihr im Wege war, und schließlich, als sie ihren Pfarrer erkannte, unterwürfig zu säuseln begonnen. Daraufhin war ihm diese fatale Mitteilung entschlüpft. »Ach, das ist ja Mrs. Flooder. Eben habe ich die freudige Nachricht über Ihren Neffen gehört. Eine große Hochzeit in der Familie, was?«

Noch ehe ihm das letzte Wort über die Lippen gekommen war, hatte er seinen Fehler erkannt. Er hatte Regel Nummer eins seines persönlichen Kodexes gebrochen; er hatte Unruhe gestiftet.

Man hatte buchstäblich zusehen können, wie die Information wie eine Flamme, die an einer Lunte entlangkriecht, in Mrs. Flooders Geist eindrang, und die Explosion war entsetzlich gewesen.

»Dieses Biest! Meine Schwester Lily ist ein Biest. Hat mir kein einziges verdammtes Wort davon erzählt! Die hofft wohl, daß ich nicht komme. Warten Sie nur, bis ich sie in die Finger kriege. Dreckiges, kleines, falsches Biest. Ich schaue gleich bei ihr vorbei!«

Wütend auf sich selbst hatte Avril ihr nachgesehen, als sie davonstürmte. Seine geschmacklose Indiskretion hatte ihn über Gebühr geärgert, und er hatte den ganzen Tag daran denken müssen. Jetzt drückte er sich ein wenig tiefer in seinen Stuhl.

»Sie hatte bis dahin noch nichts von der Hochzeit gehört, und deshalb ging sie schnurstracks zum Haus ihrer Schwester«, fuhr Miss Warburton fort. Sie sah erleichtert, daß sie endlich sein Interesse geweckt hatte; wenigstens war er nicht krank. »Sie hat mich gebeten, ich soll Ihnen ausrichten, sie wäre nicht im Traum auf die Idee gekommen, sie zu besuchen, hätten Sie nicht die Hochzeit in Weiß und den gemieteten Saal erwähnt...«

»Davon habe ich doch gar kein Wort gesagt!«

»Wie auch immer, es war jedenfalls ein Segen. Lily war nämlich nicht da, und Mrs. Flooder hat den armen Mann gefunden, sie hörte ihn keuchen, und unter seiner Tür quoll der Rauch heraus. Offenbar war er hingefallen und hatte sich die Hüfte gebrochen – ist mit dem Fuß am Kabel des elektrischen Heizstrahlers hängengeblieben. Als Mrs. Flooder kam, war er schon so schwach, daß er nicht mehr rufen konnte.«

Erstaunt und besorgt richtete Avril sich auf. »Von *wem* sprechen Sie da?«

»Von Lilys Untermieter – sollte mich nicht wundern, wenn sie ihn aufgenommen hätte, um die Hochzeit bezahlen zu können. Er wäre vielleicht elend verbrannt, wenn diese Flooder nicht reingestürmt wäre, um nach ihrer Schwester zu suchen. Sie dachte, sie hätte sich versteckt.«

»Ich habe noch nie von ihm gehört.«

»Ich auch nicht. Er ist abends eingezogen, und gleich am nächsten Morgen ist es passiert. Mrs. Flooder kann sich gar nicht mehr beruhigen. Sie sagte, sie würde immer ›auf einen Geistlichen hören‹, denn sie sei ›reingegangen, um einen fürchterlichen Krach zu schlagen‹ und ehe sie wußte, wie ihr geschah, war sie eine Heldin! So, ich dachte mir, daß Sie das zum Lachen bringen würde, und jetzt lasse ich Sie in Frieden. Machen Sie doch ein kleines Nickerchen.«

Die Tür wurde sehr leise geschlossen, vermutlich für den Fall, daß er bereits eingeschlafen war, und Avril bemühte sich, seine Gedanken zu ordnen, um das Gefühl der Empörung, das die Geschichte in ihm hatte aufkommen lassen, isolieren und bannen zu können.

Das Zusammentreffen der Ereignisse überraschte ihn nicht im mindesten. Er beschäftigte sich die ganze Zeit damit, die Maschinerie des Lebens zu beobachten, und da war es wohl kaum verwunderlich, wenn er einmal Zeuge wurde, wie sich die Räder langsam bewegten. Was ihn erschreckte, war sein Groll. Es hatte ihn erschüttert, daß es einer Schwäche und nicht etwa einer Stärke von ihm freundlicherweise gestattet worden war, eine winzige Rolle bei der Rettung dieses unbekannten Mitmenschen zu spielen. Er hatte sich bei dem Gedanken ertappt, man hätte ihm doch auch die Gunst gewähren können, eine gütige oder wenigstens konstruktive Geste zu machen, anstatt einen vulgären Vertrauensbruch zu begehen. Als sich allmählich herauskristallisierte, wie absurd seine Verärgerung war, nahm er sich zusammen, seine Berufsphilosophie gewann die Oberhand und bewältigte das kleine Malheur.

Endlich senkte er den Kopf und faltete die Hände über seiner Weste, seine intelligenten Augen strahlten in der Dämmerung. Die Frage, die sich ihm unter so grotesken Umständen gestellt hatte, war, wie er jetzt erkannte, von großer Tragweite und voller Gefahren. In der nächsten halben Stunde tastete er sich mit wild klopfendem Herzen durch dieses seelische Minenfeld. Diese Betrachtungen waren es, viel mehr als das kleine Zusammentreffen, das sie ausgelöst hatte, was beim großen Durchbruch letztlich eine so merkwürdige Bedeutung haben sollte.

Die dritte der fünf Begebenheiten, die anfangs so wenig miteinander zu tun zu haben schienen, war wieder ein persönliches Gespräch, und es betraf ebenfalls den Beruf der beiden Partner, doch diesmal waren ganz andere Menschen daran beteiligt.

Während der alte Kanonikus Avril auf der anderen Seite des Parks Dot Warburton zuhörte, fuhr eine schwarze Limousine mit maßgefertigter Karosserie langsam die ansteigende Brick Street West hinauf und hielt vor einem kleinen Haus, dessen Fenster dunkel waren.

Der Schatten im Fond warf dem Chauffeur einen Schlüssel zu, der glitt aus seinem Sitz, sperrte die Haustür auf und kehrte dann zurück, um seinen Fahrgast aussteigen zu lassen, woraufhin dieser wie eine dunkle Wolke im Inneren des Gebäudes verschwand. Der Chauffeur schloß hinter ihm die Tür, setzte sich wieder in den Wagen und fuhr weg, ohne erkannt zu haben, daß es sich bei diesem Besuch nicht nur um die normale, allwöchentliche Donnerstagabendroutine seines schlechtgelaunten Chefs handelte.

Die Eingangshalle im Inneren des Hauses war schwach beleuchtet, und die grauen Wände und der gleichfarbige Teppich ließen nichts von der keineswegs alltäglichen Ausgestaltung des einen, großen Wohnraums ahnen, der fast die ganze erste Etage einnahm.

Die schlanke Frau, die dort wartete, war schon ein wenig zu alt, um ihr Haar so hellblond zu färben, aber sie sah immer noch fabelhaft aus. Sobald sie die Wagentür zuschlagen hörte, erhob sie sich und blieb wartend stehen. Eine Spur von Ehrerbietung war der einzig weiche Zug, der an ihr zu bemerken war. Der Raum, in dem sie sich befand, war sehr eindrucksvoll und erzielte genau die Wirkung, die der Innenarchitekt beabsichtigt hatte, er gab den Rahmen ab für das Gemälde, das das Herzstück des Ganzen war, bildete aber gleichzeitig einen Kontrast dazu.

Miss Merle Rawlins hatte das Bild auf der sensationell erfolgreichen, ersten postsurrealistischen Ausstellung von Louis Celli erstanden. Sie hatte bestimmt, wo es an der langen Wand direkt gegenüber der Tür hängen sollte, und alles andere einem jungen Franzosen überlassen, der im Begriff war, fast ebenso bekannt zu werden wie der Maler. Das Ergebnis war, daß die meisten Besucher, die den Raum zum ersten Mal betraten, schockiert waren, ohne zu begreifen, warum. Miss Rawlins und Bertram Alexander, der erste Lord Ludor von Hollowhill in Surrey und Präsident von UCAI, der das alles bezahlt hatte, kannten solche Schwierigkeiten freilich nicht.

Das Gemälde trug den Titel *Gitto* und war ein lebensgroßes Porträt des voll ausgewachsenen Gorillamännchens gleichen

Namens im Zoo von Wymondham. Cellis Realismus, der stets weit über eine schonungslos naturgetreue Abbildung hinausging, hatte hier einen leidenschaftlichen Höhepunkt erreicht. In dem gewaltigen schwarzen Primaten, der in einem lindgrünen Dschungel stand, eine Pranke auf einen deformierten Baumstumpf gelegt hatte und sich mit der anderen seinen wirklich imponierend muskulösen Oberschenkel kratzte, war die dünne Eisschicht des Tragischen eingefangen, von der die primitive Bestie umgeben war.

Als das Porträt zum ersten Mal öffentlich gezeigt wurde, hatte es großes Aufsehen erregt, denn die starren Züge waren so kraftvoll, daß sie edel wirkten, und das Gesicht verriet so viel Intelligenz, als erkenne es, daß es keine Hoffnung auf Weiterentwicklung gab. Wenn man eintrat, sprang einen dieses Antlitz regelrecht an, unsagbar traurig, aber auch gefährlich und ganz gewiß nicht mitleiderregend. Merle Rawlins hatte das Werk gekauft, weil es sie faszinierte, und der Franzose hatte die Wand dahinter mit einer strengen, schwarzgrau gemusterten florentinischen Velourstapete beklebt, den Fußboden mit einem kirschfarbenen Wollteppich ausgelegt und die gesamte Fensterwand des Raumes mit dünnen lindgrünen Vorhängen verhüllt. An Möbeln hatte er sich mit einer vier Meter langen, geschwungenen, mit schwarzem Leder und synthetischem Affenfell bezogenen Couch begnügt, und das war sozusagen der ganze Witz. Lord Ludor amüsierte sich darüber. Andere Leute mochten sich, wenn sie den Mut dazu aufbrachten, über die Ähnlichkeit zwischen ihm und dem Porträt mokieren, aber er wußte, daß Merle ganz verrückt auf das Bild gewesen war und gerne damit lebte, weil es die mit Furcht gemischte Erregung verkörperte, die er immer in ihr hatte entfachen können. Sie war die beste Sekretärin gewesen, die er jemals gehabt hatte, und als seine Geliebte gab sie sich größte Mühe, sie studierte ihn in allen Einzelheiten, gab ihm Vorrang vor allem anderen und konzentrierte sich so lange vollkommen auf seine Bedürfnisse, bis sie an einem

Abend wie diesem endlich ihr Ziel erreichte und unentbehrlich wurde. In seinem Heim in der kleinen Stadt Hollowhill in Surrey war Lady Ludor für die Einrichtung zuständig, hier fanden sich jedoch überall Spuren seines eigenen Geschmacks. Das einzige, was sich bewegte, als er hereinkam, war das neue Spielzeug, das Merle vom Verkaufsleiter einer Tochterfirma geschenkt bekommen hatte, ein mehr oder weniger offener Versuch, Lord Ludors persönliches Interesse auf sich zu ziehen. Es sah genau so aus wie ein gewöhnliches Fernsehgerät, zeigte aber Filme einer Art, die selbst in dieser von allen Hemmungen befreiten Zeit kein öffentlicher Sender auf der ganzen Welt hätte ausstrahlen können. Sie hatte den Ton abgestellt, weil er damit rechnete, daß sie allein war, und sonst einen Augenblick lang die Stimmen mit einer Unterhaltung hätte verwechseln können. In diesem Fall hätte er das Haus eingerissen. Nun blieb sein schwerer Blick, nachdem er sie registriert hatte und, ohne sich zu verändern, weitergewandert war, am Bildschirm hängen, und er stand eine Sekunde lang da und betrachtete die ziemlich gestelzten Obszönitäten, um dann zu verlangen: »Schalte das Ding aus.«

Sie gehorchte sofort, aber nicht hastig, weil er ruckartige Bewegungen nicht leiden konnte, und er trat auf den Teppich vor dem imitierten Holzfeuer und stellte sich an seinen gewohnten Platz: unter das Bild.

Selbst wenn man die beiden nebeneinander sah, war die Ähnlichkeit nicht zu leugnen, und sie war nicht nur psychischer Natur. Der Anblick würde erst komisch und damit erträglich werden, wenn Ludor viel älter geworden sein würde und weniger Energie ausstrahlte als jetzt mit sechzig. Er besaß immer noch neun Zehntel der Kraft des Fünfundvierzigjährigen, der den riesigen Elektronikkonzern, das Imperium von Universal Contacts, aufgebaut hatte.

Merle erkannte wie jeder seiner engeren Mitarbeiter sofort, in welcher Stimmung er war, aber sie ließ sich wahrscheinlich weniger davon einschüchtern als die meisten anderen. Nicht, weil sie gewußt hätte, wie sie ihn aufheitern konnte, sondern weil ihr klar war, daß er nicht mehr von ihr erwartete, als daß sie tat, was man ihr sagte. Besorgnis, Entscheidungsfähigkeit, Erfindungsgabe wurden von ihr nicht verlangt; das war sein Bereich.

Er kam sofort zur Sache: »Hast du alle Anrufe ohne Schwierigkeiten organisieren können?«

»Nicht ohne Schwierigkeiten.«

»Aber es ist alles arrangiert? Mit Voranmeldung?«

»Ja. Sie wollen alle drei mit dir sprechen, die Verzögerungen waren also nur technischer Natur. Man wird sie uns ab sieben Uhr in stündlichen Abständen durchstellen. Mit Problemen ist nicht zu rechnen, außer vielleicht bei Mr. Kalek, deshalb habe ich ihn an den Schluß gesetzt. Er ist auf Lunea, und dort gibt es noch keinen Zerhacker. Kommst du auch so zurecht?«

»Es wird mir wohl nichts anderes übrigbleiben.« Er vergeudete nie Energie auf Dinge, die nicht zu ändern waren. »Der Scheich wäre ohne Verschlüsselung viel gefährlicher!«

»Ach, bei ihm ist das kein Problem. Er ist im Winterpalast und hat alle Mittel zur Verfügung. Ich habe mit dem Prinzen gesprochen, aber der alte Herr war mit im Zimmer.«

»Und Cornelius?«

»Er ist in Lausanne im Pflegeheim. Hetty ist noch in Johannesburg.«

»Was ist mit Daniels?«

»Mr. Daniels ist bei Mr. Cornelius. Man nennt ihn jetzt den Sekretär.«

»Verstehe.« Er stand einen Moment lang ganz still, eine Hand lag auf der Lehne eines der schmalen schwarzen Stühle, er ahmte unbewußt die Haltung des Porträts nach. Sein Gesicht war finster.

»Na schön. Nicht schlecht.« Das war ein großes Lob, fast mehr, als sie verdient hatte, fand sie, obwohl sie sechzehn Stunden am Telefon gesessen und allein mit den Machtmitteln, die ihr ganz persönlich zur Verfügung standen, wahre Wunder vollbracht hatte. Nur zu solch seltenen Gelegenheiten, wenn es um ganz geheime Dinge ging, bediente er sich ihres Anschlusses. Sie behielt ihn und nützte ihn manchmal, um gesellschaftliche Kontakte zu pflegen, so daß in den Unterlagen eigentlich niemals etwas Ungewöhnliches auftauchen konnte.

»Was will Kalek eigentlich auf dieser Warze in der Karibik?«

»Er ruht sich aus. Und er beschäftigt sich gerne mit seinen Keramiken. Du hast schließlich selbst eine Insel, Bae.« Das war kein Kosename, sondern die Anfangsbuchstaben seiner Vornamen, und so redete ihn auch nur an, wer ihm sehr nahe stand.

»Ich lebe aber nicht darauf!« knurrte er. »Vielleicht sollte ich es mal versuchen. Das wäre alles nicht passiert, wenn ich's getan hätte. Aber ich brauche auch nicht ständig Ruhe. Verdammter Kalek. Er ist der jüngste und der schwächste von uns allen.«

»Es ist wegen der weltweiten Gefahren«, sagte sie und näherte sich dabei behutsam der Tür zur Küche, denn wenn er sich so umsah, war er oft hungrig. »Er will sich seine Stücke eben ansehen, solange er noch kann. Er hat immer noch Angst vor der Bombe.«

Ludor lachte, aber seine Augen veränderten sich dabei nicht. »Das ist doch ein alter Hut«, sagte er. »Wenn er hört, was ich ihm zu sagen habe, wird er noch viel mehr Angst bekommen. Das könnte ein richtiger Schlag für ihn sein. Direkt auf den Geldbeutel gezielt.«

Sie stand wartend an der Tür zur Küche, wußte aber, daß es nicht ratsam war, ihn zu fragen oder einfach zu verschwinden. Sie war seit mehr als vierzehn Jahren mit Ludor liiert, und dennoch war er ihr immer noch ein Rätsel, eine Tatsache, die ihn für sie als intelligente Frau unwiderstehlich machte. Sein plötzlicher Themawechsel überraschte sie.

»Heute wurde Sanderton beerdigt. Du hast doch keine Blumen geschickt, oder?«

»Du hast gesagt, ich soll es nicht tun.«

»Gut. Ich möchte nicht, daß in der Fleet Street ein wenn auch noch so kleines Gehirn auf dumme Gedanken kommt. Er muß sofort durch unseren neuen Kontaktmann ersetzt werden. Ich habe nicht damit gerechnet, daß er plötzlich umkippt. In diesem Alter denkt doch niemand an einen Todesfall, höchstens im Verkehr, und er ließ sich immer chauffieren. Er hätte mir sagen müssen, daß er unter hohem Blutdruck leidet.«

Merle wagte eine Frage, die sie schon die ganze Zeit beschäftigte. Sie hing an Konventionen und war in ihren Grenzen recht gutherzig.

»Ich habe mir überlegt, ob ich Mrs. Sanderton vielleicht anrufen könnte? Nicht schreiben, nur telefonieren, um zu sagen, daß es mir leid tut. Sie hat ihn vergöttert, und die beiden waren schließlich so oft hier.«

»Das würde ich nicht tun. Noch nicht.« Er dachte darüber nach, widmete der Frage die gleiche Aufmerksamkeit wie jeder anderen Kleinigkeit, die ihn oder seine weitgespannten Interessen berühren konnte. »Warte, bis wir unseren neuen Mann eingearbeitet haben. Der alte ›Pa‹ Paling kümmert sich darum. Es ist ein bißchen heikel, weil Lord Feste die Leute alle so sorgfältig durchleuchten läßt. Der alte Fuchs ist weiß Gott nicht auf den Kopf gefallen, und im Moment könnte er mich jeden Tag überrumpeln, was verdammt gefährlich ist! Halte dich momentan zurück und lade die Frau in ein oder zwei Wochen zum Lunch ein. Dann kannst du ja sagen, du hättest vorher nicht stören wollen. Danach brauchst du sie nie mehr wiederzusehen.«

Sie nickte, fügte aber hinzu: »Ich mochte sie ganz gerne.«

»Tatsächlich? Besitzergreifender Typ. Als Informationsquelle nicht schlecht, aber im Grunde genommen eine langweilige Klette. Allerdings einigermaßen loyal, nehme ich an.«

Er ließ das Thema fallen und blickte auf die Uhr in der eingebauten Schrankwand, die zwei ganze Wände einnahm und ähnlich wie ein viktorianisches Nähkästchen mit seinen Häkelnadeln und Garnrollen alle Utensilien des modernen Lebensstils enthielt.

»Ich habe noch zwanzig Minuten Zeit«, bemerkte er. »Hast du da drin etwas Warmes zu essen?«

»Der Kühlschrank ist voll. Ich kann dir in ein paar Minuten etwas heißmachen.«

»Schön, geräucherte Sprotten. Dann kann ich einen Scotch dazu trinken. Hast du Sprotten besorgt?«

»Ja, aber es war unglaublich mühsam. Der letzte Räucherofen im Süden ist in Tosey, und selbst der denkt ans Aufhören. Du solltest ihn kaufen und dann einen Werbefeldzug starten, um die Dinger populär zu machen. Die Fische sind ja billig genug.«

»Ließe sich eventuell machen«, sagte er, und der Vorschlag ging ihm so deutlich mit allen Vor- und Nachteilen durch den Kopf, als hätte er laut darüber diskutiert. Er entschied sich dagegen und wandte sich wieder der unmittelbaren Nahrungsaufnahme zu. »Einen Scotch jetzt, und einen zweiten, wenn ich mit Kalek gesprochen habe. Ich werde ihn brauchen. Muß ich dir alles erzählen, oder kriegst du es mit, während ich mit den Leuten rede?«

»Ich schätze, es reicht, wenn ich mithöre«, sagte sie aus der Küche, die durch eine breite Schiebetür direkt mit dem großen Wohnraum verbunden war. »Es geht vermutlich um die undichte Stelle auf Godleys Insel? Als du am Dienstag hier warst, hast du noch nicht geglaubt, daß es so schlimm ist.«

»Das glaube ich auch jetzt nicht. Die Sache läßt sich natürlich in Ordnung bringen. Von dem neuen Element hat man bisher nur sehr wenig isoliert, und wir sammeln alles ein, was es gibt, so schnell wir es wagen können. Später läßt sich immer noch mehr beschaffen, aber im Moment gehen wir dieser verrückten Idee von Paggen Mayo nach, und deshalb haben die Herren durchaus das Recht zu fragen, wie zum Teufel ich eigentlich dazu komme, einen verdammten Roten die ganze Chose in der ausländischen Propagandapresse ausplaudern zu lassen, wo jeder verfluchte Techniker es lesen kann. Ich muß sie beruhigen und sie gleichzeitig darauf hinweisen, daß die Gefahr, daß jemand mit dem Zeug Erfolg hat, weiter besteht. Dann können sie meine Alpträume mit mir teilen! Morgen fahre ich auf die Insel und beschwichtige die Kunden von alliierter Seite. Die haben den ganzen Tag über Dampf abgelassen, deshalb dachte ich, ich lade sie da unten alle zum Essen ein, dann können sie sich die Belegschaft selbst ansehen.«

»Wenn die Erfindung wirklich kommt, kannst du sie sicher kontrollieren und nötigenfalls unterdrücken«, bemerkte sie gelassen.

»Natürlich, aber nur, wenn ich weiterhin alles fest in der Hand behalte. So war es doch von Anfang an geplant. Die Vorstellung ist so überwältigend – das wäre eine Geheimwaffe, wenn es klappen würde, was? Soweit ist ja alles in Ordnung, aber diese undichte Stelle ist ärgerlich, und ich verstehe nicht, wie es dazu kommen konnte – und das stimmt mich bedenklich. Die offiziellen Sicherheitsvorkehrungen sind vollkommen nutzlos. Die Leute haben uns eben erst grünes Licht gegeben, nachdem sie das Oberste zuunterst gekehrt hatten. Es muß so ein verdammtes Unschuldslamm sein, ein kleiner Schafskopf, der gar nicht merkt, daß er blökt!«

Sein Gesicht hatte sich verändert, und sie rang die Hände. »Bae! Du hast gesagt, ich soll dir Bescheid sagen, wenn du so aussiehst. Die Leute verstehen das einfach nicht. Ich hole dir jetzt dein Essen. Könntest du dir selbst etwas zu trinken machen?«

»Wahrscheinlich.« Er lachte über ihre Ermahnung. Er wußte, daß er oft Grimassen schnitt und hielt das für eine kindliche, aber ganz lustige Angewohnheit.

Er trat vor die Ebenholzwand und schob die Paneele auseinander. Ein Licht ging an, und man sah Kristall glitzern. Jetzt wich sichtlich die Anspannung von ihm. Seine Dschungelfestung war warm, gut bestückt und sehr ruhig, so hatte er es gern. Wenn es überhaupt ein Geräusch geben mußte, dann zog er Gebrüll vor, wobei seine Stimme die lauteste war, aber dieses Haus mitten in der Stadt war so gut isoliert, als stünde es im tiefsten Wald.

Sein mächtiger Körper hatte die Form eines senkrecht stehenden Konzertflügels, aber sein Schritt war leicht und seine Hände so ruhig und sicher, daß nichts klirrte, als er ein Glas zwischen den anderen hervorholte. Das Telefon, das ihn bald mit den drei anderen Männern verbinden würde, die mit ihm zusammen direkt oder indirekt mindestens zwei Drittel der Kommunikationsindustrie der Welt kontrollierten, war ein eleganter Kristallapparat. Seine traurigen Augen registrierten, daß es griffbereit war und daß auch der extra schwere Tisch, den er gerne neben sich hatte, mit einem frischen Schreibblock zum Herumkritzeln auf ihn wartete. Er tastete nach seinem Stift, stellte fest, daß er ihn ebenfalls parat hatte, und dann erst mixte er sich seufzend einen nicht zu starken Drink genau in der Farbe von Merles Haar. Möglicherweise war dies der Grund, warum er diese Farbe so liebte und nicht zuließ, daß sie sie veränderte, obwohl sie ihr nicht mehr so gut stand wie früher.

Er setzte sich, als sie mit dem elektrischen Servierwagen hereinkam, und wie er so auf sein Essen wartete, wirkte er fast zahm. Sie wagte die einzige Art von Schmeichelei, die ihn belustigte.

»Ich weiß, warum du diese verdammten Sprotten so gern magst. Weil du sie ganz in den Mund stecken kannst!« sagte sie.

Wie die erste, so fand auch die vierte der fünf kleinen Erschütterungen, die das Hauptbeben ankündigten, im Geiste eines

Mannes statt, und wieder stand sie in enger Beziehung zu der Aufgabe, der er sich mit Leib und Seele verschrieben hatte.

Während der Inspektor von Waterside seine Vergeßlichkeit bedauerte, Kanonikus Avril meditierte und Lord Ludor intrigierte, wurde man im Zentrum der Fleet Street im Büro von Lord Festes Zeitung *The Daily Paper* allmählich munter. Dieses Blatt war von der Geisteshaltung her unter allen Morgenzeitungen das jugendlichste und hatte den größten Eklat seiner ganzen Laufbahn an jenem Tag hervorgerufen, an dem es zum ersten Mal einer Reihe eingeführter Konkurrenten seinen unverschämten Namen bekanntgegeben hatte. Die anderen hatten versucht, sein Erscheinen gerichtlich zu verhindern, aber ohne Erfolg, und *The Daily Paper* hatte diesen ersten Vorsprung immer halten können. Im Moment ging ein Zittern durch das imposante Gebäude, und die Belegschaft strömte noch einmal zusammen, um die allabendliche Aufregung anzuheizen und die Zeitung dann ›schlafenzulegen‹.

Momentan waren die beiden der Redaktion vorbehaltenen Zwischengeschosse noch relativ ruhig, und W. Pegg Braithwaite fühlte sich in seiner geheiligten Ecke so behaglich und friedlich, wie es in diesem Tollhaus von einem Büro gerade noch zu vertreten war. Wäre nicht das Geschnatter aus der Zelle für die John-Aubrey-Kolumne gewesen, die ihn von der Dokumentarabteilung trennte, er hätte sich einreden können, zu Hause in Chiswick in seinem winzigen Studio über dem Fluß zu sitzen.

Peggie war einer der ersten Journalisten, die populärwissenschaftliche Beiträge schrieben, ohne damit die Wissenschaft zu beleidigen, und inzwischen hatte er sich in den beiden von Konkurrenzkämpfen beherrschten Welten Geltung verschafft. Als Ausnahme konnte er sich auch insofern bezeichnen, als er, was nur ganz wenige Männer von sich sagen konnten, ohne Unterbrechung für Lord Feste arbeitete, seit sie alle beide vor vielen Jahren im selben Monat nach London gekommen waren. Sie waren beide innerlich jung geblieben, vor allem das verband sie miteinander, und diese Eigenschaft wurde verkörpert durch jenen unbeirrbaren und naiven Glauben an die Unbesiegbarkeit der Feder, der gleichzeitig die Stärke und die Achillesferse der Fleet Street ist.

Verglichen mit jedem anderen in diesem Gebäude war Peggies Stellung praktisch nicht zu erschüttern; er hatte sich einen Namen gemacht, er verfügte über eine Anhängerschaft, und er besaß eine private Enzyklopädie zu seinem eigenen Fachgebiet, die nur in seinem Kahlkopf existierte und daher vor Konkurrenten sicher war. Das Geschwätz von nebenan stammte von zwei Personen, die weit weniger fest auf ihren Sesseln saßen. Die männliche Stimme, die dem Verfasser der Kolumne gehörte, wurde zunehmend schriller, je mehr sich der allabendliche Kampf um den Aufmacher seinem Höhepunkt näherte. Die für die Recherchen zuständige Frau gab sich alle Mühe. Ihre gedehnte Aussprache – Peggie hatte sie schon gekannt, als sie noch im unverfälschten Südlondoner Tonfall redete, jetzt hatte sie sich jedoch einen vornehmen Mayfair-Akzent zugelegt – zerrte ganz ungerechtfertigt an seinen Nerven. Peggie selbst verfiel immer mehr in den Yorkshire-Dialekt, je länger er sich im Süden aufhielt.

»Mag sein, daß Journalisten keine Rolle spielen, aber Giles Sanderton war Wirtschaftsredakteur. Es war wirklich ein Riesenbegräbnis«, sagte sie gerade.

»Wen interessiert das? Wir spielen die ganze Sache runter. Wir können Ihren kleinen Gag über Edith Lady Trier bringen, die einschließlich der Perlen ganz in Schwarz war, aber mehr auch nicht. Wir müssen doch auf Ausgewogenheit achten.«

»Aber warum denn, um Himmels willen? Sanderton hat für Lord Feste gearbeitet, er hatte eine einflußreiche Vertrauensstellung bei einer führenden Zeitung, sein Tod kam tragisch unerwartet, und bei seinem Begräbnis waren mehr berühmte Namen anwesend, als wir sie gestern abend bei der Howard-Premiere zählen konnten ...«

»Mein liebes Kind ...« Der Mann knirschte gereizt mit den

Zähnen, und der alte Peggie schnalzte leise mit der Zunge, wie er es immer tat, wenn jüngere Leute Nerven zeigten. »Sie müssen mir einfach glauben. *Ich möchte den Besitzer nicht verärgern.* Klarer kann und will ich mich nicht ausdrücken.«

»Tatsächlich?« Sie sprang darauf an wie ein Terrier, das mußte Peggie ihr lassen. »Und dabei war er mal der Liebling des Alten! Was ist passiert? ›Nicht vorsichtig genug in der Wahl seines Umgangs‹, wie man so sagt?«

»Ich weiß es nicht, und ich will es auch nicht wissen. Zum Glück ist er tot, und deshalb braucht sich auch niemand mehr darum zu kümmern. Lassen Sie die Sache fallen. Und was haben wir sonst noch? Du meine Güte, das ist aber mager!«

»Da wären noch die Modenschau und die Hochzeit«, antwortete sie folgsam. »Ich werde auf meine Teestube zurückgreifen müssen.«

»Auf wen? Ach, auf diese alte Tunte von Teestubenbesitzer, den Sie ständig zitieren. Sie essen dort, nicht wahr?«

»Ich trinke dort morgens zum Frühstück eine Tasse Kaffee und esse ein Croissant, es ist so nahe an meiner Wohnung. Sie können sich ruhig über ihn mokieren, aber mein lieber Mr. Witty und seine Katze haben uns den ersten Hinweis auf die Coalhouse-Scheidung geliefert.«

»Viel zu steril, meine Liebe.« Die Männerstimme fiel mühelos in den wiedererstandenen Jargon der zwanziger Jahre. »Na, was hatte er denn heute morgen zu bieten?«

»Mal sehen, viel war es nicht, aber vielleicht läßt sich was draus machen, wenn man anständig recherchiert. Er war ganz aus dem Häuschen wegen einer Verleumdungsklage zwischen zwei Lehrern – oder einem Lehrer und einem Prüfer – in einer von den Internatsschulen. Die Jungen fahren morgen für die Kurzferien nach Hause, und er wollte sich bei einer der Hausmütter genau erkundigen und mir dann Bescheid geben. Ob wir mal die Schule anrufen?«

»Nein. Das paßt nicht zu uns. Das wäre etwas für die aktuelle Seite. Davon müssen wir die Finger lassen.«

»Ach, es ist nichts Unappetitliches. Weder Mr. Witty noch seine schöne weiße Katze würden in gewöhnlichem Unrat wühlen. Da kennen Sie Mr. Witty schlecht. Er nennt seine Teestube den Meilenstein und spielt ständig mit dem Gedanken, seinen Namen in Whittington ändern zu lassen... Ich glaube, er sieht sich in der Rolle des *principal boy**! Hier geht es nur um einen Schwindel bei den Prüfungen.«

»Tatsächlich? Trotzdem, das ist nichts für uns. Geben Sie mir mal diesen kitschigen Bericht über den sprechenden Tiger rüber, der eingereicht wurde.«

Peggie saß zufrieden in seinem Winkel und korrigierte weiter an dem Artikel für einen jungen Verwandten herum, der um die Ecke bei der Thousand and One Nights Press eine Technikzeitschrift herausgab.

Die Braithwaites waren eine Journalistenfamilie, die ebenso fest zusammenhielt wie irgendeine Keimzelle von Handwerkern im Lande: Weber, Kutschenbauer, Maurer oder Schmiede. Aus solchen Familien waren die Zünfte entstanden, und sie hatten später die Bildung der Gewerkschaften angeregt. Es waren starke, starrköpfige, geschickte Männer, die ihren Herren dienten und ehrlich für ihren Lohn arbeiteten, deren Loyalität aber stets in erster Linie ihrem Beruf gehörte. Obwohl Peggie ganz in seine Aufgabe vertieft war, grinste er insgeheim über die Untüchtigkeit der beiden nebenan. Klatsch! Sie erkannten nicht einmal, was Klatsch war. Die Schule, über die sie sprachen, war St. Josephus, die Vorstufe für Totham, und wie immer diese anhängige Verleumdungsklage auch aussehen mochte, es war eine schäbige Sache verglichen mit der wirklichen Geschichte, in die diese Anstalt Anfang der Woche verwickelt gewesen war, als *Panda*, das Propagandamagazin der Ostmächte, eines seiner

* Die traditionell von einer weiblichen Schauspielerin übernommene Rolle des jungen Helden in einer Pantomime wie ›Dick Whittington‹, einem meist zu Weihnachten aufgeführten Musical.

regelmäßigen Märchen verbreitet hatte. Diesmal war es sogar für die aktuelle Seite zu sehr aus der Luft gegriffen gewesen, und Peggie persönlich hatte diesem launischen Teufel von Rafael, dem Herausgeber des *Daily Paper*, mitteilen können, daß nichts dahintersteckte. Trotz ihres Kopfschüttelns hatten sie es beide bedauert, aber es hatte wirklich keinen Sinn gehabt. Sie mußten zugeben, daß selbst der unglaubliche Ludor diese kleine Meldung kaum geduldet hätte. Peggie mußte jedesmal lachen, wenn er daran dachte. ›Internatsschüler als Versuchskaninchen‹! Dieser orientalische Propagandist war ein Künstler für sich! Nicht einmal Lord Feste selbst hatte in alten Zeiten, als er noch Phil Jones hieß, ganz in diese Kategorie gehört. Peggie achtete nicht mehr auf die beiden Klatschbasen nebenan. Sie langweilten ihn, und er verschloß seine Ohren in lang geübter Manier, beendete die kleine Arbeit für den ›Jungen‹ und zog ein neues Blatt in seine Schreibmaschine ein. Dann machte er sich an die eine einzig wichtige Aufgabe in seinem Universum, die Abfassung seines eigenen, maßgeblichen Artikels für die Samstagausgabe.

Das fünfte Beben im Umkreis der sich entwickelnden Knospe war auf seine Art das folgenschwerste von allen, und doch war es nicht mehr als der tollkühne Impuls eines jungen Mannes, der in der Geschichte nie wieder auftauchen sollte.

Für ihn war es ein Augenblick, an den er sich sein ganzes Leben lang mit Entsetzen erinnerte, der Moment, in dem er sich entschloß, ein Risiko einzugehen, ohne zu wissen, worum es sich überhaupt handelte.

Während Peggie in seiner Ecke saß und den beiden Klatschbasen zuhörte, stand vier Stockwerke über ihm der junge Peter Clew, der bis zum gestrigen Tag ein sehr erfolgreicher Buchhalter gewesen war und jetzt als Nachfolger des verstorbenen Mr. Sanderton die Stelle des Wirtschaftsredakteurs des *Daily Paper* bekleidete, bewundernd vor seiner neuen Reihe von Telefonen. Es waren vier, und er machte sich in diesem Moment im Geiste eine Notiz, Pa Paling, jenen berühmten Drahtzieher fürderhin fallenzulassen, ohne zu ahnen, wie weit er damit seinen Hals vorstreckte.

Der Mann hatte sich als sehr nützlich erwiesen, als er ihn für diesen Traumposten vorgeschlagen hatte, der ihm wie ein Geschenk der Götter in die Hände gefallen war, aber Mr. Clew spürte in seinen empfindsamen jungen Knochen, daß der Bursche nicht ganz geheuer war.

Deshalb beschloß er, ihn spät am Samstagabend zu Hause anzurufen und mit einer Ausrede die Verabredung zum Golf auf dem Platz in Hollowhill abzusagen, die so sorgfältig für den Sonntagvormittag arrangiert worden war. Alles in allem hielt er es für besser, Lord Ludor auf andere Weise und zu einem anderen Zeitpunkt kennenzulernen. Pa Paling würde vielleicht ein bißchen sauer sein, aber das glaubte Peter Clew riskieren zu können. Was bedeutete schon ein Feind, wenn man selbst so mächtig war? Ein schwacher Zweifel stieg in ihm auf, aber der Anblick der Telefone stärkte ihm das Rückgrat. Er seufzte, und dann wandte er sich energisch anderen Dingen zu.

Später sollte er erkennen, daß er in diesem Augenblick seine Karriere als Mann der Wirtschaft über Bord geworfen hatte, aber er erfuhr niemals, daß er damit einen jener unglaublichen kleinen Zufälle ermöglicht hatte, die in der Geschichte der Menschheit manchmal so unverhältnismäßig große Auswirkungen haben.

Diese fünf kleinen Hinweise tauchten am Donnerstag auf, und der Druck von unten, aus dem Zentrum, war erstmals am Freitagmorgen zu spüren. Wie es sich gehörte, machte er sich am deutlichsten in der Inselforschungsstation der Firma Godley bemerkbar.

2

Die Insel der Eierköpfe

Die Schlafzimmerhälfte der zum Wohnhaus umfunktionierten Militärbaracke war immer wieder umgestaltet worden, seit sie hier wohnten, also seit fast achtzehn Monaten, aber sie sah der Schlafzimmerhälfte einer zum Wohnhaus umfunktionierten Militärbaracke doch immer noch sehr ähnlich. Helena Ferris saß an ihrem Toilettentisch und tupfte sich die frisch geschminkten Lippen mit einem Zellstofftuch ab. Dabei sah sie die Eisenträger des Daches im Spiegel aus einem ganz neuen Blickwinkel.

»Hör mal, Martin, wenn wir nun billigen Theaterschmuck, also Perlen, goldene Ketten und bunte Glasdiamanten in dicken Bündeln an diese Dinger hängen würden, glaubst du, dann würde man sich hier vorkommen wie in einer Bar in einer Goldgräberstadt im Film?« erkundigte sie sich.

»Nein«, sagte ihr Mann und fügte begreiflicherweise hinzu: »Warum auch, zum Teufel?«

»Ich weiß nicht. Ich dachte nur so.«

Er seufzte. »Außerdem, wer will schon in einer Bar in einer Goldgräberstadt im Film schlafen? Ich will nur mit dir schlafen, und am liebsten irgendwo anders, nur nicht hier. Ich bin wirklich ein Scheißkerl, daß ich dich zwinge, auf dieser gottverlassenen Insel zu bleiben. Aber nicht alle Forschungsstationen sind so. Dies hier ist nur die Version von Godley's und von Lord Ludor. Du hast keine geborene Wellhornschnecke geheiratet.«

Sie lachte und wandte sich wieder dem Spiegel zu. »Armer alter Martin! Du zwingst mich doch gar nicht hierzubleiben. Ich werde die ganzen Kurzferien zusammen mit meinem geliebten Sam bei meiner Familie verbringen. Warum verdrückst du dich nicht einfach und kommst mit? Paggen Mayo kann dich schließlich nicht umbringen, er kann dich nicht mal rausschmeißen, oder?«

Er hatte auf dem Bett gelegen, jetzt setzte er sich auf und sah sie bewundernd an. Ihre Frage schien er gar nicht gehört zu haben.

»Donnerwetter!« sagte er. »Ich hatte schon ganz vergessen, daß du so aussehen kannst. Verdammt! Das sollte ich eigentlich gar nicht sagen! Ich liebe dich auch in Hosen.«

Sie war bildhübsch, zwei Jahre jünger als er, und so wie jetzt, mit einem Rock und sorgfältig für die Stadt zurechtgemacht, hatte sie ihm schon immer besonders gut gefallen. Sie war sehr schlank und bewegte sich mit natürlicher Anmut. Das dunkelgoldene Haar hatte sie sorgfältig nach hinten gebürstet und tief im Nacken zu einem Knoten geschlungen. Ihre Augen strahlten in einem reinen Grau, und ihre Intelligenz war unübersehbar, ohne daß sie jedoch arrogant, unnahbar oder, noch schlimmer, so überschlau gewirkt hätte, wie es bei Verstandesmenschen oft der Fall ist. Am meisten liebte er ihre Fröhlichkeit und ihre selbstverständliche, damenhafte Art, eine äußerst anziehende Mischung aus innerer Heiterkeit und Würde, bei der ihm jedesmal, wenn er sie ansah, ganz warm ums Herz wurde. Sie gehörte ihm, er vergötterte sie, und er kam immer mehr zu der Überzeugung, daß diese Insel ein verteufelt gefährlicher Ort für sie war.

Er sah zu, wie sie die schweren Bernsteinarmbänder über ihre schmalen Handgelenke streifte, und hielt es für eine glänzende Idee, daß sie gerade diesen Schmuck zu der kurzen goldfarbenen Wolljacke ihres Kostüms ausgewählt hatte. Martin legte selbst sehr viel Wert auf Eleganz. Er stammte aus Neuengland und war ein hochgewachsener junger Mann mit guter Figur, blasser Haut und dunklen Haaren und Augen. Im Moment hatte er freilich das unbehagliche Gefühl, in den scheußlichen Freizeithosen und der Ölzeugjacke, die bei Paggen Mayos Team fast als Berufskleidung vorgeschrieben waren, nicht mit ihr mithalten zu können.

Er trat an das einzige Fenster. Nach vorne hinaus waren alle Läden geschlossen, um den scharfen Nordwind abzuhalten, der über das Watt fegte, aber die hinteren Fenster hatten ›Blick nach Süden‹, wie die Ferris sich gegenseitig spöttisch zu erinnern pflegten. Im Augenblick war die Landschaft draußen von fast übertriebener Trostlosigkeit. Ein dünner Herbstnebel lag über der gesamten Bucht an der Ostküste. Seit Stunden herrschte Ebbe, und das Meer zeigte sich nur als glitzerndes Rinnsal in der Gosse eines Lehmpriels. Nirgendwo gab es eine Spur von Leben. Kein Segel, kein Muschelsammler. Es war ein Bild der Verzweiflung in einer trostlosen Welt, so absolut öde, daß er lachen mußte.

»Ich wünschte, Paggen würde sich beeilen, wenn er schon kommen muß«, sagte er über die Schulter. »Ich habe mir alle Mühe gegeben, es ihm auszureden, aber er war wild entschlossen. Du weißt ja, wie er ist.«

Helena schwieg einen Augenblick, dann sagte sie beiläufig: »Er glaubt, Professor Tabard hat ihn beleidigt, nicht wahr?«

»Wer hat dir denn das erzählt?« Martin war ehrlich neugierig und ziemlich überrascht. »So drastisch hätte ich es nicht ausgedrückt. Er war ein wenig eingeschnappt, weil Tabard neulich so tat, als verstünde er ihn nicht – vielleicht war es ja auch wirklich so. Die beiden sind vom geistigen Zuschnitt her sehr verschieden. Aber es war weiter nicht wichtig. Von wem hast du es gehört?«

»Von seiner Frau.«

»Aha.«

Eine lange Pause trat ein, dann fragte sie: »Wie lange wird es noch dauern? Mein Zug fährt um elf Uhr fünfzehn von Tudwick ab, der nächste geht erst heute nachmittag um halb vier, also darf ich ihn nicht verpassen. Albert und Amanda kommen nicht vor dem Lunch nach London, deshalb habe ich versprochen, die Kinder abzuholen. Warum will uns Paggen Mayo eigentlich gemeinsam sprechen, weißt du das?«

Er wandte sich vom Fenster ab und kam auf sie zu, und sie stand auf, damit er die Arme um sie legen konnte.

»Ich weiß es nicht«, sagte er verlegen, dicht vor ihren Lippen. »Plötzlich macht er Theater wegen der Geheimhaltung. Ich vermute, er hat sich zu der Ansicht durchgerungen, es wäre vielleicht ratsam, seine Anweisung zu revidieren, daß Frauen nichts über die Arbeit hier erfahren dürfen, weil das nur zu ständigen Spekulationen führt. Mit dieser Idee schlägt er sich schon seit einiger Zeit herum, und ich möchte fast wetten, daß er heute darüber sprechen will.«

»Aber das ist unmöglich!« Sie starrte ihn entsetzt an. »Er kann doch nicht gerade jetzt damit ankommen, wenn ich meinen Zug erreichen will!«

Sie lachten beide, aber dann sah er sie hilflos an. »Mit dieser Einstellung kommen wir nicht weiter, oder?« fragte er. »Es hat auch keinen Sinn, ihm zu erzählen, daß du schließlich seit eineinhalb Jahren hier lebst und in dieser Zeit zwangsläufig eine ziemlich klare Vorstellung bekommen hast, was dein Mann so treibt. Und daß du nicht einsiehst, was daran so schrecklich geheim sein soll. Falls du noch da bist, wenn er kommt, und falls er voll in Fahrt ist, wirst du ihn leider einfach reden lassen müssen, Schätzchen.«

»Ach, Martin!«

Sie wich nicht vor ihm zurück, drehte aber den Kopf ein wenig zur Seite. Er erkannte bedrückt, in welcher Stimmung sie war.

»Mit Sam geht schon alles in Ordnung«, beruhigte er sie. »Schließlich ist ja Edward bei ihm, und der ist schon zwölf. Sie sind keine kleinen Kinder mehr. Und sie haben doch schon öfter allein zum St. Peter's Gate Square gefunden.«

»Natürlich, mein Lieber, aber ich möchte einfach dort sein. Sam wird ohnehin todunglücklich sein, wenn er erfährt, daß du keinen Urlaub bekommst, und er ist sicher ganz durcheinander wegen dieser Verleumdungsklage...«

»Durcheinander? Er wird sich totlachen. Ich dachte, der Anwalt wollte ins Pfarrhaus kommen und seine Aussage mit ihm durchgehen? Der Prüfer wurde doch verklagt, nicht wahr?«

»Ja, aber sie wollen Sams Aussage für die Verteidigung. Es geht gegen seinen eigenen Klassenlehrer, den er sehr gern mag. Sie glauben, er könnte gesehen haben, wie der junge Mann die Aktenmappe des Alten aufgemacht und sich die Prüfungsunterlagen angesehen hat. Ich weiß nicht, was sich die Schule dabei denkt, daß sie so etwas überhaupt zuläßt! Für einen kleinen Jungen muß das alles doch sehr belastend sein.«

Sie trat zurück, und er dachte wieder, wie hübsch sie doch war, und konnte sich eine kleine Stichelei nicht verkneifen.

»Wer hat Sam weggeschickt? Wer hat Himmel und Hölle in Bewegung gesetzt, um ihn zum frühestmöglichen Zeitpunkt in ein Internat zu bekommen, entgegen der hier herrschenden Regelung, daß die Kinder nicht hin- und herfahren sollen?«

»Ich habe es nur getan, weil du und Paggen mit ihm herumexperimentiert habt...«

»Experimentiert! Du meine Güte...!«

Sie waren dem alten Streit so nahe, daß sie bereits seinen Hauch spürten, und daraufhin verstummten sie beide. Martin ergriff als erster wieder das Wort, obwohl er sich zu seinem Leidwesen darüber im klaren war, daß er, wie schon allzu oft, nichts anderes tun konnte, als seine Unschuld zu beteuern.

»Wir haben ihm nur probeweise ein paar ESP-Tests gegeben, und keiner davon war auch nur halb so aufregend wie Schiffchen versenken. Die Ergebnisse waren sehr gut, aber weil wir dich nicht jedesmal mitspielen lassen konnten, bist du plötzlich nach London abgedüst und hast über deine einflußreichen Verwandten durchgesetzt, daß die Sicherheitsvorschriften großzügiger ausgelegt wurden und das Kind zur Schule gehen konnte ... ich muß dir leider sagen, daß du damit eine Menge Eifersüchteleien ausgelöst hast.«

»Ich weiß«, sagte sie endlich. »Es tut mir leid. Aber ich bin doch froh, daß ich es erreicht habe.«

Wieder trat eine Pause ein, und schließlich sagte sie: »Melisande Mayo war hier und hat mir des langen und breiten vorgejammert, daß sie ihre Töchter im Frühling ins Mädchenpensionat schicken will. Dafür sind sie doch wohl inzwischen zu alt? Die ältere muß achtzehn sein. Ist mit Melisande alles in Ordnung, Martin?«

»In Ordnung?« Er war dabei, sich eine Zigarette anzuzünden, und sah sie nicht an. »Ich würde sagen, sie langweilt sich, genau wie alle anderen Frauen hier. Sie ist älter als wir. An deiner Stelle würde ich auf ihr Geschwätz nicht allzu viel geben.«

»Das mußt du mir sagen! Paggen mag ja ein Genie sein, aber mit ihm zusammenzuleben stelle ich mir entsetzlich vor. Wußtest du übrigens, daß er gar nicht Paggen heißt?«

»Nicht?«

»Nein. Er hat den Namen in der Liste der ersten Abonnenten der *Materia Medica* gefunden und ihn übernommen, weil er so aufregend klang. Und ich möchte wetten, daß auch auf ihrem Taufschein nicht Melisande steht! Mayo heißt in Wirklichkeit Paul, jedenfalls hieß er noch so, als er '59 in Kanada arbeitete.«

»Na und?« Martin war verärgert. »Wahrscheinlich stimmt es sogar. Er hat so eine romantische Ader. Das findet man bei diesen zutiefst praktischen Menschen öfter. Aber das macht ihn sehr menschlich. Wo hast du die Geschichte aufgeschnappt?«

Helena besaß so viel Anstand, sich zu schämen. »Ich hätte sie nicht weitererzählen sollen. Ich habe versprochen, sie für mich zu behalten. Ich habe mit dem Personal geklatscht ...

wollte mich einschmeicheln, um heute früh auch bestimmt den Wagen zu bekommen, um zum Bahnhof zu fahren.« Sie hielt den Atem an. »Hör nicht auf mich! Ich möchte wirklich kein solches Ekel sein.«

Ihr Mann sah ihr in die Augen, und schließlich lachten sie beide, wenn es auch ein wenig bedauernd klang.

»Die ganze Situation hier ist verrückt und ein wenig erniedrigend, das muß ich zugeben«, erklärte er. »Fred Arnold hat dir davon erzählt, nehme ich an? Er weiß fast alles. Der Kerl ist irgendwie merkwürdig, aber er ist fast die einzige Verbindung, die diese Gemeinschaft hier mit dem normalen Alltagsleben hat. Als Faktotum in irgendeinem Club könnte ich ihn mir gut vorstellen. Er ist ein erstklassiger Barkeeper, und die Kantine führt er, als ob sie zum Ritz gehörte. Ein Glück, daß wir ihn haben.«

»Wir hätten ihn wohl auch kaum, wenn Lord Ludor hier nicht ständig irgendwelche Sponsoren bewirten würde, oder was meinst du? Gewöhnlich diskutiere ich mit Arnold nicht über die hiesigen Eierköpfe, aber ich mußte mir einfach für heute morgen diesen Wagen reservieren lassen. Es ist doch wirklich absurd, so weit von einem Bahnhof entfernt zu wohnen, ohne einen Wagen zur Verfügung zu haben ... wie weit mußt du wohl aufsteigen, bis Paggen uns gestattet, uns einen anzuschaffen? Oh, Mann! Verzeih mir! Ich wollte nicht wieder *davon* anfangen. Bestimmt nicht. Ich weiß ja, wenn einer ein Auto hat, dann wollen sie alle eins, und das ist angeblich nicht tragbar – warum nicht, weiß allerdings der Himmel, Platz genug ist schließlich da. Es ist mir einfach so rausgerutscht. So, ich bin fertig. Ach ja, Martin – das hätte ich fast vergessen. Wo hast du die Tasche mit Sams Schätzen hingetan?«

»Die alte braune Reisetasche? Die habe ich nicht angerührt.«

»Dann ist sie verschwunden, und dabei hat er mich ausdrücklich gebeten, sie ihm mitzubringen.«

»Wie kann sie verschwunden sein?« Er stand auf und schlenderte in den anderen Raum, den einzigen, außer dem Schlafzimmer. Hier gab es mehr Anzeichen für ihre rührenden Bemühungen, sich ein Heim zu schaffen.

Die Fertighäuser waren nacheinander an den Zufahrten zum alten Herrenhaus der sumpfigen Insel aus dem Boden geschossen und wurden über den Damm mit Wasser, Strom und Gas aus Tudwick versorgt, einem an der Bucht gelegenen Dorf, das sich zu einer kleinen Stadt ausgewachsen hatte und einen Bahnhof und ein paar Geschäfte besaß. Man hatte die Baracken zwar instand gesetzt, aber bei ihrer Ausstattung streng auf Zweckmäßigkeit geachtet. Die Wände bestanden aus gefirnißten Spundbrettern, und die Böden waren mit einer ganz bestimmten Art von Linoleum belegt, das für die Ewigkeit bestimmt war und diese Erwartungen leider auch erfüllte. Außerdem gab es ein paar Einbauschränke, und die durchwühlte Martin gerade, als Helena ihm nachkam.

»Dort brauchst du gar nicht erst zu suchen. Ich habe schon das ganze Haus auf den Kopf gestellt.«

»Aber ich habe die Tasche doch neulich erst gesehen.«

»Ich auch. Es war nichts drin als bekritzelte Zettel, Zeitungsausschnitte, ein paar Messer und sein alter Piepmatz. Ich dachte, du hättest das Zeug vielleicht rausgeworfen und die Tasche für etwas anderes verwendet...«

Sie bedauerte sofort, was sie gesagt hatte, denn als er sich ihr zuwandte, war sein Gesicht tief gekränkt.

»Hältst du mich denn wirklich für einen solchen Rabenvater? Ich habe den Jungen zur Schule gehen lassen, aber doch nicht, weil ich etwas gegen ihn hätte! Wo ist seine Tasche?«

»Ich habe keine Ahnung. Hier kommt nämlich niemand herein.«

»Aber das ist doch verrückt!« Die Überraschung neutralisierte seinen Zorn wie ein chemischer Stoff, und er legte den Arm um sie, während sie sich umsahen. »Das Haus ist doch immer verschlossen, nicht wahr? Ich schließe schon automatisch ab, und du doch auch, oder? Jedesmal, wenn ich rein- oder rausgehe.«

»Immer. Der Vorfall mit diesem Drummond hat mich erschreckt. Ich wünschte, ihr müßtet nicht unbedingt mit Minderbegabten herumexperimentieren...«

Er zog sie fester an sich. »Jetzt redest du schon daher wie eine Sonntagszeitung. Wir experimentieren mit niemandem herum, wir versuchen nur herauszufinden, wer uns am meisten helfen kann! – Zitat Ende. Um auf diese unauffindbare Tasche zurückzukommen, ich habe sie nicht gestohlen und du auch nicht, und unser grandioser Palast ist die ganze Zeit versperrt wie ein Hühnerstall, also kann sie nirgendwo anders sein als hier. Komm, gib dir einen Ruck und nimm den späteren Zug, dann verspreche ich dir, daß ich sie finde.«

»Darling, das kann ich nicht! Ich bin fertig angezogen, ich habe Fred Arnold bestochen und mir damit den Wagen gesichert, ich muß heute vormittag fahren. Ich möchte am Bahnhof Liverpool Street sein, um Sam zu überraschen. Merkst du denn nicht, daß Paggen sich nur wieder mal aufspielen will? Er hat es geschafft, dir das Wochenende zu verderben, und jetzt will er mir das meine auch noch kaputtmachen. Er möchte uns zeigen, daß er der große Boss ist, das macht er doch immer so. Warum konnte er uns denn nicht wenigstens dieses eine Wochenende gemeinsam verbringen lassen?«

»Laß ihn in Frieden, ja?« Martin sagte es sanft. »Er ist ein äußerst fähiger Bursche, und er ist mein Chef. Der alte Paggen bringt wahre Wunder zustande.«

»Das sagst du nur, weil er eine Koryphäe in punkto Elektronik ist und Theorien entwickeln kann. Du bist Physiker *und* Arzt und hundertmal so fähig wie er, deshalb braucht er dich sogar, wenn er mit seinem Chef reden will, aber du bist eben kein Erfinder.«

»Ach, halt doch den Mund!« Seine Lippen fanden die ihren, und plötzlich durchströmte sie von neuem die warme Zärtlichkeit, die sie füreinander empfanden.

»Ist doch alles in Ordnung mit uns«, sagte er, und es klang wie eine Frage. »Nicht wahr?«

»Aber natürlich. Hör mal. Ist das der Wagen?«

Das Klopfen an der Eingangstür hörte sich merkwürdig an; eine Reihe kurzer Schläge auf das Holz.

»Das ist Paggen.« Martin ging zur Tür und entriegelte sie, ein Schwall kalter Luft drang herein, und dahinter kam der Besucher.

Paggen Mayo trat langsam ins Zimmer, in der Hand hielt er wie ein Schwert einen Schirm, und an der Spitze steckte eine Kugel aus roten, gelben und blauen Federn.

»So geht man wirklich nicht mit dem Lieblingsspielzeug eines Kindes um«, sagte er mit gespielter Strenge. »Klein Samuel wäre zu Recht empört. Ich habe das Ding eben aus Ihrem Ventilator geholt. Als ich vorbeikam, sah ich die Federn aufblinken. Ist die Zugluft denn wirklich so schlimm?«

Er war ein Mann in den besten Jahren, aber sein dichtes Haar war bereits grau, und sein schmales, gerötetes Gesicht von tiefen Falten durchzogen. Er trug die Ölzeugjacke und die Freizeithosen, die er zur Arbeitskleidung für seine Abteilung erklärt hatte, verlieh jedoch durch eine schwere Chrombrille von origineller, ziemlich eigenwilliger Form und bestimmt sehr teurer Ausführung seiner Erscheinung eine gewisse Würde. Wer länger darüber nachdachte, mußte zu dem Schluß kommen, der Mann wolle sich zum ›Universitätsprofessor‹ hochstilisieren, aber die ebenfalls starke Ausstrahlung des handwerklich geschickten Praktikers widerlegte diesen Eindruck und ließ den Schirm, den er stets bei sich trug, wie eine Marotte wirken, was er ja auch war. Im Augenblick gab er sich ›leutselig‹, eine übertriebene, dem achtzehnten Jahrhundert entlehnte Rolle, die er für ›Ehefrauen und VIPS‹ reservierte.

Martin zog das Spielzeug von der Schirmspitze und reichte es seiner Frau. »Das ist doch nicht zu fassen«, sagte er. »Nach diesem Ding haben wir überall gesucht, nicht wahr, Helena?«

Sie nickte und drehte das zerzauste Bündel vorsichtig hin und her. Es war nie ein besonders kunstvoller Vogel gewesen, aber sie hatte ihn selbst für Sam gemacht, als der Junge noch ganz klein und von dem alten Märchen fasziniert gewesen war. Sie hatte damit einen überwältigenden Erfolg erzielt, und im Laufe der Jahre war der Piepmatz zu einem jener Schätze geworden, die insgeheim ihre Bedeutung noch lange bewahren, nachdem man über alle anderen Babyspielsachen hinausgewachsen ist.

»Ich bin so froh, daß er wieder da ist«, sagte sie.

»Nun, er ragte direkt aus dem Küchenventilator heraus. Ich kam von dieser Seite, weil ich über die Seemauer gegangen bin. Sie waren heute morgen noch nicht da draußen, Martin?«

»Auf dieser Seite war ich seit Tagen nicht mehr. Lag da vielleicht noch etwas herum? Eine ziemlich mitgenommene alte Reisetasche zum Beispiel?« Er wollte zur Tür, um selbst nachzusehen, aber Mayo versperrte ihm mit seinem Schirm den Weg.

»Später, junger Mann, wenn ich bitten darf«, sagte er. »Ich habe wichtige Dinge mitzuteilen, besonders Ihnen, Gnädigste... Sie sehen heute morgen wirklich reizend aus.«

Martin runzelte die Stirn. »Sie begreifen aber doch, was das bedeutet«, sagte er und deutete auf den Vogel. »Jemand muß einen Schlüssel zu unserem Haus haben.«

»Ach, nun kommen Sie.« Mayos blaue Augen strahlten. »Das ist doch keine Diagnose, Doktor. Wie breit ist der Spielraum für menschliches Versagen?« Es war eine seiner typischen Dummheiten. Ein paar Brocken Fachjargon, um auf wenig überzeugende Art Mitarbeiter nachzuahmen, die auf Grund der besonderen Zusammensetzung dieses Gemeinschaftsunternehmens zufällig zum gleichen Team gehörten. Er benahm sich wie ein schlechter Imitator, der trotz allem darauf besteht, andere Leute in ihrem Beisein zu kopieren. Helena machte ein betretenes Gesicht, und Martin lachte nachsichtig und ein wenig gereizt.

»Was können wir für Sie tun, Paggen?«

Mayo zog sich einen Stuhl heran und setzte sich. »Darf ich?« fragte er Helena. »Meine Liebe, es haben sich Umstände ergeben, die mich zwingen, Sie ins Vertrauen zu ziehen. Habe ich mich klar genug ausgedrückt?«

»Eigentlich nicht.« Martin beugte sich vor. »Aber ich habe Helena vorhin schon erzählt, daß Sie beabsichtigen, die Anweisung aufzuheben, die es verbietet, daß Ehefrauen über unsere Arbeit hier auch nur das geringste erfahren. Darum geht es doch, nicht wahr? Sie muß heute morgen übrigens nach London.«

»Schade, das werden Sie verschieben müssen.« Mayo sah Helena an, und sein Tonfall ließ keinen Widerspruch zu. Er hatte das Getue aufgegeben und benahm sich wieder so, wie es seinem Wesen entsprach. Jetzt legte er einen Arm über die Stuhllehne und streckte die Beine aus, ohne darauf zu achten, daß ihr die Zornesröte ins Gesicht stieg. »Ich habe eben eine lange Liste von Instruktionen aus Lord Ludors Büro erhalten. Der VIP-Lunch heute mittag ist wichtiger, als wir ursprünglich dachten. Ein amerikanischer Admiral kommt mit dem Flugzeug herüber, außerdem der Mann, den Martin aus Reykjavik kennt. General Smythe-White wird ebenfalls erwartet, und dazu noch jemand aus dem Ministerium. Helena, Martin und ich brauchen Sie dabei, und deshalb werde ich Ihnen jetzt auf der Stelle meinen Vortrag halten.«

»Es tut mir leid, Paggen, wir ...«

»Still, meine Liebe.« Seit er aufgehört hatte, sich in Szene zu setzen, wirkte er viel imponierender. »Ich werde Ihnen nicht mehr erzählen, als meiner Ansicht nach gut für Sie ist, aber wenn Sie etwas ausrichten sollen, müssen Sie wenigstens so weit informiert sein, daß Sie wissen, worüber Sie nicht sprechen dürfen. Ich vertraue mich Ihnen auch nur an, weil mir nichts anderes übrig bleibt. Das erste, was Sie sich merken müssen, ist folgendes: Jedes wichtige Land der Welt stellt Versuche auf dem Gebiet an, mit dem auch wir uns beschäftigen, aber das ganze Thema wird allgemein, außer von den Eingeweihten, immer noch für ziemlich absurd gehalten. *Und genauso wollen wir es auch haben.*«

Helena sah demonstrativ auf ihre Uhr, und Martin schüttelte den Kopf, aber Mayo sprach weiter, als hätte er es nicht bemerkt.

»ESP, außersinnliche Wahrnehmung, Gedankenlesen, Telepathie, für die Unwissenden ist dies alles eins: Hokuspokus. Großartig! So soll es bleiben, so lange es nur geht. Können Sie mir folgen?« Sie nickte höflich, lauschte aber gespannt, ob draußen auf dem Weg nicht ein Auto zu hören war.

»Schön«, sagte er. »Wie Sie wissen, gehören moderne Kommunikationsmittel in fast jeder Form hier bei Godley's zu unserem Arbeitsgebiet, und es gibt da auch nicht mehr viele Lücken, aber vor kurzem stellte sich die Aufgabe, alle Methoden zu erforschen, wie zwei Menschen miteinander in Verbindung treten können, die man sich noch vorstellen kann... Ich werde nicht weiter ins Detail gehen, und Sie brauchen sich auch darüber nicht den Kopf zu zerbrechen. Ich sage nur, daß in Amerika, in der Sowjetunion, in Westdeutschland, Holland, Schweden, Frankreich und hier in Großbritannien ein paar sehr intelligente Leute angefangen haben, darüber nachzudenken, einfach, weil niemand es sich leisten konnte, das nicht zu tun, und daß keine noch so unwahrscheinliche, abenteuerliche Möglichkeit außer acht gelassen wurde.« Er hatte eine leicht näselnde Aussprache und eine sehr durchdringende Stimme, aber er wußte, wovon er sprach, und es fiel schwer, sich nicht von ihm beeindrucken zu lassen. »Von jetzt an«, sagte er und deutete mit dem Schirm auf sie, »befasse ich mich nur noch mit wissenschaftlichen Tatsachen, und das gleiche gilt für unsere Kunden. Das sollte Ihnen ganz klar sein. Wenn Ihre verehrte Frau Mutter in Suffolk mitten in der Nacht plötzlich auf die Idee käme, Sie seien in Bedrängnis und kurz vor dem Ersticken, wenn sie dann ans Telefon ginge und Sie aus einem Alptraum aufweckte, in dem man Sie erdrosseln wollte, und wenn Sie dann beide zu mir kämen und mir davon erzählten, würde mich das vielleicht erheitern, aber besonders interessieren würde es mich nicht. Mein Fachgebiet ist die Elektronik. Ich bin Ingenieur. Ehe ich mich überzeugen lasse, daß hier eine Botschaft von einem zum anderen gegangen ist, möchte ich irgend etwas, was *jemand anderer*, jemand anderer als die beiden ursprünglich Betroffenen, sehen, hören oder schmecken kann. Ich verlange ein Licht oder ein Glöckchen, sonst würde ich vermutlich einen Schwindel wittern. Ich weiß es nicht. Haben Sie das so weit verstanden?«

»Ja«, sagte sie. »Aber...«

»Wenn Sie ein braves Mädchen sein wollen und kein verdammter Klotz am Bein für mich und Ihren hochbegabten jungen Ehemann, dann müssen Sie jetzt zuhören, damit Sie mich genau verstehen«, mahnte er. »Den Anstoß, gerade in dieser speziellen Richtung zu forschen, gab uns die Marine. Jetzt sind Sie überrascht, nicht wahr? Das dachte ich mir. Sie haben gedacht, wir arbeiten hauptsächlich für die Wirtschaft. Nein. Die Marine hat die Drummond-Brüder entdeckt und damit den Stein ins Rollen gebracht.« Sein markerschütterndes Gelächter hallte von den Bretterwänden wider. »Das einzige, was das Militär beisteuert, ist General Smythe-White, aber er ist für sich allein schon ein Gewinn. Einer der seltenen Menschen, die genau wissen, was sie wollen, auch wenn es zufällig die ganze Erde sein sollte. Was ihm vorschwebt, ist ein strammer junger Gardist in Uniform, der an irgendeinem über Funk nicht erreichbaren Ort sitzt und auch sonst mit keinem der bekannten Kommunikationsmittel eine Verbindung zum Rest der Welt herstellen kann. Seine ganze Ausrüstung soll aus zwei Glühbirnen bestehen (die er sich vermutlich in die Ohren steckt), links grün, rechts rot, und aus einem Spiegel. Inzwischen sitzt sein Gegenspieler meilenweit entfernt in einem militärischen Hörsaal vor einem Summer oder einem Lichtzeichengeber und ist telefonisch mit dem Oberkommando verbunden. Ein Lichtzeichen von Numero zwei zu Hause aktiviert die rote Glühbirne im Ohr von Numero eins; zwei Lichtzeichen, die grüne Birne leuchtet auf. Kein Lichtzeichen, keine Veränderung. Drei Signale, die ein gewöhnlicher Digitalcomputer in jede Botschaft übersetzen kann, die Smythe-White sich nur auszudenken vermag. Mehr verlangt er nicht, aber es war ein Hirngespinst, bis die Marine mit den Drummond-Brüdern ankam.«

Nun war Helena doch gefesselt, und er warf einen schnellen Blick auf Martin.

»Ich weiß, daß Sie ihr viel mehr über die Drummonds erzählen könnten als ich, aber ich mache es lieber auf meine Art. Ich hoffe, Sie haben nichts dagegen. Ich trage schließlich die Verantwortung und will nur so viel verraten, wie ich für nötig halte. Die Drummond-Brüder waren zweieiige Zwillinge, Helena. Sie kamen aus einem Slum in einer Industriestadt im Norden, wo man sie beide für ziemlich unbedarft hielt, das heißt für ›langsam‹ und ›nicht allzu intelligent‹. Len war vom Charakter her der Überlegene und auch sonst besser entwickelt, und er war auch nicht dumm, Willie hingegen war eindeutig ›sub‹, jedenfalls war das meine Einschätzung. Martin hier und Tabard hatten eine andere Bezeichnung dafür. Jedenfalls kam Willie nur zum Militär, weil Len dafür sorgte. Die ungewöhnliche Bindung zwischen diesen beiden Männern wurde zuerst auf einem Schiff bemerkt. Ein Sanitätsoffizier, der das Phänomen beobachtete, war vernünftig genug, es zu melden, und zum Glück wurden die beiden so lange weitergereicht, bis sie schließlich dort landeten, wo sie schon als Kleinkinder hingehört hätten, nämlich in den Händen unseres Professor Tabard, der damals noch in Cambridge war.« Er hielt inne, und Martin wagte sich einzuschalten.

»Sie erschlossen ein völlig neues Gebiet, Helena. So etwas wie sie war bisher in der Fachliteratur noch nie aufgetaucht.«

»Sie lieferten die fehlende Komponente«, pflichtete ihm Mayo bei. In diesem Fall hatte die Natur den einen, wesentlichen Schritt nach vorne getan und uns ein konkretes physikalisches Merkmal geliefert, das die Verständigung zwischen den beiden nachprüfbar machte. Willie hatte zwei Muttermale. Es hört sich verdammt albern an, aber so war es nun einmal. Es waren blaßrosa Flecken, einer an der Innenseite seines linken Handgelenks, der andere neben dem linken Auge. Normalerweise war daran nichts Ungewöhnliches, und sie waren auch nicht sehr auffällig, aber wenn Len Drummond seinem Bruder eine Warnung schickte – wenn er einen an Willie gerichteten, unfreundlichen Impuls freisetzte –, veränderten diese Muttermale ihre Farbe und sahen aus wie tiefblaue Blutergüsse. Das konnte jeder sehen, und es konnte dokumentiert werden. Es kam also nicht darauf an, was Willie *dachte* oder mittels Gedankenübertragung empfing, denn wir hatten etwas Handfestes, mit dem wir arbeiten konnten. Die Entfernung schien bei diesem Phänomen keine besondere Rolle zu spielen, und das gleiche galt auch für ein paar andere, noch wichtigere Standortfaktoren. Solange Len gesund war und man ihm gestattete, an seinen Bruder zu denken (sich sein Foto anzusehen, seine Stimme auf Tonband zu hören – derlei Dinge eben) –, wurde der Gedanke übertragen. Man konnte es beweisen, man konnte es sehen.« Er schüttelte den Kopf. »Das positive Signal war weniger zufriedenstellend. Wenn Len einen lobenden oder verstärkenden Impuls an Willie schickte – Sie verstehen schon, er sendete solche Botschaften *auf Befehl* –, war die Wirkung grotesk: Willie begann idiotisch zu kichern, und die Tränen traten ihm in die Augen. Das konnte man immer erreichen, ganz gleich, was er gerade dachte oder tat. Es war eine ganz deutliche Reaktion, und wir fanden nie einen anderen Auslöser, der zu genau diesem Verhalten geführt hätte, aber Smythe-White gefiel sie nicht. Er erwartete wohl, daß wir das noch verbessern. Aber für uns genügte es. Mit den Drummonds fing alles an. Sie sprachen auf jeden Test an, den wir mit ihnen machten, und Professor Tabard war schon ganz aus dem Häuschen, weil es so aussah, als würde sich seine Theorie, die er schon so lange verfolgte, endlich doch bestätigen. Natürlich wollte er die beiden Männer eingehend erforschen, was einige Jahre in Anspruch genommen hätte. Zum Glück für uns gab es jedoch auch andernorts neue Entwicklungen, und man merkte, daß die Zeit verdammt knapp wurde. Nun interessierte sich das Ministerium für den Fall und schaltete sich ein. Man trat an Godley's heran und bot ihnen Tabard, mich und Martin sowie ein Forschungsstipendium an. Was man sich für sein Geld erhofft, ist ein Reservoir von in beiden Richtungen funktionierenden, von Menschen gesteuerten, hundert Prozent leistungsfähigen Drummond-Paaren, lebende Menschen oder Automaten, wann und wo immer man sie braucht. Ganz so wird es natürlich nicht laufen. Doch wegen dieser Brüder und der Information, die wir durch sie bekommen haben, ist der Auftrag keineswegs so lächerlich, wie er einem Laien erscheinen mag.«

Helenas intelligente Augen sahen ihn an. »Ist nicht jemand namens Drummond im Frühjahr hier in die Baracken eingebrochen, danach verrückt geworden und hat Selbstmord begangen?« fragte sie langsam.

»Das war Willie.« Mayos Miene hatte sich verfinstert. »Aber es war kein Selbstmord. Der Leichenbeschauer wollte nur Schlagzeilen machen. Wenn ein kleiner Beamter Gelegenheit hat, seine Nase in eine Organisation wie die unsere zu stecken, nimmt er immer gleich das Schlimmste an. Willie ist ertrunken, aber es war ein Unfall. Professor Tabard wollte die Verbindung zwischen den Brüdern unterbrechen. Er hielt Len für den aktiven Faktor und wollte sehen, ob er ihm beibringen konnte, auf die gleiche Weise mit einer dritten Person in Kontakt zu treten. Mit Hypnose erzielte er auch einige Erfolge, aber niemand bemerkte, was in der Zwischenzeit mit Willie passierte, bis der Amok lief. Er brach in fast jedes Gebäude hier auf der Insel ein, um nach seinem Bruder zu suchen, und schließlich steckte er im Schlamm fest, als die

Flut kam. Der Vorfall hat alle erschreckt, nicht nur Sie allein, fürchte ich. Es tut mir leid, daß das geschehen ist, aber Sie können sich vielleicht vorstellen, daß wir dadurch auch in eine recht schwierige Lage geraten sind.«

»Konnten Sie ohne ihn die Arbeit nicht fortsetzen?«

»Gütiger Himmel, natürlich konnten wir das!« Er war verärgert, weil sie ihn veranlaßte, eine solche Katastrophe überhaupt in Erwägung zu ziehen. »Wenn mit den Drummonds etwas nicht gestimmt hätte, dann ja. Wenn ihre Verständigung nur irgendein Trick oder eine Reihe von phantastischen Zufällen gewesen wäre, dann wären wir erledigt gewesen, aber Tabard hatte mehr als drei Jahre mit den Männern gearbeitet und erst sich selbst und dann auch uns übrige davon überzeugt, daß wirklich ein echter Impuls auf einer Art von Welle übertragen wurde. Wir sind dabei, den Impuls wie auch die Trägerwelle zu identifizieren, so schnell wir können.«

Er lehnte sich in seinem Stuhl zurück.

»Ende der Vorlesung. Jetzt werde ich Ihnen noch sagen, was Sie tun können. Sie wissen, daß wir einige Monate lang nicht so recht weitergekommen sind, und erst jetzt sehen wir in Ansätzen eine Möglichkeit, etwas herzustellen, das entfernt den Anforderungen entsprechen könnte. Aber wir haben unser bestes Stück verloren, mit dem wir die Kunden unterhalten konnten. Besonders der General vermißt die Vorführungen. Für ihn waren sie immer ein großes Erlebnis, er hat sich selbst mehrere kleine Tests ausgedacht, und einige davon waren ganz ausgezeichnet. Aber jetzt wird er allmählich unruhig. Er will Gewißheit haben, daß uns etwas einfällt, was ebenso gut ist, und im Moment haben wir ihm einfach nichts zu bieten. Ich habe noch ein As im Ärmel, das ganz nützlich sein wird, wenn es klappt, aber ich will mir nicht alles verderben, indem ich die Katze zu früh aus dem Sack lasse. Deshalb werden Sie, Helena, heute an diesem dämlichen Lunch teilnehmen. Sie werden neben dem alten Smythe-

White sitzen und ihn so beschäftigen, daß er keinen anderen Zeitvertreib mehr braucht. Mehr ist es nämlich nicht für ihn, da bin ich sicher. Wir müssen verhindern, daß er Lord Ludor so lange anstachelt, bis der ›etwas sehen‹ möchte. Wir sind noch nicht soweit. Sie müssen eben noch ein Weilchen Geduld haben, dann werden wir es ihnen schon zeigen.«

»Das klingt ja so, als sei irgend jemand am Rotieren.« Martin sah seinen Chef neugierig an. »Worum geht's denn?«

»Ich weiß es nicht.« Mayo setzte eine demonstrativ ausdruckslose Miene auf. »Man hat mir nur mitgeteilt, Seine Lordschaft wolle mich in der Bibliothek, im Hinterzimmer oder wie immer man dieses Nobelkabinett nennt, sprechen, sobald er hierherzukommen beliebt. Ich fasse das als Aufforderung zu einer Demonstration auf, die wir nicht liefern können, deshalb habe ich meine Absicht, Ihre Frau in den heiligen Kreis der Eingeweihten aufzunehmen, ein paar Tage vorverlegt. Sie müssen entschuldigen, wenn ich Ihnen damit Ihr Wochenende verkürze, Helena, aber hier haben andere Überlegungen Vorrang.«

Helena stand auf. Sie wich Martins Blick aus, sah aber ihrem Besucher fest in die Augen.

»Es tut mir schrecklich leid«, sagte sie. »Aber es ist schon alles arrangiert. Ich will das Kind abholen, und ich muß sofort los, um noch rechtzeitig zum Bahnhof zu kommen. Der Wagen wartet sicher schon.«

Paggen ließ sie bis zur Tür gehen, erst dann sagte er über die Schulter hinweg: »Vor einer Stunde wurden sämtliche Fahrzeuge beschlagnahmt. Sie werden heute vormittag nicht zum Bahnhof kommen, meine Liebe. Wir sind hier eine Forschungseinrichtung und keine Kinderkrippe.«

Helena riß die Tür auf und schaute den Weg auf und ab. Er war völlig leer. Der Bahnhof war fünf Meilen entfernt, und es war sieben Minuten nach elf.

3
Kurzferien

Die Schnellzugstrecke, mit der man London von Osten her erreicht, hat sich seit einem halben Jahrhundert nicht verändert. Der Trupp Jungen von St. Josephus, der Preparatory School* für Totham College, näherte sich kurz vor ein Uhr dem Bahnhof Liverpool Street. In den Waggons war es so dunkel wie an einem Winterabend, und die rußigen Bögen vor den Fenstern waren so schwarz und geheimnisvoll wie die Eingänge zu tausend kleinen Gräbern. Der unerträglich aufregende Geruch der Stadt, der jeden jungen Londoner mit Sehnsucht erfüllt, durchdrang bereits den ganzen Zug, ließ Augen und Nasen brennen und zwängte sich in Münder, die der frischen Luft und des einfachen Essens seit langem überdrüssig waren.

Der aufsichtführende Sportlehrer, ein stämmiger junger Mann namens Mason, der erst vor kurzem sein Studium beendet hatte, stand rauchend im Korridor, wo er die drei Abteile im Auge behalten konnte. Zwei davon waren voll, denn das Kontingent an Schülern aus London war in diesem Jahr ziemlich groß, im dritten saßen jedoch nur zwei Jungen. Er hatte es für sinnvoll gehalten, den kleinen Sam Ferris und seinen Cousin von den anderen zu trennen. Es war schon zu viel über die Verleumdungsklage geklatscht worden, und er wollte nicht, daß das Kind damit gefoppt wurde. Der Kleine war ohnehin sehr sensibel, und niemand wußte, wie sehr ihn die ganze ärgerliche Geschichte belastete. Der Cousin, Edward Longfox, war ein ganz anderer Typ. Natürlich war er älter, aber der junge Mr. Mason war keineswegs sicher, daß er

* Privatschule, die auf eine bestimmte Public School vorbereitet

sehr viel anders gewesen war, als er noch im Kinderwagen lag. Jetzt sah er ihn in der Ecke sitzen, die dem Korridor am nächsten war. Der Junge hatte die schmalen Schultern hochgezogen, das merkwürdig altkluge Gesicht war ausdruckslos, das flammendrote Haar leuchtete im trüben Licht. Das Haar war wirklich bemerkenswert. Für einige Kinder wäre es eine unerträgliche Qual gewesen, aber der junge Longfox trug es mit ebenso unerschütterlicher Ruhe wie seinen Namen. Beides war natürlich auf seine Weise eine Auszeichnung. Richard Longfox, der Vater, hatte eine glänzende Karriere als Wissenschaftler gemacht und war weithin berühmt, ehe er auf der Antarktis-Expedition 507 viel zu früh den Tod fand. Nach Ansicht des Schulleiters hatte der Junge seine Intelligenz geerbt. Das Haar wiederum stammte aus der Familie seiner Mutter Sophia. Sie war eine Tochter des Earl of Pontisbright, dessen Titel in den dreißiger Jahren auf so romantische Weise wiederbelebt worden war, und die Haarfarbe dieser Familie war Legende. Im Augenblick hielt sie sich bei ihrem Vater in Südamerika auf, und Edward sollte die paar Ferientage bei einem anderen Mitglied der Sippe verbringen, bei Lady Amanda, die sich bei Alandel Aeroplanes einen Namen gemacht hatte. Ach ja, sie war mit diesem höchst eigenartigen Albert Campion verheiratet. Mason dachte unwillkürlich, daß Edward sich in diese Familie reibungslos einfügen würde, der Junge sah bereits jetzt wie ein Exzentriker aus.

Der Lehrer ging ein Stück weiter den Korridor entlang, um einen Blick auf Sam zu werfen. Der kleine Junge saß seinem Cousin gegenüber, auf seinem Knie lag ein zusammengefaltetes Comic-Heft, und sein rosiges Gesicht war so undurchdringlich, wie es nur bei einem Kind möglich ist. Kinder waren in diesem Alter wie Eier, überlegte Mason. Gott allein wußte, was später ausschlüpfen würde.

Im Moment hatte Helena Ferris' Sohn ein Engelsgesicht, strohblondes Haar und die grauen Augen seiner Mutter. Er saß aufrecht auf der Sitzkante, mit einem Fuß stützte er sich auf dem Boden ab, um nicht das Gleichgewicht zu verlieren, wenn der Zug über die Weichen holperte. Er schien ebenso in Gedanken versunken wie sein Cousin. Während die Kinder in den beiden anderen Abteilen sich wie eingesperrte Welpen in einem Zoogeschäft um die Fenster drängten, benahmen sich diese beiden wie kleine alte Männer, die ganz mit ihren eigenen Sorgen beschäftigt waren. Mason mußte wieder an die Verleumdungsklage denken, und seine Gereiztheit steigerte sich. Er gehörte nicht zu jenem Teil des Lehrerzimmers, der der Ansicht war, Philip Allenbury hätte den alten ›Revolverblatt‹ Pellet, den Prüfer, keinesfalls verklagen dürfen, ganz gleich, was der alte Idiot auch an den Schulleiter geschrieben haben mochte, aber er fand es bedauerlich, daß der Lehrer sich nicht von dem Verdacht reinwaschen konnte, ohne die Kinder in den Streit hineinzuziehen. Er grübelte noch immer über die ganze unerhörte Geschichte nach und fragte sich, was in aller Welt eigentlich wirklich passiert war, denn wie man es auch betrachtete, die Sache roch doch ziemlich faul, als der Zug polternd in den Bahnhof einfuhr und er von einer aufgeregten Menge umringt wurde.

Der für St. Josephus reservierte Waggon befand sich ziemlich weit vorne und kam unter der Fußgängerbrücke zum Stehen, wo der Bahnsteig sehr schmal und noch dunkler war als der übrige Bahnhof. Der Zug war voll, und die kleine Gruppe von Verwandten, die auf die Jungen warteten, wurde ständig durch den Strom von Reisenden aus den hinteren Waggons auseinandergedrängt. Es herrschte ein heilloses Durcheinander, und der Lehrer löste das Problem, indem er selbst ausstieg, seine Schützlinge aber im Korridor zurückhielt und sie einzeln aufrief, wenn sich eine Begleitperson meldete. Die Hälfte hatte er auf diese Weise schon entlassen, als eine barhäuptige junge Frau mit verschnörkelter Brille in einem dunklen Mantel an die Reihe kam und ein paar Sekunden lang eindringlich auf ihn einredete. Die Kinder im Zug hörten sie nicht, aber eine leichte Unruhe verbreitete sich in der Menge, und eine Nachricht wurde hastig nach hinten weitergegeben: »Ferris und Longfox, Ferris und Longfox. Beeilt euch, los, macht mal Dampf.«

Mason blickte vom Bahnsteig auf, als die beiden erschienen. Obwohl Edward schon fast zwölf war, war er nicht größer als sein achteinhalbjähriger Cousin, und sie gaben ein recht rührendes Bild ab, als sie mit überraschten, im trüben Licht unnatürlich ernst wirkenden Gesichtern einen Moment lang oben an der Tür stehenblieben und die Frau ansahen, die ihnen sichtlich fremd war.

Mason hob den kleineren Jungen herunter, winkte dem anderen, und dann standen sie alle neben dem Mädchen, das den beiden Kindern aufmunternd zulächelte.

Der junge Mann räusperte sich verlegen, er war nicht weniger nervös als die Jungen. »Hör mal, Ferris«, sagte er freundlich. »Das ist Miss ...?«

»Lewis«, kam sie ihm schnell zu Hilfe. »Vom Krankenhaus.«

»Ja, ja, ich verstehe.« Er wollte sie zum Schweigen bringen. »Aber sie sagten doch, es sei nichts Ernstes?«

»Nein, das nicht, aber sie möchte ihn gern sehen. Er soll jetzt gleich mitkommen.« Sie griff nach Sams Hand. Der Junge wehrte sich nicht und sprach kein Wort, warf aber seinem Cousin, der sich jetzt vordrängte, einen scharfen Blick zu.

»Wir dachten eigentlich, Mrs. Ferris würde uns abholen«, sagte Edward, und seine Stimme klang heiser und für einen so kleinen Jungen überraschend artikuliert.

»Sie wurde aufgehalten.« Mason hatte schon gesprochen, ehe Miss Lewis zu einer Erklärung ansetzen konnte. »Sie hatte einen kleinen Unfall, aber es ist nicht weiter schlimm. Sams Mutter möchte ihn gern sehen, und deshalb wird er jetzt direkt zu ihr fahren. Du kommst doch sicher alleine zurecht, Longfox?«

»Vielleicht möchte sein Cousin uns begleiten?« fragte Miss

Lewis schnell. Sie war sichtlich besorgt und sehr in Eile. »Für den Kleinen wäre es doch schön, einen Freund bei sich zu haben.«

Mason zögerte. Das klang bedenklicher, als er vorher gedacht hatte, aber ehe er eingreifen konnte, hatte Miss Lewis Edward zugelächelt, der nahm ziemlich unerwartet ihre andere Hand, und dann eilten sie alle drei davon, den Bahnsteig entlang und auf die Schranke zu.

Mason wurde sofort von der Mutter eines anderen Jungen mit Beschlag belegt und hatte keine Zeit, sich weitere Gedanken über den Vorfall zu machen, obwohl ihm die Sache unterschwellig nicht ganz geheuer war. Vielleicht hätte er die Frau zurückhalten sollen, um die Jungen selbst zu begleiten, aber er war im Moment wirklich vollauf beschäftigt, und Miss Lewis hatte offenbar nicht länger warten können. Hoffentlich war der Mama des kleinen Ferris nichts wirklich Schlimmes zugestoßen.

Die junge barhäuptige Frau mit dem wehenden Mantel und die beiden Jungen, die jeweils einen kleinen Koffer in der freien Hand trugen, hasteten schweigend über den Betonstreifen. Die Kinder sagten nichts, und die Frau schien sich zu große Sorgen zu machen, um sich zu unterhalten. Sobald sie jedoch die Schranke passiert hatten, zur Brücke hinaufstiegen und schließlich unter dem großen Glasdach des Hauptbahnsteigs standen, wurde sie ein wenig ruhiger.

»Da draußen auf der Straße wartet ein schönes großes Auto auf uns«, sagte sie. »Kennt ihr euch hier aus? Wir müssen nur noch durch die Schalterhalle und die Rampe hinauf, dann sind wir da. Du wirst deine Mutter bald sehen.«

Sam nickte. Er war sehr blaß geworden und hatte angefangen zu zittern, hielt aber Schritt mit ihr. Ebenso wie Edward auf der anderen Seite lief er ein wenig, wenn er sonst nicht mitkam. Sie fielen überhaupt nicht auf. Jetzt, zu Beginn der Kurzferien, waren überall im Bahnhof Frauen zu sehen, die mit langen Schritten dem Ausgang zustrebten und laufende

Kinder hinter sich herzogen, aber da das Gedränge nicht allzu groß war, kamen sie schnell voran.

Von der Schalterhalle, die gleichzeitig der Haupteingang des Bahnhofs ist, führen zwei große Doppeltüren hinaus auf den überdachten Weg, wo die Taxis warten, und neben der ersten Tür steht in der Regel ein Wachtmeister der Londoner Polizei. Diese Stadtpolizisten sind größer als alle anderen und sehen, wie manche Leute behaupten, auch besser und beeindruckender aus.

Polizeiwachtmeister Godfrey Hawkins, der an diesem Tag Dienst hatte, maß ohne Schuhe etwa eins achtzig und war ein Prachtexemplar von einem Mann in der Blüte seiner Jahre. Sein Helm und die Silberknöpfe versinnbildlichten in angemessener Weise seine Autorität. Sichtlich gelangweilt starrte er über die Köpfe der hinausströmenden Fahrgäste hinweg.

Eine heisere Stimme irgendwo in Höhe seiner Körpermitte ließ ihn aufschrecken, und die erstaunliche Behauptung, die diese Stimme vorbrachte, verblüffte ihn so, daß er nicht gleich reagierte.

»Wachtmeister«, sagte die Stimme, sie klang noch jung, aber Herkunft und Wesensart machten sie unverwechselbar. »Ich möchte Sie bitten, diese Dame festzunehmen. Sie versucht gerade, mich und meinen Cousin zu entführen.«

Vor Godfrey entstand eine hastige Bewegung, er blickte nach unten und sah einen leuchtend roten Haarschopf, zwei zappelnde Kinder, einen schwarzen Mantel, der um eine bebrillte Gestalt herumwehte. Dann riß sich das zweite Kind los, stürzte sich auf die stämmigen, blaubehosten Beine des Polizisten und klammerte sich daran fest wie an einem Baum.

»Passen Sie auf!« Die Stimme klang hoch und schrill. »Passen Sie auf! Sie ist eine Spionin!«

Alles, was der Wachtmeister jemals über die nicht auszurottende Albernheit kleiner Jungen gehört hatte, schoß ihm in diesem Moment durch den Kopf, und er war gerade im Begriff, den kleinen Sam auf die Füße zu stellen und ihm in wohlgesetzten Worten begreiflich zu machen, wie wenig ratsam es sei, mit einem Hüter des Gesetzes seine Scherze zu treiben, als das Unglaubliche geschah.

Miss Lewis ergriff die Flucht und lief die Rampe hinauf und auf die belebte Straße zu, ihr Mantel bauschte sich hinter ihr, und ihre Schuhe klapperten auf dem Pflaster.

Im gleichen Augenblick fegte ein Mann, der sich im Schatten des Fahrkartenschalters herumgedrückt hatte, an der verdutzten kleinen Gruppe vorbei und rannte hinter ihr her die Auffahrt hinauf.

4
In Sicherheit

»Ach, meine Lieben! Es tut mir so leid!« Helena bemühte sich, das Zittern zu unterdrücken. Trotz des sorgfältigen Make-ups und des goldfarbenen Wollkostüms wirkte sie aufgelöst. Sie war schon in einer besonderen Stimmung eingetroffen, und die Nachricht vom Abenteuer der beiden Jungen, mit der sie im Pfarrhaus empfangen wurde, hatte ihre Selbstbeherrschung endgültig ins Wanken gebracht. »Bitte verzeih mir, Onkel Hubert, und du auch, Amanda. Es ist wirklich nur, weil ich so froh bin, endlich hier zu sein. Ihr habt ja keine Ahnung, wie himmlisch dieser Raum ist, wenn man von der Insel kommt!«

Sie lächelte ihnen unter Tränen über den Tisch mit seiner roten Chenilledecke, dem Häkeldeckchen und dem Teetablett mit dem Blümchenporzellan und der verbeulten, aber blankpolierten Silberkanne hinweg zu.

Es war fast sechs, und der Salon sah genauso aus, wie alle Anwesenden ihn in Erinnerung hatten, anheimelnd, behaglich und scheinbar ewig unveränderlich.

Kanonikus Avril saß in seinem besten Stuhl mit der hohen Lehne am Feuer. Er war an den Vorgängen brennend interessiert und freute sich aufrichtig, wieder alle beisammen zu haben. Ihm gegenüber in der Fensternische saß Lady Amanda, die Schwester des Earl of Pontisbright und Lady Mary, die Helenas Mutter war. Diese bemerkenswerte Person hatte Ende der dreißiger und Anfang der vierziger Jahre aus eigener Kraft als einer der Hauptkonstrukteure von Alandel Aeroplanes Karriere gemacht. Nun war sie eine immer noch schlanke Frau mit herzförmigem Gesicht und klaren, hellbraunen Augen. Das leuchtendrote Haar der Pontisbright pflegt im Laufe der Jahre ein wenig nachzudunkeln, aber in der gutsitzenden, glatten Frisur, die sich um ihren runden Kopf schmiegte, funkelte immer noch etwas von der alten Glut. Einer ihrer größten Reize war ihre Stimme, die ebenso jung geblieben war wie ihre Begeisterungsfähigkeit, und als sie jetzt sprach, hätte man glauben können, ein junges Mädchen zu hören.

»Jeder Schock treibt einem die Tränen in die Augen«, sagte sie. »Wir waren so durchdrungen von unserer Geschichte, daß wir dich gleich damit überfallen haben, als du aufgetaucht bist. Albert ist sofort zur Liverpool Street gerast, als der Anruf des Bahnhofsvorstehers kam, und er hatte angerufen, kurz bevor du kamst, um uns zu sagen, sie würden gleich nach Scotland Yard weiterfahren und sich die Kartei ansehen. Onkel Hubert und ich haben eben darüber gesprochen, wie es denn möglich sei, daß die Jungen sich so geschickt verhalten haben.«

»Stellt euch nur vor, wenn sie mitgegangen wären!«

»Aber das haben sie nicht getan«, sagte Avril. »Sie haben gewartet, bis sie direkt vor einem Polizisten standen, und dann haben sie gemeinsam gehandelt. Edward hat sie beschuldigt, und Sam hat seinen Cousin unterstützt.«

»Was hat er gesagt?«

»Das wissen wir noch nicht«, schaltete sich Amanda ein. »Wir haben nur gehört, daß eine Frau versuchte, sie mitzunehmen, und daß sie sie durchschaut haben. Sie werden ganz schön von sich eingenommen sein, wenn sie sie in der ›Verbrechergalerie‹ wiederfinden. Vermutlich wollte sie Lösegeld verlangen.«

Helena schauderte. »Es könnte auch etwas ganz anderes dahinterstecken. Ich wünschte, sie wären schon zu Hause. Albert wird doch sicher nicht länger mit ihnen wegbleiben als nötig, oder?«

Amanda grinste. »Er würde nicht mit ihnen ins Kino gehen, wenn du das meinst. Aber wenn sie schon im Gebäude sind, könnte es sein, daß sie bei Charley Luke reinschauen, und das kann Stunden dauern, besonders wenn sie auch noch mit ihm reden wollen.«

Der Kanonikus warf einen Blick auf die Uhr mit dem Sensenmann auf dem Kaminsims. »Albert muß jeden Augenblick kommen«, sagte er. »Ein Anwalt hat sich angemeldet, um mit Sam zu sprechen. Das hat Albert mir selbst gesagt. Wozu in aller Welt braucht das Kind einen Rechtsanwalt?«

»Es geht um diesen Verleumdungsfall, Onkel. Hat man dir davon noch nichts erzählt?«

»Nein, ich fürchte, das haben wir ganz vergessen. Wir waren eben erst eingetroffen, als der Anruf vom Bahnhof kam«, entschuldigte sich Amanda. »Und seither habe ich nichts gesagt, weil ich das alles so verrückt finde. Ich war eigentlich der Ansicht, sowohl das College als auch die Preparatory School hätten etwas dagegen, wenn sich die Angehörigen des Lehrkörpers gegenseitig vor den Kadi schleppen.«

»So ist es auch.« Helena stürzte sich erleichtert auf das neue Thema. »Sams junger Klassenlehrer in St. Josephus, er heißt Philip Allenbury, sah sich gezwungen, einen pensionierten Englischlehrer von Totham zu verklagen, der als Sonderprüfer fungierte. Es ist alles im letzten Trimester passiert – Sam war erst kurz an der Schule. Sam soll aussagen, daß er gesehen hatte, wie Mr. Allenbury eine Mappe öffnete, die auf seinem Tisch liegengeblieben war, und sich einen Prüfungsbogen für einen Jungen ansah, der in der Krankenstube lag, weil er sich ein Bein gebrochen hatte. Für das Kind war diese Prüfung entsetzlich wichtig, sie sollte entscheiden, ob er in Totham aufgenommen wurde oder endgültig durchgefallen war. Der Prüfer ist ein altes Ekel und hat den Lehrer schriftlich beim Schulleiter beschuldigt. Er hat auch an alle Schulbeiräte geschrieben.«

»Du lieber Himmel, wie entsetzlich gründlich.« Amanda mußte unwillkürlich lachen. »Ja, natürlich, das konnte der junge Mann nicht auf sich sitzenlassen. Was sagt denn Sam dazu?«

»Er ist so still, ich kann das gar nicht begreifen. Er war der einzige Zeuge. Er war allein in dem Klassenzimmer, als es passierte, er mußte nachsitzen, und man hatte ihm eine Übungsarbeit aufgebrummt. Beide Seiten haben mit ihm gesprochen, und der Schulleiter meint, es wäre besser, wenn die Anwälte sich zu Hause mit ihm unterhalten würden.«

»Gibt es sonst noch irgendwelche Hinweise?«

»Eine ganze Menge. Der Junge mit dem gebrochenen Bein – er ist ein Freund von Edward – hatte sechs Wochen verloren und nicht alle Bücher lesen können, die auf der Liste für Englisch standen. Englisch ist das einzige Fach, in dem er schwach ist. Es waren sechs Bücher, die üblichen Sachen: *A Midsummer Night's Dream, The Fortunes of Nigel, Treasure Island, The Lays of Ancient Rome* und noch zwei weitere, an die ich mich nicht erinnern kann. Der Junge hat sich nur mit dem Shakespeare ernsthaft beschäftigt. Der Prüfer – er heißt Pellet, und sie nennen ihn Revolverblatt – traf am Abend vor der Prüfung in St. Josephus ein und suchte Mr. Allenbury auf, der alle Vorbereitungen getroffen hatte. Allenbury war allein, bis auf Sam, der ganz hinten im Zimmer saß. Die beiden Männer unterhielten sich ganz normal, bis Allenbury erwähnte, was für ein Pechvogel der verletzte Junge doch sei, und einfließen ließ, er habe nur für dieses einzige Buch Zeit gehabt. Sam sagt, Pellet sei sofort rot angelaufen und habe gefaucht: ›Das war aber eine sehr unpassende Bemerkung, Allenbury!‹ Dann sei er zornig hinausgestapft und habe die Aktenmappe auf dem Tisch stehenlassen.«

»Er fühlte sich wohl unter Druck gesetzt.« Avril schien dafür Verständnis zu haben. »Und was dann?«

»Dann kam Mr. Pellet zurück, riß mit wütendem Gesicht seine Tasche an sich und stürmte wieder hinaus.«

»Hatte Allenbury hineingeschaut?« wollte Amanda wissen.

»Das weiß ich nicht. Vielleicht bringt der Anwalt es aus Sam heraus, mir ist es nicht gelungen.« Helenas graue Augen sahen sie kurz an. »Zu allem Unglück ging Allenbury später am Abend auch noch hinüber in die Krankenstube, um den Jungen zu besuchen, und seiner Darstellung nach bat ihn der plötzlich um ein Exemplar von *The Lays**, das er nicht einmal mitgenommen hatte. Allenbury ging in die Schule zurück, holte ihm das Buch, und der Junge hat die ganze Nacht gepaukt. Als Pellet ihm am nächsten Morgen den Prüfungsbogen vorlegte, gingen tatsächlich alle Fragen in Englischer Literatur über *The Lays*.«

»Ach du meine Güte.«

»Ich weiß. Was noch schlimmer ist, alle Lehrer von St. Josephus waren überzeugt davon, daß man gerade dieses Buch nicht auswählen würde. Macaulay ist aus der Mode gekommen, und man wußte, daß Pellet diesen Text nicht mochte, weil sich die holprigen Verse so leicht einprägen.«

»Der Mann tut mir leid!« sagte Avril. »Oh, hallo, Mrs. Talisman, was gibt's?«

»Ein Herr, Sir.« Sie war ein wenig aufgeregt. »Ein Mr. Anderton, der Sam sprechen möchte.«

Helena stand auf. »Das ist Mr. Pellets Anwalt. Er kommt etwas zu früh. Soll ich ihn in dein Arbeitszimmer führen, Onkel Hubert?«

»Nein, ich glaube nicht. Bitten Sie ihn hier herein, Mrs. Talisman.« Avrils Autorität war von der altmodischen Sorte. »Wir wollen doch nicht, daß das Verhör allzu privat wird, nicht wahr? Jedenfalls war der Schulleiter dieser Ansicht, und ich stimme ihm zu. Wir werden sehen, ob wir ihm helfen können.«

Die beiden Frauen hatten keine Gelegenheit zu widersprechen. Mr. Anderton kam leichten Schrittes ins Zimmer, doch seine Miene veränderte sich, als er sich unerwartet so vielen Menschen gegenübersah. Er war schlank, noch ziemlich jung, nicht ganz der geschniegelte Typ des modernen Rechtsvertre-

* Thomas B. Macaulay, The Lays of Ancient Rome (Altrömische Heldenlieder)

ters, aber doch sehr gewandt, mit geschliffenen Manieren und einer gelegentlich mit unvermutetem Humor gewürzten Lebensanschauung. Im Augenblick schien er hauptsächlich neugierig zu sein, und diese Neugier umgab ihn wie ein Geruch.

Er erkannte sofort Avrils Autorität und wandte sich deshalb an ihn. Helena streifte er nur mit einem respektvollen Seitenblick.

»Ich bin etwas früher gekommen, weil ich dachte, ich könnte vielleicht ein paar Worte mit dem Vater des Jungen sprechen«, sagte er, sah sich um und registrierte mit einem Blick die alten Möbel, das Silber und die abgetretenen Perserteppiche. »Ich wußte nicht, daß er nicht hier wohnt...?«

Er ließ die Frage im Raum stehen, und Helena erbarmte sich und gab ihm eine Antwort.

»Mein Mann mußte auf der Forschungsstation bleiben«, sagte sie. »Er ist nämlich Wissenschaftler...«

»Forschungsstation?« Er wiederholte das Wort überrascht und gleichzeitig so, als sei es eine Offenbarung. »Tatsächlich? Ach, ich bitte um Verzeihung, davon hatte ich ja keine Ahnung! Sie müssen mir vergeben. Ich dachte... ich meine, ich bin davon ausgegangen, er habe irgendwie mit dem Diplomatischen...« Er riß sich entschlossen zusammen. »Sie müssen mir verzeihen«, fing er noch einmal von vorne an. »Ich hätte sie nicht belästigen dürfen. Ich hätte telefonieren sollen, aber wir hatten uns ja bereits verabredet, und ich befand mich sozusagen auf dem Heimweg, deshalb habe ich mir die Freiheit genommen, kurz vorbeizuschauen.«

»Sie wollen Sam also doch nicht sprechen? Großartig!« Der alte Avril hatte dem Besucher offenbar ohne Mühe folgen können. »Ausgezeichnet! Ein so junger Mensch wäre mit diesem Problem vielleicht doch etwas überfordert gewesen. Darf ich fragen, warum Sie sich entschlossen haben, ihn nicht damit zu behelligen?«

»Mr. Pellett hat den Vorwurf zurückgenommen und will sich entschuldigen, und Mr. Allenbury verzichtet auf seine

Klage.« Mr. Anderton war so verdutzt, daß er sich ganz einfach ausdrückte. »Ich habe es erst eine halbe Stunde vor meinem Aufbruch gehört.«

»Das scheint Sie sehr zu überraschen?« Wie immer war der Kanonikus interessiert, wenn jemand Neuigkeiten zu berichten hatte. »Dachten Sie denn nicht, daß Mr. Pellett nachgeben würde?«

»Ich hätte geschworen, daß er es nicht tun würde!« platzte der Anwalt heraus. »Mr. Pellett ist wirklich ein sehr willensstarker Mann. Offen gesagt, ich bin sehr erstaunt über diese neue Entwicklung. Er hat mich allerdings persönlich davon unterrichtet, sonst hätte ich es gar nicht geglaubt. Ich entnahm seinen Worten, daß man auf beide Seiten einen gewissen Druck ausgeübt hatte, und vermutete zu Recht oder Unrecht, daß dieser Druck von *hier*, von der Familie des Kindes ausgegangen sein müsse. Aber augenscheinlich befinde ich mich da in einem Irrtum?«

»Ich denke schon. Mir ist nichts dergleichen bekannt.«

»Ich verstehe. Dann hat vielleicht eine sehr einflußreiche Stelle auf die beiden Schulen eingewirkt? Eventuell der... Arbeitgeber Ihres Mannes, Mrs. Ferris?« Er warf ihr einen wissenden Blick zu, aber sie sah ihn nur verständnislos an, und ein Schatten legte sich über ihre Züge.

»Selbst wenn es so wäre, wir hier wüßten bestimmt als letzte darüber Bescheid«, sagte sie kalt und fügte hinzu, um die Abfuhr zu mildern: »Dürfen wir Ihnen eine Tasse Tee anbieten?«

Er lehnte höflich ab und machte sich daran, sich mit so viel Charme zu verabschieden, wie er aufbringen konnte. »Was für eine Aussicht!« bemerkte er und nickte zum Fenster hin. »Von draußen hat man ja keine Ahnung, daß es so etwas noch gibt.«

Die Ablenkung hatte Erfolg, alle Augen wandten sich für einen Moment einer jener Ansichten von London zu, denen diese Stadt den Ruf verdankt, eine der beliebtesten und gleichzeitig ungewöhnlichsten Metropolen der ganzen Welt zu sein.

Auf der anderen Seite des kleinen Platzes erhob sich eine Backsteinmauer mit einer gitterähnlichen Einfassung. Dahinter, etwa drei Meter tiefer, führte eine kurze, breite Straße zu den hell erleuchteten Kaufhäusern an der Portminster Row hinab, wo rote Busse sich durch den Verkehr quälten und Scharen von Menschen nach Hause eilten. Der Architekt, der das Pfarrhaus entworfen hatte, mußte dieses Bild vor Augen gehabt haben, die Silhouetten der Bäume auf dem Platz, die wie ein Spitzeneinsatz durchbrochene Mauerkante, dahinter die Lichter der Straße und darüber wie ein Vorhang der tiefblaue Londoner Abendschatten, der die Türme und Kamine der entfernteren Stadtbezirke verhüllte. Diesen Anblick konnte man im Pfarrhaus allabendlich genießen, und die roten Samtportieren wurden immer erst zugezogen, wenn das Saphirblau verblaßt war und die Lichter nicht mehr gelb, sondern weiß strahlten.

Während nun an diesem Abend alle im Salon Versammelten hinausschauten, bog ein Wagen in die einzige Zufahrt des Platzes ein, und Amanda stand auf. »Da sind sie ja!« sagte sie erleichtert.

Mr. Anderton flüchtete und kam in der Diele an zwei Jungen und zwei Männern vorbei. Sie sprachen nicht mit ihm, sondern traten nur kurz beiseite und gingen dann weiter auf die offene Tür des Salons zu.

Erst als die Haustür sich hinter dem Anwalt geschlossen hatte und die anderen alle im Zimmer waren, kam die Rede auf ihn.

Inzwischen hing Sam am Arm seiner Mutter, Edward schüttelte Amanda feierlich die Hand, und Polizeichef Charles Luke wurde freudig vom Kanonikus begrüßt, der ihn besonders schätzte. Albert Campion, der als letzter eingetreten war, stellte die Frage, während er die Tür zumachte.

»Wer ist denn da eben weggelaufen?« Seine helle, liebenswürdige Stimme konnte den Trubel kaum übertönen, aber sie klang sehr bestimmt, und die Antwort kam spontan, ohne weitere Überlegung aus dem jüngsten Mund in diesem Zimmer.

»Das war doch nur der dumme alte Rechtsanwalt«, sagte Sam über Helenas Arme hinweg. »Dem Himmel sei Dank, er will jetzt nicht mehr mit mir sprechen.«

5

Longfox' I.I.

Alle verstummten betroffen. Sam war puterrot geworden, betrachtete angelegentlich seine Schuhe und drückte sich fest an seine Mutter, die am Tisch saß und den Arm um ihn gelegt hatte.

Die beiden neu hinzugekommenen Erwachsenen waren überrascht zusammengezuckt. Mr. Albert Campion, ein dünner Mann mit hellem Haar, hellen Augen und einem trügerisch ausdruckslosen Gesicht, warf dem Kleinen durch seine Hornbrille einen nachdenklichen Blick zu, und Polizeichef Luke gestattete sich ein verwirrtes Lächeln. Er setzte gerade zum Sprechen an, als Helena ihm zuvorkam und geradezu wütend nicht auf Sam, sondern auf Edward losging.

»Woher hat Sam das gewußt?«

Der Junge antwortete nicht sofort. Er hatte das Zimmer durchquert und war dann stehengeblieben, mit hochgezogenen Schultern, die Hände in den Taschen seines Regenmantels vergraben. Sein langer Schal in den Schulfarben, blau mit Querstreifen, war zweimal um seinen Hals gewickelt, und er wirkte verlegen, wie eine etwas schüchterne ältere Dame, die unerwartet mit einer peinlichen gesellschaftlichen Situation konfrontiert wird.

»Ach, ich glaube, das hat er einfach erraten«, murmelte er schließlich. »So furchtbar schwierig war das doch nicht, oder?«

»Wie konntest du wissen, daß man die Klage fallengelassen hat?«

»*Ich* wußte es ja nicht, Tante Helena.« Er schenkte ihr ein reizendes, respektvolles Lächeln, das sein spitzes Gesicht verwandelte. »Aber Sam hätte darauf kommen können.

Schließlich hatte der Anwalt nicht gewartet, um mit ihm zu sprechen, nicht wahr?«

Sie kehrte ihm in ungerechtfertigter Empörung den Rükken zu. »Ach, Edward – laß Sam bitte selbst reden, ja!«

»Mach dir doch keine Sorgen«, flüsterte ihr der kleine Junge ins Ohr. »Edward und ich sind ziemlich müde. Erst sind wir diese gräßliche Frau am Bahnhof losgeworden. Das haben wir beide gemacht. Wir sind gemeinsam auf die Idee gekommen. Seither haben wir uns Fotos angesehen und versucht, sie wiederzufinden.«

»Sie fertigen ein Phantombild an.« Edwards ganz natürliches Interesse an solchen Dingen löste allgemein die Spannung. »Vielleicht senden sie es sogar im Fernsehen«, fügte er mit einem Seitenblick auf Amanda hinzu.

»Wir werden runtergehen und es uns ansehen«, versprach sie. »Wie wäre es jetzt mit etwas zu essen?«

»Wir haben schon gegessen.« Sam entspannte sich allmählich. »Wir waren in der Kantine. Inspektor Ferguson hat uns mitgenommen. Er ist ganz toll. Er hat Tausende von Bildern von allen möglichen Ganoven. Aus den verschiedensten Bereichen. Wirklich interessant. Wir haben Bohnen gegessen und ihm zugehört, bis Polizeichef Luke Zeit für uns hatte. Aber dann war Onkel Albert nicht da. Deshalb sind wir auch so spät gekommen.«

»Ein alter Freund hat mich rufen lassen, und ich bin kurz über die Straße gegangen, um mit ihm zu sprechen«, sagte Mr. Campion, und es klang entschuldigend. »Er hat mir sein neues Büro gezeigt, und da haben wir nicht mehr auf die Zeit geachtet. Wir haben uns unterhalten.«

»Darüber, wer die Spione sind und wie man sie am besten fängt.« Sam sprudelte es fröhlich heraus. Er lachte und schien sehr glücklich zu sein. Im Raum wurde es ganz still. Mr. Campions Gesicht erstarrte, und Luke, der von Natur aus genau entgegengesetzt reagierte, machte einen schnellen Schritt nach vorne.

»Das reicht, junger Mann. Was weißt du?«

»Vielleicht doch lieber nicht, wie?« Der dünne Mann trat schnell dazwischen. »Erzähle uns über den Prüfungsbogen und Mr. Pellet, Sam. Ganz ruhig, alter Junge. Wer hat mit dir gesprochen? Du bist da einer aufregenden Sache auf der Spur, nicht wahr?«

»Ach, Albert, laß das doch! Merkst du denn nicht, daß es gar nicht Sam ist? Es ist der andere!« Helenas Ausbruch stiftete mehr Verwirrung als die Enthüllung ihres Sohnes. »Ich weiß, was es ist, und es ist beängstigend! Sie sind wie die Drummond-Brüder, die Zwillinge, die auf der Insel waren, bis einer von ihnen in den Tod getrieben wurde. Ich habe die ganze Geschichte heute erst gehört. Ich muß sofort Martin anrufen, er weiß sicher, was da zu tun ist.« Sie drückte ihren Sohn so fest an sich, daß der zu zappeln anfing. »Martin liebt Sam. So etwas war bestimmt nicht seine Absicht, und er wird es nicht zulassen, selbst wenn Paggen es erzwingen will. Sam und Edward sind Cousins, das ist der springende Punkt, und Edward ist älter und klüger und ...«

»Aber das ist vollkommen falsch.« Edward hatte sich kaum bewegt. In seinem Regenmantel und dem Schal wirkte er wie ein sehr würdevoller Zwerg, und seine unnahbare Intelligenz traf sie wie ein Vorwurf und hielt sie auf Abstand. »Du bist ein wenig schwer von Begriff, Tantchen, aber das kommt nur daher, daß du – verzeih mir – viel zu alt bist. Sam kann etwas ganz Bestimmtes besser als ich, und das liegt nur daran, daß er jünger ist. Jedenfalls glaube ich das.«

Amanda setzte sich auf, und ihr wertvollster Charakterzug, gesunder Menschenverstand mit Intuition gepaart, kam nun zum Vorschein und beruhigte den vor Spannung knisternden Raum.

»Wenn ihr beide euch nur interessant machen wollt, so ist euch das gelungen, soweit es mich betrifft«, bemerkte sie munter. »Entweder legt ihr jetzt schleunigst die Karten auf den Tisch, oder wir schicken euch ins Bett.«

Edward seufzte und wandte sich an Sam. »Ich glaube, du solltest ihnen die Geschichte mit dem Prüfungsbogen erzählen«, sagte er. »Vergiß nicht, wir dachten schließlich, du müßtest es auch dem Anwalt erklären.« Er brach unvermittelt ab und sah Helena an, als hätte sie etwas gesagt. »Es ist nicht wahr, daß ich ihn ›tyrannisiere‹! Würde ich sonst zulassen, daß er ständig etwas ausplaudert?«

Sam krähte vor Vergnügen. Er hatte ein entzückendes Lachen, verschmitzt und normal. »Ich war es!« erklärte er stolz. »Ich habe Edward erzählt, was Mr. Pellet auf den Prüfungsbogen gesetzt hatte. Ich meine, ich habe das Buch nur beschrieben, aber er hat erraten, welches es war, und deshalb fanden wir es nur fair, es auch dem alten Woodie in der Krankenstube zu erzählen.«

»Ihr solltet euch schämen. Und woher hast du es gewußt?« Offenbar hatte Amanda sich entschlossen, das Verhör zu leiten. »Warst du es, der in die Mappe geguckt hat?«

»O nein, Tantchen, so etwas würde ich nicht tun. Ehrlich nicht.« Sam hatte die Pose des interessanten Hellsehers aufgegeben. Jetzt war er nur noch ein ganz gewöhnlicher kleiner Junge, der sich verteidigte. »Ich habe es von Mr. Pellet aufgeschnappt, als er Allie zusammenstauchte.«

»*Mister* Allenbury. Hat Pellet es ihm gesagt?«

»Nein.« Wieder lief Sam rot an.

»Dann also zugeflüstert?«

Er schüttelte den Kopf.

»Nun komm schon, Sam, stell dich nicht so an!« mahnte Edward gereizt. »Wenn du es sagen willst, dann raus damit.«

»Nun ja, Mr. Pellet war stocksauer und dachte: ›Reingefallen, Allie. Es ist bestimmt nicht das, was du denkst!‹ Und dann dachte er, was es wirklich war, und ich habe das Signal klar und deutlich aufgefangen.«

»Natürlich!« rief der Kanonikus unbekümmert aus. »Früher nannte man das Telepathie. Bei manchen Menschen ist die Gabe in bestimmten Phasen ihres Lebens sehr ausgeprägt. Ich glaube nicht, daß du es pflegen solltest, Sam. Es ist nicht gesund, und du könntest leicht anfangen dir einzubilden, du seist anders als alle anderen. Du mußt ihm viel Nierenpudding geben, Helena. Das wird ihn kurieren.« Dann merkte er, daß das ein wenig schroff geklungen hatte, und er lächelte dem Kind zu, das ihn ganz merkwürdig ansah. »Sag mal«, fragte er, »hast du dein ›Signal‹ von Mr. Pellet in Worten oder als Bild empfangen?«

»Das ›Reingefallen, Allie!‹ war natürlich nur ein ›Gefühl‹.« Für Sam waren solche Fragen offensichtlich nichts Neues. »Und die Beschreibung des Buches war ein Bild – Römer auf einer Brücke, die so tun, als kämpften sie.«

»Eine Handbreit ragte das gute Schwert hinter dem Kopf des Toskaners hervor«, zitierte der Kanonikus verwundert. »Ich würde nicht sagen, daß sie nur so getan haben!«

»Das wußte ich nicht.« Der kleine Junge war verlegen. »Ich bin noch nicht in dieser Klasse und habe das Buch nicht gelesen. Mr. Pellet glaubte jedenfalls, sie täten nur so!«

»Vielleicht kann sich dieser Mr. Pellet einen solchen Kampf nicht sehr gut vorstellen?« meinte Mr. Campion. »Das ist wirklich sehr interessant, Sam, und damit sehen wir schon viel klarer. Ich nehme an, du hast Edward von den Römern auf der Brücke erzählt, und er hat *The Lays* erkannt. Ich verstehe.«

Charley Luke trat unruhig von einem Fuß auf den anderen, und jetzt schaltete er sich wieder ein.

»Und was ist mir dir?« fragte er und blickte auf Edward hinab. »Kannst du auch auf diese Weise Gedankenbotschaften auffangen? Heute morgen hast du immerhin erkannt, daß es sich um einen Entführungsversuch handelte, und du hast dich an den Bobby gewandt. Wie machst du das? Hast du viel geübt?«

Edward musterte ihn unsicher. »Man braucht viel Übung«, gab er schließlich zu. »Und ich kann es nicht sehr gut.«

»Wer bringt euch so etwas bei? Ein Lehrer vielleicht?« Schon funkelte Mißbilligung in den schwarzen Augen.

»Du lieber Himmel, nein!« wehrte Edward verächtlich ab. «Lehrer wären dafür nicht zu gebrauchen!«

»Zu alt?«

»Ja, ich glaube schon!«

Dem Polizeichef kam eine neue Idee. »Was denke ich jetzt gerade?« wollte er wissen und machte ein undurchdringliches Gesicht, während er sich konzentrierte.

»Das weiß ich nicht, und so funktioniert es auch nicht. Die letzte Botschaft empfing ich von Ihnen, als Sie mich fragten, ob wir viel übten. Da waren Sie wütend, und Sie dachten, ich lüge.«

»Er hat alles für einen Schwindel gehalten«, mischte Sam sich ein.

Das Gesicht des Polizeichefs färbte sich dunkelrot, und dann sprachen beide Kinder gleichzeitig. »Das ist zu viel Gefühl. Und jetzt kommt gar kein Signal mehr.«

»Was soll das alles? Das gefällt mir gar nicht.« Der alte Avril runzelte die Stirn.

»Was habt ihr Kinder da in die Finger gekriegt? Edward, komm einmal her, mein Junge. Und jetzt nur die reine Wahrheit, wenn ich bitten darf! Erkläre es uns so, daß wir es alle verstehen können.«

Edward gab sich geschlagen. »Na schön, Onkel Hubert«, sagte er müde, »aber ich glaube, es könnte sehr gefährlich sein, wenn ich es euch zeige, wenn man bedenkt, was für Leute offenbar dahinter her sind.« Während er sprach, wikkelte er seinen Schal ab, und alle starrten ihn an, als sein magerer Hals sichtbar wurde. Sein Hemdkragen war offen, und auf seiner knochigen Brust war ein Streifen seines wollenen Unterhemds zu sehen. Seitlich an seinem Hals klebte ein elastisches Pflaster. Er schälte es vorsichtig ab, und als das unappetitliche, klebrige Gewebe in seiner Hand lag, hielt er es ihnen hin. In der Mitte, in die weiße Klebemasse eingebettet, befand sich ein kleiner silbriger Zylinder, einen guten Zentimeter lang.

Amanda beugte sich darüber. »Was in aller Welt ist das? Es sieht aus wie ein spezielles Transistorventil.«

»Ja«, sagte Edward und fügte beiläufig hinzu: »Sam kann das seine unter dem Arm tragen, wo es nicht so leicht zu entdecken ist, aber bei mir funktioniert es nur, wenn es direkt auf der Halsschlagader sitzt, und deshalb muß ich immer meinen Schal umbinden.« Er blickte vorwurfsvoll zum Kanonikus auf. »Du hast doch nicht wirklich gedacht, daß wir an Hexerei glauben, oder? Schließlich kommen wir aus Wissenschaftlerfamilien. Mit Magie haben wir nichts im Sinn!«

»Was ist das? Wie nennt ihr es?« Luke hatte vor Aufregung eine etwas feuchte Aussprache.

»Die Kinder bezeichnen es als ›Inni-Röhre‹.« Edward konnte den Stolz in seiner Stimme nicht unterdrücken. »Wegen der Anfangsbuchstaben. Wenn es einmal richtig funktioniert, möchte ich es ›Longfox-Instant-Informator‹ nennen, wenn niemand etwas dagegen hat, zum Andenken an meinen Vater. Aber Sam hat natürlich einen ziemlich großen Anteil daran. Er hat einen Teil der schwierigsten Forschungsarbeit durchgeführt, und im Moment, solange er noch so jung ist, kann niemand so gut damit umgehen wie er.«

6

Interessenten

»Ich würde die beiden Jungs viel lieber dem Kanonikus überlassen, und auf keinen Fall möchte ich, daß Helena sich noch mehr aufregt«, sagte Luke eindringlich, als er Mr. Campion in das verlassene Arbeitszimmer folgte.

Er war noch ziemlich jung, ein hochgewachsener Mann von ziemlich dunkler Hautfarbe, ein waschechter Londoner mit aufgewecktem Gesicht und schmalen Augen, über denen sich die Brauen wie gotische Spitzbögen wölbten. Außerdem war er ein guter Polizist, von ausgeglichenem Wesen, sein Mut erschöpfte sich nicht im Körperlichen, und sein Verstand funktionierte ausgezeichnet. Er war schnell zu einer einflußreichen Position aufgestiegen, was ihm aber kaum jemand neidete, und das Ungewöhnlichste an ihm war die geballte Kraft, die er ausstrahlte, und die ihm viele Freunde, freilich auch ein paar nervöse Feinde eingetragen hatte.

Das unaufgeräumte Zimmer war warm und behaglich, das Ordentlichste darin war die noch zusammengefaltete Abendzeitung, die Mrs. Talisman an den Rand des Schreibtischs gelegt hatte.

Aus purer Gewohnheit beugte Luke sich vor und warf einen Blick auf die Spalte mit den letzten Meldungen, wo über den Ausgang des Revisionsverfahrens eines berühmten Mörders berichtet wurde.

»Keine Begnadigung für Toller«, sagte er leise. »Kann nicht sagen, daß mich das überrascht. Wäre mir auch nicht recht, wenn er wieder frei herumliefe.«

Mr. Campion nickte zerstreut. »Wie geht's dem Inspektor?«

»Er wird's überleben, aber er wird nie wieder gehen können. Der Wachmann ist tot, und der Wachtmeister ebenfalls; er war erst dreiundzwanzig. Toller ist ein übler Bursche. Mich haßt er auch, er wird mich noch aus dem Grab heraus verfluchen, weil ich ihn erwischt habe.«

Er richtete sich auf und blickte seinen Freund an. Das Thema war für ihn erledigt, und er wandte sich wieder diesem neuen, atemberaubenden Problem zu.

»Nun?« erkundigte er sich.

»Ich glaube es einfach nicht«, sagte der dünne Mann langsam. »Es kann nicht wahr sein.«

»Wirklich nicht?« Im Grunde seines Herzens war Luke ein wenig naiv. Gewöhnlich war nichts davon zu merken, aber wenn er völlig ratlos war, zeigte er sich gelegentlich bereit, an Wunder zu glauben.

»Ich kann es nicht akzeptieren«, beharrte Mr. Campion. »Warum ist es nicht schon früher passiert? Die Menschen versuchen das doch seit Anbeginn der Zivilisation.«

Das konnte den Polizeichef nicht beeindrucken. »Vom Radio hat man das auch gesagt«, gab er zu bedenken. »›Als nächstes werden sie damit Verbrecher fangen!‹ spottete mein Vater, als er zum ersten Mal davon hörte. Aber ich gebe zu, daß es ein Geheimnis erster Güte ist. Daran kann kein Zweifel bestehen.« Er verstummte, und in seinen scharfen Augen blitzte die Neugier auf. »Ich dachte, man hätte dich vielleicht beim Sicherheitsdienst darüber informiert, als man dich heute nachmittag kommen ließ?«

Der dünne Mann ging nicht direkt auf diese Frage ein, statt dessen sagte er langsam: »Wenn es echt ist, ist es eine Sensation. Was ist das nun genau für ein Ding, und wo haben die Kinder nicht nur eines, sondern gleich zwei herbekommen?«

»Das werden wir bald erfahren.« Luke amüsierte sich über ihn. »Sie werden schon damit rausrücken. Sam muß es aus dem Labor seines Vaters gemopst haben oder aus der Werkstatt oder was immer es da unten bei Godley's gibt...«

»Und niemand hat es vermißt? Das ist unmöglich. Sie haben es seit Monaten.«

»Wer weiß schon, wie es bei solchen Einrichtungen mit der Zusammenarbeit steht«, erklärte Luke düster. »Nach allem, was ich höre, können diese Wissenschaftler, die da im stillen Kämmerlein an ihren Geheimprojekten arbeiten, trotz ihrer Intelligenz sehr menschlich sein ...«

»Ich weiß, aber das Ding funktioniert. Man könnte es demonstrieren.«

»Moment mal.« Der Polizeichef hob die Hand. »Warte. Funktioniert es wirklich? Was hat Edward denn ständig über Leute gesagt, die zu alt sind, um es zu verstehen? Wie alt ist er eigentlich, neun?«

»Über elf.«

»Tatsächlich? Dafür ist er aber noch sehr klein. Und er glaubt, er ist schon darüber hinaus. Ich frage mich, ob ...?«

Er verstummte, weil der alte Kanonikus mit einer Untertasse in der Hand langsam ins Zimmer kam. Er stellte sie auf den Schreibtisch und sah die beiden fragend an.

»Ich habe sie so hereingetragen, weil ich nicht glaube, daß es gut ist, wenn man sie fallen läßt. Andererseits finde ich wirklich nicht, daß sie in die Hände der beiden Jungen gehören, was meint ihr? Ich weiß, daß es heutzutage viele erstaunliche Apparate gibt, aber diese hier erscheinen mir doch sehr unpassend – schlechte Manieren, wenn nichts Schlimmeres.«

Die beiden schmierigen Zylinder lagen, jeder in seinem Klebepflaster, auf dem geblümten Porzellan und wirkten recht unansehnlich. Die beiden Jüngeren betrachteten sie skeptisch, und der Kanonikus ließ sich im Besuchersessel nieder.

»Ich konnte die Jungen nicht dazu bringen, mir zu verraten, wer sie ihnen gegeben hat«, erklärte er vergnügt. »Der kleine Sam weiß es selbst nicht, wie mir scheint, und Edward war sehr nervös, aber auch recht hartnäckig. Das einzige, was er mir versicherte, war, daß sie nicht gestohlen seien. ›Sie gehören wirklich uns‹, sagte er, und das habe ich ihm abgenommen. Aber sie können sie doch wohl nicht selbst gemacht haben, oder?«

Luke hatte die schlichten Silberzylinder untersucht und blickte jetzt auf. »In tausend Jahren nicht!«

»Das dachte ich mir. Also muß sie ihnen jemand gegeben haben. Ich wollte im Moment nicht weiter in die beiden dringen. Zur Sicherheit habe ich die Dinger hierher gebracht, und die Jungen habe ich hinaufgeschickt, damit sie Amanda und Helena helfen, die Zimmer herzurichten. Morgen früh, wenn sie sich beruhigt haben, werden wir viel mehr erreichen. Ich habe mir schon überlegt, ob sich Edward vielleicht irgend jemandem gegenüber verpflichtet fühlt.«

»Wem denn?« Luke war entsetzt, der Gedanke an Sicherheitsvorkehrungen schoß ihm durch den Kopf.

»Ach, irgendeinem Freund vielleicht. So ein Schwur unter Jungen.« Avril fand die ganze Sache offenbar nicht weiter verwunderlich. In seinem Leben waren schon eine Menge aufsehenerregender Geräte aufgetaucht. »Er hat sehr gezögert, sie mir anzuvertrauen«, fuhr er fort. »Ich glaube, er hält mich für überfordert und fürchtet, ich könnte sie zerbrechen oder sie in falsche Hände geben. Sehr stabil sehen sie ja wirklich nicht aus. Ich habe ihm jedenfalls versprochen, sie unter Verschluß zu halten.«

»Und das sollten Sie auch tun, Sir. In zehn Minuten.« Luke zog seine Jacke aus und nahm die Krawatte ab. »Auf die Halsschlagader, Campion, wenn ich bitten darf. Etwa *hier*, würde ich sagen.« Damit entblößte er seinen bemerkenswert sehnigen Hals und setzte sich an den Schreibtisch.

Der Kanonikus sah interessiert zu, und Mr. Campion hielt Luke die Untertasse hin. »Ein Glück, daß sie nur aufgeklebt und nicht implantiert werden müssen«, bemerkte er und betrachtete die kräftig pulsierende Ader. »Welches willst du haben?«

»Ich nehme das von Sam, sie sagten, er kann am besten

damit umgehen. So, jetzt werde ich mir nach der Uhr genau eine Minute Zeit lassen und mich mit aller Kraft konzentrieren. Du stoppst mit, Campion, und schickst mir eine Botschaft. Irgend etwas Unwahrscheinliches. Bist du soweit? Es geht los.«

Er nahm eines der Pflaster und drückte es auf die Haut, dann lehnte er sich mit geschlossenen Augen und gerunzelter Stirn steif zurück. Die Zeit verging sehr langsam. Luke saß völlig reglos, aber er gab sich alle Mühe. Der ganze Raum schien von seiner Anstrengung zu vibrieren. Endlich berührte Mr. Campion ihn an der Schulter, und er entspannte sich.

»Keinen Ton!« Er öffnete die Augen und lachte. »Ich fürchte...« Die Worte erstarben ihm auf den Lippen, ein zutiefst erstaunter Ausdruck trat in seine weit aufgerissenen Augen. Die nächsten fünf Sekunden sollten die beiden Männer, die ihn beobachteten, niemals vergessen. Luke hatte ein ausdrucksvolles Gesicht, und daher konnten sie wenigstens etwas von den inneren Qualen erkennen, die er durchlitt. Der anfänglichen Überraschung folgte Verwirrung, die von Zorn und schließlich von Angst abgelöst wurde. Eine Empfindung nach der anderen huschte über seine Züge wie die Schatten von Blättern, die über den Himmel geweht werden. Sie sahen, wie er sich bemühte, sich wieder unter Kontrolle zu bekommen. Der Schweiß trat ihm auf die Stirn, und als die Anstrengung größer und die Knöchel der um die Armlehnen gekrampften Hände weiß wurden, lief er ihm in dicken Tropfen über die Wangen und den Hals. Allmählich gewann sein starker Wille die Oberhand, und nach knapp dreißig Sekunden hob er eine Hand und riß sich das Pflaster ab.

»Heiliger Strohsack!« sagte er.

»Was ist passiert?« Mr. Campion sah ihn besorgt an, und der alte Kanonikus beugte sich ängstlich vor.

Der Polizeichef schüttelte den Kopf, als sei er unter Wasser gewesen. »Wie lange?« fragte er heiser. »Eine halbe Stunde? Am Ende bin ich ohnmächtig geworden, nicht wahr?«

»Alles in allem hat es keine halbe Minute gedauert.« Mr. Campion war zu überrascht, um taktvoll zu sein.

»Ach, hör doch auf!« Luke schwieg einen Moment, dann stand er auf und streckte sich vorsichtig. »Ich dachte, ich hätte einen Schlaganfall«, sagte er ganz ernst. »Ich war fest überzeugt, es sei nichts dahinter, verstehst du, und dann habe ich mich entspannt, und schon hat es mich erwischt...«

»*Was* hat dich erwischt?«

»Das weiß ich nicht genau.« Er rieb sich Gesicht und Nacken. »So muß man sich wohl fühlen, wenn man verrückt wird. Mein Verstand arbeitete mit rasender Geschwindigkeit, ein Gedanke jagte den nächsten, ehe er überhaupt richtig begonnen hatte. Mitgeteilt wurde nichts. Ich spürte alles sehr intensiv, aber nicht lange. Endlich kriegte ich Schiß, weil ich glaubte, ich sterbe, und da versuchte ich, aus dem Chaos rauszukommen – ich war völlig weggetreten!« Der Gedanke schien ihn zu trösten. »Ja, das muß es sein. Stell dir das mal vor! Ich hatte einen verdammten Anfall!«

»Der wie durch ein Wunder sofort vorbei war, als du dir dieses schmutzige Ding vom Hals gerissen hast?« Mr. Campion bückte sich und hob das Pflaster auf, das auf den Teppich gefallen war.

Luke wollte es nicht ansehen. »Leg es wieder zu den anderen«, sagte er energisch. »Es ist unglaublich, was ich an – äh – negativen Eindrücken empfangen habe. Darüber kann ich hier gar nicht sprechen.« Er sah Avril reumütig an. »Ich hätte schwören können, daß ich so etwas nicht in mir habe!« Sein Blick fiel auf die Zeitung, die vor ihm lag. »Das wäre eher *sein* Stil«, fügte er mit einer Kopfbewegung hinzu. »Zu ihm würde es passen. Wenn Toller plötzlich in mich hineingekrochen wäre...?« Er brach ab, und seine Augenbrauen gingen in die Höhe. »Heiliger Strohsack!« sagte er wieder. »Er hat eben erst die schlechte Nachricht gehört. Gut möglich, daß er jetzt an mich denkt! Aber er war es nicht allein. Das ging endlos so weiter, von Hunderten von Menschen. Was ist mit dir, Campion? Hast du versucht, etwas zu senden? Gespürt habe ich dich. Du warst schrecklich verlegen wegen Prune.«

Mr. Campion starrte ihn mit offenem Munde an, und seine schmalen Wangen röteten sich leicht. Lukes Liebesaffäre und die kurzlebige Ehe, die ihn zum Witwer gemacht und ihm eine kleine Tochter beschert hatte, war das einzige Thema, über das sich die beiden Freunde nie ganz hatten verständigen können. Mr. Campion hatte sich zu Beginn des Experiments auf ein Dorfgasthaus konzentriert, das sie beide kannten, aber dann war ihm eingefallen, daß der Polizeichef es gerade zu der Zeit am häufigsten frequentiert hatte, als er um das Mädchen warb, das alle seine Freunde für die unpassendste Frau hielten, die sie sich vorstellen konnten. Eine Woge der Verärgerung über sich selbst und die unglückliche Wahl, die er getroffen hatte, hatte Campion überschwemmt. Nun schien es, als habe nur dieser Teil seiner Gedanken den anderen erreicht.

Er sah ein, daß er Luke reinen Wein einschenken mußte, schon im Interesse der Wissenschaft.

»Ich habe versucht, dich an das Pub zu erinnern, wo sie schon am Morgen Bier servierten«, gestand er unglücklich. »Dann fiel mir ein, was für ein Trottel ich war, mir gerade das auszusuchen. Ich habe keine Verlegenheit gesendet, ich habe sie empfunden.«

Luke blinzelte verwundert. »Wenn nicht nur Gedanken von außen durchdringen, sondern auch Emotionen, dann erklärt das vieles«, sagte er endlich. »Ich dachte, es käme alles von mir, und das hat mich zu Tode erschreckt.«

»Sam sagte, Mr. Pellets ›Reingefallen!‹ sei ein ›Gefühl‹ gewesen«, bemerkte Avril. »Emotionen sind stark. Sie könnten die treibende Kraft sein.«

Luke probierte immer noch an sich herum, drehte den Kopf hin und her und streckte seine Finger.

»Es ist grauenhaft«, sagte er. »Ich hätte nichts isolieren können. Es war ein totales Chaos, der absolute Wirrwarr.«

»Wie ein schlecht eingestelltes Radio«, murmelte Mr. Campion.

»Noch viel schlimmer. Ich würde es nicht noch einmal versuchen, und ich würde es auch niemandem von euch erlauben, nicht ohne einen Arzt. Das Ding könnte einen zum kreischenden Irren machen. Es ist entsetzlich.«

»Und doch hast du überhaupt nichts gespürt, bis du dich entspannt hast.«

»Das ist richtig!« Er schien überrascht. »Solange ich mich bemühte, etwas zu empfangen, passierte überhaupt nichts. Sobald ich aufgab, stürzte alles auf mich ein wie ein Rudel Wölfe. Wenn die Kinder aus dieser Masse einzelne Personen und einzelne Gedanken herausfiltern können, dann sind sie Genies... vielleicht haben sie auch noch ein anderes Gerät. Wie wäre es damit?«

»Ich hab's!« sagte der Kanonikus plötzlich. »Das erklärt, warum es bei Kindern funktioniert, aber bei Erwachsenen nicht. Ihr Filtergerät ist eingebaut. Je jünger man ist, desto weniger Leute kennt man, desto weniger Gefühle löst man bei anderen aus, und desto weniger Tatsachen sind einem bewußt. Kinder empfangen nicht so viel wie Sie. Und was man nicht kennt, kann man auch nicht erkennen.«

Luke sah ihn nachdenklich an.

»Die Kinder empfangen also nur, was sie kennen? Ach, hören Sie doch auf! Was ist mit allem anderen? Das kann jeden vor Angst um den Verstand bringen, ob er nun erkennt, was es ist, oder nicht! Allein schon Toller...«

»Das glaube ich nicht«, widersprach Avril mit sanfter Beharrlichkeit. »Je weniger man weiß, desto weniger fürchtet man sich vor dem Unbekannten. Ein Kind kann in einem babylonischen Durcheinander nach der Stimme seiner Mutter suchen, und es wird sie finden; es ist die einzige Stimme, die einen Sinn ergibt, und deshalb auch die einzige, die es hört.«

Diese Behauptung mußte Luke erst verdauen. Dann lachte

er. »Ich bin zu alt dafür«, sagte er. »Gott sei Dank!« Und nach einer Pause fügte er hinzu: »Was wollen wir dagegen unternehmen?«

Mr. Campion begegnete seinem Blick. »Ich überlege gerade. Was meinst du denn?«

»Gemeldet muß es wohl werden«, sagte Luke schließlich. »›Kann von jüngeren Kindern über längere Zeit getragen werden, läßt aber den Chef der Kriminalpolizei in weniger als einer halben Minute vor Angst den Kopf verlieren.‹ Mit zwei Durchschlägen macht sich das prima!«

Sie waren noch immer nicht dahintergekommen, als Helena eintrat, um ihnen zu sagen, daß die Kinder im Bett seien und im Salon ein kaltes Abendessen bereitstünde. Aber noch später, als das Essen vorüber war und der Tisch abgeräumt wurde, ging Mr. Campion Luke nach, der vom Hauptapparat des Hauses, zu dem es auf jeder Etage eine Nebenstelle gab, einen Anruf entgegengenommen hatte. Das Telefon befand sich an einem Ort, wo es niemand vermutet hätte, nämlich in der Toilette. Dieser unentbehrliche Raum war beim Bau des Hauses vergessen und erst zu einem späteren Zeitpunkt eingebaut worden, zum Teil in einen Schrank unter der Treppe und zum Teil in einen Anrichteraum, der eine halbe Etage tiefer lag. Die Anlage war zwar praktisch, aber ungewöhnlich, und Campion setzte sich auf die kleine Treppe, die die beiden Ebenen miteinander verband, und hörte Luke zu, der sich in einer Nische unter dem Fenster die Hände wusch.

»Das war mein Büro«, sagte der Polizeichef. Er wirkte ein wenig bekümmert. »Deine Kumpel vom Sicherheitsdienst haben angefragt, ob wir die Geschichte mit der versuchten Entführung heute nachmittag fallen lassen können. Einfach fallen lassen. Genauso müssen sie die Verleumdungsklage in der Schule abgewürgt haben. Ohne Erklärung. Kaum ›bitte‹ haben sie gesagt.«

»Mich überrascht das nicht.«

»Tatsächlich? Dann wissen sie also, wer die Frau war?«

»Mein lieber Mann, ich mußte warten, bis man dich offiziell informiert hat, aber als ich dort war, kam gerade ein Bericht herein.«

»Soso! Und wer war sie?«

»Eine nicht besonders hübsche Spionin, jedenfalls hat man mir das zu verstehen gegeben.«

»Sam hatte also recht?«

»Scheint so. Ein sehr kleiner Fisch, aber doch als Agentin eingestuft. Ein Wagen, der einer ausländischen Botschaft gehörte, wartete oben an der Rampe. Als sie ohne die Kinder erschien, aber verfolgt wurde, ist er weggefahren.«

»Dann muß der Sicherheitsdienst jemanden auf sie angesetzt haben. Der hat sie bis auf die Straße gejagt und sie dann verloren.«

»Er hat nicht *sie* beschattet. Man hatte ihn von seinem Auftrag abgezogen, der darin bestand, die Schule zu überwachen. Er war im Zug gewesen und hatte den Vorfall beobachtet. Er erkannte die Frau. Sie ist Britin, aber politisch nicht zuverlässig und arbeitet in einem Buchladen.«

»Warum hat der Sicherheitsdienst die Schule überwachen lassen? Oder ist die Frage nicht erlaubt? Bei meiner Seele, ihr Burschen fallt mir wirklich auf die Nerven. Ihr müßt doch Unsummen verschleudern.«

Mr. Campion zuckte die Achseln. »Es war reine Routinesache. Irgendwann im Sommer hat sich ein junger Mann, der bei den Amerikanern auf der Liste der Verdächtigen stand, in St. Josephus als Junglehrer für Naturwissenschaften beworben und die Stelle auch bekommen. Zunächst schien weiter nichts dahinter zu sein, aber dann fiel jemandem auf, daß sich unter den neuen Jungen ein Kind von einer Forschungsstation befand, Sam. Es schien immer noch lächerlich, aber der Schulleiter bekam einen Tip, und der junge Mann mußte gehen.«

»Und warum hat man die Überwachung fortgesetzt?«

Mr. Campion kratzte sich am Ohr. »Das weiß ich auch nicht. Vermutlich, weil der Junge noch da war.«

Luke lachte. »Euer Verein hat wirklich Geld wie Heu!« sagte er. »Dann hast du also über die Dinger Bescheid gewußt, die die Kinder haben?«

»Nein.« Mr. Campion beteuerte es leidenschaftlich. »Mehr noch, ich weiß immer noch nichts darüber, und es würde mich wundern, wenn sonst jemand von unserer Seite eine Ahnung hätte.«

»Es hat aber den Anschein, als hätte die Gegenseite etwas gewittert.« Luke blinzelte unter einem Handtuch hervor, seine borstigen schwarzen Locken waren wild zerzaust. »Sie stammen natürlich von Godley's?«

»Kann wohl nicht anders sein.« Mr. Campions Stimme verriet, wie unsicher er war. »Soviel ich weiß, soll Paggen Mayo irgendein elektronisches Verfahren im Ärmel haben, anstelle von etwas anderem, was offenbar im Sande verlaufen ist – aber was es ist, weiß ich nicht. Den jüngsten Berichten nach soll diese neue Sache allerdings noch lange nicht einsatzfähig sein. Wenn es das ist, was die Kinder haben, dann übertrifft der Erfolg selbst die abenteuerlichsten Erwartungen, und so etwas zu verheimlichen, paßt weder zu ihm noch zu Lord Ludor. Deshalb bin ich dagegen, daß du eine Meldung schreibst.«

»Ich kann aber doch gar nicht anders.«

»O doch, du kannst. Die Ermittlungen wegen der Entführung wurden abgeblasen, und mit dieser Sache hast du nichts zu tun. Sieh mal, Charles, was wird denn passieren, wenn du diese Dinger ablieferst? Sie gehen zur Sonderabteilung für Staatssicherheit, die treten an uns heran, und dann müssen wir sie direkt zu Godley's schicken, ganz offen oder doch zumindest auf den üblichen Wegen. So ist es doch, oder nicht?«

»Anzunehmen.«

»Und du meinst, das wäre klug? Ich glaube, du könntest recht haben mit der Vermutung, daß es da unten Rivalitäten innerhalb des Teams gibt. Vielleicht sind wir über Feuerräder gestolpert, die zu anderen Feuerrädern führen, und dabei kann es ganz leicht geschehen, daß überall die Raketen hochgehen, wenn du verstehst, was ich meine. Laß mich versuchen, die Geschichte auf meine Weise in den Griff zu kriegen.«

Luke antwortete nicht sofort, aber nach einer Weile schüttelte er den Kopf. »Außer Godley's muß noch jemand anderer davon wissen«, sagte er, »sonst hätte man nicht versucht, die Kinder in die Hand zu bekommen. Wieso bist du so sicher, daß sie jetzt außer Gefahr sind?«

»Nach meinen Informationen steckt dieser spezielle Interessent nie zweimal den Kopf durch dasselbe Kugelloch.«

Luke knurrte verächtlich. »Ihr kennt euch untereinander wohl alle? Bestimmt sitzt ihr ständig zusammen und spielt Schwarzer Peter.« Er spähte durch den Vorhang auf den Platz hinaus und sagte über die Schulter hinweg: »Niemand draußen, der besonders auffällig wäre. Eine weiße Katze. Ach ja, und ein leidenschaftliches Liebespaar. Wenn die für euch arbeiten, dann bezahlt ihr sie zu gut. Die amüsieren sich noch dabei!«

Mr. Campion gähnte. »Die gehören eher zur anderen Seite ... jeder beobachtet jeden.«

»Das ist richtig.« Der Anblick hatte Luke aufgeheitert. »Jetzt sehe ich sie deutlicher, er hat einen Pferdeschwanz, und sie stampft sich gerade den Schnee von den Stiefeln. Hallo!« Er beugte sich neugierig vor, aber gleich darauf trat er einen Schritt zurück und ließ die Vorhänge zufallen. »Das war nur der alte Endzeitprophet auf dem Heimweg. Im ersten Moment habe ich ihn gar nicht erkannt. Er nimmt wohl eine Abkürzung. Er wohnt nämlich irgendwo dort hinten.«

»Ist das die finstere Gestalt in der unappetitlichen Kutte, die immer in der Abenddämmerung die Treppen neben der Kirche hinaufschleicht?« fragte Mr. Campion interessiert. »Ich sehe ihn oft. Er trägt dann sein Plakat mit der Schrift nach unten. Verrichtet er seine guten Werke vielleicht anderswo?«

»In der Regel in den Geschäftsstraßen. Oxford Street, Wigmore Street, diese Gegend. Manchmal auch direkt im West End.« Luke schien der Mann fast sympathisch zu sein. Londoner Originale faszinierten ihn. *»Der Tod wartet auf euch alle, viel Glück – ihr werdet es brauchen!* So ähnlich lautet seine Botschaft. Er heißt Deeds und wird natürlich von allen ›Good Deeds‹* genannt. Wir lassen ihn immer wieder mal reinkommen, geben ihm 'ne Tasse Tee, fragen ihn, wie's seiner armen Brust geht und ob er in letzter Zeit mal auf dem Sozialamt war. Er bettelt nicht, er hat eine winzige Kriegsversehrtenrente, und eine von diesen verrückten Organisationen gibt ihm von Zeit zu Zeit ein paar Flugblätter zum Verteilen...«

»Albert?« Helena rief aus der Diele. »Onkel Hubert hat eines von den Dingern ausprobiert und...«

»O nein!« Luke sprang mit einem Satz zur Tür. »Das könnte sein Tod sein. Wie kann der alte Knabe nur so dumm sein!«

Mr. Campion folgte ihm, aber er war weniger besorgt. Er wußte, daß es um Onkel Huberts Nervenkostüm nicht schlecht bestellt war, und deshalb war er nicht überrascht, als er ihn mit leicht gerötetem Gesicht, aber sonst wohlauf hinter seinem Schreibtisch sitzen sah. Amanda stand neben ihm.

»Ich gebe zu, ich hätte zuerst jemandem Bescheid sagen sollen«, erklärte er gerade ein wenig schuldbewußt. »Es war sehr töricht von mir, aber Sie hatten ganz recht, ein ganz einzigartiges Erlebnis. Es war fünf nach zehn, als ich aufwachte. Ich war am Ende eingeschlafen.«

Die sanfte Antwort tat ihre Wirkung, Luke war der Wind aus den Segeln genommen, und er setzte sich. »Ich glaube eher, Sie sind ohnmächtig geworden«, sagte er.

»Nein, Charles. Ich habe geschlafen. Ich habe sogar geträumt. Außerdem war ich sehr vorsichtig. Vergessen Sie

* Gute Werke, gute Taten.

nicht, ich hatte Ihre wahrhaft beängstigende Reaktion beobachtet, aber dabei hatte ich auch festgestellt, daß das Bombardement der Eindrücke erst einsetzte, als Sie aufgehört hatten, sich zu konzentrieren.«

»Bombardement ist der richtige Ausdruck!«

»Ich weiß. Ich habe es ja gesehen. Also konzentrierte ich mich auf die einzige Art, zu der ich imstande bin, ich dachte ganz intensiv an Worte, die ich gut kenne, und schob sozusagen nur eine kleine Spitze meines Denkens in das Tohuwabohu hinein. Es war, als schärfe man einen Meißel. Haben Sie es auch so empfunden? Der Geist berührte den Schleifstein, und eine Sekunde lang flogen die Funken, aber wenn ich mich wieder auf die Worte konzentrierte, konnte ich mich zurückziehen. Das ging so lange hin und her, bis ich einschlief. Konzentration ist sehr anstrengend, und wenn man alt wird, nickt man ohnehin bei jeder Gelegenheit ein. Ich schreckte heftig auf – Sie wissen doch, wie es beim Aufwachen manchmal so geht? – und merkte, daß ich an Martin dachte und daß er über etwas bestürzt war, was er seit langem erwartet hatte. Irgend etwas Schreckliches, was er fürchtete, schien endlich eingetroffen zu sein. Dann brachen die Mißtöne – ich kann es nicht anders ausdrücken – wieder über mich herein, und ich brachte gerade noch so viel Vernunft auf, mir das Ding abzureißen. Der Eindruck blieb jedoch erhalten. Martin, überrascht und betroffen, weil sich eine Befürchtung tatsächlich bewahrheitet hatte.«

»Onkel Hubert möchte, daß wir auf der Insel anrufen«, erklärte Helena nervös. »Aber ich weiß nicht so recht. Das könnte eine Menge Schwierigkeiten geben. Alle Anrufe werden überwacht, und ich habe Martin schließlich noch gar nichts über das Abenteuer der Kinder erzählt...«

Diese doch recht ungewöhnliche Tatsache, die dem Polizeichef bisher entgangen war, veranlaßte ihn, sich ihr zuzuwenden. Nachdem sie ihren ersten Schrecken überwunden hatte und Sam und Edward nicht länger als eine grausige potentielle Neuauflage der Drummond-Zwillinge sah, gewann ihre natürliche Intelligenz wieder die Oberhand. Sie sah großartig aus, ein prachtvolles blondes Wesen mit viel Mut und gesundem Menschenverstand.

»Im Moment ist da unten alles in Panik. Bei dem VIP-Lunch heute morgen hat sich das zum ersten Mal gezeigt. Ich habe es eben Onkel Hubert erzählt. Ich glaube, man hat mich bewußt daran gehindert, die Kinder abzuholen, und das macht mich mißtrauisch. Vielleicht steckt jemand auf der Insel mit der Frau, die sie in ihre Gewalt bringen wollte, unter einer Decke.«

»Oder mit den Leuten, die sie geschickt haben«, pflichtete Luke ihr bei. »Wenn Sie sagen ›in Panik‹, soll das heißen, daß irgendwelche Anweisungen ergangen sind?«

Helena zögerte. »So geht es dort nicht zu«, erklärte sie stockend. »Man kommt sich eher vor wie in einem Modehaus hinter den Kulissen oder bei einer Theatergruppe. Alles wird kleingehalten, viel Getuschel, und irgendwann hat man ein Messer im Rücken.«

»Eifersucht«, bemerkte Avril, ohne kritisieren zu wollen. »Die Berufskrankheit der Kreativen, fürchte ich. Nicht einmal Jehovah blieb davon verschont.«

»Die Lunchgäste wirkten nervös, ja?« Luke ignorierte die Zwischenbemerkung. Er fand Avrils Aussprüche oft ein wenig schockierend.

»Richtig. Zuvor war Paggen zu Lord Ludor gerufen worden. Er hatte damit gerechnet, daß man ihn fragen würde, ob er nicht etwas vorzuweisen habe, und er wollte auf keinen Fall nachgeben, aber als wir ihn wiedersahen, war ihm deutlich anzumerken, daß es keineswegs so einfach gewesen war.

Alle VIPs wirkten verstört. Lord Ludor schnitt Grimassen. Der amerikanische Admiral schielte an seiner Nase entlang, der englische General schien jeden Augenblick explodieren zu wollen, und alle anderen saßen wie auf glühenden Kohlen. Martin hat mir nicht viel erzählt, weil er findet, wir sollten uns an die Vorschriften halten, und deshalb tut er das nie. Aber so wie er redete, als er mich endlich zum Bahnhof schickte, war ziemlich klar, daß es Schwierigkeiten geben würde, und er war froh, daß Sam und ich aus der Sache raus waren. Deshalb möchte ich nicht telefonieren. Ich möchte niemanden auf uns aufmerksam machen.«

»Helena. Glaubst du, Sam hat etwas mit der Aufregung dort unten zu tun?« Amanda, die sich die ganze Zeit über auffallend zurückgehalten hatte, redete nicht lange um den heißen Brei herum. »Glaubst du, er hat irgendwie etwas in die Finger bekommen, was er nicht haben sollte, und hat es an einen Außenstehenden weitergegeben – oder verloren?«

Die jüngere Frau sah sie fest an.

»Als ich Sam zu Bett brachte, sagte er etwas Merkwürdiges. Er tat so, als sei es ihm egal, ob man ihm seine ›Inni-Röhre‹ wegnehme oder nicht, denn angeblich habe man schon einmal eine konfisziert, aber nichts damit anzufangen gewußt, und dann habe er sie wiederbekommen –«

»Hat er in diesem Zusammenhang von einem jungen Lehrer für Naturwissenschaften gesprochen, der nicht lange an der Schule blieb?« erkundigte sich Luke, ohne Campion anzusehen.

»Nein. Aber er hat sich sehr wegen seiner alten Reisetasche aufgeregt. Ich sollte sie ihm mitbringen, und sie scheint aus unserer Baracke verschwunden zu sein. Ich mußte ihm sagen, ich könne mir nur vorstellen, daß sie gestohlen worden sei, und das hat ihm schreckliche Angst eingejagt, aber er wollte nur, daß Edward nichts davon erfuhr.«

»War in der Tasche etwas von Wert?«

»Überhaupt nichts. Nur Kinderkram. Keine gestohlenen Notizbücher oder dergleichen. Wir sind da unten mit Sicherheitsvorkehrungen bestens vertraut.«

»Was ist das überhaupt für eine Insel? Gibt es eine Straßenverbindung zum Festland?« Luke schienen die äußeren Umstände zu fesseln.

»Eine einzige, die ursprünglich von den Römern gebaut wurde und immer noch die Strada genannt wird. Sie führt über das Watt, und auf halbem Wege steht ein Militärposten.«

»Militär?« fragte Luke überrascht.

»Da unten wird eine Menge Forschungsarbeit für die Regierung geleistet«, murmelte Mr. Campion. »ESP ist nur ein sehr kleiner Bereich.«

»Ich verstehe. In diesem Fall...«

Das Telefon unterbrach ihn. Es gab einen Nebenapparat im Arbeitszimmer, der zwischen den Papieren auf dem Schreibtisch stand. Amanda nahm den Hörer ab, und ihr Gesicht veränderte sich, als sie ihn Helena reichte.

»Für dich«, sagte sie. »Paggen Mayo.«

Helena hörte der drängenden Stimme zu, die etwas zu leise war, als daß die anderen sie hätten verstehen können. Ihre Augen waren weit aufgerissen, und sie war totenbleich geworden.

»Ich verstehe«, sagte sie endlich, und ihre Stimme klang hart. »Wie lange wird es dauern?«

Wieder ein Schwall von Worten, dann nickte sie.

»Schön. Nein, ich bin nicht verängstigt. Ja, ich glaube, das läßt sich machen. Dann also in zehn Minuten.« Sie legte auf und wandte sich den anderen zu. Ihr maskenhaft starres Gesicht wirkte eher ungläubig als erschrocken.

»Es geht um Martin. Jetzt ist soweit alles in Ordnung, aber Paggen sagt, sie hätten ihn aus einem mit Gas gefüllten Zimmer gezogen, und nun bringen sie ihn her, *damit ich dafür sorgen kann, daß er es nicht noch einmal tut!* Er hatte die Frechheit, mich zu fragen, ob wir einen vertrauenswürdigen Arzt finden können! Das ist absolut lächerlich. Was immer mit Martin passiert ist, er würde niemals Selbstmord begehen!«

Der alte Avril blickte auf. »O nein«, sagte er vollkommen überzeugt. »Das muß ein Irrtum sein.«

7
Rauchende Köpfe

»Vielleicht ist Paggen Mayo hysterisch.« Amandas praktische Erklärung für das scheinbar unlösbare Rätsel legte sich wie Balsam auf die Gemüter der Familie. »Wie lange werden sie noch brauchen?«

»Sie sind schon in London.« Helena wußte nicht recht, was sie davon halten sollte. »Paggen sagte, er habe nicht von der Insel aus anrufen wollen, sondern habe lieber an einer Telefonzelle angehalten, sobald er in der Stadt war. Er fährt voran, und Fred Arnold transportiert Martin mit seinem kleinen Lieferwagen, mit dem sie sonst die Lebensmittel holen. Paggen sagte, sie hätten ihn an den Wachen auf der Strada vorbeigeschmuggelt, um zu verhindern, daß die Sache bekannt wird.«

»Das ist keine Hysterie, das ist Wahnsinn«, erklärte Luke unvermittelt. »Es sei denn, er will, daß alle Welt davon erfährt! Wer ist Fred Arnold?«

»Der Barkeeper, der Kantinenverwalter, und wenn ein großer Empfang für VIPs stattfindet, spielt er den Butler. Er erledigt alle Einkäufe und ist eigentlich der einzige normale Mensch auf der ganzen Insel.«

Luke senkte den Kopf. »In diesem Fall gehört er fast hundertprozentig zum Sicherheitspersonal, und damit ist jede Hoffnung dahin, den Vorfall vor der Obrigkeit geheimzuhalten. Andererseits ist es eine gute Nachricht, denn es bedeutet, daß Martin nicht allzuviel geschehen sein kann. Wenn Arnold der Typ ist, für den ich ihn halte, wäre er viel zu schlau, um ihn anzufassen, wenn es anders wäre.« Er war ans Fenster getreten, während er sprach, und hatte die schweren Vorhänge auseinandergezogen.

»Das dachte ich mir. Der Anruf muß ganz aus der Nähe gekommen sein. Da sind sie schon. Ein weißer Jaguar und ein kleiner grüner Lieferwagen.«

Helena war bereits in der Diele, ehe er noch zu Ende gesprochen hatte, und alle folgten ihr und drängten sich auf der Schwelle, als der weiße Wagen, der ganz langsam um den Platz herumgefahren war, während der Fahrer die Hausnummern las, am Randstein anhielt.

Paggen Mayo kletterte hastig heraus. Er war so mit sich selbst beschäftigt, daß er die Gruppe in der Tür erst bemerkte, als er bereits am Fuß der Treppe stand.

»Mrs. Ferris?« Er wandte sich zuerst an Avril, als hielte er ihn für einen wenn auch unwahrscheinlichen Butler. »Ach, da sind Sie ja, Helena. Tapferes Mädchen! Er ist hinten im Lieferwagen. Gerade erst zu sich gekommen, glaube ich. Sie müssen sehr taktvoll sein, meine Liebe.«

Während sie alle auf die Straße hinuntermarschierten, dachte Mr. Campion unwillkürlich, ein Mann, der einer Frau, selbst wenn sie unter Druck stand, Anweisungen gab, wie sie ihren Mann zu behandeln habe, müsse entweder jeden Bezug zur Realität verloren haben oder etwas im Schilde führen, und er fragte sich, welche der beiden Möglichkeiten in diesem Fall wohl zutraf.

Der Lieferwagen fuhr bereits vor, und als er anhielt, stiegen zur allseitigen Überraschung nicht eine, sondern zwei Personen aus. Der Fahrer, ein stämmiger Mann in einem Regenmantel aus Marinebeständen, kletterte heraus, trat auf den Gehsteig und stampfte verlegen mit den Füßen, während auf der Beifahrerseite eine Frau auftauchte und, im Licht der Straßenlaternen deutlich erkennbar, mit forschem Schritt auf die Gruppe zuging.

Sie war Anfang vierzig und sah immer noch gut aus, aber ihr Mund war verkniffen. Sie trug ein rotes Tweedkostüm und hielt ihre Handschuhe wie eine Reitgerte. Ihr Auftritt ließ eine Spannung ganz neuer Art entstehen.

»Melisande!« Paggens Ausruf klang bestürzt. »Was machst du denn hier?«

»Ich dachte, du brauchst vielleicht Hilfe.«

Es sollte keine ernsthafte Erklärung sein, und er achtete auch nicht darauf, sondern wandte sich dem Fahrer zu, der den Kopf einzog.

»Mrs. Mayo sagte mir, Sie würden sie erwarten, Sir.« Die Stimme mit dem leichten, behäbigen Akzent klang sanft, und der Mann gab sich ungezwungen. »Sie saß hinten, bis sie sicher sein konnte, daß mit Mr. Ferris alles in Ordnung war, und dann kam sie zu mir nach vorne.«

»Wann war das?«

»Auf der Umgehungsstraße. Sie hat an die Seitenwand geklopft, und da habe ich angehalten und sie bei mir einsteigen lassen.«

»Ich habe sie nicht gesehen, als ich nach hinten schaute.«

»Wie sollten Sie auch, es war dunkel, und der Wagen fuhr.«

»Aber ich habe sie auch nicht gesehen, als ich stehengeblieben bin, um zu telefonieren. Sie waren keine zehn Meter hinter mir, und die Straße war beleuchtet...«

»Ich glaube, sie hat sich geduckt, Sir.«

Es war eine jener lächerlichen Debatten, zu denen es nur kommt, wenn die Partner sehr erregt sind. Die anderen öffneten die Heckklappe des Lieferwagens und überließen die beiden sich selbst.

Martin lag auf einem Berg Kissen, er schnarchte, und im Wagen hing ein intensiver, eigenartig stechender Geruch.

Luke warf Campion einen scharfen Blick zu. Sie schickten sich gerade an, den jungen Mann herauszuheben, als Mayo sich nach vorne drängte.

»Einen Moment, Sir.« Der Polizeichef schien ihn beiseitezustoßen, ohne seine Arme zu gebrauchen. »Er muß als erstes an die frische Luft. Machen Sie doch bitte den Wagen zu, ich bringe ihn inzwischen ins Haus.« Er legte sich Martin über die Schulter und trug ihn weg. Helena folgte ihm dicht auf den

Fersen. Mr. Campion übergab Mayo und seine Frau dem Kanonikus und Amanda und nahm sich selbst des Fahrers an.

Luke strebte dem Gästezimmer zu, das zusammen mit dem Schlafzimmer des Kanonikus im hinteren Teil des Hauses, ein paar Stufen unterhalb der Diele lag. Der Kanonikus und Amanda lotsten den wütenden Mayo und seine aus unerfindlichen Gründen triumphierende Frau in den Salon.

Mr. Campion führte Fred Arnold ins Arbeitszimmer. Lukes scharfer, fragender Blick, als sie den Lieferwagen öffneten, war ihm nicht entgangen. Die drastischen Symptome einer Kohlengasvergiftung waren beiden wohlbekannt, und in Martins ziemlich fahlem Gesicht hatten sie nichts davon bemerkt. Andererseits verbreitet Chloralhydrat, das älteste und zuverlässigste Betäubungsmittel, das es gibt, einen unverwechselbaren Geruch, und der war ihnen beim Öffnen der Wagentür in einem Schwall entgegengekommen. Campion hatte gesehen, daß Martins Zustand keineswegs bedenklich war, und deshalb hielt er es, da er den Polizeichef ja kannte, für das beste, den Patienten dem Spezialisten zu überlassen und sich darauf zu konzentrieren, einen Zeugen zu finden.

Der Mann vor ihm schien auf den ersten Blick ein fast perfektes Beispiel für ein charakteristisches Produkt dieser Zeit zu sein, den Diener des Vaterlandes. Es handelt sich dabei um einen recht eigenartigen, nicht unbedingt geglückten Typus, so als seien der Freund des Helden und der Schurke der klassischen Erzählungen miteinander verschmolzen und von einer Vielzahl von Herren zum einsamsten Hund der Welt gemacht worden, ohne alle Bindungen und beruflich ganz auf sich gestellt.

Er saß auf der Kante des Besuchersessels und blickte sich mißtrauisch, aber recht selbstbewußt um. Sein Gesicht war wachsbleich, seine Haut glänzte, er hatte einen sehr breiten Mund und kleine, dreist wirkende Augen. Sein Mantelkragen war noch immer hochgeschlagen und umgab seinen kurzgeschorenen Kopf, die rosigen Hände hielt er im Schoß gefaltet, und er sprach mit der Unbefangenheit des Experten, der es gewöhnt ist, um Rat oder Informationen gebeten zu werden.

»O ja, Sir. Mr. Ferris hat sich heute abend nicht anders verhalten als sonst«, erklärte er entschieden. »Für einen jungen Mann führt er ein fast unnatürlich geregeltes Leben. Er kam um sechs in die Bar und nahm einen Drink mit Mr. Mayo – das wird offenbar von ihm erwartet –, und dann ging er nach Hause, um sich zu waschen, sich umzukleiden und ein wenig zu lesen. Damit ist er gewöhnlich bis halb acht beschäftigt, und dann kommt er zum Essen in die Kantine.«

»Ißt er immer in der Kantine?«

»Immer, wenn der Junge in der Schule ist, es sei denn, sie haben Gäste. Gelegentlich laden sich die Damen auf der Insel gegenseitig ein, um sich den Anschein zu geben, als führten sie ein normales Leben. Aber heute war Mrs. Helena nach London gefahren. Das wußte ich.«

»Und Mr. Ferris erschien heute abend nicht wieder?«

»Richtig. Mr. Mayo kam zuerst in die Bar und sagte mir, er erwarte ihn, aber er habe sich verspätet. Ich behalte den Speisesaal im Auge und gebe die Getränke zum Dinner aus. Nach etwa einer Viertelstunde wollte Mr. Mayo nicht länger warten und bestellte. Viel Spielraum läßt du ihm ja gerade nicht, dachte ich bei mir, aber dann tauchte Mrs. Mayo auf ...«

»Essen sie nicht gemeinsam?«

»Die Mayos? So gut wie nie.« Er hielt Mr. Campions fragendem Blick stand. »Nun ja, sie hat ihre Töchter, und sie organisiert das Gesellschaftsleben, soweit es so etwas in den Schlammbaracken überhaupt gibt!« Er lachte mit offenem Mund und ließ dabei zwei Reihen nach innen geneigter Zähne sehen.

»Wann begann Mr. Mayo, sich ernsthafte Sorgen um Mr. Ferris zu machen?«

»Schon sehr bald.« Der Nachdruck in diesen Worten war

unüberhörbar. »Er rutschte unruhig herum, und schließlich sagte er, er müsse telefonieren. Das tat er dann von der Bar aus, und als sich niemand meldete, geriet er plötzlich in Panik und ließ sich nicht davon abhalten, sofort hinzugehen und nachzusehen, ob alles in Ordnung war. Mrs. M. sagte, sie würde ihn begleiten, aber das wollte er nicht. Ich sollte mitkommen oder gar niemand, also tat ich ihm den Gefallen. Sie lief hinter uns her. Ich konnte sie hören.« Er reckte das Kinn vor. »Ein merkwürdiger Haufen ist das da unten!« meinte er. »Mehr Hirn als gesunder Menschenverstand. Aber von Mr. Ferris hätte ich das wirklich nicht geglaubt. Wenn Mr. Mayo mich nicht darauf hingewiesen hätte, daß in den Ventilatoren Zeitungspapier steckte, wäre ich vollkommen sicher gewesen, daß es sich um einen Unfall handelte.«

Mr. Campions Brauen gingen in die Höhe. »Mit Zeitungspapier verstopft?«

»Ja, Sir, und drinnen strömte das Gas aus. Er saß am Tisch, hatte die Leselampe angeschaltet und ein Buch vor sich liegen und war vollkommen weg. Der Heizkörper befand sich hinter ihm, und das Gas war halb aufgedreht, aber die Flamme brannte nicht.«

»Wie war die Konzentration?«

»Nicht allzu hoch. Innen standen alle Türen offen, und diese Baracken haben ziemlich steile Dächer.«

»Hatten Sie selbst Probleme mit dem Gas, als Sie ihn rausholten?«

Charley Luke hatte diese Frage von der Tür her gestellt. Er war so leise eingetreten, daß Campion ihn nicht bemerkt hatte, aber der Barkeeper antwortete so gelassen, als sei der Mann von Scotland Yard die ganze Zeit mit im Zimmer gewesen.

»Überhaupt nicht, Sir. Man konnte es riechen, und es war sicher nicht gerade gesund, aber wir konnten ohne Gefahr hinein und ihn wegtragen. Wie geht es ihm? Hoffentlich ist es nicht allzu schlimm?«

»Das wird schon wieder. Sprechen kann er noch nicht, aber das wird nicht mehr lange dauern.« Luke warf einen Blick auf Campion und nickte bedeutungsvoll. »Mach nur weiter«, sagte er. »Ich muß gleich wieder zu Helena zurück, sie sitzt bei ihm.«

»Wo war Mrs. Mayo die ganze Zeit?« Der dünne Mann stellte die Frage, um Luke ins Bild zu setzen. »Sagten Sie nicht, sie sei Ihnen und Mayo in einiger Entfernung gefolgt?«

»Oh, ich sah sie, als wir ihn raustrugen, aber als sie erkannte, daß etwas passiert war, hörte sie mit dem Versteckspiel auf. Mr. Mayo schickte sie um das Haus herum, damit sie das Papier aus den Ventilatoren holte.«

»Sie haben vorhin schon von den Ventilatoren gesprochen«, sagte Mr. Campion. »Befindet sich der Schacht auf der Außenseite? Das ist doch sehr ungewöhnlich, oder nicht?«

»Nein, Sir. Es sind Fertighäuser mit einem sehr geringen Anteil an Mauerwerk, aber die Ventilatoren, die nach den örtlichen Bauvorschriften obligatorisch sind, werden in die festen Teile eingebaut. Es sind eigentlich nur einzelne, perforierte Ziegel, und damit der Wind nicht durchpfeift, hat man von außen stabile Plastikhauben darübergeschraubt. Die Luft strömt also erst nach oben, ehe sie ins Innere gelangt. Heute abend waren diese Hauben voll mit zerknülltem Zeitungspapier.«

»Wer hat das zuerst bemerkt, Sie oder Mr. Mayo?«

»Er. Er hat mich darauf aufmerksam gemacht.«

»Warum hat man Mrs. Mayo weggeschickt, damit sie die Zeitungen herausholte?« Luke fragte es in aller Unschuld, und die latente Belustigung in den Augen des Barkeepers verstärkte sich, seine Antwort klang jedoch sehr respektvoll.

»Einfach deshalb, weil sie gerade da war, Sir. Ich war mit Mr. Ferris beschäftigt, und Mr. Mayo überlegte sicher, wie man am besten verfahren sollte. ›Das könnte einen ziemlichen Skandal geben, und das wollen wir auf keinen Fall‹, sagte er zu mir. ›Er ist ein hochintelligenter junger Mann.‹«

»Das waren wohl seine genauen Worte?«

»So ist es, Sir.« Fred Arnold sah ihn weiterhin unerschrokken und leicht amüsiert an. »Mr. Mayo muß schließlich an sein Team denken. In diesen Kreisen kann es sehr schädlich sein, wenn Gerede aufkommt, sagte er. Das sah ich ein, und deshalb erklärte ich mich auch bereit, ihm zu helfen und ganz früh zum Covent-Garden-Markt zu fahren. Ich hätte irgendwann in dieser Woche ohnehin einkaufen müssen, weil der heutige Lunch uns um Haus und Hof gebracht hat. Deshalb hatte ich eine gute Ausrede.«

Lukes Lächeln wurde breiter, als ihm aufging, wie perfekt das Manöver geplant gewesen war. »Dann hat wohl Mr. Mayo die Fahrerlaubnis für den Lieferwagen unterschrieben?«

»Richtig.«

»Weil er wollte, daß Mr. Ferris unbemerkt an den Wachen vorbeigebracht wurde, solange er noch bewußtlos war?«

»So würde ich es nicht unbedingt ausdrücken, Sir, aber Sie haben recht, er wollte ihn von der Insel weg und in die Obhut seiner Frau bringen. Damit er es nicht noch einmal machen konnte, sagte er.«

»Ist das die Erklärung, die er Ihnen gegeben hat?«

»Ja, Sir.«

»Und Sie«, murmelte Mr. Campion. »Sie haben eine sehr vernünftige Vorsichtsmaßnahme getroffen. Sie haben ihn vorausfahren lassen und dann Mrs. Mayo überredet, Sie zu begleiten?«

»Da gab es nicht viel zu überreden! Sie hat mich ja fast auf den Knien angefleht, sie mitzunehmen.« Dies war die erste eindeutig negative Äußerung über die Mayos, die er bisher hatte fallenlassen.

»Ach, sie hat Ferris wohl sehr gern?« fragte Luke scharf, und die kleinen Augen, in denen jetzt wieder ein Lachen stand, richteten sich auf ihn.

»Sie bekommt ihn nicht oft zu sehen, Sir. Aber sie will Mr. Mayo im Auge behalten.«

Diese Information wurde sehr geschickt eingeflochten, und Luke wandte sich einem anderen Aspekt zu.

»Als Sie Mr. Ferris in seiner Baracke fanden, hatte er da ein Glas neben sich stehen?«

»Nein. Er nimmt nie mehr als zwei Drinks vor dem Dinner, und die hat er in der Bar getrunken. Er hat eine Runde spendiert und Mr. Mayo auch.«

»Wissen Sie noch, was sie getrunken haben?«

»Mr. Mayo wollte Whisky und Mr. Ferris Pink Gin.«

»Blieben sie an der Bar?«

»Nein, sie sitzen immer am gleichen Tisch an der Wand. Mr. Ferris hat die erste Runde geholt, Mr. Mayo die zweite. An der Bar herrscht meistens sehr viel Betrieb.«

»Hat Mr. Ferris zufällig erwähnt, Sie hätten heute abend zu viel Angostura erwischt?«

»Nein, Sir, das nicht, aber ich habe mir im Nachhinein selbst meine Gedanken gemacht. Als ich versuchte, ihn zu sich zu bringen, habe ich etwas gerochen. Sie vermutlich auch. Im Lieferwagen war der Geruch sehr stark.«

Luke fixierte ihn mit festem Blick. »Und Sie hatten gewiß nichts damit zu tun?«

»Absolut nichts, Sir. Was hätte ich dabei schon zu gewinnen?«

»Vermutlich nichts. Und Sie haben auch nichts gesehen?«

»Nein, Sir. Und wenn, dann hätte ich eingegriffen. Es hätte schließlich auch auf mich zurückfallen können.«

»Was ja geschehen ist.«

»Hoffentlich nicht. Ehrlich gesagt ist das der Grund, warum ich mich mit Ihnen beiden unterhalte, Sir.«

Mr. Campion, der zwischen den beiden auf dem Schreibtischstuhl saß, stellte nun eine Frage, die ihn schon länger beschäftigte.

»Wie kommt das Gas für die Haushalte auf die Insel?«

»Produziert wird es in Tudwick, und dann wird es über die Strada geleitet, Sir.«

»Und es ist ganz normales Gas?«

»Ja, Sir. Als die Eisenbahn gebaut wurde, dachte man, Tudwick würde eine große Stadt werden. Der Herr, der damals in unserem großen Haus lebte, war sehr fortschrittlich eingestellt und wollte alles ganz modern haben. Dann hat die Geschichte von 1914 alle Hoffnungen zunichte gemacht, und der Ort verschwand wieder in der Versenkung, bis unsere Firma die ganze Insel übernahm. Die Gas- und Wasserleitungen waren schon vorhanden, und deshalb benützte man sie auch. Es ist billiger, als feste Brennstoffe hinüberzuschaffen.«

»Und alle neuen Bungalows haben einen Anschluß?«

»Richtig. Sie wurden entlang der alten Auffahrt gebaut, und dort verläuft auch die Hauptgasleitung. Es ist wie in einer Stadt. Jedes Haus hat ein eigenes Rohr, das von der Hauptleitung abzweigt.«

Luke hatte die Hände tief in die Hosentaschen gesteckt, so daß die Jackenschöße nach hinten geschoben wurden.

»Gibt es außerhalb der Häuser irgendwelche Kontrollöffnungen? Kleine Eisenklappen in den Blumenbeeten vielleicht, die man kaum bemerkt?«

Wieder traf ihn der überintelligente Blick.

»Um die Fertighäuser herum wächst nur grobes Salzgras. Ich glaube, ich habe dazwischen ein paar von den Schachtdeckeln gesehen, die Sie meinen, aber ich könnte Ihnen so ohne weiteres nicht sagen, zu welcher Leitung sie gehören.«

»Aber Sie verstehen, worauf ich hinaus will?«

»Das ist doch offensichtlich, Sir. Wenn die Gasversorgung für eine Minute unterbrochen würde, nachdem das Feuer bereits brennt, und man sie dann wieder anstellt, könnte das sehr gefährlich werden, falls sich im Raum jemand aufhält, der nichts davon bemerkt.«

»Oder der nicht in der Verfassung ist, um es zu bemerken?«

»Genau, Sir. Aber wer will das feststellen?«

Die Geschichte war vollkommen klar, und diese Frage faßte die Lage mit bestürzender Präzision zusammen.

Das Schweigen hatte schon ein wenig zu lange gedauert, als plötzlich die Tür aufgerissen wurde und Helena wie ein Wirbelwind in den Raum gestürzt kam. Sie war leichenblaß und schien außer dem Mann, den sie gesucht hatte, niemanden wahrzunehmen.

»Sie müssen sofort kommen«, sagte sie zu Luke. »Er ist wach, aber es ist etwas geschehen. Er will nicht sagen, daß er es nicht getan hat!«

8

Die Meinung des Experten

»Tut mir leid, Leute. Kein Kommentar.«

Martin saß auf der Bettkante und hatte die Ellbogen auf die Knie gestützt und den Kopf in die Hände gelegt. Er sprach undeutlich wie ein Betrunkener, und seine Gedanken gingen wirr durcheinander, aber obwohl man ihn schon seit einiger Zeit bearbeitete, blieb er fest. »Sei mir nicht böse, Campion«, sagte er und versuchte zu lächeln, »aber schaff mir bitte diesen freundlichen Polypen vom Hals. Ich habe ihm wirklich nichts zu sagen. Wenn er glaubt, ich wollte mich umbringen, na schön, dann wollte ich mich eben umbringen.«

»Martin! So kannst du dich doch nicht benehmen!« Helena war neben ihm auf die Knie gefallen. »Du bist noch nicht ganz da und überblickst die Folgen nicht.«

»Folgen? Es gibt keine Folgen. Und jetzt tut mir einen Gefallen, Leute, und verschwindet. Wenn ihr etwas für mich tun wollt, dann seht zu, daß ihr die Insel an die Strippe kriegt, und sagt Paggen, daß ich o. k. bin.«

Als Mr. Campion sich abwandte, sah er sich Fred Arnold gegenüber, der direkt hinter ihm stand. Der Mann war einen Moment lang nicht auf der Hut gewesen, in seinen kleinen Augen stand aufrichtiges Entsetzen. Der Ausdruck verschwand sofort, aber die Frage blieb. Warum die Entdekkung, daß Martin Ferris sich nicht verteidigen wollte, einen Mann erschrecken sollte, der in der letzten halben Stunde immer wieder angedeutet hatte, der junge Mann sei das Opfer eines Komplotts, das ging über Mr. Campions Begriffsvermögen.

Inzwischen unternahm Luke einen letzten Versuch.

»Haben Sie das Chloralhydrat absichtlich genommen, Sir?« Es war eine Schockbehandlung, und sie wirkte. Ein Ausdruck des Erstaunens huschte über das fahle Gesicht.

»Ich weiß es nicht«, sagte Martin aufreizend entschieden. »Ich kann mich an nichts erinnern.«

»Martin!« Helena war verzweifelt. »Du weißt ja gar nicht, was geschehen ist. Charley Luke ist nur zufällig hier, weil jemand den Versuch gemacht hat, Sam zu entführen.«

»Sam?« Er sah sie teilnahmslos an. »Warum?«

»Weißt du das nicht? Weißt du nicht, was Sam in die Finger bekommen hat?« Sie wollte auf keinen Fall zu viel verraten, aber ihre Unruhe war stärker als alle Vorsicht. »Dieses kleine Gerät«, flüsterte sie. »Weißt du wirklich nichts darüber?«

Martin schloß erschöpft die Augen.

»Ich glaube, ihr habt alle den Verstand verloren. Wenn ich mich jetzt nicht hinlege, falle ich tot um. Gute Nacht, Helena...«

»Hast du gewußt, daß Paggen Mayo dich hierher gebracht hat und sich auch jetzt noch im Haus aufhält?« Campion stellte die Frage, und beim Klang seiner vertrauten Stimme öffneten sich die schweren Lider noch einmal.

»Du meinst *Mrs.* Mayo«, murmelte der junge Mann. »Solltest allmählich lernen, die beiden aus'nanderzuhalten. Sind sich doch gar nicht so ähnlich.« Damit drehte er sich um und begann zu schnarchen.

Luke nahm Campion am Arm und führte ihn hinaus auf den Gang, während Fred Arnold zu Helena trat. »Ich helfe Ihnen«, sagte er, und wieder benahm er sich so respektvoll und gleichzeitig so freundschaftlich und beruhigend wie das legendäre Familienfaktotum früherer Zeiten.

Der Polizeichef blieb am Fuß der Treppe stehen, die zur Diele hinaufführte, um auf Campions leise Fragen zu antworten.

»Nein, ich glaube nicht, daß wir einen Arzt brauchen. Ich

fürchte, ich habe kein rechtes Vertrauen mehr in die vielzitierte Verschwiegenheit des guten alten Hausarztes. Wenn wir wirklich wollen, daß dieser kleine Zwischenfall an die Öffentlichkeit gezerrt wird, ehe wir wissen, was zum Teufel eigentlich passiert ist, dann ist das genau die richtige Methode. Ihm fehlt weiter nichts, und das weißt du ebensogut wie ich. Sie haben ihm was in den Drink getan, ungefährlich, schmutzig und absolut zuverlässig. Es gab gar keinen ernsthaften Versuch, ihn mit Gas zu vergiften. Es sollte nur so aussehen, mehr nicht.«

»Du gehst also davon aus, daß es eine abgekartete Sache zwischen ihm und Paggen Mayo war?«

Lukes weiße Zähne blitzten im Dämmerlicht.

»Ich will verdammt sein, wenn ich das weiß. Er denkt offenbar, *Mrs.* Mayo hat ihn hergebracht, und das ist auch ganz natürlich, wenn er selbst nicht informiert war und lediglich im Lieferwagen aufwachte und sie dort sah. Mit diesen schlauen Leuten tut man sich ganz schön schwer! ... Ich vermute, sie ist auch ziemlich schlau?«

»Nicht zwangsläufig«, sagte Mr. Campion. »Warte mal! Hast du das gehört?«

Der Aufschrei war aus dem Arbeitszimmer gekommen. Die Tür war geschlossen, aber die Stimme war unverwechselbar, und beide Männer rannten die Treppe hinauf und durch die Diele.

Sie erfaßten die Situation sofort, als sie den Raum betraten.

Kanonikus Avril saß strahlend vor Interesse und guter Laune im Besuchersessel, und vor ihm stand, mit offenem Hemdkragen, das Haar noch zerzauster als sonst, das tief gefurchte Gesicht rot vor Zorn, Paggen Mayo. Die oberste Schublade des Schreibtisches war offen, auf der Schreibtischunterlage stand die geblümte Untertasse. Ein Stück Pflaster samt dem kleinen Zylinder lag auf einem Stapel Predigtmanuskripte, wo Mayo es eben hingeworfen hatte. Keiner der beiden nahm Notiz von den Eintretenden, Mayo beugte sich vielmehr über den Schreibtisch und drohte dem Kanonikus wütend mit dem Finger.

»Schön!« sagte er, und seine Stimme zitterte, weil er sich krampfhaft bemühte, nicht wieder laut zu werden. »Schön. Ich habe für Hypnose nichts übrig, aber ich leugne nicht, daß es sie gibt. Deshalb brauche ich mich noch lange nicht zu einer Demonstration herzugeben, oder?«

»Setzen Sie sich doch, mein Lieber.« Der alte Avril deutete auf den Stuhl hinter dem Schreibtisch und warf dabei einen Blick auf die Neuankömmlinge.

»Ich habe Mr. Mayo gerade von den kleinen Apparaten der Kinder erzählt«, erklärte er gelassen. »Er sagte, er wolle sie gerne sehen, und da bin ich mit ihm hierhergegangen, um ihm zu zeigen, wie sie funktionieren. Er ist offenbar nicht weniger erstaunt als wir.«

Luke und Campion wagten nicht, sich anzusehen. Der Gedanke, ausgerechnet Avril könnte so taktlos und unklug sein, gleich mit dem erstbesten Besucher und in den ersten zehn Minuten über ein Geheimnis zu sprechen, das man ihm anvertraut hatte, war keinem von beiden gekommen.

Luke machte sich Vorwürfe, weil er nicht erkannt hatte, daß der alte Mann ein mit technischen Mitteln hervorgebrachtes Wunder vielleicht nicht allzu ernst nehmen würde, aber Mr. Campion war tief beunruhigt. Seit er Longfox' Instant-Informator zum ersten Mal begegnet war, hatte er das Gefühl, einer schicksalhaften Entwicklung beizuwohnen, und nun fragte er sich unwillkürlich, ob nicht auch diese unglaubliche Einmischung ein Teil des ganzen Phänomens war.

Mayo brachte mit knappen, heftigen Bewegungen seine Kleidung in Ordnung. Er hatte sich seit dem Vormittag umgezogen und trug jetzt einen blauen Anzug mit Nadelstreifen, der etwas zu jugendlich für ihn war, einen dunkelbraunen Pullover, eine getupfte Krawatte und in der Brusttasche ein dazu passendes Einstecktuch. Diese Einzelheiten stachen umso deutlicher ins Auge, weil er selbst in seiner Unschlüssigkeit und Verwirrung ganz außer sich war.

Der Kanonikus schien dafür volles Verständnis zu haben. »Keine Sorge«, sagte er freundlich. »Wenn man seinen eigenen Sinnen nicht mehr trauen kann, ist es ganz natürlich zu glauben, jemand anderer manipuliere einen. Aber diese kleinen Dinger sind doch höchst eindrucksvoll, finden Sie nicht? Selbstverständlich von keinerlei praktischem Wert, aber interessant, wenn man sich gern mit so etwas beschäftigt.«

Mayo nahm sich zusammen, wandte sich vom Kanonikus ab, der ihm offenbar nicht ganz geheuer war, und sah die beiden anderen Männer erbost an. »Wer sind Sie?« wollte er wissen.

Luke erklärte es ihm. Mr. Campion hörte zu und kam zu dem Schluß, der Polizeichef nehme ebenso wie er selbst an, daß die Geräte aus Mayos eigener Werkstatt stammten. Er vermied es jedoch sorgfältig, diese Meinung zu äußern, sondern erzählte die ganze Geschichte in einfachen, nüchternen Worten und nannte seinen eigenen Namen und seine Position, um dann Mr. Campion als Edwards Vormund vorzustellen. Die Taktik hatte Erfolg: der Experte beruhigte sich und begann wieder logisch zu denken. Das war deutlich erkennbar, sie spürten seine Intelligenz wie eine schnelle, leistungsfähige Maschine, die nach einer besonders schlimmen Panne wieder angesprungen war.

Er nahm das kleine Pflaster in die Hand und ging damit unter die Leselampe, um es mit gerunzelter Stirn zu studieren.

Der Kanonikus, der offenbar immer noch in höheren Sphären schwebte und sich der Dramatik der Situation gar nicht bewußt war, sprach weiter.

»Sobald eine Maschine niemanden mehr in Staunen versetzt, hört sie auch auf, beängstigend zu sein, das weiß ich«, sagte er. »Aber im Augenblick finde ich diese Geräte höchst beunruhigend, besonders in der Hand von Kindern. Ich bin ganz entschieden der Meinung, daß junge Menschen lernen sollten, selbständig zu denken. Sie haben ohnehin genügend Gelegenheit, abgedroschenes Gedankengut aufzunehmen. Aber ihr klugen Leute müßt natürlich Nutzen daraus ziehen.«

Mayo nahm seine Brieftasche heraus und steckte den Zylinder in einen alten Umschlag. Dann streckte er die Hand nach der Untertasse mit dem zweiten Exemplar aus. Ob er nun über die Konstruktion des Beweisstückes oder seine Herkunft Bescheid wußte oder nicht, er hatte augenscheinlich entschieden, welche Schritte nun unternommen werden mußten. Sobald er die beiden Geräte in seiner Innentasche verstaut hatte, zog er ein Blatt Papier heran und tastete nach einem Stift, den er offenbar unter seinem Einstecktuch vermutete. Als er ihn dort nicht fand, nahm er sich einen Kugelschreiber vom Schreibtisch, entschuldigte sich mit einem kurzen Nicken bei Avril und wandte sich an Luke.

»Ich gebe Ihnen eine Quittung dafür, Polizeichef«, sagte er. »Dann sind wir bei eventuellen Ermittlungen beide gedeckt. Sind Sie damit einverstanden?«

»Eine Quittung brauche ich auf jeden Fall, Sir.« Luke wirkte sichtlich erleichtert und warf einen Blick auf Campion. »Was dagegen einzuwenden?«

»Warum sollte er?« Mayo sah den dünnen Mann mißtrauisch an. »Was haben Sie überhaupt mit der ganzen Sache zu tun?«

Mr. Campion antwortete nicht, und der Experte zögerte einen Moment. »Ich wollte gerade hinzufügen, daß meiner Ansicht nach alle in diesem Raum Anwesenden vollkommen unschuldig sind«, sagte er dann unvermittelt. »Das hoffe ich jedenfalls.«

»Dann übernehmen Sie von nun an die Verantwortung? Mein lieber Mann, ich kann Ihnen gar nicht sagen, wie froh ich darüber bin!« Die Erklärung des Kanonikus überraschte alle. Seine Aufrichtigkeit konnte nicht bezweifelt werden, und Mayos Gesicht färbte sich noch dunkler.

»Die beiden Exemplare sind bestimmt Regierungseigentum und hätten niemals in unbefugte Hände geraten dürfen«, log er. »Natürlich wird man sich darum streiten. Ich werde jedoch für alle Beteiligten tun, was ich kann. Ich muß Ihnen allerdings dringend raten, mit niemandem darüber zu sprechen. Wenn die Sache herauskommt, könnte das schlimme Folgen haben.« Er hielt inne, und die anderen hatten Zeit, sich ein Bild von ihm zu machen. Er war aufgedreht und immer noch sehr verärgert.

»Sorgen Sie auch dafür, daß die Kinder den Mund halten«, fuhr er schließlich fort. »Lassen Sie sie erst aus den Augen, wenn Sie ihnen eingetrichtert haben, daß sie alles, was sie über die Geschichte wissen, schnellstens wieder vergessen sollen, und denken Sie daran, daß in diesem Stadium jeder Mensch verdammt gefährlich werden kann. Nicht alle Spione arbeiten für fremde Mächte. Das müßte genügen, Chef: *Erhalten: zwei ESP Trans. verst. zu Versuchszwecken, vermutl. Typ N. 400.* Damit müßten wir beide aus dem Schneider sein. Und je schneller ich mich jetzt mit den Dingern beschäftige, desto besser.«

»Wollen Sie nicht mit den Kindern sprechen?« Luke wirkte nervös. »Sie wissen als einzige, woher sie stammen.«

Mayo legte den Kopf schief. »Tatsächlich?« fragte er spöttisch. Das sollte offensichtlich heißen, als Bezugsquelle komme allein Martin in Frage, und es hatte fast den Anschein, als sei Luke der gleichen Meinung. Mr. Campion machte ein harmlos liebenswürdiges Gesicht.

»Ich glaube, ich würde noch mal kurz zu Ferris reinschauen, ehe Sie gehen«, schlug er vor. »Ich sage es wirklich nicht gern, aber ein dicker Fehler zu diesem Zeitpunkt könnte für alle Beteiligten außerordentlich peinlich sein, meinen Sie nicht auch?«

»Peinlich!« Mayo zitterte, und allen ging durch den Sinn, daß es wohl die ›Berufskrankheit der Kreativen‹ sein mußte, wie der Kanonikus es ausdrückte, die ihn vor aller Augen derartig quälte. »Ich fürchte, Sie müssen es wirklich mir überlassen, die Sache so gut ich kann und auf meine Weise zu erledigen. Sie verstehen ja gar nicht, worum es geht. Sie können nicht wissen, daß Sie mit einer revolutionären Erfindung herumgespielt haben. Die Kommunikationsindustrie der ganzen Welt könnte davon betroffen sein, nicht nur das Verteidigungssystem eines einzelnen Landes!« Er wurde zunehmend wütender, je deutlicher sich die Lage für ihn abzeichnete. »Es gibt gewisse Leute«, fuhr er fort, als müsse er sich jedes Wort abringen, »die sind so verflucht fähig, so verwünschte Genies, daß sie alles, was ein anderer macht, nur für Kinderkram halten, und daß es ihnen nicht darauf ankommt, es zu zerstören, zu klauen oder zu verschenken. Es gibt berühmte Professoren, die in einer anderen Welt leben, und rührende junge Männer, die von ihrem akademischen Ruhm und ganz allgemein von ihrer verdammten Arroganz so geblendet sind, daß sie völlig den Kopf verlieren. Sobald sie eine Chance sehen, Furore zu machen, vergessen sie die einfachsten Anstandsregeln. Sie handeln gegen ihre eigenen Interessen und bringen sich – und die hart arbeitenden armen Teufel, die angeblich die Teams leiten, in denen die anderen ihr Brot verdienen – in größte Schwierigkeiten. Wir leben wirklich in einem Irrenhaus, das kann ich Ihnen sagen.«

Avril räusperte sich.

»Wie soll ich mich Edward gegenüber rechtfertigen?« fragte er. Mit dieser Bemerkung hatte niemand gerechnet, und Mayos Antwort sorgte noch mehr für Verwunderung.

»Richtig«, sagte er. »Sie haben mir ja erzählt, daß er Ihnen die beiden Geräte anvertraut hat. Genau. Nun, ich meine, Sie geben ihm am besten das hier.«

Er zog seine Brieftasche wieder heraus und entnahm ihr eine Visitenkarte.

»Wie heißt er noch? Longfox, richtig? *Edward Longfox ist vorzulassen*. Sehen Sie? Das habe ich auf die Rückseite geschrieben. Sie geben ihm die Karte und sagen ihm, er kann mich jederzeit besuchen, ich würde mich freuen. Was meinen Sie dazu?«

Es war eine merkwürdige kleine Szene, und sowohl Luke als auch Campion spürten mit Unbehagen eine Eigenschaft in dem Mann, die keiner vermutet hätte. Der alte Kanonikus nahm die Karte und schien sehr zufrieden.

»Danke. Sie werden feststellen, daß er sehr intelligent ist. Er hat uns gesagt, daß der kleine Sam mit diesem Apparat sehr viel besser umgehen kann als er. Der Kleine ist noch so unerfahren und kennt so wenig von der Welt, daß das, was er empfängt, ihn nicht völlig überfluten kann.«

Das war für alle außer Mayo inzwischen fast eine Binsenweisheit, aber sie sahen, daß sie wie eine Leuchtkugel ins Ziel traf, und zum ersten Mal bekamen sie einen Eindruck davon, was es heißt, ein Problem anzugehen, das nur durch eine Kombination mehrerer sehr verschiedener Denkansätze zu lösen ist.

Mayo sah den alten Mann interessiert an. »Das menschliche Element hat also eingebaute Sicherheitsventile?«

»Möglich«, sagte Avril, der sich über diesen Punkt ganz und gar nicht im klaren war. »Können wir Ihnen eine Tasse Tee anbieten?«

Damit war dieses Intermezzo zu Ende. Mayo hatte es eilig, und wie so vielen Fanatikern war es ihm zuzutrauen, daß er statt eines gesitteten Rückzugs unter Beachtung der gesellschaftlichen Spielregeln einen Gefängnisausbruch inszenierte, falls irgend jemand Anstalten machen sollte, ihn noch länger festzuhalten.

»Ich möchte lieber sofort verschwinden, allein, wenn es Ihnen nichts ausmacht«, sagte er hastig. »Meine Frau kann mit Arnold im Lieferwagen zurückfahren.«

»O nein, mein Lieber, das kann sie nicht!« Die triumphierende Stimme kam von der Tür her, und Mrs. Mayo trat, gefolgt von der bedrückt wirkenden Amanda, übertrieben lebhaft ins Zimmer. »Ich habe es Ihnen gleich gesagt«, fuhr sie fort und sah sich nach ihrer Gastgeberin um. »Ich war mir völlig sicher, es mußte so kommen. Und deshalb bin ich auch mitgefahren.« Ihr Blick heftete sich mit unverhüllter Feindseligkeit auf ihren Mann und sie lachte. »Lord Ludor mag ihm vielleicht noch vertrauen, aber ich kann es leider nicht mehr.«

Sie war weder betrunken, noch stand sie unter Drogen, sie sah sogar bemerkenswert gesund aus, ganz und gar nicht so, als stünde sie irgendwie unter toxischem Einfluß, aber alle Anwesenden erkannten mit der gleichen Bestürzung die typischen Symptome.

Die Frau aus der Mittelschicht, die kurz vor dem Zusammenbruch steht, war ein Produkt der zweiten Nachkriegsperiode dieses Jahrhunderts. Zur Verzweiflung getrieben von einem Dutzend eigener Schwächen oder auch von gewissen Unzulänglichkeiten ihres Ehemannes, sowie von einer Lebenshektik, für die sie nicht geschaffen war, gestattete ihr der Wegfall starrer gesellschaftlicher Regeln, in aller Öffentlichkeit gegen sämtliche Umgangsformen zu verstoßen. Melisande Mayo war für die Gruppe im Pfarrhaus ein ebenso vertrautes und deutlich erkennbares Opfer ihrer Zeit wie eine Bande von Halbstarken oder Rowdies, die durch die Gegend zogen, um sich mit jemandem anzulegen, aber dadurch wurde es nicht leichter, sie um sich zu haben.

Sie war dicht hinter der Tür stehengeblieben und zwang damit Amanda, sich an ihr vorbeizudrängen. Daß sie zutiefst unglücklich war, konnte jeder sehen, aber dies war eine andere Art von Leiden, und sie kostete die peinliche Situation gründlich aus.

Mayo sah sie an, als habe sie kein Wort gesagt. »Ich nehme den Jaguar«, sagte er. »Ich bin in Eile.«

»Ich werde fahren«, beharrte sie, immer noch mit diesem albernen, eigensinnigen Lächeln auf ihrem hübschen Gesicht. »Ich bin doch dein Chauffeur und deine Sekretärin, oder etwa nicht? Dein Steuerberater glaubt es jedenfalls!«

»Nein.« Auf seine Weise hatte er den Bezug zur Realität nicht weniger verloren als sie. »Ich fahre allein.«

»Aber natürlich! Und heute ist der Tag gekommen, nicht wahr? Ich wußte es, sobald ich sah, wie du Martin etwas in den Gin getan hast...«

Als er zusammenzuckte und wütend auf sie losging, entfuhr ihr ein kleines, aufgeregtes Kichern. »O ja. Ich kam in die Bar und habe es gesehen. Deshalb bin ich ja auch mitgefahren.« Sie lächelte in die Runde, als warte sie auf Beifall. »Ich dachte, jemand sollte auf den armen Jungen aufpassen.«

Die Bemerkung verfehlte ihr Ziel. Niemand sprach ein Wort. Mayo verhielt sich wie alle anderen. Er schien peinlich berührt, aber nicht mehr als Luke. Beide blickten starr vor sich auf den Boden.

Melisande Mayo hielt immer noch ihre mißhandelten Handschuhe in der Hand, und jetzt ging sie sogar soweit, damit auf eine Stuhllehne zu schlagen.

»Du bedenkst gar nicht, was das für mich und die Mädchen bedeutet«, warf sie ihm vor. »Du machst uns zu Ausgestoßenen. Vermutlich rechnest du damit, daß wir uns nicht von der Stelle rühren, bis es dir beliebt, uns nachkommen zu lassen. Aber du machst einen großen Fehler. Ich werde dir nicht durch irgendeinen eisernen Vorhang folgen, mein Bester.«

Sie erkannte sofort, daß sie zu weit gegangen war, und jetzt klang ihr Lachen zum ersten Mal eher nervös als entzückt. »Ich werde es jedenfalls nicht tun«, sagte sie, aber das Feuer war erloschen, und er ging langsam auf sie zu.

»Du phantasierst ja«, sagte er sanft, und der Vorwurf klang unter den gegebenen Umständen so vernünftig, daß die anderen ihm unwillkürlich beipflichteten. »Ich muß gehen. Ich habe heute noch eine Menge zu tun.«

»Dann werde ich dich fahren.« Sie stand immer noch zwischen ihm und der Tür und forderte ihn praktisch heraus, sie vor allen anderen gewaltsam beiseite zu schieben. Mit seiner Kapitulation nahm er ihr den Wind aus den Segeln.

»Schön, dann fährst du mich eben«, sagte er. »Aber eines Tages wird man mich deinetwegen noch erschießen. Du lebst in einem Wolkenkuckucksheim.« In seinem Verhalten war kein Zorn zu erkennen. Er fügte sich in sein Schicksal, mehr oder weniger geduldig, wie ein Mann mit einem alten Gebrechen. »Ich muß noch kurz mit Arnold sprechen. Dann können wir gehen.«

Er schob sich an ihr vorbei und rief durch die Diele nach dem Barkeeper. Die Antwort kam verdächtig schnell, und dann entfernten sich die beiden und stellten sich, knapp außer Hörweite, auf die Treppe vor der Haustür.

Melisande blieb mit ihrem unfreiwilligen Publikum zurück, und nun fand sie ihre erschreckende Selbstbeherrschung wieder. Sie lächelte matt in die Runde, aber in ihren Augen funkelte noch immer die Unsicherheit.

»Ich sollte ihm wohl besser nachgehen, ehe er mit dem armen Mann etwas Neues ausheckt«, sagte sie. »Ihm ist es völlig egal, ob Arnold rausgeworfen wird. Paggen kümmert es nicht, wenn jemand zu Schaden kommt, solange seine Arbeit anerkannt wird. Das ist auch das Problem zwischen ihm und Martin. Professor Tabard versteht Martin und schätzt ihn auch, aber mit Paggen kann er nichts anfangen, und Paggen kann sich dem Alten einfach nicht verständlich machen. Jetzt ist er auf Martin angewiesen, und das macht den armen Kerl wahnsinnig eifersüchtig. Und Martin bemerkt es nicht einmal. Rührend, nicht wahr? Nun, ich möchte mich verabschieden. Es war furchtbar nett, Sie kennenzulernen, Lady Amanda.« Die letzte Bemerkung wurde vom Schatten eines freundlichen Lächelns begleitet, und Amanda nützte diesen Augenblick, um sich in Förmlichkeit zu flüchten und ihr die Hand zu reichen.

»Leben Sie wohl, Mrs. Mayo. Ich bringe Sie noch zum Wagen.«

Luke trat ans Fenster und sah ihnen nach.

»Da ist sie, auf dem Fahrersitz«, sagte er. »Sie hat ihren

Willen durchgesetzt. Was für ein Auftritt! Sie wird erreichen, daß er von ihr Notiz nimmt, und wenn sie ihn umbringen muß.«

»Das wird sie auch noch tun, wenn sie weiterhin vor jedem beliebigen Fremden so gefährliche Dinge über ihn sagt.« Mr. Campion war immer noch erschüttert. »Er ist doch wohl sauber, Charles? Er hatte diese Dinger noch nie gesehen? Ich meine, wir sind hoffentlich nicht soeben ins größte Fettnäpfchen unserer gemeinsamen Karriere getreten?«

»O nein, mein Junge. Das war reine Bosheit von ihr.« Der Kanonikus klang zuversichtlich. »Bei seinem letzten Besuch hat Martin mir von ihm erzählt. Mayo ist ein hervorragender Wissenschaftler, und ich habe mich sehr gefreut, ihn kennenzulernen. Er ist genau der richtige Mann, um sich mit diesen schrecklichen kleinen Apparaten zu befassen. Für mich war er wirklich wie ein Geschenk des Himmels. Martin bewundert Paggen Mayo sehr, und er sagte, er würde ihm sein Leben anvertrauen.«

»Was er heute abend wohl auch getan hat, falls er uns nicht etwas vorschwindelt«, murmelte Luke und blickte Campion mit plötzlichem Zweifel an. »Nein«, fuhr er schließlich fort, wie als Antwort auf seine eigene Frage, »der Kanonikus hat recht. Mayo ist ein hoher Regierungsbeamter, und der Sicherheitsdienst hat ihn sicher einmal im Monat routinemäßig auf Herz und Nieren geprüft. Außerdem hast du ja selbst gesagt, wenn wir schön artig wären und die Dinger ablieferten, würden sie ohnehin bei ihm landen. Ich glaube, was seine Eifersucht auf Martin angeht, hat die Dame wahrscheinlich recht. Das würde nämlich alles erklären. Es klingt verrückt, aber das Leben, das sie führen, ist schließlich auch nicht normal.«

Mr. Campion dachte über diese Vermutung nach.

»Ich habe mir auch schon überlegt, ob die ganze Geschichte nicht ein Versuch sein könnte, Martins Ansehen zu untergraben«, gab er zu. »Das war das einzige, was irgendeinen Sinn ergab – ›Selbstmordversuch: verantwortungsvollen

Aufgaben nicht gewachsen; nur wertvoll in untergeordneter Stellung, vorzugsweise unter Mayo‹. Etwas in dieser Art.«

»Martin glaubt, daß der Mann es momentan sehr schwer hat«, bemerkte Avril, ohne auf den letzten Teil des Gesprächs einzugehen. »Daß seine Ehe nicht glücklich ist, kann jeder sehen. Menschen von seiner Intelligenz sind vermutlich einfach zu beschäftigt, um zu leben. Und für sie hat er gewiß keine Zeit. Arme Frau.«

Er bemerkte die Visitenkarte, die er noch immer in der Hand hielt, und legte sie auf das Regal. Der Anblick schien in seinem Geist eine neue Seite aufzuschlagen, und er starrte das kleine Stück mit aufdämmerndem Unbehagen an.

»Eigentlich hätte ich darauf bestehen können, Edward aufzuwecken, damit der Junge seine Schätze persönlich an Mr. Mayo übergeben konnte«, sagte er endlich. »Merkwürdig, daß ich das nicht getan habe.« Er wandte sich an seinen Neffen: »Was soll ich dem Kind nun sagen?«

»Sagen Sie, Sie hätten in bester Absicht gehandelt, Sir.« Luke versuchte ihn zu trösten und war überrascht, als ihn die intelligenten, alten Augen plötzlich erschrocken ansahen.

»Du meine Güte, das hoffe ich!« sagte Avril. »Aber es gibt keine Garantie. Und selbst wenn, den Folgen könnte ich nicht entrinnen.«

9
Die streunende Katze

Es war nach Mitternacht, als Mr. Campion das Pfarrhaus verließ und in die hell erleuchtete, aber verlassene Stadt hinausging, wo die blanken Straßen wie Eislaufbahnen glänzten und die Stuckhäuser still und dunkel in den Himmel ragten.

Er bemerkte die weiße Katze, als er sich der steilen Auffahrt näherte, die aus dem Platz hinausführte, und erinnerte sich, daß Luke sie vor einiger Zeit erwähnt hatte. Er mochte diese Rasse wegen ihrer langen Vorderbeine und der hohen Backenknochen, aber er bemerkte auch den einzigen Fleck am Schwanzende, der verriet, daß dieses Tier nicht so edel war, wie es den Anschein hatte. Die Katze beäugte ihn verächtlich, als er sie einholte, und sprang auf die Balustrade, als er vorüberging. Er dachte nicht weiter darüber nach.

Er war dabei, sich um seine eigenen Hausaufgaben zu kümmern. Seine Verbindung zum Sicherheitsdienst war momentan eher persönlicher als beruflicher Natur. Vor langer Zeit hatte er einmal sehr viel für diese merkwürdige Alice-im-Wunderland-Behörde getan, die sich ausschließlich aus Zivilisten zusammensetzt, die es schafft, keinen bestimmten Herrn, keine Befugnisse und, außer durch geschickte Ausweichmanöver, keine Möglichkeit zu haben, sich zu verteidigen, und deren Aufgabe es ist, das Reich von innen her genau zu den Zeiten zu schützen, zu denen es sich nachweislich in Gefahr befindet, aber auch keinen Augenblick länger.

Mr. Campion kannte L. C. Corkran, den momentanen Direktor, besser als einen Bruder, denn sie hatten einen Krieg miteinander durchlebt, und deshalb war er heute morgen, nach dem Vorfall auf dem Bahnhof, für eine befristete Zeit wieder als unbezahlter leitender Mitarbeiter in die Organisation berufen worden. Als er nun durch die menschenleeren Straßen schritt, trauerte er seinen verlorenen Illusionen nach. Er bedauerte es aufrichtig, daß er nicht auf dem Weg zu einer schillernden Kontaktperson war, die sich vielleicht in einem Taxiunterstand herumdrückte oder, besser noch, in einem Schrank neben der Feuertreppe einer U-Bahn-Station, wo niemand es vermutete, ein Büro unterhielt. In Wirklichkeit suchte er nur nach der sichersten aller Telefonverbindungen, nach einer öffentlichen Zelle, die man noch nie benützt hat und auch nie wieder zu benützen gedenkt.

Den ganzen Abend lang hatte er sich bemüht, nicht allzuviel über die möglichen Konsequenzen der phantastischen Entwicklung nachzudenken, die die Kinder ins Haus gebracht hatten. Er hatte sich nur eine einzige Schlußfolgerung gestattet, daß es sich nämlich, soweit man es übersehen konnte, im Moment nur um eine Entdeckung und kaum um eine funktionierende Erfindung handelte, daß aber, und das hatte er auch Luke gegenüber anzudeuten versucht, die Erfindungen sicherlich nachkommen würden. Bisher war nur bewiesen, daß man manchmal Gedanken von einem Geist zum anderen übertragen, und daß man dieses Verfahren mit technischen Mitteln unterstützen konnte, wenigstens soweit es den Empfang betraf. Der Sender lag noch sehr im dunkeln. In den falschen Händen...? Schon ging es wieder los, die Gedanken überstürzten sich. Welches waren die richtigen und welches die falschen Hände? Die Wissenschaft? Die Wirtschaft? Die Regierung? Das Ausland? Wohlmeinende, aber dumme Hände?

Er holte tief Luft, schlug sich diese Fragen aus dem Kopf und eilte weiter. Er war ganz froh darüber, daß die ganz gewöhnlichen Vorsichtsmaßnahmen ihre Bedeutung vorläufig noch nicht verloren hatten.

Er überquerte die Portminster Row und wechselte damit von einem Postbezirk in den nächsten. Es dauerte eine Weile, aber schließlich fand er, was er suchte, eine einzelne Zelle in einer Sackgasse hinter einem Kaufhaus. Sie war gut beleuchtet, und es gab nur einen einzigen Zugang.

Er wählte eine Nummer in Hampstead, die er sich am Morgen eingeprägt hatte, und sofort meldete sich eine ziemlich affektierte Frauenstimme, ein wenig streng, aber sehr intelligent.

»Wer spricht?«

»Ich bin es, Liebste.« Er verwendete diese Anrede nicht besonders gerne, aber in diesem Fall blieb ihm keine andere Wahl.

»Wer? Nein, lassen Sie mich raten!« Unglaublich! dachte er. Eine solche Stimme machte die ganze romantische Tarnung zur Farce.

»Schön«, sagte er pflichtschuldigst. »Aber ich bin gekränkt.«

»Gekränkt?« Das war das Stichwort. Jetzt mußte sie ihn identifiziert haben.

»Verdammt gekränkt!« bestätigte er.

»Mephy! So etwas sagt man doch nicht!« Es klang so ungemein kokett, daß er sich fragte, ob sie das Skript wohl selbst verfaßt hatte. »Und so spät! Ich bin nämlich schon im Bett.«

»Du Glückliche! Ich hatte bis jetzt keinen Augenblick Zeit, du mußt schon entschuldigen.« Damit war die Identifizierung abgeschlossen, und er nahm die Botschaft in Angriff. Wenn sie ihre Sache gut machte, und das traute er ihr zu, dann war dies bei weitem der sicherste und flexibelste Telefoncode, den es gab, aber solange man sein Gegenüber nicht kannte, durfte man nicht allzu sehr verschlüsseln. Er begann im Klartext.

»Wir hatten unerwarteten Besuch, drei Leute von der Küste.«

»Das wußte ich!« Offenbar war sie entschlossen, sich wie eine schäkernde Schuldirektorin zu gebärden. »Du wirst niemals erraten, wer Elsie eben angerufen und uns den neuesten

Klatsch erzählt hat. Fred. Aber den kennst du vielleicht gar nicht?«

Corkran war also immer noch ›Elsie‹, stellte er fest.

»Natürlich kenne ich Fred!« sagte er, um sie auf die Probe zu stellen. »Aber den alten Matthew kannte ich noch besser.«

»Seinen Bruder?« Sie war sofort am Ball. »Ich kann mich gut an ihn erinnern. Er hat doch immer Gedichte gschrieben.« Matthew Arnold – Fred Arnold. Das hätte kein Kreuzworträtselexperte geschickter hinbekommen. »Wußtest du schon, daß Fred sich plötzlich mit Elsie zusammengetan hat?« fuhr sie fort. »Früher hatte ihn seine Firma voll in Anspruch genommen, man hielt dort sehr viel von ihm. Aber heute morgen hörte er, daß er endlich ein paar Tage Urlaub bekommt, und da hat er Elsie mitgeteilt, daß er ihr voll zur Verfügung steht! Sie fühlt sich sehr geschmeichelt und findet ihn auch ganz nett, aber eine richtige Freundschaft ist es noch nicht. Als Ersatzmann ist er freilich nicht schlecht, meint sie.«

»Dritter Grad?«

»Eher fünfter!« lachte sie.

»Meinen Glückwunsch!« Das war ehrlich gemeint. Sie war sehr vorsichtig und drückte sich doch bemerkenswert verständlich aus. Er verzieh ihr sogar ihre Stimme. Bis jetzt hatte er erfahren, daß Fred Arnold, der Barkeeper, ein untergeordneter Kollege von ihm war, der erst heute morgen seinen Einsatz angetreten hatte, und daß ihn die Firma Godley, die ihn schon seit einiger Zeit als ›persönlichen Beobachter‹ beschäftigte, empfohlen hatte. Der Sicherheitsdienst hielt sich an das übliche Verfahren und vertraute dem Mann zu Anfang so wenig wie möglich, aber man glaubte, daß er sich als nützlich erweisen könnte. Er hatte an diesem Abend bereits über seine Fahrt nach London berichtet, vermutlich hatte er auf dem Weg zum Markt telefoniert, unmittelbar, nachdem er das Pfarrhaus verlassen hatte.

»Schön«, sagte Campion, um ihr Zeit zu geben, das Kompliment zu verdauen. »Hast du schon von unserem klugen jungen Mann gehört, der plötzlich erkrankt ist und nach London gebracht wurde?«

»Der Amerikaner? Armer Junge! Es war allerdings nichts Ernstes, oder?«

»Nein, aber es kam ganz unerwartet, und es war auch nicht das, was wir anfangs dachten, deshalb machten wir uns natürlich Sorgen. Ich werde mich vergewissern, daß auch wirklich alles in Ordnung mit ihm ist.«

»Elsie sagte, damit hätte sie gerechnet. Natürlich hat sie Fred gegenüber nichts von dir erwähnt.«

»Das ist doch klar, oder? Wußte sie auch, daß der alte Sünder eine gewisse verheiratete Dame mitgebracht hatte?«

»Mein lieber Mann! Fred konnte gar nicht mehr aufhören, von ihr zu sprechen, sie hatte ihn zu Tode erschreckt. Elsie brauchte ihren ganzen Sinn für Humor!«

»Elsie hat ja auch einen großartigen Sinn für Humor!« sagte er trocken. »Übrigens ist die Dame sehr gesprächig!«

»Das mußt du gerade mir erzählen!« Die Stimme konnte sogar einen leichten Akzent annehmen, aber den strengen Unterton verlor sie nie. »Elsie sagt immer, sie hat eine leichte Macke. Ihr Mann leistet wirklich ausgezeichnete Arbeit, aber wenn sie nicht aufhört, solchen Unsinn zu erzählen, werden sie noch ihre ›Sozialwohnung‹ da unten verlieren.«

»Elsie glaubt die Märchen der Dame doch nicht alle, oder?«

»Du lieber Himmel, nein!« Sie war aufrichtig belustigt. »Die Frau lebt doch ständig in der Angst, daß ihr Mann sie und die Familie verlassen könnte. Da wir gerade von Familie sprechen, Fred sagte, du hättest wunderschöne neue Kinderspielsachen für Weihnachten gefunden. Der letzte Schrei, soviel ich höre. Wann bekommen wir auch welche?«

»Verdammt! Ich hatte gehofft, dich überraschen zu können!« Er war verblüfft und versuchte, es zu überspielen. »Wie hat Fred denn davon erfahren?«

»Nun sei doch nicht gleich eifersüchtig! Fred hat gehört,

wie die junge Mutter mit ihrem kranken amerikanischen Ehemann sprach. Sie hat ihm erzählt, die neuen Spielsachen funktionierten noch nicht richtig, aber die Kinder versuchten, sie zum Laufen zu bringen. Mehr hat Fred angeblich nicht gehört.«

»Er hat recht. Ich habe sie gesehen. Im jetzigen Zustand taugen sie nicht viel. Wir haben sie dem besten Elektronikspezialisten gegeben, er soll sehen, was er damit anfangen kann. Er wollte sie mit nach Hause nehmen, und wir waren einverstanden.«

»Etwas anderes konntet ihr ja auch nicht tun. Am Ende wären sie zur Reparatur ja doch bei ihm gelandet.«

»Das dachten wir uns auch. Er war ganz fasziniert davon. Er hatte sie nämlich noch nie zuvor gesehen. Das hat mich etwas überrascht, weil ich dachte, seine jetzige Firma hätte sie hergestellt.«

Er merkte, daß er sie aus dem Konzept gebracht hatte. Eine deutliche Pause trat ein, und das verstieß gegen die Spielregeln. Nur ein völlig gleichmäßiger Gesprächsfluß ließ die Unterhaltung langweilig und banal wirken.

»Nicht zu fassen!« sagte sie schließlich, und dann fügte sie sofort hinzu: »Aber du irrst dich. Sie müssen von dort stammen.«

»Ich glaube nicht.«

»Ich schon. Es ist das einzige Unternehmen, das auf diesem Gebiet arbeitet. Im technischen Bereich, meine ich.«

»Ich habe mich schon gefragt, ob diese Neuheiten vielleicht importiert sein könnten.«

»Ach, das glaube ich wirklich nicht. Ich habe nicht gehört, daß anderswo etwas dergleichen produziert wird. Schließlich versuchen wir schon eine ganze Weile, für unsere kleinen Neffen etwas in dieser Richtung zu finden. Das hätten wir sicher erfahren.«

»Wie auch immer«, sagte er. »Man lernt nie aus!« Dieses Klischee war ein verabredetes Pausenzeichen, und da er seine

Nachricht an den Mann gebracht hatte, wechselte er nun das Thema.

»Weißt du auch schon, daß es einen kleinen Rechtsstreit gegeben hat? Er wurde außergerichtlich beigelegt. Ich habe heute abend davon gehört. Hatte da etwa Elsie die Finger im Spiel?«

»Nun ja, sie mag es nicht, wenn aus der Schule geplaudert wird, wenn du das meinst.«

Genau darauf hatte er angespielt, und das bestätigte er ihr auch mit einem Lachen.

»Dann wünsche ich dir eine gute Nacht«, meinte er schließlich. »Hier ist alles sehr ruhig. Wenn sich etwas für mich ergeben sollte, dann laß es mich wissen.«

»Oh, sicher. Es ging das Gerücht, ein paar Leute hätten an deinen Verein gedacht, und das hat sich endlich auch bestätigt, es kann also jederzeit jemand an dich herantreten. Der Name ist Fungi.«

»Ich werde es mir merken. Ist das die Firma, die kleine Sachen von der Bahn abholen läßt?«

»O nein, ich glaube nicht, daß sie das tun würden. Das Unternehmen ist nicht besonders groß, und es sind auch keine Briten – ich habe versucht, dir die Adresse zu besorgen. Bisher ohne Erfolg.«

»Nun, sollte ich etwas Interessantes hören, dann sage ich dir Bescheid. Bist du zu Hause, wenn ich morgen abend anrufe?«

»Nein. Da bin ich bei meiner Schwester, du weißt schon, die in Welbeck wohnt. Gute Nacht, Mephy.«

»Gute Nacht, Liebste.«

Als er aufhängte, dachte er über ihre letzte Information nach. Die Existenz einer Spionageorganisation, die mit der bei Godley's durchgeführten Forschungstätigkeit in Kontakt war, hatte sich also bestätigt. Sie hatte nicht direkt mit den Leuten zu tun, die den Entführungsversuch an den Kindern veranlaßt hatten, man hielt sie vielmehr für eines der kleinen

Agentennetze, die in letzter Zeit so häufig in großen Städten auftraten. Den Decknamen Fungi hatte man ihnen gegeben, weil sie Ähnlichkeit mit Schimmelpilzkolonien hatten, bei denen eine Mutterzelle nach allen Richtungen ständig neue, schnell wachsende Fäden ausschickt. Diese Netze kamen und gingen, oft wurden sie nur für einen bestimmten Einsatz benützt und dann aufgelöst, und daher war es sehr schwer, sie aufzuspüren und zu vernichten. Wenn ein Agent besondere Fähigkeiten an den Tag legte, blieb er in der Kartei und konnte jederzeit reaktiviert werden, um den Kern eines neuen Rings zu bilden.

Es war ein schmutziges Geschäft, ekelhaft und stinkend wie Schimmel. Einzelpersonen wurden gewöhnlich mit erpresserischen Mitteln an den Elternstamm gebunden, aber nur die ganz wenig geborenen Verräter, die sich in der Fäulnis instinktiv zu Hause fühlten, wurden zu den Sporen, aus denen sich immer wieder neue, kleine, zerstörerische Flecken entwickelten.

Sehr zufrieden mit der Liebsten trat Campion aus der Zelle. Sobald das Tonband abgeschrieben war, würden alle Informationen von beiden Seiten so klar sein, daß sie in die Amtssprache übertragen und archiviert werden konnten. Bis dahin war sicher niemand, der von ihrem Gespräch einen vereinzelten Satz aufgeschnappt hatte, in Versuchung geraten, weiter zuzuhören. Es waren keine bekannten Namen gefallen, es hatte keine Vertraulichkeiten gegeben und auch sonst nichts, was im mindesten unterhaltsam gewesen wäre. Die Ungereimtheiten waren nicht sehr auffällig gewesen, es sei denn, jemand hätte ganz genau aufgepaßt, und dann wäre der Gesprächsfaden, wenn man ihm denn überhaupt hätte folgen können, unwiederbringlich verloren gewesen. Das Geheimnis lag im Tempo. Wenn solche Unterhaltungen richtig geführt wurden, plätscherten sie in einem Strom von Gemeinplätzen dahin, so gleichmäßig und einschläfernd wie ein summender Bienenschwarm.

Er ging auf die Hauptstraße zu, die quer vor der Sackgasse vorbeiführte und beschäftigte sich in Gedanken mit der praktischen Seite der Lage. Nachdem der Anschlag so gründlich mißlungen war, sollten die Kinder jetzt angeblich in Sicherheit sein. Das hielt auch er für wahrscheinlich, wenigstens im Moment.

Viel gewichtiger war die Frage nach dem Gehirn, das hinter ihren Experimenten mit den Geräten stand. Wer war der Puppenspieler? Bis zu Mayos überzeugendem Dementi hatte er angenommen, Martin müsse mit Mayo zusammengearbeitet haben, und deshalb hatte er es auch so ängstlich vermieden, die Kinder selbst zu befragen, solange er nicht sicher war. Jetzt war es vermutlich Martin plus ein Unbekannter.

Als Mr. Campion die breite Durchgangsstraße erreichte, über die sich bei Tag ein nicht abreißender Strom von Fahrzeugen im Schrittempo dahinquälte, drängte sich ihm der Gedanke auf, daß in der Geschichte bisher bemerkenswert wenige Unbekannte ins Bild gekommen waren. Fred Arnold war fast der einzige Fremde, und sein Auftauchen war sehr schnell erklärt worden. Gerade hatte er überlegt, daß der Horizont fast verdächtig leer war, als er die weiße Katze sah. Es war dieselbe Katze wie vorhin, daran gab es keinen Zweifel, denn die andersfarbige Schwanzspitze war so unverwechselbar wie ein Namensschild. Sie kam über die glasige Fahrbahn gesprungen, blieb stehen, um zu ihm aufzuschauen, machte einen herrlichen Buckel und sprang wieder davon.

Er nahm an, daß sie ihm gefolgt war, daß sie nach Katzenart mit ihm spazierengehen wollte, nicht wie ein Hund bei Fuß, sondern irgendwo neben ihm in sicherem Abstand. Seltsam, daß er sie nicht früher bemerkt hatte. Wenn sie sich wie alle anderen Katzen benahm, die er kannte, hätte sie seinen Weg ein Dutzend Mal kreuzen müssen, während sie ihren eigenen verschlungenen, aber ungefähr parallel verlaufenden Pfaden folgte. Er wollte sie gerade rufen, als sie plötzlich davonschoß, und als er sich umdrehte, um ihr nachzuschauen, sah er etwas, das ihn zusammenzucken ließ.

Die Katze hatte nicht ihn begleitet, sie hatte einen Herrn. In der Ferne ging eine einzelne Gestalt schnell in Richtung auf das West End davon. Er konnte nicht mehr sehen, als daß es ein Mann war, hochgewachsen, schmal und dick vermummt. Das harte Neonlicht hatte alle Farbe aus den Kleidern herausgezogen und jede Falte, jeden Umriß geglättet. Campion beobachtete den Mann, bis er verschwand. Es hatte weiter nichts zu bedeuten, ein merkwürdiger Zufall. Trotzdem hatte sich jemand fast den ganzen Abend lang auf dem Platz aufgehalten, dann war ihm jemand bis zur Sackgasse gefolgt, und jetzt hatte es jemand auffallend eilig, nach Hause zu kommen. Und die weiße Katze gab ihm das Geleit.

10

Ehepaare

Mr. Campion schlief länger als gewöhnlich, und als er erwachte, stand Amanda mit einer Tasse Tee vor ihm.

»Trink das«, sagte sie und fügte in unheilverkündendem Ton hinzu: »Es könnte durchaus das Beste sein, was du heute zu erwarten hast!«

Sie befanden sich in der Wohnung, die einst Avrils einziger Tochter, einer gefeierten Modeschöpferin des berühmten alten Bekleidungshauses Papendeik, gehört hatte. Man hatte einen großen Teil des ursprünglichen Mobiliars behalten, und Campion lag in einem verspielten Himmelbett von zierlicher Eleganz mit schlichten, grau gemusterten Behängen und weißer Bettwäsche. Auch Amanda in ihrem strengen Hausmantel aus Billardtuch sah sehr elegant aus, und jetzt setzte sie sich ans Bettende und grinste ihn an.

»Haben sie dich aufgeweckt?«

»Wer?« Der Tee war ausnehmend gut, und er staunte wieder einmal über ihre scheinbar mühelose Tüchtigkeit. »Nichts hat mich aufgeweckt, außer dem Wunsch, dich wiederzusehen.«

»Martin und Helena streiten sich.« Das Lächeln war nur kurz aufgeflackert, hatte aber die Besorgnis nicht aus ihren Augen verdrängt. »Sie haben vergessen, wie dünn in diesen alten Häusern die Decken sind. Ich wußte nicht, ob ich pfeifen oder lieber abwarten sollte, bis sie sich von selbst wieder beruhigen.«

»Natürlich, sie sind ja über uns, nicht wahr? Er fühlt sich vermutlich miserabel, aber mir fiel erst gestern abend wieder auf, wie sehr sie doch an ihm hängt.«

»Das stimmt. Es ist auch kein Kampf auf Leben und Tod, es

geht eher in die Richtung von ›O mein Gott!‹. Dann knallt die Tür, aber sie erwähnen uns immer wieder, und wahrscheinlich werden sie bald runterkommen, deshalb dachte ich, ich sollte dich besser auf den Überfall vorbereiten.«

»Es war die klügste Tat meines Lebens, mich von dir heiraten zu lassen! Ich bin heute morgen noch nicht ganz auf dem Damm. Ich habe nämlich die ganze Nacht über Edwards kleinen Beitrag zum Fortschritt in der Welt nachgedacht. Wo ist er eigentlich?«

»Er frühstückt mit dem armen Onkel Hubert.«

»Du meine Güte. Das war vielleicht ein Theater. Was ist denn nur in den alten Knaben gefahren?«

Sie beugte sich vor und sagte ganz ernst: »Du glaubst also, Martin arbeitet still und leise noch für jemand anderen, und sie haben die Geräte an den Kindern ausprobiert, weil die Jungen so gut darauf ansprechen?«

Er wich ihrem Blick aus. »Ich glaube, es kann die Hölle sein, Mayo als Chef zu haben«, murmelte er. »Starrsinnig und in manchen Dingen vollkommen vernagelt. Der Schlüssel ist wahrscheinlich der Professor. Er ist ein großer Geist, und die sind zu allem fähig.«

Amanda lehnte sich in ihrem smaragdgrünen Hausmantel anmutig gegen den Bettpfosten. »Mrs. Mayo hat mir erzählt, daß ihr Mann seinem eigenen Team nicht traut«, räumte sie ein. »Aber sie hat mir eine ganze Menge erzählt. Ich halte Martin für vollkommen loyal, er ist einfach der Typ dafür. Er merkt nicht einmal, daß Mayo auf ihn eifersüchtig ist, der Gedanke käme ihm lächerlich vor. Ich bin sicher, daß nicht er hinter dieser Sache steckt.«

»Ich würde dir ja gerne recht geben, mein Liebes.« Mr. Campion war ganz ehrlich. »Aber ich sehe niemand anderen. Wie steht es mit dir?«

»Wir werden Martin auf den Zahn fühlen«, erklärte sie, und als es an der Wohnzimmertür klopfte, fügte sie hinzu: »Und zwar jetzt gleich, fürchte ich.«

Martin kam alleine. Er war unrasiert und trug einen Morgenmantel, sah aber viel besser aus als am Abend zuvor. Er war ein wenig verlegen und entschuldigte sich wortreich.

»Tut mir wirklich leid, daß ich euch so überfalle«, begann er, »aber ich verliere vor Neugier bald den Verstand. Helena sagt, diese verdammten Dinger, die ich nicht gesehen habe, wurden auf eine *pulsierende* Ader geschnallt. Ist das wirklich wahr?«

»Auf einen Druckpunkt«, sagte Amanda. »Hier oben am Hals.«

»Ist das auch tatsächlich wahr? Habt ihr es gesehen? Seid ihr sicher, daß es kein Nervenzentrum war? Helena will mich nicht mit Sam reden lassen. Sie hat ihn zu den Talismans runtergebracht.« Er sah ihre erstaunten Gesichter und wurde rot. »Ich würde sagen, es ist meine Schuld«, gestand er, »aber diese Geschichte hat mich vollkommen überfahren. Sam hat offenbar einen Brief vom Schulleiter mit nach Hause gebracht. Er hat ihn Helena erst heute morgen gegeben, und ich war bisher noch nicht in der Verfassung, um ihn zu lesen! Ich werde mich gleich darum kümmern, aber zuerst muß ich einfach wissen, was hier Verrücktes passiert ist. Wie ich höre, war Paggen gestern nacht hier im Haus. Hat er die Dinger gesehen, um Himmels willen?«

»Er hat eines ausprobiert und dann alle beide mitgenommen«, informierte ihn Amanda knapp. »Hör mal, Martin, könntest du vielleicht ein wenig präziser werden?«

»Mann! Ich wünschte, ich könnte es.« Sein gewohnt charmantes Lächeln blitzte kurz auf. »Aber damit stehe ich wieder ganz am Anfang. Auf eine pulsierende Ader! Das ist einfach phantastisch, aber meiner persönlichen Meinung nach durchaus möglich. Paggen hat mich immer wieder zur Schnecke gemacht, weil ich ganz leise etwas in dieser Richtung andeutete.«

Mr. Campion saß aufrecht im Bett und beobachtete ihn. Wenn Martin eine Schau abzog, dann war er exzellent. Wenn es aber nicht so war, dann stand er selbst erst recht wieder ganz am Anfang.

Amanda holte tief Luft. »Albert und ich haben uns gefragt, ob nicht du die Lösung des Rätsels bist«, bemerkte sie. »Wir dachten, du hättest die Dinger vielleicht Sam gegeben, und er hätte sie in der Schule verteilt.«

»Das hat Helena auch gesagt!« Seine Empörung war unüberhörbar. »Ich finde das grotesk. Ich würde doch ein so empfindliches geheimes Gerät keinem kleinen Jungen anvertrauen, und schon gar nicht, wenn es tatsächlich ein so durchschlagender Erfolg ist, wie ihr behauptet. Und daß ich mein eigenes Kind nicht einmal danach fragen darf, das finde ich unglaublich.«

Mr. Campion seufzte. »Ich bin kein Wissenschaftler«, sagte er. »Wenn man mir erklären will, wie diese Teufelsapparate arbeiten, dann bitte nur in ganz simplen Worten, und selbst dann kann es sein, daß alles einfach an mir abläuft wie Wasser von einem Entenrücken. Ich weiß nur, daß es offenbar jemandem gelungen ist, die Telepathie zu mechanisieren, bisher allerdings nicht sehr gut. Was es mit der pulsierenden Ader auf sich hat, begreife ich überhaupt nicht. Warum findest du das so phantastisch?«

»Weil es der gegenwärtigen Theorie zuwiderläuft. Wir gehen von einer Welle aus – natürlich nicht von einer Schallwelle –, die einen elektrischen Impuls trägt. Du weißt ja, daß das Gehirn ein gewisses Quantum an Elektrizität erzeugt.«

»Tatsächlich? Ich verstehe. Du hättest also angenommen, jede Apparatur müsse am Kopf angeschlossen werden, wenn die Sache funktionieren soll?«

»Natürlich. Paggens eigene neue Erfindung, die zugegebenermaßen bei weitem nicht so fortgeschritten ist, wie dieses Verfahren angeblich sein soll, ist in einen großen Glasfaserhelm eingebaut.« Die Faszination, die das Thema auf ihn ausübte, vertrieb sogar seinen Kater, sein Gesicht glühte vor Eifer. »Ich werde den Gedanken nicht los, daß die Welle noch nicht identifiziert wurde, und ich frage mich, ob es nicht möglicherweise eine nicht-elektrische Methode geben könnte, um zwei Intelligenzen miteinander in Verbindung treten zu lassen.«

»Vielleicht«, gab Amanda zu bedenken, »besteht gar keine Verbindung zwischen den Intelligenzen, vielleicht entschlüsselt jede Intelligenz die Information selbst? Ich meine, nehmen wir doch einmal an, ein Eingeborener fängt ein Signal von einem Angehörigen einer hochentwickelten Zivilisation auf, der auf ein abgestürztes Flugzeug gestoßen ist. Empfängt er dann: *Schreckliche Katastrophe: brennende Maschine* oder: *Aufregend: Vogel in Flammen*?«

Martin schüttelte den Kopf. »Keine Ahnung. Ich bin im Grunde sehr konservativ. Nur deshalb, weil das Phänomen der Gedankenübertragung und auch der Prophezeiung, das damit verbunden zu sein scheint, immer wieder auftaucht, seit es schriftliche Dokumente gibt, renne ich weiter mit dem Kopf gegen die Wand. Ich gebe zu, daß ich in diesem Zusammenhang auch Überlegungen über die mögliche Rolle des Nervensystems angestellt habe – Panik, Massenhysterie und ansteckende Euphorie, eine ganz merkwürdige Erscheinung bei jungen Menschen. Das alles muß nicht unbedingt nur mit dem Verstand –«

Mr. Campion bemühte sich, den ungewohnten Wegen, die man ihm da aufzeigte, gedanklich zu folgen.

»Die pulsierenden Adern, der Blutkreislauf«, bemerkte er. »Blutsverwandtschaft, Liebe auf den ersten Blick, von Herz zu Herz. Tradition! Martin, mein Junge, genau dahin führen solche Assoziationen. Aber sag mal, was genau ist eigentlich ein *Trans.verst. N. 400*?«

Martin starrte ihn an. »Wo hast du das um Himmels willen her?«

»Es stand auf der Quittung, die Luke von Mayo für die Geräte bekam. Transistor und Verstärker kann ich noch erraten, aber was bedeutet N. 400?«

»Aber diese Ähnlichkeit ist unglaublich! Ich meine, es hört sich an wie eine gewaltig vereinfachte Version von Paggens Erfindung. Mein Gott, er muß ja an die Decke gegangen sein! Wißt ihr, sobald die Existenz von ESP einmal bewiesen war... das geschah durch die Arbeit mit einem Zwillingspaar, das von der Marine entdeckt wurde... bestand die Schwierigkeit darin, in diesen Prozeß einzugreifen. Als erstes kam Paggen auf die Idee, die Signale zu verstärken. Die einzige Substanz, die auf die verschiedenen Versuchspersonen überhaupt eine Wirkung zu haben scheint, ist eine karbonisierte Form des neuen Elements Nipponamium. Mein alter Chef, Bolitho in Pittsburgh, hatte das Element und seinen Einfluß auf die Empfindlichkeit des Gehirns gegenüber Schall und bei ESP-Tests untersucht. Professor Tabard steht mit ihm in Kontakt, viel Erfolg hatten wir bisher allerdings nicht. Paggen ist sehr darauf bedacht, noch nichts rauszulassen, aber wir haben Hoffnungen. Was ihr von diesen Geräten erzählt, hört sich an, als kämen sie aus einer anderen Welt.«

»Moment mal.« Mr. Campion grub in seiner Erinnerung. »Für mich ist das alles furchtbar schwierig. Ich weiß nur zwei Dinge über Nipponamium. Es ist das letzte der neuen Elemente, die seit der Atomspaltung entdeckt wurden, und es wurde in Japan aus einer Ladung radioaktiven Kohlenstoffs isoliert, die man für medizinische Detektivarbeit importiert hatte. Ist das nicht auch der Stoff, den man für Aluminiumlegierungen verwendet?«

»Nein, das ist Germanium. Aber sonst bist du schon ziemlich nahe dran. Campion, ich muß diese Dinger sehen. Du sagst, Paggen hat sie? Ich muß sofort auf die Insel. Telefonieren kann ich nicht, denn es gibt keine Leitung, die auch nur annähernd sicher wäre. Wenn wir nur ein klein wenig ins Detail gingen, wäre sofort der Teufel los. Ich muß sehen, daß ich einen Wagen ergattern kann.«

Aber Mr. Campion hatte noch etwas auf dem Herzen.

»Moment mal«, sagte er. »Hast du dir schon eine Theorie zurechtgelegt, wie du gestern nacht hierhergekommen bist?«

Martin wurde rot. »Ich habe mir die ganze Zeit den Kopf zerbrochen, was ich dazu sagen soll«, gestand er bedrückt. »Paggen hatte in letzter Zeit schon genug auf dem Hals, ohne daß ich auch noch darüber spreche, aber Melisandes finsteres Geheimnis ist wohl gar nicht mehr so streng vertraulich, wenn ich das richtig sehe?«

»Hat sie vielleicht in irgendeiner Form ein Faible für dich entwickelt?«

»Oh, Mann, nein! Nichts dergleichen, Gott sei Dank.« Er wirkte so entsetzt, daß die beiden fast gelacht hätten. »Sie ist nur hysterisch. Er macht sich ihretwegen schon seit längerem Sorgen. Sie hat so verrückte Vorstellungen in bezug auf ihn. Ein paar davon habt ihr gestern sicher zu hören bekommen?«

»Sie hat vieles dahergeredet«, sagte Mr. Campion leichthin. »Macht sie das oft?«

»In letzter Zeit häufiger. Ich glaube, früher war es eher für den Hausgebrauch bestimmt.«

»Und Mr. Mayos Reaktion war vermutlich, daß er einfach abschaltete und an etwas anderes dachte?« tippte Amanda vorsichtig an.

»Na ja, genau das hat er immer gemacht.« Er lächelte bedauernd. »Er ist so beschäftigt. Er hat alles unter der Decke gehalten, bis sie ihm neulich die Daumenschrauben angelegt hat, indem sie eine absolut aus der Luft gegriffene Anspielung auf seine Loyalität machte – und das ausgerechnet in der Kantine! Paggen hat die Sache irgendwie geradegebogen, aber er hat mir hinterher davon erzählt. Seither muß es immer schlimmer geworden sein, und ich fürchte, keiner von uns hat es bemerkt.«

»Und dann kam der gestrige Abend?« murmelte Mr. Campion.

»Du triffst den Nagel auf den Kopf! Gestern abend wachte ich in Arnolds Lieferwagen auf, und neben mir saß Melisande. Sie erzählte mir, Paggen habe mich entführt und wolle... na ja, ist ja egal. Jedenfalls hat sie mich erschreckt, und ich mußte zu meiner Bestürzung feststellen, daß sie mit dem Reden aufgehört und mit dem Handeln angefangen hatte! Dann war ich wieder weg. Vielleicht hatte sie mir etwas eingegeben, vielleicht wurde ich ohnmächtig, Angst hatte ich jedenfalls genug.«

»Mr. Mayo war tatsächlich nicht weit weg«, sagte Amanda. »Er fuhr im Wagen vor euch her.«

»Das hat mir Helena erzählt.« Martin war völlig ratlos. »Vermutlich hat er herausgefunden, was Melisande vorhatte, ist uns gefolgt und entschied dann, hier sei ich am besten aufgehoben. Hinterher hat er sie nach Hause gebracht, nicht wahr?«

Die beiden nickten, schienen aber mit dieser Erklärung nicht zufrieden zu sein, und er versuchte, ihnen die Geschichte so darzulegen, wie er sie sah. »Melisande ärgert Paggen ständig, um ihn von seiner Arbeit abzulenken«, sagte er. »Sie wußte, daß er an diesem Wochenende unbedingt einiges tun wollte und daß er mich dazu gebracht hatte, auf meinen Urlaub zu verzichten, um ihm dabei zu helfen. Also schaffte sie mich beiseite, um ihn zu behindern. So einfach ist das.«

Um seinetwillen wünschten Mr. Campion und Amanda, es wäre wirklich so gewesen. Die eindimensionale Denkweise engagierter Künstler, von Wissenschaftlern ganz zu schweigen, war ihnen nicht unbekannt, und sie hofften aufrichtig, er würde nicht allzu sehr verletzt sein, wenn er feststellen mußte, daß seine eigene Loyalität in Zweifel gezogen wurde.

Das Problem wurde jedoch durch eine unerwartete Entwicklung vorübergehend in den Hintergrund gedrängt. Helena klopfte an die Tür und stürmte herein. In ihrem blauen gesteppten Seidenmorgenmantel sah sie aus wie eine Schönheit aus der Restaurationszeit, die im Begriff steht, eine Szene zu machen.

»Es ist wahr«, verkündete sie übergangslos. »Gestern abend ist es mir nicht aufgefallen, aber nachdem er jetzt volle zwölf Stunden ohne dieses widerliche Ding auskommen mußte, sieht man, daß alles wahr ist, was der Mann sagt! Oh, Martin, was sollen wir nur tun?«

»Mein liebes Mädchen, was ist denn los?« Martin wollte den Arm um sie legen, aber sie entzog sich ihm und reichte Amanda ein eng mit Maschine beschriebenes Blatt. »Ihr müßt das alle lesen«, sagte sie. »Das ist die Meinung des Schulleiters. Lest es, und sagt mir dann, ob man es mir verübeln kann, wenn ich mich weigere, das Kind auch nur eine einzige Sekunde länger bei diesem Spiel mitmachen zu lassen.« Amanda nahm den Brief, und die beiden anderen sahen ihr über die Schulter. Es war das Eingeständnis eines Mannes, der nicht gewohnt war, nicht mehr weiterzuwissen.

Liebe Mrs. Ferris!

Ich habe lange überlegt, ob ich Sie zu mir bitten soll, um mit Ihnen über Sam zu sprechen. Aber nun möchte ich doch noch abwarten, bis er wieder eine Weile bei Ihnen war und Sie Gelegenheit hatten, das neue, überraschende Verhalten, das er in jüngster Zeit entwickelt hat, selbst zu beobachten.

Als Sam zum ersten Mal an unsere Schule kam, hielt ich ihn, wie ich mich erinnere, für eines der normalsten Kinder, die ich jemals aufgenommen hatte. Zu Ende des letzten Trimesters und während des gegenwärtigen haben die anderen Lehrer und auch ich selbst jedoch eine Veränderung an ihm festgestellt. Anfangs handelte es sich nur um Kleinigkeiten, aber inzwischen ist es so ausgeprägt, daß ich es für meine Pflicht halte, Sie darauf aufmerksam zu machen.

Um ganz offen zu sein, er ist so verträumt und geistesabwesend, daß auch seine Leistungen davon in Mitleidenschaft gezogen werden.

Dr. Page hat ihn untersucht und mir versichert, er sei völlig gesund. Seine Beziehungen zu anderen Jungen sind normal und freundschaftlich. Ich habe zu drei verschiedenen Gelegenheiten sehr ernsthaft mit ihm gesprochen. Kinder haben manchmal die erstaunlichsten Sorgen, aber bisher ist mir noch kein Junge begegnet, der gleichzeitig so unbekümmert und doch so sonderbar in sich gekehrt war.

Die Lehrer, mit denen ich mich über das Problem unterhalten habe, sagten mir, seine Leistungen seien ganz eigenartigen Schwankungen unterworfen, manchmal bringe er im Unterricht glänzende Beiträge, dann wieder strotzten seine schriftlichen Arbeiten von groben Fehlern. Mr. Short, unser jüngster Mathematiklehrer, Sie erinnern sich vielleicht an ihn, berichtete mir, daß Sam die gestellten Aufgaben offenbar nur durch Raten zu lösen versucht, oft gar nicht bei der Sache ist und dann plötzlich mit einem richtigen Ergebnis aufwartet, ohne es freilich erklären zu können.

Ich möchte Sie keinesfalls über Gebühr beunruhigen, und ich kann Ihnen versichern, daß Kinder oft merkwürdige Phasen durchmachen, die auf ebenso mysteriöse Weise wieder verschwinden, wie sie aufgetaucht sind, aber trotzdem hat Sam mich neugierig und auch ein wenig nervös gemacht.

Ich möchte Sie daher bitten, ihn in den Ferien sehr genau zu beobachten, um eventuell etwas über seine ganz persönliche Welt herauszufinden. Später könnten wir uns dann vielleicht treffen, um zu besprechen, wie man am besten weiter verfährt. Was würden Sie unter Umständen davon halten, einen Kinderpsychologen zu Rate zu ziehen? Raymond Goole ist ein alter Freund von mir, dessen Hilfe ich immer wieder einmal in Anspruch genommen habe. Falls Sie damit einverstanden sind, daß er sich Sam ansieht, so kann ich das arrangieren.

Bitte seien Sie nicht allzu besorgt. Ich bin ganz sicher, daß die Schwierigkeiten nicht ausgesprochen gravierend sind. Sam ist bei bester Gesundheit, seine Anlagen sind gut, und er hat keinerlei erkennbare Charakterschwächen. Von dieser Tagträumerei kann er gewiß kuriert werden, aber man sollte sie auch nicht vernachlässigen, denn damit wird kostbare Zeit vergeudet, und Sam muß lernen, seine Arbeit zu tun und seinen Platz unter seinen Altersgenossen einzunehmen, um sich in dieser von starkem Konkurrenzdruck geprägten Welt behaupten zu können.

Ich verbleibe mit vorzüglicher Hochachtung
Ihr Robert Sopwith
Schulleiter

Als Mr. Campion endlich aufschaute, waren seine Augen hinter der Brille sehr ernst, aber seine Stimme klang betont unbeschwert.

»Armer Schulleiter! Was wird er erleichtert sein, wenn er von der ›Inni-Röhre‹ erfährt. Und dann wird er allen Beteiligten eine Tracht Prügel mit dem Rohrstock verabreichen. Das ist kein Spielzeug für heranwachsende Jungen.«

»Kinder machen sich eben keine Gedanken«, murmelte Amanda. »Vermutlich hat er es die ganze Zeit getragen, Tag und Nacht, und da ist es zu einer eingebauten Lernhilfe geworden.«

»Aber das ist ja schrecklich! Begreift ihr denn nicht, wie entsetzlich das ist?« Endlich explodierte Helena, wie alle es befürchtet hatten. »Es könnte Sams Verstand und seinen Charakter zerstört haben und ... und ... und alles andere. Vielleicht ist er von jetzt an nur noch ›sub‹. Vielleicht ...«

»Unsinn.« Martin legte ihr den Arm um die zuckenden Schultern. »Es ist sehr bedenklich, und wenn ich eine Ahnung gehabt hätte, was vorgeht, hätte ich der Sache sofort ein Ende gemacht. Aber wir beide werden jetzt nicht den Kopf verlieren, nur weil eine Gefahr aufgetaucht ist, die bisher nicht existierte. Ich kann mir nicht vorstellen, daß die Erfahrung, von beiläufigen Gedanken anderer Leute niedergebrüllt zu werden – denn darauf läuft es schließlich hinaus – ihm auf Dauer geschadet haben kann. Ich werde mit ihm reden.«

»Nein. Du wirst ihm nur angst machen.«

»Ganz bestimmt nicht. Außerdem wirst du dabei sein.« Er

ging sehr sanft mit ihr um, aber seine maskuline Ausstrahlung war so stark, daß sie sofort darauf reagierte und unter seinen Worten ruhiger wurde. Nun wandte er sich den anderen zu und erklärte mit einer Aufrichtigkeit, die alle überzeugte: »Ihr glaubt mir hoffentlich, daß ich keine Ahnung von der Existenz dieser Verstärker hatte, und erst recht nicht, daß sie sich in den Händen der Kinder befanden.«

»Hätte Paggen Mayo sie ohne dein Wissen anfertigen können?«

»Aber nein! Ich habe euch doch gesagt, so weit ist Paggen noch nicht, und die Vorstellung, daß der Blutkreislauf dabei eine Rolle spielt, geht völlig gegen seine Denkrichtung.«

»Aber er hat mit Sam ein Experiment durchgeführt.« Helena wandte den Kopf.

»Nein, meine Süße, das ist nicht wahr. Du glaubst doch wohl nicht, daß ich das zugelassen hätte? Ich habe Sam einmal mit in die Werkstatt genommen, und dann haben wir ein paar ganz elementare ESP-Tests mit Karten und Zahlen gemacht. Sam hat sich sehr geschickt angestellt. Das ist bei Kindern oft so. Danach stand er noch ein wenig dabei, während wir uns unterhielten. Der Professor kam für zehn Minuten herein. Das war alles.«

»Hätte Sam in dieser Zeit irgend etwas mitgehen lassen können?«

»Nein, wie sollte er denn? Es gab doch auf der ganzen Insel nichts von dieser Art. Ich muß Paggen sofort erreichen, um zu hören, was da eigentlich läuft. Es klingt so, als stünden wir unmittelbar vor einem Durchbruch.«

»Ehe du gehst, habe ich noch eine Frage«, sagte Amanda. »Als du im Lieferwagen aufgewacht bist und Mrs. Mayo gesehen hast, warst du doch, wie du sagst, sehr bestürzt, weil du gedacht hast, sie sei nun endgültig übergeschnappt. Hast du in diesem Moment etwas unternommen? Ich meine, hast du versucht, jemandem davon zu erzählen?«

Er starrte sie an. »Nein«, sagte er. »Nein. Aber ich kann mir vorstellen, worauf du hinauswillst. Meine Gefühle haben sich entladen – eine Art Funken. Wirklich nur ganz schwach, aber das ganze Verfahren scheint ohnehin sehr wenig Energie von welcher Sorte auch immer zu benötigen. Warum fragst du? Hat irgend jemand hier diesen Funken aufgefangen? Etwa mit einem dieser neuen Geräte?«

Es war also schon ganz alltäglich! Mr. Campion fröstelte. Die Leichtigkeit, mit der Wissenschaftler sich mit ihren neuen Wunderwerken abfanden, sobald diese einmal existierten, ängstigte ihn. Kaum war eine solche Neuheit Tatsache, schon wurde sie wie ein altes Fahrrad behandelt. Die Auswirkungen solcher Dinge schienen Menschen wie Martin nicht zu berühren, sie besaßen die Fähigkeit, die nackte Wahrheit mit dem nüchternen Interesse von Ärzten zu betrachten.

»Onkel Hubert hat ein, wie sagt man doch – ein Signal – von dir aufgefangen«, sagte er. »Er hatte einen Verstärker angelegt und konzentrierte sich dann auf seine Gebete, um sich gegen den mentalen Spektakel abzuschirmen. Die Anstrengung war zuviel für ihn, und er schlief ein. Als er erwachte, hatte er ganz stark den Eindruck, du seist plötzlich über irgend etwas erschrocken und verstört. Das ist doch ganz in Ordnung, nicht wahr?«

»Vollkommen. Ein typisches Beispiel für ein gutes Resultat. Außerdem wird Tabard den Kanonikus als Zeugen anerkennen, und das ist großartig. Diese Geräte werden immer verheißungsvoller, je mehr ich darüber erfahre. Wir müssen die Zeiten noch nachprüfen, aber wundert euch nicht, wenn sie ein wenig durcheinandergehen. Wir haben die Erfahrung gemacht, daß man eine Botschaft oft schon ein paar Minuten früher empfängt, als sie überhaupt gesendet wird.«

»Erschütternd«, bemerkte Amanda trocken. »Und mit welcher Energieform haben wir es nun eigentlich zu tun?«

»Genau das ist die Frage. Wir kommen immer wieder auf diesen Funken oder dieses Überschwappen zurück. Wenn es nicht Elektrizität ist, was dann?«

Mr. Campion schaltete sich zögernd ein. »Als mein Papa noch jung war, hatte der alte Onkel Freud eine berühmte Theorie über ein verborgenes Reservoir an schöpferischer Energie, das sich aufzehren konnte und immer wieder ergänzt wurde. Ich könnte mir vorstellen, daß dabei manchmal etwas überläuft«, bemerkte er. »›Schöpferisch‹ scheint mir der zentrale Begriff zu sein. Soviel ich verstanden habe, handelt es sich um eine Art Lebenskraft, die man braucht, um sich an den eigenen Haaren aus einem schrecklichen moralischen Abgrund herauszuziehen, und sie scheint auf ziemlich rätselhafte Weise aus der Gefühlsstruktur herausgequetscht zu werden. Könnte die Erklärung der Energiequelle so einfach beziehungsweise so schwierig sein?«

»Ach, das läge außerhalb unserer Sphäre«, stellte der junge Mann zur allgemeinen Beunruhigung fest. »Mit dieser Frage müßtest du zu Tabard gehen. Er ist der große Geist – und auch sehr menschlich. Der alte Paggen möchte einfach so etwas wie eine Batterie, und das möglichst schnell. Mann! Ich muß ihn schleunigst erwischen!«

Dann fiel ihm noch etwas ein, und er runzelte die Stirn. »Jemand muß diese Verstärker doch hergestellt haben, oder? Ich schätze, ich rede doch lieber mit den beiden Bengeln, ehe ich weitere Schritte unternehme.«

»Oh, nicht mit Sam! Bitte, nicht mit Sam.« Helena war zutiefst verängstigt. Der Brief des Schulleiters knisterte in ihrer Hand. »Kann man ihn denn nicht in Ruhe lassen? Nur eine kleine Weile? Nur so lange, bis er sich beruhigt hat?«

»Edward ist der ältere, und er ist recht verantwortungsbewußt«, schaltete Amanda sich vorsichtig ein. »Vielleicht sollten wir ihn zuerst heraufholen?«

Außer der Fernsprechanlage mit ihren verschiedenen Nebenanschlüssen gab es im Pfarrhaus auch ein altmodisches Haustelefon. Amanda ging zu dem Apparat an der Wand des Schlafzimmers, drehte die Kurbel, und Avril selbst meldete sich. Als sie auflegte, wandte sie sich ihrem Mann zu.

»Edward ist nebenan. Er ist zu Miss Warburton gegangen, um Geld für Onkel Hubert zu holen. Sobald er wiederkommt, schickt er ihn sofort herauf.«

Martin sah Helena an.

»Schätze, ich muß doch runtergehen und ein Wörtchen mit Sam reden«, setzte er an, als das Telefon klingelte und alle anderen Überlegungen verdrängte.

Mr. Campion stand dem Apparat am nächsten und nahm den Anruf entgegen. Lukes Stimme dröhnte so laut aus dem Hörer, daß alle sie verstehen konnten.

»Campion? Dieser Mayo ... ist er bei euch?«

»Nein, natürlich nicht. Warum?«

»Ach du meine Güte! Also, hör zu: Kurz nachdem sie hier weggefahren waren, hat er seine Frau in Robinson's Hotel, Piccadilly, abgesetzt. Sie hat dort übernachtet, und der Wagen wurde in die Garage gestellt. Das haben wir nachgeprüft. Heute morgen hat sie hier angerufen und mich namentlich verlangt. Sie wollte wissen, ob ich ›inoffiziell‹ herausfinden könnte, was mit ihm passiert sei! Sie redete ganz vernünftig, kein hysterisches Geschwätz wie gestern abend, und da habe ich einen Burschen zu ihr rübergeschickt. Der sagt, sie habe Angst und vermeide es sorgsam, die wilden Anschuldigungen vorzubringen, die wir von ihr gehört haben, aber er glaubt, daß sie genau das befürchtet. Mayo hat sich gestern nacht überhaupt nicht im Hotel aufgehalten, sondern ist einfach durchgegangen. Du verstehst schon, wie? Durch den Eingang Roding Street hinein – und in den Winton Street wieder raus.«

»Ich glaube, es sind einfach Eheprobleme, Charles.« Mr. Campions Stimme klang zuversichtlich.

»Aber das ist erst die Hälfte der Geschichte.« Luke bemühte sich, leise zu sprechen, wodurch seine Stimme für die Umstehenden nur noch besser verständlich wurde. »Ich habe auf der Insel nachgefragt. Er ist nicht zurückgekommen. Er ist Mitglied in zwei Clubs, aber auch dort ist er nicht aufgetaucht. In Paddington wohnt eine Schwester von ihm, sie hat nichts von ihm gehört. Außerdem hat er eine Freundin, dort war er auch nicht. Ich bin mit Mrs. Mayos Hilfe so diskret vorgegangen wie nur möglich, aber ich habe mich gründlich umgesehen, und meiner Ansicht nach hat er sich aus dem Staub gemacht. Vergiß nicht, er hatte die beiden Dinger bei sich. Ich wollte dir jedenfalls sagen, daß ich die Sache sofort der Staatssicherheitsabteilung melde. Tja, soweit sind wir nun! Aber ich gehe lieber auf Nummer sicher! Du kommst doch her, ja? Und bring den jungen Ferris mit.«

11

Die Longfox-Methode

Als Amanda auf der Suche nach dem Kanonikus in die Kirche kam, lag der im strengen georgianischen Stil gehaltene Innenraum im wäßrigen Licht der Londoner Sonne. Sie kam durch die Fenster dicht unter der blaßblauen Decke mit den goldenen Sternen herein und warf staubige gelbe Lichtstreifen über den dunklen Mahagonibogen hinter dem Altar. Die samstagmorgendlichen Aufräumungsarbeiten waren in vollem Gange. Miss Warburton, mit einer birettähnlichen schwarzen Wollskimütze auf dem dünnen Haar, vergewisserte sich, daß das Pfarrkind, das sich um die Blumen kümmerte, kein ›dummes Mädchen gewesen war und das Wasser vergessen hatte‹, während der alte Talisman wie jede Woche an den Kabeln des Lautsprechers über dem Nordeingang herumfummelte und versuchte, das chronische Klirren zu beheben.

Avril stand in der Sakristei vor dem kleinsten Gasofen der Welt und betrachtete nachdenklich die Wände. Man gestattete ihm zwar nicht, in der Kirche mitzuhelfen, aber man sah es gern, wenn er auf Abruf bereitstand, und er betrachtete die erzwungene Wartezeit, bis er seinen Anteil ableisten, einen Rundgang machen und den Fleiß der anderen bewundern durfte, als eine der ihm auferlegten Bußen.

Amanda, besorgt, braunhaarig, in einem weiten kastanienbraunen Mantel, schob den Vorhang vor dem Eingang zur Sakristei beiseite, und er drehte sich zu ihr um.

»Ist Edward schon zurück?«

»Nein, aber mach dir deshalb keine Sorgen. Ich bin eigentlich nicht beunruhigt, es ist nur so gar nicht seine Art, sich einfach davonzustehlen, ohne zu sagen, wohin er geht. Wir haben noch reichlich Zeit, und schließlich ist er seit gestern auf der Hut. Angeblich kann sich so ein Anschlag unmöglich wiederholen ...« Solch zusammenhanglose, einander widersprechende Bemerkungen war man von ihr gar nicht gewöhnt.

Der Kanonikus zog die Schultern hoch: Er war todunglücklich.

»Als ich ihm gestand, was ich getan hatte, sah er mich an, als hätte ich ihm plötzlich ein Bein gestellt ... ganz erstaunt«, bemerkte er traurig. »Aber das hatte er recht schnell überwunden. Ich erinnere mich, daß er etwas von Dienstag sagte. Bis Dienstag würde ohnehin alles vorbei sein – etwas dergleichen. Er wollte nicht weiter darüber sprechen, und ich war schließlich nicht in der Position, um in ihn zu dringen.«

»Hat er sich geweigert, dir mehr zu erzählen?«

»Nicht direkt. Er sagte: ›Du hast sie also einem Experten überlassen, und der wird dir erklären können, was es damit auf sich hat, nicht wahr?‹ Ich hatte ihm nämlich Mayos Karte gegeben.«

»Könnte es sein, daß er auf die Insel fahren wollte?«

»Das glaube ich nicht.« Der alte Priester gab sich alle Mühe, sich zu erinnern, aber sein Schuldbewußtsein und das Gefühl, versagt zu haben, machten ihm schwer zu schaffen. »Ich hatte den Eindruck, daß er sich Mayos wegen weiter keine Gedanken machte, aber er schien auch nicht sonderlich viel von ihm zu halten. Er sprach dann eine Weile von anderen Dingen, und ich dachte schon, er hätte sich mit der leidigen Geschichte abgefunden, aber dann bat er mich um Geld.«

Amanda war überrascht. »Ich dachte, er hätte etwas Geld. Seine Mutter hatte ihm hierher geschrieben, und sie legt gewöhnlich eine Kleinigkeit bei.«

»Ich habe mich auch schon gefragt, ob er mich damit bestrafen wollte«, sagte Avril nachsichtig. »Er weiß, daß ich Dot nicht gerne um Vorschuß bitte ...«

»Oh, Kanonikus, wie konnten Sie nur?« Miss Warburton

war leibhaftig in der Tür erschienen: intelligent, wohlwollend, eine Person, die mit ihren beiden Beinen in den flachen Schuhen fest auf der Erde stand und offenbar der unerschütterlichen Meinung war, Avril müsse sich das Recht auf diese Erde durch Sanftmut verdienen.

»Ich habe ihm die zwei Pfund zehn gegeben, die Sie ihm versprochen haben, und zwar ganz ohne Murren, obwohl es wirklich höchste Zeit wäre, daß Sie sich ein paar Garnituren Unter... na schön, lassen wir das. Edward hat jedenfalls das Geld in Empfang genommen, jetzt kann er hingehen und die Geschenke für seine kleinen Freunde kaufen. Sobald die Geschäfte schließen, und das ist heute mittag um eins, wird er nach Hause kommen. Er ist ein vernünftiger Junge, viel erwachsener, als er aussieht. *Ich* mache mir seinetwegen keine Sorgen.«

Amanda nahm den Vorwurf hin, ohne sich zu wehren. »Ich wünschte nur, er hätte mir gesagt, daß er weggehen will. Sonst ist er doch immer so rücksichtsvoll. Er wollte also etwas kaufen, für jemand anderen?«

»Ja, er sagte, glaube ich, jemand habe ihm eine Guinea gegeben, und er müsse einkaufen gehen, sonst wäre ›sie‹ – ich bin sicher, er sagte ›sie‹ und nicht ›er‹ – enttäuscht. Was meint denn Albert dazu?«

»Ich habe Albert und Martin noch gar nicht gesagt, daß Edward nicht mehr bei Ihnen ist. Sie wollten beide mit ihm sprechen, aber im Moment sind sie vollauf beschäftigt. Es hat einige Aufregung gegeben, weil Paggen Mayo offenbar gestern nacht verschwunden ist. Nun hat man Martin losgeschickt, damit er Mrs. Mayo davon abhält, allzu verheerende Dinge zu erzählen, falls die Presse versuchen sollte, eine Geschichte zu ergattern, und Albert mußte ganz schnell einen Mann namens L. C. Corkran aufsuchen, den er aus dem letzten Krieg kennt.«

»Edward wird zurückkommen, wenn die Geschäfte schließen«, wiederholte Miss Warburton. »Aber ich brenne vor

Neugier. Was sind das denn für Geräte, die der Kanonikus Edward weggenommen und einem Experten gegeben hat? Sind sie wichtig?«

»Nicht besonders – jedenfalls im Moment nicht«, wiegelte Amanda hastig ab, aber Miss Warburton kannte diesen Tonfall nur zu gut.

»Bei so experimentierfreudigen Wissenschaftlern wie Ihnen hätte ich vielleicht eher fragen sollen, was man möglicherweise damit anfangen kann?« erkundigte sie sich spitz.

Avril lachte schallend auf. »Dot wäre möglicherweise ganz hingerissen davon ... Allwissenheit für alle im Taschenformat. Sie wären begeistert!«

»Oh, was für eine häßliche Vorstellung!« Sie war schokkiert und ein wenig eingeschnappt. »So etwas sollten Sie nicht sagen, und schon gar nicht in der Kirche.«

»Häßlich?« Avril stürzte sich auf das Wort, alle seine Ängste waren wieder erwacht. »Die uralte, schreckliche Frage. Kann der Fortschritt häßlich sein? Ach, meine lieben Kinder, ich weiß wahrhaftig nicht, ob ich mich richtig oder falsch verhalten habe!«

Miss Warburton nahm seinen Arm. »Sie kommen jetzt mit mir und sehen sich den Blumenschmuck an«, befahl sie. »Und dann sagen Sie Talisman, er soll sich mit diesem Lautsprecher nicht so *anstellen*. Von Ihnen läßt er sich das noch am ehesten gefallen.«

Avril folgte ihr gehorsam, wandte sich aber noch einmal zu Amanda um. »Sam«, erinnerte er sie. »Geh du schon einmal hinüber. Ich komme bald nach.«

Amanda kehrte zum Pfarrhaus zurück, umrundete das Gebäude und nahm die Außentreppe, die auf der Ostseite vom Hof ins Souterrain führte. Die Küchentür stand offen, und als sie eintrat, sah sie Sam vor dem massiven Küchentisch mit der blauen Linoleumauflage sitzen. Er war in eine Decke gehüllt, als sei er krank, sein hellblondes Haar stand nach allen Seiten ab, und sein Gesicht war gerötet. Vor sich hatte er eine große, würfelförmige Keksdose, und er war damit beschäftigt, die darin befindlichen Knöpfe nach Größe und Farbe zu kleinen Häufchen zu sortieren. Der Junge sah müde aus und schien sich nur schwer konzentrieren zu können, aber er zeigte eine fast engelhafte Geduld. Helena saß ihm gegenüber, sie runzelte finster die Stirn, und ihre Augen unter den geraden Brauen blickten grimmig.

»Nun mach schon, Liebling«, drängte sie. »Jetzt die schwarzen. Bleib schön bei der Sache, mein Süßer. Keine Albernheiten, mach weiter.« Als Amandas Schatten über die Schwelle fiel, blickte sie auf und sah sie warnend an. »Nicht jetzt«, sagte sie. Es war eine knappe, unmißverständliche Ablehnung, die weder kompromißbereit noch bittend klang. Amanda ließ sich nicht abweisen, und die Blicke der beiden Frauen bohrten sich ineinander.

Endlich erklärte Amanda: »Edward ist fort. Sam muß mir alles sagen, was er weiß.«

Helena stand auf, und schob ihren Stuhl so heftig zurück, daß es klapperte.

»Nicht jetzt und nicht hier, meine Liebe.« Sie ging mit schnellen Schritten um den Tisch herum, nahm Amandas Arm und führte sie zur inneren Tür. In dieser einzigen Handlung lag so viel nervöse Energie, daß die Luft zu knistern schien. »Mach schnell, Sam. Ich komme gleich wieder. Bleib mit deinen Gedanken bei der Sache. Ich bin in einer Minute zurück, und dann sehe ich mir an, wieviel du geschafft hast.«

Sie dirigierte Amanda durch den Ausgang, die Treppe hinauf und durch eine alte, mit rotem Tuch bespannte Tür, die den Dienstbotenflügel des Hauses von der hinteren Diele trennte, wo Mr. Campion und Luke in der Nacht zuvor miteinander gesprochen hatten.

»Du kommst nur über meine Leiche an Sam heran«, sagte sie.

Amanda sah sie höflich erstaunt an, doch allmählich ging die Verwunderung in Bestürzung über.

»Was ist mit ihm passiert?«

»Ich ... ich weiß es nicht. Ich meine, es wird wohl schon wieder in Ordnung kommen. Es ist nur... O Gott, Amanda, ich habe solche Angst! Er kann nicht mehr richtig denken. Es ist, als habe er vergessen, seinen Verstand zu gebrauchen.«

Amanda legte einen Arm um sie und zog sie auf die Treppe hinab. »Setz dich einen Augenblick. Er vermißt die Inni-Röhre, ja?«

Helena tupfte sich mit einem zusammengeknüllten Taschentuch die Augen ab. »Ohne das Ding ist nichts mit ihm anzufangen, das habe ich heute morgen festgestellt. Er kam ins Schlafzimmer, gab mir den Brief des Schulleiters und ging dann hinunter, um Edward zu suchen. Als ich das schreckliche Ding gelesen hatte, folgte ich ihm und fand ihn zusammen mit Edward im Salon. Ich nahm ihn mit ins Arbeitszimmer, um mit ihm zu reden. Es war einfach schrecklich ... verstehst du, was ich meine? Er hat überhaupt nicht gedacht! Ich habe ihn dann zu Mary Talisman gebracht, während ich mich um Martin kümmerte, dem es noch immer ziemlich schlecht ging.«

»Weiß er, was mit Sam los ist?«

»Nicht alles.« Sie zitterte am ganzen Körper. »Ich hatte das Gefühl, ich müsse das Kind erst selbst aus dieser Lethargie herausholen, ehe sie Martin noch dazu überreden, ihn zu den Psychos zu schicken. Diese Burschen sind völlig außer Rand und Band. Du hast ja keine Ahnung, auf was für gefährliche Ideen die kommen, wenn sie nicht von einem guten Arzt beaufsichtigt werden. Ich glaube, ich kriege ihn wieder hin. Es ist schließlich nur wie bei einer Hand, die lange in Gips war und jetzt gefühllos ist. Er kommt schon wieder in Ordnung, aber er muß sofort aus diesem Zustand herausgeholt werden, nicht wahr?«

»Natürlich, meine Liebe. Du hast völlig recht. Wer ist denn auf die Idee mit den Knöpfen gekommen?«

»Mrs. Talisman. Sie sagt, sie hat so etwas schon einmal erlebt. Sie hatte vor langer Zeit einmal ein kleines Mädchen in Pflege, und das bekam so hohes Fieber, daß es phantasierte. Danach war der Verstand des Kindes völlig erschöpft und mußte behutsam wieder in Gang gebracht werden. Sie hat Sam auch in die Decke gewickelt, sie meint, das gäbe ihm das Gefühl, er habe eine Krankheit, die er überwinden muß, und auf diese Weise würde er weniger Angst haben. Sein Zustand bessert sich bereits, und zwar ziemlich schnell. Und jetzt laß mich zu ihm zurückgehen. Gib mir um Himmels willen einen einzigen Tag Zeit.«

»Wo ist Mrs. Talisman jetzt?«

»Sie mußte noch in den Milchladen, ehe die Geschäfte schließen.«

Amanda fuhr sich mit der Hand durch das Haar. »Edward hat sich aus dem Staub gemacht», sagte sie wie nebenbei. »Dot hat ihm Geld gegeben. Damit könnte er ziemlich weit kommen.«

»Hör zu, Amanda.« Helena bemühte sich ohne großen Erfolg, ihre Panik zu unterdrücken. »Ich bin verzweifelt... demoralisiert, wenn du so willst. Ich kann kein Geheimnis bewahren, ich muß immer nur an Sam denken. Ich werde dir alles erzählen, was ich weiß, aber laß ihn erst einmal in Frieden.«

Amanda wußte, daß es ein Ablenkungsmanöver war, aber sie ließ die heisere Stimme weiterreden.

»Als ich gestern sagte, auf der Insel sei man am Rotieren, habe ich nicht alles erzählt, was ich wußte. Ich habe zwangsläufig noch einiges mehr mitbekommen. Als Lord Ludor vor dem Essen Paggen zu sich rufen ließ, hat er ihm gesagt, es gebe eine undichte Stelle auf der Insel, und es seien Informationen durchgesickert. Irgendwann in dieser Woche stand in einem der großen Propagandablätter aus dem Osten, daß Paggen mit Nipponamium arbeitet. Und dann hieß es weiter, Martin Ferris (man nannte seinen Namen und bezeichnete ihn als

Amerikaner, den man ›ausgeliehen‹ habe) experimentiere mit einem neuen Gerät und verwende Schulkinder als Versuchskaninchen.«

»Martin? Nicht Mayo?«

»Genau. Das ist ja die Schwierigkeit. Lord Ludor ging davon aus, daß dieser Teil der Geschichte falsch sei und man die Namen verwechselt habe, und er fragte Paggen, ob er den Verstand verloren habe und tatsächlich Experimente mit Kindern durchführe! Paggen glaubt nicht an einen Fehler. Ich stand bei Martin, als er ihm davon erzählte, und ich habe genau gemerkt, daß er ihn verdächtigte.«

»Was hat Martin dazu gesagt?«

»Er hat einfach schallend gelacht. Paggen hat sich ein Beispiel daran genommen, aber zufriedengestellt war er nicht.«

»Und die Sache mit dem Gas und dem Betäubungsmittel?«

»Das war Paggen. Er will Martin nicht verlieren, weil er völlig auf ihn angewiesen ist, aber er möchte ihn unter dem Daumen halten, und wenn er etwas gegen Martin in der Hand hat, kann er das machen. Leider hängt Martin an Paggen, und er ist zu loyal und zu anständig, um so schmutzige Beweggründe zu erkennen... Deshalb versteckt sich Mayo jetzt vor uns, bis er sich etwas gegen Martin zusammenfabulieren und ihn mit diesen gräßlichen Vorgängen in Verbindung bringen kann.«

Nebenan in der Toilette klingelte das Telefon und unterbrach das vertrauliche Gespräch. Amanda eilte an den Apparat. Als sie den Hörer abnahm, verriet ihr ein Klirren am anderen Ende, daß der Anruf aus einer öffentlichen Zelle kam.

»Kann ich M'lady sprechen?« meldete sich eine fröhliche Männerstimme mit Cockney-Akzent. Der Mann schien wenig Übung im Telefonieren zu haben. »Sind Sie vielleicht selber dran? Gut, dann mal los. Ich habe eine Nachricht von Edward Longfox: ich soll Ihnen ausrichten, er hat etwas sehr Wichtiges vor, und es dauert länger, als er gedacht hat. Er sagt, Sie soll'n sich keine Sorgen machen und auch nicht auf ihn warten, er kommt schon wieder. Okay?«

»Darf ich um Ihren Namen bitten?« Amanda hatte einiges aus Erfahrung gelernt.

»Mr. Henry Caudwell, M'lady. Hat mich gefreut, Sie kennenzulernen.«

»Mich ebenfalls. Rufen Sie aus London an?«

»Ich bin mitten in der Stadt. Die Zelle hier steht unter der Eisenbahnbrücke von Ludgate Hill.«

»Ist Edward bei Ihnen?«

»Äh ... Moment mal ... nein. Eben ist er weg. Er hat noch gewartet, ob ich Sie auch erwische, und als er mich sprechen gehört hat, ist er losgesaust und auf 'nen Bus aufgesprungen ... nach Wanstead, glaub' ich. Und der ist gerade abgefahren. Nein. Niemand bei ihm. Ganz allein. Aufgeweckter, kleiner Bursche. Na ja, jetzt wissen Sie jedenfalls Bescheid, ja? Dann will ich mich mal verabschieden. Ich hab' hier nämlich 'nen Zeitungsstand. Wiedersehen. Bye-bye.« Er hängte so hastig ein, als habe ihn das Gespräch zuviel Kraft gekostet, und auch sie legte den Hörer auf die Gabel. Ihr Mund war ganz trocken.

»Helena?« fragte sie, bekam aber keine Antwort. Sams Mutter war in die Küche zurückgekehrt.

Amanda folgte ihr. Sie spürte die Krisenstimmung, kaum daß sie die Tür geöffnet hatte.

Sam saß immer noch in seiner Wolldeckentoga am Tisch. Die Knopfhäufchen waren nicht vollständig, aber er wirkte recht lebhaft und beobachtete mit großem Interesse die Szene, die sich vor ihm abspielte. Helena starrte mit kreidebleichem Gesicht die vor Empörung stotternde Frau des Küsters an. Die rundliche alte Dame hatte noch nicht einmal ihren Mantel ausgezogen, und der volle Einkaufskorb stand auf dem Tisch.

»*Im Haus!*« sagte sie. »Der Mann war *im Haus*. Er hat gesagt, er will den Zähler ablesen, und dann hat er sich doch glatt erlaubt, mir einen alten Briefumschlag unter die Nase zu halten, als ob er da die Zahlen aufschreiben wollte! Selbst wenn Sie nichts gestohlen haben, ist das eine Unverschämtheit, habe ich ihm gesagt. Sie halten uns wohl für schwachsinnig? Ihr schlauen jungen Leute glaubt immer, wir sind alle nicht nur taub, stumm und blind, sondern auch noch naiv.«

»Er war gar nicht jung, er war mindestens fünfzig«, warf Sam fröhlich dazwischen. »Er war so alt wie Soppy, und der ist Schulleiter.«

»Hat er mit dir gesprochen, Liebling?« Die Besorgnis in Helenas Stimme schien den Jungen zu erschrecken, vielleicht rief sie ihm auch nur in Erinnerung, was vorher geschehen war. Er warf ihr einen verängstigten Blick zu, und sein Gesicht verzog sich kläglich. »Wer?«

»Der Mann natürlich, Sam. Der Mann, der hier war, als Mrs. Talisman zurückkam. Du hast ihn doch gesehen? Nun? Hast du ihn gesehen, Liebling? Antworte bitte. Du warst doch hier.«

Sam wandte sich von ihr ab und ließ sich mit einer wütenden Bewegung zwischen die Knöpfe fallen.

»War ich hier? Ich weiß es nicht. Vielleicht, ich kann mich nicht erinnern.«

»Sam!« protestierte Helena entsetzt, und die alte Mrs. Talisman kam dem Jungen zu Hilfe.

»Es ist ja auch nicht so wichtig«, sagte sie behäbig, »weil ich nämlich hier war, und ich habe ihn ganz deutlich gesehen und auch mit ihm gesprochen.« Sie warf Helena einen kurzen Blick zu, schüttelte warnend den Kopf und wandte sich dann an Sam, als wäre nichts geschehen. »Und du räumst jetzt die Knöpfe auf, junger Mann. Das ist immerhin der Küchentisch, und wir wollen doch nicht, daß wir sie beim Mittagessen auf den Tellern wiederfinden. Ja, wahrscheinlich hast du recht, der Mann war vielleicht vierzig. Er war groß, ziemlich selbstsicher, wie ein Reporter vom Fernsehen, aber etwas zu hochherrschaftlich, wenn Sie verstehen, was ich meine?«

»Effeminiert vielleicht?« Amanda hatte eine Eingebung.

Die alte Frau nickte. »Das ist das richtige Wort. Und dabei sah er nicht mal besonders gut aus. ›Ich will nur den Zähler ablesen‹, hat er gesagt, und dabei hat er mit dem Unschlag herumgewedelt, als ob ich nicht sehen könnte, was es war, der Narr! Lange kann er nicht hiergewesen sein. Ich glaube, Sam hat ihn gar nicht bemerkt, als er einfach so reinkam, direkt vom Hof her, als ob er hier zu Hause wäre.«

»Doch, ich habe ihn gesehen. Er hat mich gefragt, ob ich mein neues ›Spielzeugtelefon aus der Schule‹ hier unten hätte!« Die Kinderstimme triefte vor Verachtung.

»Sehr komisch! Was hast du denn geantwortet?« Zum zweiten Mal innerhalb von zehn Minuten blieb Amanda fast das Herz stehen.

Sam zog die Knopfschachtel zu sich heran und sagte zerstreut: »Ach, ich habe schon erraten, was er meinte. Ich habe ihm erklärt, man hätte es uns abgenommen, und mein Cousin sei wahrscheinlich losgegangen, um ein neues zu besorgen.«

Amandas Finger krampften sich um Helenas Schulter, aber ihre kühle Stimme blieb freundlich und ruhig.

»Warum hast du das gesagt?«

»Weil wir genau das tun sollten, wenn jemals eine Inni-Röhre verlorenging.« Er fuhr fort, die Knöpfe zu sortieren, und sein Tempo steigerte sich beträchtlich.

»Wer ist denn Edwards Freund?«

»Einfach sein Freund«, sagte Sam und legte einen rosa Perlmuttknopf auf das zugehörige Häufchen. »Sein bester Freund eben.«

»Darauf wären wir auch schon gekommen«, fuhr ihn Mrs. Talisman an. »Und wie heißt er bitte?«

Sam schaute nicht auf. »Rubari«, antwortete er gelangweilt. »Er ist Rumäne und lebt in Paris.«

»Sam! Hast du dir das eben ausgedacht?«

»Nein, Mom. Rubari ist ganz schrecklich reich.«

In der Küche herrschte Schweigen, während er mit großer

Sorgfalt einen weiteren rosa Perlmuttknopf auswählte. Als er ihn auf das richtige Häufchen gelegt hatte, blickte er zu dem Fenster hinüber, das auf den Hof hinausging. Draußen schien die Sonne, aber sie drang nur durch das Gitter des Lichtschachts herein. Der Anblick schien ihn an etwas zu erinnern.

»Der Stromableser hat eine weiße Katze mit einem braunen Schwanz, die ihm wie ein Hund nachläuft«, sagte er. »Er hat gesagt, ich könne raufgehen und sie mir anschauen, als Mrs. Talisman reinkam und ihn sah, und dann mußte er natürlich gehen.«

12

Aus offizieller Sicht

Am Nachmittag desselben Tages saß der stellvertretende Kommandant Sydney von der Staatssicherheitsabteilung an seinem Schreibtisch unter dem Bild Ihrer Majestät der Königin und konzentrierte sich darauf, das Verhör so reibungslos wie möglich weiterlaufen zu lassen.

Er rechnete nicht damit, daß ihm Mr. Campion, ein Angehöriger der Anderen Behörde, wie er den Sicherheitsdienst nannte, große Schwierigkeiten machen würde, aber er erwartete auch keine Hilfe von ihm. Glücklicherweise schien Campions Gattin eine vernünftige und gebildete Frau zu sein. Allerdings hatte er das unbehagliche Gefühl, als würde Polizeichef Charles Luke von der Kriminalabteilung, den man ihm gegen seinen Willen zur Seite gegeben hatte und der nun wie ein großer schwarzer Jaguar am zweiten Schreibtisch saß, jeden Moment das Büro sprengen.

Sydney war von ebenso kräftiger Statur wie Luke, und sein Gesicht erinnerte an polierten Marmor. Der Kriminalbeamte benahm sich ganz gesittet und bemühte sich, nicht zu vergessen, daß er hier nur zu Gast war, aber das änderte nichts daran, daß man hier zwei Raubtiere auf engem Raum zusammengesperrt hatte, und die Atmosphäre war nicht gerade angenehm.

Amanda, die noch immer ihren kastanienbraunen Mantel trug, hatte eben ihre Geschichte erzählt, und jetzt wurde jede Einzelheit noch einmal abgefragt.

»Also«, begann Sydney, »sobald Sie den Namen Rubari hörten, riefen Sie in der Schule an. Sie erfuhren, daß der Schulleiter sich auf einer längeren Wanderung befand, und sprachen mit seiner Frau. Sie erkannte den Namen sofort und sagte Ihnen, Henri Rubari sei ein Schüler der Anstalt und etwa zwölf Jahre alt. Als nächstes ließen Sie sich vernünftigerweise die Nummer der Sekretärin geben, und die bestätigte Ihnen, daß der Junge tatsächlich Rumäne ist und in Paris lebt. Die Sekretärin war der Ansicht, daß er im Moment dort zu erreichen sein müßte. Wir werden das alles überprüfen. Außerdem hat Ihnen die Sekretärin noch erzählt, daß Rubaris Mutter Witwe sei, und sie hat Ihnen die Adresse und die Telefonnummer ihrer Pariser Wohnung gegeben. Warum haben Sie dort nicht angerufen?«

Als er aufschaute, sah sie ihm direkt in die Augen, und dabei stellte sie eine leichte Feindseligkeit fest.

»Ich dachte mir, das wäre Ihnen vielleicht nicht recht«, erklärte sie ganz offen.

»Mir?«

»Ihnen allen hier. Deshalb bin ich auch lieber selbst hergekommen, anstatt Ihnen die ganze Geschichte am Telefon zu erzählen. Ich dachte mir, wenn Edward diese Verstärker wirklich von Rubari bekommen hat, wollten Sie sicher alle eventuell notwendigen Erkundigungen von hier aus einziehen. Aber meine erste Regung war natürlich, Paris anzurufen und mich zu erkundigen, ob man dort etwas darüber wisse.«

Luke nützte die Gelegenheit, um sich einzuschalten. Kurz bevor Sydney zu sprechen begonnen hatte, hatte ein Uniformierter ihm einen Zettel gebracht, und seither hatte er auf eine Gesprächspause gewartet.

»Caudwell, der Zeitungsverkäufer, ist o. k. Der Streifenpolizist kennt ihn seit Jahren. Der alte Knabe hat alles, was er Lady Amanda erzählt hat, Wort für Wort wiederholt. Er sagt, der Junge sei ganz fidel gewesen, wie auf dem Weg in ein Abenteuer. Er glaubt außerdem, Edward habe einen Bus nach Wanstead genommen, aber das kann er nicht beschwören.«

»Jedenfalls wußte der Junge, wo er seinen Freund suchen mußte. Das ist die Hauptsache«, bemerkte Sydney. »Und ich nehme nicht an, daß er dazu nach Paris gefahren ist!«

Er lachte über diese Idee und stellte dann verärgert fest, daß das Ehepaar einfach ohne ihn weitermachte.

»Madame Rubari ist im Seidenhandel tätig«, sagte Amanda zu Campion. »Ich glaubte, den Namen in Zusammenhang mit Textilien schon einmal gehört zu haben, und deshalb habe ich auf dem Weg hierher bei Meg reingeschaut. Sie sagt, es sei ein sehr erfolgreicher Konzern, nicht sehr groß, aber gehobene Klasse, und sie hätten Verbindung zu allen großen Couturiers. Mme. Rubari kauft sehr viel persönlich ein, und sie ist tatsächlich Witwe, nicht etwa geschieden. Sie scheint in Paris alles zu kennen, was Rang und Namen hat. Mehr habe ich nicht erfahren.«

»Das ist doch schon eine ganze Menge! Den Rest können wir in zehn Minuten erledigen.« Luke zog einen Notizblock zu sich heran. »Das Umfeld müßte eigentlich passen, glauben Sie nicht?« fügte er zu Sydney gewandt hinzu, und der zuckte die Achseln.

»Jedenfalls wird man der Sache nachgehen müssen.« Er sprach nun als Experte auf einem sehr kleinen und gut erforschten Gebiet. »Freilich glaube ich nicht, daß viel dabei herauskommt. Ich bin Ihnen sehr dankbar, Gnädigste, aber ich halte es für gut möglich, daß der Junge bereits auf Sie wartet, wenn Sie jetzt nach Hause kommen. Sobald er auftaucht, möchten wir ihn gerne sprechen.«

Campion berührte Amandas Arm.

»Martin, Helena, Sam und Mrs. Mayo fahren gemeinsam auf die Insel zurück«, murmelte er. »Das wurde so vereinbart, kurz bevor du kamst.«

»Sie nehmen Mayos Wagen. Martin fährt, und sie werden von einer Polizeieskorte begleitet«, erklärte Luke, immer noch erschüttert über die Arroganz der Staatssicherheit, wie er es nannte. »›Sie gehen da und dahin, und da bleiben Sie‹. Das sollte ich mir mal erlauben, mit einer gefährdeten Person so umzuspringen.«

»Die Anweisung kam doch von ganz oben, nicht wahr, Mr.

Campion?« Als Sydney sich so reden hörte, fürchtete er, den Eindruck zu erwecken, als suche er Rückendeckung, und trumpfte sofort auf. »Die Empfehlung kam allerdings von mir, weil ich der Ansicht war, sie sollten sich an einem Ort aufhalten, wo sie völlig sicher sind.«

»Besonders vor der Presse!« Mr. Campion lächelte ihn an. »Könnten wir die Formalitäten vielleicht beiseite lassen, Kommandant? Im Moment ist das wichtigste, daß Mayo gefunden wird, ehe in der Öffentlichkeit auch nur der Schatten eines Verdachtes auf ihn fällt. Das hat nach Ansicht des Sicherheitsdienstes wirklich absolut Vorrang.«

»Mit der Armee vor der Tür kann seine Frau sowieso keine Interviews geben«, sagte Luke fröhlich. »Wenigstens ein Vorteil. Sie möchten jetzt gehen, Amanda, nicht wahr?«

»Ja, bitte. Ich würde gerne zu Hause sein, falls Edward auftaucht.« Sie war aufgestanden und beugte sich jetzt vor, um Sydney die Hand zu schütteln. »Ich habe Ihnen alles erzählt, was davon wichtig ist, müssen Sie selbst beurteilen. Ich möchte Edward nur gesund wiederhaben. Sie glauben wohl nicht ganz an diesen Verstärker, Kommandant?«

Zu ihrer Überraschung wurde er plötzlich so unzugänglich wie ein Holzklotz. »Über solche Dinge brauche ich mir den Kopf nicht zu zerbrechen«, sagte er heftig. »Wenn ich darüber nachdenken wollte, wie völlig nutzlos die Geheimnisse sind, die die Hälfte der Schurken, mit denen ich zu tun habe, an die Feinde unseres Reiches weitergeben, würde ich wahnsinnig werden. Mich hat nur der Mann mit seinen bösen Absichten zu interessieren, und diese beiden Dinge helfen mir, mir meinen Verstand zu bewahren.« Er lächelte sie an, um ihr zu zeigen, daß er sich nach diesem Ausbruch besser fühlte, und war sogar höflich genug, sich andeutungsweise von seinem Stuhl zu erheben, als sie den Raum verließ.

Mr. Campion setzte sich auf Amandas Platz und streckte seine langen Beine von sich. »Was ist mit dem Burschen mit der Katze?«

»Die Leute des Polizeichefs erkundigen sich gerade bei der Elektrizitätsgesellschaft nach ihm.«

»Ich glaube schon, daß er im Haus war.«

»Aber natürlich, Mr. Campion. Jemand kam hereinspaziert, genau wie die alte Frau und der Junge es sagten. Es kann ein Dieb gewesen sein, aber auch ein echter Ableser für eine von den Dutzenden von Maschinen, mit denen sich die Menschen heutzutage ihre Häuser vollstellen, aber ich glaube nicht, daß es einer meiner Kunden war.«

»Sie kennen alle Ihre Kunden, was?« Es war eine freundliche Frage, aber der Kommandant lachte kurz auf und wurde rot.

»Sie denken an diese neue undichte Stelle auf der verdammten Insel«, sagte er. »Ihre Leute fürchten, wir könnten hier oben noch eine Schimmelkultur übersehen haben, die dort unten einen Verbindungsmann hat. Mag sein, aber daß ein Agent so mir nichts dir nichts ins Haus schneien und nach Informationen fragen soll, das kann ich mir einfach nicht vorstellen. Mir ist auch nicht klar, welche Rolle die Katze dabei spielen soll. In dieser Stadt wimmelt es von Katzen!«

»Und die Frage, die er dem Kind gestellt hat?« bohrte Luke weiter. »Nach dem ›Spielzeugtelefon‹?«

»Vielleicht war es ein Techniker von der Post, der über ein echtes Telefon gesprochen hat, und das Kind hat die Frage nur auf diese Sache bezogen, weil es sich schuldig fühlte?«

»Sie überzeugen mich fast davon, daß jeder ausländische Agent, der Anspruch auf Echtheit erhebt, einen Mann von der Staatssicherheit auf den Fersen haben muß, so wie gestern am Bahnhof Liverpool Street.« Mr. Campion blieb gelassen und liebenswürdig.

Sydney faßte die Bemerkung als Kompliment auf.

»Ich gebe zu, daß wir nicht oft überrascht werden«, gestand er. »Solche Dinge folgen einem bestimmten Muster, und wenn man das einmal durchschaut hat, weiß man im allgemeinen Bescheid.«

Mr. Campion seufzte und wurde direkter. »Sagen Sie, Kommandant, was bringt Sie an diesem speziellen Fall eigentlich so in Rage? Erst dachte ich, es sei der ESP-Aspekt, aber allmählich frage ich mich, ob es vielleicht daran liegen könnte, daß Kinder mit im Spiel sind.«

»Oh, die Kinder interessieren mich nicht deshalb, weil sie Kinder sind«, fuhr Sydney auf. »Ein Kind, das man kennt, ist einem gewöhnlich so wichtig, daß man alles andere aus den Augen verliert, aber für mich haben diese beiden Jungen nicht mehr Gewicht, als sie verdienen. Ich gebe zu, daß sie vielleicht zu irgendeinem Experiment benützt wurden. Ein kleiner ausländischer Funktionär, ich könnte Ihnen sogar seinen Namen nennen, war tatsächlich dieser Ansicht und wollte sich mit ihnen unterhalten, deshalb hat er ein strebsames weibliches Mitglied der Untergrundarmee von Sympathisanten angeheuert, damit sie die beiden auf dem Bahnhof auflesen sollte. Wir wissen alles über ihn. Sie können versichert sein, er wird sich nicht mehr einmischen, schon deshalb, weil er dazu gar keine Gelegenheit mehr bekommt. Seine Vorgesetzten fanden sein Vorgehen nicht sehr geschickt. Es war der typische melodramatische Fehler, vor dem sich eine gewisse fremde Macht bei ihren Leuten in acht nehmen muß. Man stelle sich das vor, in den heutigen Zeiten will jemand zwei britische Schulkinder entführen und verhören und rechnet damit, daß niemand ihnen glaubt, wenn sie zurückkommen. So hatte er sich das nämlich gedacht! Sie können ihn abschreiben. Er ist heute mit der Mittagsmaschine nach Hause geflogen.«

»Schön und gut.« Luke senkte zum Zeichen der Zufriedenheit den Kopf. »Sie glauben also, der kleine Edward macht nur einen Einkaufsbummel?«

»Das habe ich nicht gesagt.«

»Nicht? Dann haben Sie vielleicht eben Ihren Standpunkt gewechselt?«

Sydney zögerte. »Ich hielt es nicht für angebracht, die Dame unnötig zu erschrecken oder mit ihr zu debattieren.

Verdammt, Luke! Ihnen ist doch wohl klar, daß er mit drinhängen könnte? Er ist ein Mensch wie jeder andere auch. Vielleicht hat man ihm irgendeine Geschichte erzählt, ihm die Chance geboten, im fernen romantischen Osten ein abenteuerliches Wissenschaftlerleben zu führen. Sein Vater ist doch tot, nicht wahr?«

Luke fiel die Kinnlade herunter. »Dieses Kind? Das klingt ja wie im Comic-Heft.«

»Die Welt, in der ich lebe, hat sehr viel Ähnlichkeit mit einem Comic-Heft«, erklärte Sydney sanft. »Die Idee ist nicht aus der Luft gegriffen, glauben Sie mir das.«

Mr. Campion rutschte unruhig hin und her. »Sie glauben also, Mayo ist übergelaufen?« erkundigte er sich.

»Das liegt doch direkt vor meiner Nase, und genau solche Details übersieht man gewöhnlich. Andererseits will ich es natürlich nicht glauben. Wie ich eben schon sagte, haben wir die Insel in punkto Sicherheit erst eben voll durch die Mangel gedreht. Die Sache hatte oberste Priorität, und das ganze Personal wurde noch einmal durchleuchtet.«

»Und unmittelbar darauf, zu Beginn dieser Woche, kam der nächste Erguß?«

»So ist es!« Sydney war verärgert und zeigte es auch. »Wenn ich nur daran denke, daß es auf dieser Insel eine *unbekannte* Entwicklung geben könnte, verschlägt es mir die Sprache. Ich hätte nie für möglich gehalten, daß in den nächsten zwölf Monaten aus dieser verdammten Ecke irgend etwas kommen könnte, wovon der Sicherheitsdienst nichts weiß. Sie gehören doch zu diesem Verein. Sie sollten wissen, was alles unternommen wurde.«

»Moment mal«, warf Luke ein. »Wir behaupten ja gar nicht, daß die Verstärker von Godley's kamen oder daß Mayo sie erfunden hat.«

Der Kommandant setzte wieder sein geheimnisvolles Lächeln auf, und Lukes Gesicht wurde noch einen Ton dunkler.

»Sie wissen nicht, was auf Sie zukommt, Mann, wenn das

kleine Zeug mal voll ausgereift ist! Mayo hat die Dinger nicht gemacht. Er war vollkommen überrascht davon.«

»Möglich.« Der Kommandant ließ sich deutlich anmerken, daß er darüber nicht streiten wollte. »Die Durchleuchtung hat er jedenfalls gut überstanden, und seine Frau ebenfalls. In dem Bericht, den ich gelesen hatte, wurde ihr dummes Geschwätz medizinisch einleuchtend erklärt.«

Campion gab auf. »Sie, mein Bester«, sagte er, »sind doch eigentlich der Experte. Setzen Sie uns bitte ins Bild.«

Sydney entspannte sich sichtlich. »Ich wünsche mir nun wirklich nicht, daß es so ist«, begann er. »Aber betrachten Sie die Sache doch einmal von dieser Seite aus: Wir hatten nach unserer Überprüfung der Inselbelegschaft kaum die Akten geschlossen, als die ausländische Propagandapresse mit der Geschichte herauskam, die Sie ja kennen. Ich fand das Märchen über die Experimente mit den Kindern an der Schule so lächerlich, daß ich es nicht einmal nachprüfen ließ.«

»Verständlich«, murmelte Luke.

»Das war es auch«, verteidigte sich Sydney. »Wenigstens dachte ich das, noch dazu, da wir wußten, daß ein Lehrer, der zu den Verdächtigen zählte, letzten Sommer fünf Wochen lang an dieser Schule unterrichtet hatte, und daß das Institut seither ständig beobachtet wurde!« Er lachte beschämt. »Und während ich noch dasitze und an den Nägeln kaue, setzt sich Mayo nach bekannter Wissenschaftlermanier einfach ab. Er inszeniert seine Flucht auf die übliche Weise, indem er seine Frau mitnimmt, aber diesmal wurde Mrs. Mayo so lange gereizt, bis sie ihre Behauptungen vor zwei Zeugen machte, deren Beruf es ist, solch gefährliches Gerede ernst zu nehmen. Ehe er geht, bringt er noch geheime Geräte an sich, die ursprünglich von genau denselben verantwortungsbewußten und interessierten Zeugen – ich spreche von Ihnen beiden – zwei Kindern abgenommen worden waren, die ausgerechnet aus der im Propagandabericht erwähnten Schule kommen. Mayo hat die ganze Nacht Zeit, um das Land zu verlassen, und am nächsten Tag verschwindet eines seiner Versuchskaninchen. *Jetzt* werden natürlich alle Häfen und Flughäfen überwacht. Aber wir sind zu spät gekommen, und unsere Vorsichtsmaßnahmen bewirken nur, daß die Geschichte früher oder später bekannt wird. Glauben Sie mir, *genau das ist der Sinn der Sache*. Nichts als Propaganda.«

Luke hatte der Erklärung mit wachsender Bestürzung zugehört, und jetzt explodierte er plötzlich.

»Viel zu raffiniert!« protestierte er. »Das ist ja ebenso verwickelt wie der alte Spionagewitz! ›Du Schwein, du erzählst mir, daß du nach Prag gehst, damit ich glaube, du gehst nach Warschau, während du die ganze Zeit über nach Prag gehen willst!‹ Wer soll sich denn mit diesem Unfug abgeben?«

»Das Parlament«, antwortete Sydney gelassen. »Haben Sie nicht gelesen, daß man gerade eine Anfrage eingebracht hat? ›Trifft es zu, daß ein höherer Beamter von Scotland Yard durch Mrs. Mayo von den Fluchtabsichten ihres Gatten unterrichtet wurde, und daß der fragliche Beamte tatenlos zusah, wie das geheime Gerät an Mr. Mayo ausgehändigt wurde, *nachdem man es einem Schüler der Schule abgenommen hatte, die nur vier Tage zuvor von der Propagandapresse erwähnt worden war*? Wenn der richtige Schafskopf diese Frage stellt, klingt sie sehr vernünftig. So stellt sich mir die Sache dar.«

Luke schwieg ein paar Sekunden lang. Mr. Campion stand auf und wanderte zum Fenster und wieder zurück. Er hatte die Hände in die Taschen gesteckt und hielt den Kopf gesenkt.

»In neun Fällen haben Sie vermutlich fünfmal recht«, sagte er endlich. »Wenn Sie die menschliche Seite und den größten Teil der Einzelheiten vollkommen außer acht lassen, gewinnen Sie einen gewissen Vorteil, aber in einem Fall wie diesem muß Ihre Methode versagen. Ich habe Mayo kennengelernt und erlebt, wie er unter Druck reagiert. Er ist ein Typ, der mir wohlvertraut ist, mag sein, daß er ständig Angst hat vor dem ›Hai in seinem Rücken‹, aber bestechen läßt er sich nicht.

Wenn Sie ihm ins Herz schauen könnten, würden Sie, glaube ich, feststellen, daß für ihn die eigentliche Krönung seines Lebens ein Adelstitel wäre.«

»Der Hai, vor dem er sich fürchtet? Wen meinen Sie damit?«

»Den Mann, der ihm auf den Schwanz tritt. Jeden, der sich ihm von hinten nähert. Den Burschen, der klüger ist als er.«

»Ach so.« Sydney senkte seinen Kugelschreiber. Er schien enttäuscht. »Wenn ich die menschliche Seite außer acht lasse«, sagte er dann, »so übersehen Sie die typischen Anzeichen der Schimmelkolonie. Eine Fußbodendiele sieht noch vollkommen fest aus, aber sobald Sie mit vollem Gewicht darauf treten, zerkrümelt sie plötzlich wie eine Brotrinde. Das ist Pilzbefall. Ich klage Mayo nicht an, ich sage nur, sein Verhalten ist sehr charakteristisch und entspricht einem uns bekannten Muster. Außerdem, und bitte verstehen Sie mich jetzt richtig, glaube ich, daß das, was er momentan macht, viel mehr mit der Stützung einer Propagandakampagne zu tun hat als mit dem Versuch, ein paar geheime Geräte außer Landes zu schaffen.«

Campion kehrte wieder ans Fenster zurück, und Luke setzte das Gespräch fort. Er war sehr erschüttert, und das schürte seine Aggressionen.

»Da wir gerade von signifikanten Verhaltensweisen reden, Mann, wurde in Ihrem Bericht auch ein Bursche namens Fred Arnold erwähnt?«

»Der Barkeeper? Das war doch ein Verdächtiger wie aus dem Bilderbuch.«

»Der Ansicht war ich auch. Was hat er da unten zu suchen? Ein Mann mit seinen Fähigkeiten könnte doch anderswo sehr viel mehr verdienen.«

»Auf die Idee sind wir ebenfalls gekommen, Polizeichef.« Sydney war sehr zufrieden. »Es gibt da tatsächlich ein kleines Geheimnis, und wir haben lange gebraucht, um es herauszukitzeln. Was meinen Sie, was es war? Er ist der Mann des

Chefs – Lord Ludors ganz persönlicher Spion. Ich kann Ihnen sein Dossier zeigen. Er hat uns ganz schön zu schaffen gemacht, weil er sehr verschwiegen ist, und Ludor, der alte Fuchs, nicht weniger. Soviel ich mitbekommen habe, interessieren sich Ihre Leute nun ihrerseits für den Mann.«

Er brach ab. Campion hatte leise aufgeschrien, und jetzt riß er das Fenster auf und beugte sich hinaus. Sie befanden sich im obersten Stockwerk, und tief unten zog sich die belebte, breite, graue Straße neben dem glänzenden Stahlband des Flusses dahin. Es wurde bereits wieder dunstig, und er mußte sich weit nach vorne lehnen, um hinuntersehen zu können. Einen Augenblick später trat er zurück, schloß das Fenster, drehte sich um und wischte sich die Hände ab.

»Entschuldigen Sie bitte«, sagte er. »Offenbar leide ich unter Halluzinationen. Ich dachte, ich hätte Edward um die Ecke huschen sehen. Er trug jedoch eine Baskenmütze, und das entspricht nicht den Gepflogenheiten der Pontisbright. Sie verbergen ihre Flammen nur selten unter einem Topf! Verzeihen Sie mir, Kommandant. Luke und ich werden also beide auf die Insel beordert?«

»So hatte ich es verstanden, Sir.« Sydney besaß so viel Anstand, ein verlegenes Gesicht zu machen. »Man wird Sie zweifellos noch informieren, aber soviel ich mitbekommen habe, waren der Direktor und der Kommandant sich einig, daß man Mayo noch bis zum Ende des Arbeitstages Zeit lassen sollte, um wieder aufzutauchen oder wenigstens die Geräte abzuliefern, danach wollte man die ganze Sache bekanntgeben – aber nur, soweit es die Experten da unten betrifft. Man ist der Ansicht, die Quelle der ›geheimen Objekte‹, die Mr. Mayo bei sich hat, müsse sich da unten befinden, selbst wenn sie überwiegend von ihm selbst hergestellt worden sein sollten, und sie müsse lokalisiert werden.«

Mr. Campions bleiches Gesicht verriet Interesse. »Also muß jemand mit Professor Tabard sprechen?«

»So war es wohl gedacht. Der Minister wird auf dem laufenden gehalten, und Lord Ludor wird persönlich anwesend sein. Sie haben eines dieser geheimen Geräte selbst ausprobiert, wie ich höre, Polizeichef?«

Luke konnte nicht antworten, weil ein Angestellter eintrat und jedem der beiden Beamten einen Zettel mit einer Nachricht reichte. Sydney überflog, was auf seinem Blatt stand, dann räusperte er sich und schaute an den beiden anderen vorbei ins Leere.

»Das ist die Stegreifauskunft auf unsere Anfrage bezüglich der Familie Rubari«, sagte er knapp. »Die Mutter befindet sich auf Geschäftsreise, aber der Junge ist zu Hause und wird von einem Au-pair-Mädchen betreut. Außerdem hält sich in der Wohnung der kleine Sohn eines guten Freundes der Mutter auf, Maurice Grégoire Gregoire von Daumier und Cie.«

Mr. Campion starrte ihn fassungslos an. »Der Daumier von der Elektronik-Gruppe?«

Syndey nickte und entschloß sich, ihn anzusehen. »Ich nehme an, das ist Godley's Hauptkonkurrent in Europa. Und Grégoire ist das Gegenstück zu Mayo, nicht wahr?« Er warf den Zettel vor sich auf den Schreibtisch. »Jetzt weiß ich nicht mehr, was ich sagen soll!«

»Und was ist damit?« Luke reichte ihm seine eigene Nachricht. Sie war in einer sauberen, wenn auch etwas kindlichen Handschrift auf die Rückseite eines Telegrammformulars geschrieben, wie sie am Schalter eines Postamts ausliegen.

Lieber Mr. Luke!

Würden Sie so freundlich sein, meine Tante Amanda anzurufen und ihr zu sagen, sie braucht sich meinetwegen keine Sorgen zu machen, selbst wenn ich die ganze Nacht über *fortbleiben sollte? Ich muß auf einen Freund warten, der vielleicht erst sehr spät nach Hause kommt. Morgen bin ich bestimmt zurück. Ich muß Sie damit belästigen, weil ich fürchte, sie könnten das Telefon im Pfarrhaus angezapft haben, um mich zu erwischen. Außerdem möchte ich nicht tele-*

fonieren, weil ich nicht weiß, wie ich erklären soll, daß man mich zu nichts zwingt. *Ich werde diesen Zettel dem Mann an der Tür geben. Da er ein geschulter Beboachter ist, kann er mich Ihnen beschreiben und bezeugen, daß ich von niemandem herumkommandiert werde. Im voraus vielen Dank für Ihre Bemühungen. Ihr sehr ergebener Edward Longfox.*

P.S. Es ist alles äußerst *wichtig, sonst hätte ich Sie niemals bemüht. Am Dienstag werden Sie alles erfahren.*

Sydney reichte den Zettel an Campion weiter und bemerkte überraschend menschlich: »Er scheint wenigstens zu wissen, was er als nächstes tun will. Wenn ich das nur auch von mir behaupten könnte!«

13
Das Ende der Welt

»Ich konnte mich mit Sydney und seinen verdammten Schimmelpilzen noch nie so recht anfreunden«, sagte Luke. »Er wollte mir mit seinem Propagandageschwätz einen Schrecken einjagen, und das ist ihm auch gelungen, was ich unverzeihlich finde. Warten Sie nur, bis ich meine eigene Inni-Röhre habe. Dann sieht sein ganzer Laden ein bißchen alt aus!«

Er saß im Salon des Pfarrhauses und wartete, bis Mr. Campion, der vom Büro des Kommandanten aus zu seinem eigenen Vorgesetzten gerufen worden war, zurückkam, um den Wagen zu holen und mit ihm zusammen zur Insel zu fahren. Luke war schon vorausgegangen, um Amanda Bericht zu erstatten, und hatte das alte Haus nach der Abreise der Ferris-Familie so bedrückend leer und unordentlich vorgefunden wie ein verlassenes Nest. Er hatte Amanda von Edwards Besuch beim Yard erzählt, und sie hatte es sehr ruhig aufgenommen.

»Er ist ein merkwürdiges Kind«, sagte sie. »Seinem Vater sehr ähnlich. Ich dachte mir schon, daß er sehr viel mehr über die Verstärker weiß, als er uns erzählt hat. Er hatte einfach Angst, wir könnten ihm vielleicht nicht folgen.«

Luke brummte. »Die Dinger sind aber auch unheimlich. Sydney hat nicht daran geglaubt, weil er nicht wollte, und ich weiß nicht, ob es mir anders geht. Mein Gott! Welche Seite des modernen Lebens würden sie nicht verändern und durcheinanderbringen? Wie stehen die Chancen, daß die ganze Geschichte unter den Tisch fällt?«

Sie schüttelte den Kopf. »Keine Aussicht. Sobald man in der Wissenschaft einmal einen Schlüssel gefunden und als solchen erkannt hat, ist es nicht anders, als habe man Handgeld genommen. Die Erfahrung muß gemacht werden. In diesem Fall wird es jedoch noch sehr, sehr lange dauern, bis es soweit ist, und nur wenn man mit dem falschen Fuß abspringt, könnte es gräßliche Schwierigkeiten geben. Was ist mit Mayo? Sind Sie der gleichen Meinung wie der Kommandant? Ist er zur anderen Seite übergelaufen?«

»Das weiß der Himmel!« Luke war nervös und klopfte ständig mit dem Fuß auf den abgetretenen Teppich. »Falls er *nicht* getürmt ist, ist er noch nicht sehr lange weg, oder? So machen sich diese Eierköpfe immer aus dem Staub. Sie verschwinden einfach, und niemand merkt, daß sie nicht mehr auf der Toilette sind. Was bedeuten schon vierundzwanzig Stunden Abwesenheit, besonders nach einem Streit mit seiner Frau? Ich kann mit Gewißheit sagen, daß er sich nicht in einem Krankenhaus, einem türkischen Bad oder einem Hotel aufhält, jedenfalls nicht unter seinem eigenen Namen. Aber auch das konnten wir nur feststellen, weil uns das Innenministerium im Nacken sitzt und wie eine ganze Schafherde blökt.«

»Ich glaube«, sagte Amanda, »er hat sich ein physikalisches Labor gesucht. Das hätte ich an seiner Stelle getan.«

»Aber auf der Insel hat er doch eines.«

»Das gehört ihm nicht selbst. Dort führt ein anderes reizbares Genie die Aufsicht, das nicht unbedingt auf seiner Seite steht. Die Physiker dort arbeiten doch sicher für die ganze Station: neben dieser ESP-Sache laufen schließlich noch eine ganze Menge anderer Projekte.«

»Ich verstehe.« Lukes Interesse war geweckt. »Wo könnte er also hingegangen sein? Gestern hat er spät nachts Robinsons Hotel verlassen. Er hätte nicht in London zu bleiben brauchen. Vielleicht ist er in einen Zug gestiegen und irgendwo hingefahren.«

»Es müßte aber ein Ort sein, den er kennt. Wo hat er denn gearbeitet, ehe er zu Godley's kam?«

Der Polizeichef griff unter seinen Stuhl und zog eine Dokumentenmappe mit den Unterlagen heraus, die ihm der stellvertretende Kommandant gegeben hatte. Es waren die Ergebnisse der letzten Sicherheitsüberprüfung.

»Die Post«, sagte er schließlich. »Dort war er vor zweieinhalb Jahren angestellt. Haben die nicht in London eine Einrichtung namens Parsley Green? Man kommt auf dem Weg zum Flughafen daran vorbei. Da gibt es auch eine Versuchsanlage. Ob ein Labor dazugehört, weiß ich allerdings nicht.«

»Ich kann mir vorstellen, daß dort alles vorhanden ist, was er braucht. Die meisten Untersuchungen könnte er selbst wohl besser durchführen als jeder andere. Nur bei bestimmten Analysen würde er Hilfe brauchen, solche Dinge dauern schrecklich lange. In Parsley Green arbeitet ein berühmter Mann namens Fenn. Elektronikspezialist. Der kennt Mayo sicher.«

»Würde er ihm helfen?«

»Das kann ich nicht sagen, aber er wohnt dort, und das heißt, er wäre auch bei Nacht zu erreichen. Ganz oben im Gebäude gibt es ein Appartement. Ich war einmal dort.«

Luke stand auf. »Wir werden mal anklingeln«, begann er, doch als er ihr Gesicht sah, hielt er inne. »Vielleicht doch lieber nicht. In diesen Kreisen paßt jeder auf den anderen auf, nicht wahr? Eine richtige Bruderschaft – wie College-Professoren! Macht nichts. Ich werde jemanden vorbeischicken, der sich ganz diskret erkundigen soll.« Er grinste sie an. »Sein Freund wird glauben, man sucht ihn, weil er Schulden gemacht hat!«

Er ging hinaus, um den Anruf zu erledigen, und Amanda blieb am Fenster stehen. Der Platz war leer, und der Tulpenbaum stand kahl und einsam in der Mitte.

Auf dem Beistelltisch lag der Inhalt von Edwards Wochenendgepäck. Sie hatte alles zusammengetragen, ehe die jüngsten Nachrichten sie ein wenig beruhigt hatten, um es Luke zu zeigen, weil sie hoffte, sein geschultes Auge würde etwas entdecken, was das Verhalten des Jungen erklärte. Außer einem Schlafanzug, Hausschuhen und einem Waschzeugbeutel hatte er nicht viel mitgebracht. Auf Grund ihrer Erfahrungen mit der Schatzkiste, die ihr eigener Sohn Rupert, der jetzt kurz vor dem Abschluß in Harvard stand, in diesem Alter ständig mit sich herumgeschleppt hatte, war sie auf alle möglichen exotischen Dinge gefaßt gewesen, aber sie hatte weder konservierte Fischbrötchen gefunden, die für einen plötzlichen Anfall von Heißhunger vorrätig gehalten wurden, noch ein Instrument, um nach hinten zu sehen, auch kein Löwenpulver und keine Tiere im Winterschlaf. Nur eine kleine Rolle Zelluloseband und eine zweite mit zwei Zoll breitem Zinkpflaster hatte sie entdeckt, eine sorgfältig in einem selbstgemachten Papp-Etui verpackte Rasierklinge, eine noch versiegelte Dose mit Halstabletten, vier Zeitschriften *(Punch, Make It Yourself, Exchange & Mart* und *The Boy's Technician)*, außerdem ein Knäuel Bindfaden und eine Tube Lanolin. Seufzend wandte sie sich wieder dem Fenster zu. Er war schon ein komischer Kauz, überlegte sie, er hatte irgendeine Eigenschaft, die ihr bekannt vorkam, ohne daß sie sie hätte benennen können, etwas gefährlich Erwachsenes. Luke hatte ihr die Nachricht auf dem Telegrammformular gegeben, und nun las sie sie zum zehnten Mal.

»Warum Dienstag?« fragte sie, als der Polizeichef wieder ins Zimmer kam. »Warum, glauben Sie, schreibt Edward, wir würden am Dienstag alles erfahren?«

»Muß er an diesem Tag nicht wieder in die Schule zurück? Er möchte jedenfalls nicht, daß Sie sich Sorgen machen. Das ist sein Hauptanliegen. Ich habe mir schon überlegt, ob bei Ihnen in nächster Zeit jemand Geburtstag hat. Will er vielleicht ein besonders ausgefallenes Geschenk besorgen?«

Amandas Augen richteten sich auf das *Exchange & Mart* und wurden groß, aber Luke war noch nicht fertig. »Da wir gerade von unwahrscheinlichen Dingen sprechen, was, glauben Sie, hat das hier zu suchen? Als ich vor einer Stunde kam, war es noch nicht da.« Er zog die Tür weiter auf, um ihr ein großes Stück Pappkarton zu zeigen, das in der Diele gleich neben der Eingangstür an der verblichenen Morris-Tapete lehnte. Das dazugehörige Tragegeschirr lag daneben auf dem Fliesenboden.

Auf den Karton war ein gedrucktes, mit handschriftlichen Zusätzen in Farbe versehenes Plakat aufgeklebt, das wohl möglichst viel Aufsehen erregen sollte.

TUT BUSSE! TUT BUSSE! TUT BUSSE!
GEFALLEN IST BABYLON. GEH. OFFB. XIV,8
...UND AUCH
DAS MEER IST NICHT MEHR!!!!! GEH. OFFB. XXI,I
ENDE DER WELT

Im unteren Drittel war der vertraute Atompilz abgebildet, dem man durch Hinzufügen von blauen, grünen und dunkelroten Spritzern ein wäßriges Aussehen verliehen hatte. Einige dieser Spritzer waren fahrige, zerfließende Lettern und ergaben das Wort *Wasserstoff*.

»Das muß der alte Deeds sein«, sagte Luke überrascht. »Kommt er oft hierher?«

»Ich glaube nicht. Ich habe noch nie von ihm gehört – es sei denn, es ist der Mann, der immer im West End herumstapft. Aller Wasserstoff in den Meeren soll sich also entzünden? Was für eine grausige Idee. Vollkommen undurchführbar – hoffe ich wenigstens.«

»Das ist eines der Plakate der Endzeit-Gesellschaft. Die träumen sich immer alle möglichen Katastrophen zusammen!« Der Polizeichef blickte sich um. »Eigentlich müßte irgendwo noch ein ganzer Rucksack voll Broschüren liegen. Der Verein existiert wirklich, er besteht aus drei alten Mädchen und ein paar Verrückten und hat so etwas wie ein Büro in der Marylebone Lane.«

»Du lieber Himmel! Und wer finanziert das?«

»Natürlich gibt es einen Fonds; das ist in solchen Fällen immer so. In der Regel nur ein paar Pfund, die in einem Testament aus dem neunzehnten Jahrhundert zu einem besonderen Zweck vererbt wurden. Das Geld wird angelegt, wie es das Gesetz vorschreibt, es bringt so gut wie nichts ein, und was es einbringt, wird streng nach den Anweisungen des Erblassers verwendet. Gewöhnlich ist damit für alle Beteiligten eine Menge Arbeit verbunden!«

»Was wollen die Leute eigentlich? Die Geheime Offenbarung propagieren?«

»So ungefähr.« Er rieb sich sein bläuliches Kinn und versuchte sich zu erinnern. »Ich glaube, sie bezahlen Deeds, soviel sie können, aber er stolpert immer noch in der Stadt herum, ob er nun Geld dafür bekommt oder nicht. Er bettelt nicht direkt, aber ich glaube, ab und zu drücken ihm die Leute etwas in die Hand. Die Gesellschaft stellt die Plakate, aber vielleicht gibt er ihnen selbst den letzten Schliff, ich weiß es nicht. Was mag er nur hier wollen?«

»Ach, Charles. Ich dachte mir doch, daß ich Ihre Stimme gehört habe.« Avril steckte den Kopf aus der Tür des Arbeitszimmers. »Schon eine Spur von dem Jungen gefunden?«

»Man weiß, daß er noch in London ist, Sir. Heute nachmittag hat man ihn gesehen, und da war alles in Ordnung mit ihm, aber hier ist er noch nicht wiederaufgetaucht.«

»Verstehe. Wir müssen also warten. Könntet ihr beiden mal kurz hereinkommen? Ein gewisser Mr. Deeds ist hier bei mir. Offenbar hat Albert ihn geschickt...«

»Campion? Aber von ihm komme ich doch gerade.«

»Ja, ich glaube, sie sind sich heute morgen auf der Straße begegnet, ehe Mr. Deeds mit seiner Arbeit angefangen hat. Er hat mit Albert über ein Problem gesprochen, und da hat der ihm wohl vorgeschlagen, daß er auf dem Heimweg einmal bei mir vorbeischauen soll. Leider weiß ich nicht, ob seine Schwierigkeiten eher in Ihr Ressort fallen oder in das meine.«

Das war eine erstaunliche Bemerkung, denn gewöhnlich wußte der alte Kanonikus sehr genau, wo seine Grenzen lagen. Als sie jedoch den Besucher sahen, wurde ihnen klar, worin die Schwierigkeit bestand.

›Good‹ Deeds war ein hagerer Mann, und die Mönchskutte mit der Kapuze, die er wie einen braunen Dufflecoat über seinem schäbigen blauen Anzug trug, ließ ihn noch größer erscheinen, als er ohnehin schon war. Sein steifer Hemdkragen war ausgefranst, und seine Krawatte, die einst einem Mitglied eines längst nicht mehr bestehenden anglo-indischen Yachtclubs gehört hatte, war ein farbenfrohes Beispiel für eine ganz spezielle Art von Design. Die Kapuze war nach hinten geschoben und ließ den für seine Größe extrem kleinen Kopf mit dem grauen kurzgeschorenen Haar sehen. Sein Gesicht war fahl und zeichnete sich erstens durch einen fast umwerfend arroganten Ausdruck aus und zweitens durch die freilich nicht sofort ins Auge stechende, dann aber schockierende Tatsache, daß seine schwarze Plastikbrille keine Gläser hatte.

Er stand auf dem Teppich und scharrte in theatralischer Ungeduld über die durch ihr Eintreten verursachte Verzögerung mit dem Fuß. Alle fühlten sich unwiderstehlich an die merkwürdig selbstgerechte Art erinnert, mit der manche Leute glauben, eine nicht befriedigende Anschaffung in den Laden zurückbringen zu müssen.

Den alten Kanonikus schien die aufgeworfene Frage brennend zu interessieren. »Es geht um die Bibelstellen«, erklärte er. »Nach Jahren peinlicher Genauigkeit befürchtet Mr. Deeds, er könnte sich manchmal irren...«

»Das sagen *Sie*!« behauptete der Besucher sehr von oben herab. Seine barsche Stimme klang dumpf, er hatte einen unbestimmbaren Akzent, und sein Lächeln strahlte nichts als Verachtung aus, dennoch wirkte er eher bedauernswert als grotesk.

»Nein, nein, mein lieber Mann«, beharrte Avril sanft. »Wir haben soeben gemeinsam alles nachgeschlagen und festgestellt, daß die beiden Stellen auf Ihrem Plakat draußen in der Diele momentan völlig korrekt zitiert sind. In der *Geheimen Offenbarung, Kapitel vierzehn, Vers acht* finden wir *Gefallen ist Babylon*, und *Kapitel einundzwanzig, Vers eins* im gleichen Text gibt uns die poetische Prophezeiung über das Ende der Meere...«

»Das bestreite ich ja gar nicht.« Der Endzeitprophet zuckte die Achseln, als wisse er genau, daß Avril ihm gleich irgendeinen Streich spielen würde, und Luke, der mit dem Kleingeld in seiner Tasche klimperte, beschloß sich einzuschalten. Er war müde und eigentlich mit anderen Dingen beschäftigt, und das geistige Verhaltensmuster, das hier so deutlich zum Ausdruck kam, war ihm bedrückend vertraut.

»Ich nehme an, daß sich die Zahlen manchmal auf geheimnisvolle Weise verändern«, begann er. »Auf Ihrem Plakat oder in der Bibel?«

»Wenn Sie nicht einer der Verlorenen wären, Mr. Luke – Sie sehen, ich weiß, wer Sie sind, und ich werde es niederschreiben –, dann wäre Ihnen bekannt, daß sich in der Bibel niemals etwas verändert. Einige von uns wissen auch, warum.«

»Du lieber Himmel! Wir alle wissen, warum. Wegen der sieben Schalen und der sieben Plagen und der sieben was weiß ich noch alles, denn so steht es auf den letzten sechs Seiten der Frohen Botschaft geschrieben!« Die psychiatrische Behandlung des Polizeichefs war zwar ziemlich rauhbeinig, hatte aber eine heilsame Wirkung. Mr. Deeds wandte sich von ihm ab, und in seinen großen leeren Augen blitzte ein Funken Intelligenz auf.

»Sie sehen aber doch wohl ein, daß es ein Verbrechen ist?« erklärte er demonstrativ geduldig und hörte sich selbst aufmerksam zu. »Man verleitet mich dazu, ›dem Wort etwas hinzuzufügen‹, damit ich in den Höllenschlund geworfen werde. Ich mühe mich ab, um Menschen zu retten, und das ist der Lohn – die Geschwüre und die Ströme von Blut.«

»Ach, jetzt begreife ich!« Der alte Kanonikus schien erleichtert, daß die Schwierigkeiten nicht größer waren. »Wegen der Warnung am Ende der Prophezeiung machen Sie sich also solche Sorgen?«

»Natürlich.« Das traurige Lächeln des geistig Überlegenen erschien auf dem tragisch dummen Gesicht. »Wer etwas hinzufügt, dem wird Gott die Plagen zufügen. Es ist alles aufgeschrieben, in roten und schwarzen Lettern.«

»Ach du meine Güte, Deeds, nun hören Sie doch auf!« explodierte Luke, dem die Situation plötzlich peinlich war. »Hier ist der Mann, der Ihnen Auskunft geben kann, verstehen Sie? Er weiß, was in der Schrift steht und was nicht. Das ist schließlich sein Beruf. Die alten Kapitel- und Versnummern sind im griechischen Urtext gar nicht enthalten, nicht wahr, Sir? In diesem Punkt können Sie ihn doch sicher beruhigen? Sie wurden von den Priestern oder den Druckern oder sonst jemandem eingefügt, um die Übersetzung zu erleichtern. So ist es doch, oder etwa nicht?«

Der Endzeitprophet atmete sichtlich auf, als er das Schlupfloch erkannte. Der Kanonikus brauchte gar nichts mehr zu sagen. Das leere Gesicht wurde heiterer, und sofort gab sich Deeds wieder herablassend und beäugte die goldene Brücke, die man ihm da gebaut hatte, eigensinnig und voll Argwohn, wie ein verwöhnter Hund, der an einem Leckerbissen schnüffelt. Endlich sah er noch einen Vorteil.

»Und das wissen sie nicht, was?« erkundigte er sich fast strahlend. »Sie tun, was sie können, um mich zu vernichten, aber es gelingt ihnen nicht, und sie wissen nicht einmal, warum! Trotzdem ist es ein Verbrechen. Wenn Sie Ihre Pflicht tun wollen, müssen Sie sie abführen.«

»Unbedingt! In die tiefste Hölle der Bow Street! Niemand verändert Ihre Plakate, Deeds. Das bilden Sie sich nur ein.«

Der Kanonikus mischte sich ein. »Genau darüber haben wir gesprochen, ehe Sie hereinkamen, Charles, und es ist merkwürdig. Sie haben mir doch erzählt, Mr. Deeds, daß Sie überzeugt sind, die Stelle *Geheime Offenbarung einundzwanzig, Vers eins* würde manchmal zu *Geheime Offenbarung sechs, Vers eins bis sieben*? Ich muß gestehen, daß ich das sehr bemerkenswert finde.«

Luke starrte ihn verständnislos an. Er war nicht ganz so schnell am Ball wie sonst und wandte sich mit müder Freundlichkeit an Deeds.

»Sie sollten nicht daherkommen und mir etwas von Wundern erzählen, wenn mich schon die Wissenschaftler damit überschütten«, murmelte er. »Verändern sich die Zahlen vor Ihren Augen? Nein? Nun, und wer beklagt sich dann darüber?«

»Zu viele Leute, Mr. Luke«, sagte der Besucher, und es klang plötzlich ganz vernünftig. »Die können sich doch nicht alle irren, oder? Es geschieht immer am Abend und immer in derselben Straße. Hinterher kommen die Leute und erzählen es mir. ›Gestern war es wieder falsch‹, sagen sie, oder: ›Sie haben es verändert. Es war anders.‹ Mehrere Leute erzählen es mir, und mehrere Leute haben gesehen, daß es falsch war.«

Die dumpfe Stimme mit dem leicht belehrenden Tonfall hatte eine beklemmende Überzeugungskraft, und der Polizist seufzte.

»Aber sie halten Sie nie an und sagen es Ihnen, *wenn es passiert*?«

»Nein. Das würde ich nicht dulden, und das weiß auch jeder. Während meiner Arbeit würde ich nie stehenbleiben. Ich gehe immer geradeaus, verteile meine Broschüren, schaue nicht nach links oder rechts und säume nicht. Die Menschen müssen warten, bis ich mein Werk getan und meine Last abgelegt habe, dann können sie mit mir sprechen.«

Luke senkte den Kopf, und seine weißen Zähne wurden sichtbar. »Sie lungern nicht herum, das muß man Ihnen lassen. Wissen Sie, ich dachte immer, Sie marschieren nur deshalb so zügig durch die Straßen, um nicht gegen unsere Vorschriften zu verstoßen! Dann erzählen Ihnen die Leute also hinterher von der Veränderung, ja? An der Kaffeebude? Sie rotten sich dort zusammen, um sich über Sie lustig zu machen!«

»Nein, so etwas merke ich genau.«

»Und? Wie erklären Sie sich dann die Sache? Ein albernes Wunder?«

»Das zu behaupten steht mir nicht zu, und Ihnen auch nicht, Mr. Luke.«

Das mitleidige Grinsen lag noch immer auf dem grauen Gesicht, als Mrs. Talisman an die Tür klopfte, sie öffnete und die weiße Katze ins Zimmer ließ.

»Entschuldigen Sie, Sir«, sagte sie zu Avril. »Aber ich dachte, Sie sollten sich das einmal ansehen. Ich habe sie schon vom Hof aus bemerkt. Sie saß auf der Vordertreppe, und sobald ich die Tür aufmachte, kam sie herein und beschnüffelte diese Sachen in der Diele. Es ist dasselbe Tier, das heute morgen hier herumgestreunt ist, aber der Mann ist nicht derselbe, ganz gewiß nicht.«

Mit einer so absurden Störung hatte niemand gerechnet. Luke starrte die Katze verdutzt an, und der Kanonikus betrachtete verwirrt seine Haushälterin. Weit ungewöhnlicher war Mr. Deeds' Reaktion. Das Blut schoß ihm in sein graues Gesicht, und auf seinen Wangenknochen zeichneten sich dunkelrote Flecken ab. Er regte sich nicht und vermied es, jemanden direkt anzusehen, aber sein Blick huschte wie gehetzt durch den Raum, und zum ersten Mal hatten alle den Eindruck, daß er in bestimmten Situationen wirklich gefährlich werden könnte.

Die Katze stolzierte über den Teppich auf ihn zu und begann dann, die staubige braune Kutte zu umkreisen, wobei ihr charakteristischer Schwanz mit der sandfarbenen Spitze zielstrebig hin und her wedelte. Schließlich rieb sie sich, aus Leibeskräften schnurrend, an dem groben Wollstoff. Deeds schenkte ihr keine Beachtung, sondern starrte, immer noch diese aggressive Verlegenheit ausstrahlend, die Wand an. Zur allgemeinen Überraschung schien der Polizeichef zu begreifen, was ihn quälte.

»Sie haben die Mieze angelockt, Deeds, stimmt's? Wem gehört sie? Was wollen Sie mit ihr?«

»Wie können Sie es wagen! Was für eine schmutzige Unterstellung! Nehmen Sie das Vieh weg! Sie haben sie selbst angelockt. Zu Ihnen fühlt sie sich hingezogen, nicht zu mir. Sie haben etwas an Ihren Kleidern! Nehmen Sie sie weg! Nehmen Sie sie sofort weg!« Nur mit einem offenen Geständnis hätte er seine Schuld noch deutlicher verraten können. Er benahm sich wie die Karikatur einer sexhungrigen viktorianischen alten Jungfer, die man der Prostitution beschuldigte. Luke mußte lachen.

»Nur keine Aufregung, Deeds, das ist schließlich kein Verbrechen. Das Tier ist nicht besonders wertvoll. Warum möchten Sie denn, daß es Ihnen folgt, wenn Sie es gar nicht leiden können?«

»Geh weg!« Mr. Deeds schlug so angeekelt mit seiner Kutte nach der Katze, als sei sie das Große Tier aus seinen Prophezeiungen, dann stürmte er mit wilden, schweren Schritten aus dem Zimmer. Mrs. Talisman quiekte erschrokken, und aus der Diele hörte man ein lautes Klappern, als er sich seine Tafeln wieder umhängte und wütend das Haus verließ. Ungerührt zog die Katze weiter ihre Kreise um ihn herum, während er über den Platz ging.

Der alte Kanonikus war dagegen ganz betroffen. »Armer Kerl!« murmelte er. »Wußten Sie, wie sehr Sie ihn damit aus der Fassung bringen würden, Charles?«

»Eigentlich nicht.« Luke war selbst ein wenig verblüfft. »Er ist schockiert, weil eine kleine Eselei, von der er dachte, sie sei sein Geheimnis, gleich jedermann ins Auge springt. Man hat ihn sozusagen ohne Hosen im Autobus erwischt, das ist alles.«

»Ich verstehe gar nichts mehr«, sagte Amanda. »Was war denn eigentlich los mit der Katze?«

»Ach, er hatte sich für das Tier interessant gemacht, um zu erreichen, daß es ihm ständig nachlief, so als liebe es ihn.« Luke war ein wenig verlegen. »Es gibt verschiedene ... äh ... Essenzen, mit denen man das erreichen kann, und einige sind nicht unbedingt appetitlich. Ich glaube nicht, daß er es auf das Fell abgesehen hatte oder sich sonst materiellen Gewinn davon versprach. Wenn ich Deeds und seinesgleichen richtig einschätze, dann wollte er entweder sich selbst oder irgendeinem armen Schwachkopf beweisen, daß Mieze ihn mehr liebt als ihr eigenes Herrchen oder Frauchen! So ist das Leben – meist weniger tragisch als verdammt albern.« Er warf einen Blick auf einen schäbigen Rucksack, der in der Ecke lag. »Er hat seine Broschüren vergessen. Macht nichts, ich lasse sie ihm in sein Zimmer bringen. Ich bin froh, daß Sie mit ihm gesprochen haben, Kanonikus. Die Vorstellung, durch Zufall auf die eine oder andere Weise verflucht zu werden, ist offenbar der Alptraum solcher Typen. Sie stürzen sich auf die Idee, malen sie sich in den kräftigsten Farben aus und drehen sich damit hin und her, um sich für sich selbst interessant zu machen, aber trotzdem jagt sie ihnen eine Heidenangst ein. Niemand weiß, was solche Leute leiden. Wenn unsere verfluchte Erfindung jemals funktionieren sollte, steht uns allen so einiges an schockierenden Erlebnissen bevor.«

Der alte Avril schüttelte den Kopf, er war sich seiner Sache sehr sicher. »Er wird einen Weg finden, sich davon zu befreien. Das ist der Stolz, die Staubinde um die Seele. Dagegen wird keine kleine Maschine ankommen, fürchte ich, und wenn sie auch noch so modern ist.«

»Die paranoische Sünde des Stolzes!« sagte Luke, der erstaunlicherweise wußte, worum es ging. »Heiliger Strohsack! Was für eine Alternative? Ist Campion das auch aufgefallen? Hat er ihn deshalb hergeschickt?«

»O nein, das glaube ich nicht.« Avril schien überrascht. »Ich würde eher sagen, er hat die Bibelstelle erkannt, meinen Sie nicht?«

»Welche Bibelstelle?«

»Nun, die zweite, Charles. Die Mr. Deeds' Freunde nur hin und wieder auf seinem Plakat sehen. *Geheime Offenbarung, Kapitel sechs, Vers eins bis sieben.* Das hat er uns doch gesagt, wissen Sie nicht mehr? Und Albert hat er es sicher auch erzählt. Ich habe nachgeschlagen, aber er wollte nicht zuhören. Es geht um den Abschnitt mit den dramatischen Wiederholungen. Die vier großen Rösser in den vier Himmelsrichtungen richten sich auf und rufen nacheinander immer wieder das gleiche: ›Komm und schau! Komm und schau! Komm und schau! Komm und schau!‹ Bei den Kindern ist die Stelle sehr beliebt, jedenfalls war es früher so. Albert muß sie erkannt und sich so seine Gedanken gemacht haben. Der Junge hat die unmöglichsten Dinge im Kopf.«

»›Komm und schau!‹ Was sagt man dazu.« Luke starrte den Kanonikus verdutzt an. »Das hört sich nicht wie der Streich irgendwelcher Gassenjungen an. Es klingt überhaupt nicht wie ein Witz.«

»Eine Botschaft?« Amanda wurde aus ihren Gedanken gerissen.

»Davon bin ich überzeugt«, sagte Luke.

14
Trommelwirbel

Als Mr. Campion nach oben ging, um sein Nachtzeug zusammenzupacken, und Luke das Haus verließ, um den Wagen zu holen, folgte Amanda ihrem Mann. Sie schloß die Schlafzimmertür hinter sich und sah ihm zu, wie er hastig hin- und herlief.

Seit seiner Rückkehr vor einer halben Stunde und auch während er sich ihren Bericht über den Endzeitpropheten angehört hatte, erinnerte er sie irgendwie an jemanden, den sie schon fast vergessen hatte: einen bleichen Jungen mit ausdruckslosem Gesicht, der seine scharfe Intelligenz und seine große Sensibilität sorgsam hinter schnoddrigen Bemerkungen verbarg, was ihr als Teenager großen Eindruck gemacht hatte.

Plötzlich fand sie die Erklärung. »Albert, du hast Angst«, sagte sie.

Er blickte sie an, und in seinen hellen Augen stand kein Lächeln. »Gerade erst mit dem Zähneklappern fertiggeworden, Gnädigste«, sagte er spöttisch. »Aber gut, daß du mit heraufgekommen bist. Ich muß mit dir reden.«

»Über Edward? Ich habe mir folgendes überlegt: Angenommen, ich lasse mir von der Schulsekretärin die Namen aller Eltern geben, hänge mich dann ans Telefon und rufe einfach einen nach dem anderen an, um zu fragen, ob er dort ist? Ich brauche ja keine Erklärungen abzugeben. Auf diese Weise können doch keine Gerüchte entstehen, und auch die Zeitungen würden nichts von Mayos Verschwinden erfahren.«

»Luke hat dir also erzählt, daß man sich entschlossen hat, keine Suchmeldung herauszugeben?«

»Er sagte, man halte es noch für zu früh. Und wenn du ihn gesehen hast, stimmt das natürlich auch. Du hast ihn doch gesehen?«

»Ich habe von oben einen kleinen Jungen mit einer Baskenmütze gesehen, und als ich mit dem Mann am Eingang sprach, hat er mich überzeugt. Es war tatsächlich Edward, und soweit irgend jemand sehen konnte, war er vollkommen allein.« Er zögerte und betrachtete so unschlüssig die beiden verschiedenen Pantoffel in seinen Händen, als könne er sich nicht darüber klar werden, ob sie zusammengehörten. »Deshalb habe ich, glaube ich, auch ein so mulmiges Gefühl. Wie gut kennen wir ihn denn wirklich?« Er stellte die Pantoffeln beiseite, als habe er einen nicht näher zu bezeichnenden Fehler an ihnen entdeckt, und packte ein Paar Turnschuhe ein. »Kennen wir ihn überhaupt? Oder halten wir ihn einfach für einen zweiten Rupert in diesem Alter?«

Amanda überlegte, und er fand, es sei typisch für sie, daß sie sich nicht so ohne weiteres festlegen wollte.

»Irgend etwas ist merkwürdig an ihm«, gab sie dann zu. »Eine fast puritanische Strenge. Er gibt sich sehr förmlich und ziemlich pfadfinderhaft. Er will auch *uns*, ich meine, dir und mir gegenüber, nicht illoyal sein, ja, darauf würde ich schwören. Was ist los mit dir, Albert? Du machst mir Angst. Luke ist auch schon ganz erschüttert. Er malt sich offenbar eine schrecklich überintime Welt aus, in der jeder Gedanke absolutes Gemeingut ist. Hast du etwa die gleiche Vision?«

»Offen gestanden, nein«, seufzte Campion. »In meiner momentanen Verfassung könnte ich das sogar fast akzeptieren. Mir ist etwas begegnet, was sehr viel handfester und unmittelbarer ist.«

»Und was war das?«

»Ich mag gar nicht daran denken. Es hatte Primatenblut in den Adern, bilde ich mir ein. Amanda, was wissen wir über Lord Ludor?«

»Nicht viel. Es heißt, er habe nicht lange nach dem Krieg im

Rahmen einer ausführlich dokumentierten Wohltätigkeitskampagne Tubby Hogan – den blinden, bettlägerigen Vize des Funkerkommandos – besucht. Er trat in jeder Wochenschau vor die Kameras, versprach jede nur erdenkliche Unterstützung und tat nichts anderes, als den unschätzbaren Offiziersburschen und Krankenpfleger des Helden zur fristlosen Kündigung zu überreden. Hogan lag zwei Tage lang hilflos in seinem Zimmer. Ich habe das vor Jahren bei Alandel gehört. Davon abgesehen weiß ich nur, was allgemein bekannt ist. Du hast ihn persönlich gesehen, wenn ich dich richtig verstanden habe?«

»Nur zu genau.«

»Schneidet er tatsächlich Grimassen, wie man behauptet? Eine ganz ungewöhnliche Marotte.«

»Es ist keine Marotte.« Mr. Campion hatte noch nie so ernst ausgesehen. »An ihm ist nichts pseudo. Er ist so real und so häßlich wie ein zertrümmertes Atom. Ich war mit ihm zusammen im Büro des Direktors, und ich hatte den Eindruck, daß wir alle um zehn Jahre gealtert sind, und daß der Teppich unter seinen Füßen vor unseren Augen immer dünner wurde.«

»Er hat ziemlich bald von der Geschichte erfahren.«

»Lange vor allen anderen. Daher die wirklich erstaunlich schnelle offizielle Reaktion. Ich glaube, Arnold muß ihm jeden Tag von außerhalb per Telefon persönlich Bericht erstatten, wahrscheinlich am frühen Morgen. Heute beim Frühstück wußte er bereits alles, was Arnold gestern abend herausbekommen hatte, plus der Tatsache, daß die Mayos nicht auf die Insel zurückgekehrt waren, wie Mayo es bei seinem Aufbruch von hier angekündigt hatte. Jedenfalls hatte Ludor L. C. Corkran bereits an der Strippe, ehe der in sein Büro kam, und kurz nachdem Mrs. Mayo mit Luke telefoniert hatte, haben Ludors Leute sie in Robinsons Hotel aufgestöbert. Ludor dachte natürlich, das Gerät sei von Paggen persönlich entwickelt worden. Das glaubt er noch immer.«

»Das ist doch absurd.« Amandas Stimme klang matt, und seine hellen Augen huschten über ihr Gesicht.

»Er ist nicht dieser Meinung, er hat sich im Gegenteil alles so zusammengereimt, wie es in sein Konzept paßt. Sobald er von Edwards Freund Rubari und der Verbindung zu Daumier erfuhr, fiel der Groschen mit hörbarem Klirren, und er rückte mit einer vollständigen und gewiß auch in sich schlüssigen Erklärung heraus. Er hat ein Gehirn wie ein Computer. Die Daten werden eingegeben, und heraus kommt eine glatte, unmenschliche Antwort, absolut zutreffend, wenn alle Beteiligten zufällig einem der sechs Verhaltensmuster entsprechen, die seiner Erfahrung nach die häufigsten sind. Ein schrecklicher Bursche, Amanda, ich finde ihn beängstigend. Und dabei muß man fast annehmen, daß er in fünfzig Prozent der Fälle recht hat!« Er hielt inne und sah sie forschend an. »Er geht im wesentlichen davon aus, daß Mayo mit seinem Gerät einen unerwartet großen Erfolg gehabt haben muß und erkannte, daß er im Rahmen seines Vertrages mit Godley's wohl weniger damit verdienen würde als anderswo, und daß er deshalb an eine Konkurrenzfirma herangetreten ist.«

»Ach ja?« Es klang belustigt. »So hätte ich Mayo nun ganz und gar nicht eingeschätzt.«

»Ich auch nicht, aber Ludor sieht es so. Er ist überzeugt, daß Mayo Sam als Versuchskaninchen benützt und daß Sam ein zweites geeignetes Kind in der Schule angeworben hat – nämlich Edward, der sich als älter und zuverlässiger erwies und weiterhin über den Vorteil verfügte, keine Eltern in der Nähe zu haben, die stören könnten. Ludor zufolge ist Martin entweder nicht eingeweiht, oder er hat im letzten Augenblick kalte Füße bekommen. In beiden Fällen wollte man ihn, wie er sagt, mit dem vorgetäuschten Selbstmordversuch als unzuverlässig brandmarken und ihm ein Schlupfloch liefern.«

»Du lieber Himmel!«

»Warte nur ab, Mädchen! Jedenfalls geht Seine Lordschaft sehr systematisch vor. Er glaubt, der Zweck dieses Wochenendausflugs sei eine Demonstrationsveranstaltung für die potentiellen Käufer. Angeblich haben sich Edward und Mayo einen Tag frei genommen und verstecken sich nun irgendwo in London, um zu einem vorher vereinbarten Zeitpunkt eine Art Probeverbindung zu den anderen Burschen in Paris herzustellen.«

In Amandas braunen Augen spiegelte sich Unbehagen. »Da könnte fast etwas dran sein«, räumte sie ein. »Es paßt zu Edwards Verhalten. Das wollte ich vorhin über ihn sagen: Er ist sehr engagiert. Ungewöhnlich für ein Kind, aber er benimmt sich, als habe er eine Mission zu erfüllen.« Sie zögerte, überdachte noch einmal die Lage. »Nein«, sagte sie endlich. »Ludors Geschichte kann so nicht stimmen. Wir alle haben gesehen, wie Mayo gestern nacht die Geräte ausprobiert hat, und der Mann war ganz außer sich. Das *kann* nicht nur Theater gewesen sein.«

»Ludor ist dieser Ansicht. Er meint, wir hätten uns täuschen lassen.«

»Das glaube ich nicht. Warum kam Mayo denn überhaupt hierher? Um die Intrige gegen Martin weiterzuspinnen? Oder um zu sehen, ob die Familie die Dinger gefunden und beschlagnahmt hatte? Das ist doch idiotisch.«

»Findest du wirklich?« Mr. Campion stand neben seiner offenen Reisetasche und sah sie neugierig an. »Ludor sagt, jeder Erfinder würde dafür sorgen, daß er sein Werk unter Kontrolle behält; er läßt sich nicht davon abbringen, daß Mayo mit den Kindern ständig in Kontakt war.«

»– und mittels ESP über alles informiert wurde, was vorging? Was fällt ihm denn sonst noch ein?«

»Lord Ludor glaubt, daß das Verfahren funktioniert«, erklärte Mr. Campion trocken. »Er gesteht zu, daß die Verständigung vielleicht noch nicht perfekt ist, ist aber sicher, daß das noch kommt. Er sagt, Mayo müsse es sofort erfahren haben, als die Kinder die Geräte aus der Hand gaben, und deshalb sei er schleunigst hergefahren, um sie an sich zu bringen. Martin habe er nur als Vorwand genommen. Er behauptet auch, Mayo und Edward hätten offensichtlich schon früher vereinbart, sich heute zu treffen, und der Junge arbeite einfach weiter nach Plan, weil er immer noch unter Mayos Einfluß stehe.«

»Das ist doch völliger Quatsch!« Der Ingenieur in Amanda war gründlich verärgert. »Es handelt sich schließlich nicht um einen Apparat von dieser Sorte, und es besteht auch kein Grund zu der Annahme, daß er sich in diese Richtung entwickeln wird. Das ist mehr oder weniger die alte Vorstellung von der ›ins Gehirn der Versuchsperson eingepflanzten Elektrode‹ – ein schmutziges und absolut gesellschaftsfeindliches Projekt. Das Ding, das wir gesehen haben, ist lediglich ein Verstärker, es steigert die Intensität gewisser Signale, deren Existenz bisher bezweifelt wurde. Ihm mehr oder weniger Bedeutung beizumessen, wäre kompletter Unsinn. Das ist erst der Anfang. Als nächstes muß der Sender gefunden und simuliert werden, um den Vorgang steuern zu können. Und wie es danach weitergeht, weiß niemand.«

»Außer Ludor«, beharrte Campion. »Vergiß nicht, daß er von Anfang an eingeweiht war. Er weiß genau, in welche Richtung es laufen soll.«

»Aber der Mann kann doch auf dieser Erfindung nicht einfach sitzenbleiben, ganz gleich, wie sehr seine Geschäftsinteressen auch bedroht sein mögen! Die Erde hat uns ein Geheimnis enthüllt! *Das ist wie eine Explosion, Albert!* Wenn die Lunte einmal gezündet ist, ist die Sprengung nicht mehr aufzuhalten. Ludor kann die Entwicklung möglicherweise um ein Jahr verzögern ...«

Die Worte erstarben ihr auf den Lippen, als sie sein Gesicht sah.

»Mein Eindruck ist, daß er auch nicht mehr braucht als ein Jahr«, sagte er leise. »Stell dir doch den Mann einmal vor. Er ist der erste Machtmensch, den ich je in Aktion gesehen habe. Man neigt immer dazu, sich diese Leute als potentielle

Napoleons oder Stalins vorzustellen, die riesige Gebiete unter sich haben und gewaltige Menschenmassen beherrschen. Aber du brauchst nur eine oder zwei Stunden mit Lord Ludor zusammenzusein, und schon merkst du, daß es auf die Quantität gar nicht ankommt. Er ist daran interessiert, die vollkommene Macht über das *Individuum* zu erringen – über seinen Konkurrenten, seinen Partner, seinen Angestellten, seine Sekretärin, seinen Stellvertreter, seine Ehefrau, seine Geliebte, seinen Freund, den Oberkellner, den Mann mit der Perücke oder mit der Krone, oder auch nur über den harmlosen armen Teufel, der gerade auf der Straße vorbeigeht. Ludor ist ein riesiger, brutaler Halbgott, vor dem jeder, mit dem er in Berührung kommt, bald nackte Angst empfindet. Er will gar keine Armeen kommandieren. Er will DICH kommandieren. Im Moment ist er fein raus; in seinem persönlichen Imperium ist er praktisch allmächtig. Und jetzt sieht er eine Chance, auch noch fast allwissend zu werden, wenn auch nur für etwa ein Jahr. Ich glaube nicht, daß er dieser Aussicht widerstehen kann. Bei meiner Seele! Nachdem ich ihn ein paar Stunden lang wie gebannt fixiert und versucht habe, ihn zu verstehen, glaube ich tatsächlich, daß es so elementar ist!«

Amanda antwortete nicht sofort, aber nach einer Weile sagte sie nachdenklich: »Man sagt, niemand kann noch übersehen, was seine Jungs über das ›Verwanzen‹ von Büros wissen. Hast du schon einmal von diesem merkwürdigen kleinen Unternehmen namens ›Advance Wires Ltd.‹ gehört? Das soll angeblich in seinem Besitz sein. Soviel ich weiß, haben sie irgendwo auf Godley's Insel eine kleine Versuchsanlage versteckt. Aber ich fürchte doch, du übertreibst ein bißchen. Wenn man dich so reden hört, muß er ja ein menschenfressendes Ungeheuer sein.«

Mr. Campion lachte unvermittelt auf. »Eher ein alter Gorilla, der ganz oben in seinem eigenen Baum sitzt. Er hat nach allen Seiten freie Sicht und kann jeden herumkommandieren, der unter ihm ist, aber er kann nicht jedem in diesem finsteren Labyrinth in den Kopf schauen – noch nicht. Das möchte er aber gern. Die Idee läßt ihn nicht ruhen. Und jetzt muß ich auf diese Insel, und zwar, wenn irgend möglich, noch vor ihm. Sam und Martin sind amerikanische Staatsbürger, was unter diesen Umständen ein wirksamer Schutz sein müßte, aber trotzdem ...«

»Edward?«

»Ich weiß.« Er hatte ihre Hand genommen und starrte darauf herab. Nach einer Weile schlossen sich seine Finger fest um ihren weichen Unterarm. »Nach Ludors Theorie wird Mayo nach dem Test auf die Insel zurückkehren und Edward mit einer glaubhaften Entschuldigung nach Hause schicken, weil er die ganze Sache so lange geheimhalten will, bis Daumiers Interesse sich in einem eindeutigen Angebot kristallisiert. Vielleicht hat seine Lordschaft ja recht, und deshalb wirst du hier warten, und sobald Edward auftaucht ...«

»Rufe ich den Sicherheitsdienst an.«

»Nein, meine Süße. Ich sage es nur ungern, aber das auf gar keinen Fall! Sobald du Edward in die Finger bekommst, *versteckst du ihn!* Ludor sucht nach ihm, und er hat sehr qualifizierte Helfer und zuviel Einfluß. Es wäre sogar möglich, daß er ihn findet. Meine väterlichen Instinkte waren nie besonders ausgeprägt, aber ich bin nicht der Ansicht, daß dieser Bursche ein fairer Gegner für einen Jungen in so zartem Alter ist.«

»Tatsächlich?« Es klang spöttisch. »Unter den wachsamen Augen des Direktors des Britischen Sicherheitsdienstes käme doch wohl nicht einmal ein menschenfressendes Ungeheuer an das Kind heran.«

»Mag sein«, räumte Mr. Campion ein, aber sein blasses Gesicht blieb angespannt. »Ich habe allerdings den dringenden Verdacht, daß allein Ludors Anblick schon jedes Wachstum hemmt. Und als ich unseren verehrten Direktor zum letzten Mal gesehen habe, hatte er vor diesem Scheusal nicht weniger Angst als ich.«

Inzwischen war Edward auf der anderen Seite der Stadt in gleichmäßigem Tempo immer wieder um das Stück Ödland herumgelaufen, das ihm für seine Zwecke so geeignet erschien, doch jetzt war er erhitzt und müde und setzte sich mit dem Rücken gegen eine Platane, um sich auszuruhen. Er wählte die Seite des Stammes, die vom Weg aus am wenigsten einsehbar war, und sein dunkelgrüner Regenmantel verschmolz mit den Schatten wie eine Tarnuniform.

Er befand sich auf einem hügeligen, dreieckigen Stück Gemeindeland, dem letzten Rest der einstmals freien Felder, die dem alten Stadtteil Manifold Wick E. seinen Namen gegeben hatten. Im Moment war die Gegend auffallend menschenleer, wenn man bedachte, daß sie auf allen Seiten von neuen Wohnblocks und alten, zu Mehrfamilienhäusern umgebauten Villen umgeben war. Es war Abendessenszeit, und die Kinder und die alten Leute, die sonst hier die frische Luft genossen, waren alle zu Hause. Unter dem Baum war es kalt, und allmählich stieg ein leichter Nebel vom Boden auf. Die welken Blätter im spärlichen Gras waren feucht und rochen modrig. Die hohen Straßenlaternen brannten schon seit einiger Zeit, und ihr intensiv gelber Schein ließ, wie Edward es vorausgesehen hatte, das Pontisbright-Haar matter erscheinen. Er wagte sogar, seine Baskenmütze abzunehmen, die schrecklich drückte.

Seine Kondition war ausgezeichnet, aber er war ziemlich lange gelaufen, und sein Herz klopfte wild. Er lehnte sich zurück, schloß die Augen und bemühte sich, seine Angst wie auch seine Gereiztheit zu unterdrücken und sich zur Ruhe zu zwingen. Nach einer Weile ergriff ihn ein Gefühl der Panik, und er schob die Hand unter seinen Schal und tastete nach dem Pflaster an seinem mageren Hals und nach dem kleinen, harten Zylinder darunter.

Er wußte, daß das ›Einschleifen‹ immer eine Weile gedauert hatte, auch beim ersten Mal. Die schwache Resonanz tröstete ihn ein wenig, und er schlug sich die schleichende Angst, daß dieses neue Exemplar einen größeren Defekt haben könnte, energisch aus dem Sinn. Sie würden ohnehin wütend sein, fürchtete er. Leute mit Logenplatz wurden immer wütend, wenn etwas nicht klappte. Es fiel ihm schwer, den beiden verlorenen Empfängern, die so gut funktioniert hatten, nicht nachzutrauern; sie waren ganz famos gewesen, einfach traumhaft. Noch dazu mit Sam in Hochform ... Besonders das vierte Exemplar war fast ein Wunder. Und jetzt wurde es vermutlich von irgendeinem tolpatschigen Esel zerlegt. Übel konnte einem werden, wenn man daran dachte. Er drückte fester auf den Zylinder und spürte, wie das Ding nachgab, als habe er es zerquetscht. Vor Schreck erstarrte er wie ein Kaninchen, und in diesem Augenblick, in dem sein Geist ganz leer war, empfing er die ersten Signale. Natürlich ergaben sie keinen Sinn, aber sie waren da, und sie waren so erregend wie immer. Er war noch jung genug, um überhaupt keine Angst zu spüren. Ein einzelner Vogel in einem fressenden Schwarm, der vom Wachposten ein Alarmsignal auffing, hätte dem Mechanismus, mit dem die Warnung übermittelt wurde, nicht weniger mißtrauisch gegenüberstehen können. Die Vorstellung einer wortlosen Verständigung zwischen Angehörigen seiner eigenen Gattung konnte Edward nicht beunruhigen. Viele andere Tatsachen des Lebens, wie es im Biologieunterricht so affektiert ausgedrückt wurde, erschienen ihm immer noch wesentlich exotischer als dieser einfache Kontakt von Geist zu Geist oder von Herz zu Herz. Als man sie vor Jahren mit allen Einzelheiten des menschlichen Verdauungsapparates bekanntmachte, hatte Henri hinterher gesagt: ›Wenn du *das* glaubst, dann hältst du alles für möglich!‹, und er hatte ihm aus vollem Herzen beigepflichtet.

Und jetzt kauerte er unter diesem Baum, im warmen gelben Schein der Laternen und unter den immer länger werdenden Schatten, und konzentrierte sich darauf, sich in die richtige Stimmung für einen guten Empfang zu versetzen. Bisher hatte er aus dem allgemeinen Sturm noch kein persönliches Signal herausfiltern können. Das rätselhafte Genörgle nahm wie üblich einen breiten Raum ein, unverständliche Erwachsenenängste und sinnloses Gestöhne über uninteressante Gefühle, aber das ließ sich ohne weiteres beiseiteschieben. Am deutlichsten konnte er die meist gereizten Aufschreie wegen ganz alltäglicher Dinge unterscheiden. Die Leute dachten »Zum Teufel mit dieser oder jener Maschine«, oder »Verdammt! Jetzt hab' ich ihn verpaßt!« oder »Oh! Er weiß Bescheid!« oder auch »Paß auf!« Manchmal schien die ganze pulsierende Welt erfüllt von diesem einen, zutiefst menschlichen, aber doch unpersönlichen Befehl: »Paß auf! Paß auf! Paß AUF!«, als sei dies die zentrale Botschaft des Universums. Aus der Sicht eines Zuhörers, der gleichzeitig zu selektieren versuchte, war das sehr ermüdend. Der Junge löste das Pflaster von seinem Hals, um sich eine Atempause zu gönnen. Das war der einzige Nachteil der Inni-Röhre. Man konnte damit nicht mehr klar denken. In letzter Zeit hatte er sich zwei oder drei Mal gefragt, ob sie Sam nicht ein bißchen zuviel des Guten tun ließen. Freilich war es heute morgen ganz nützlich gewesen, daß er über die »Informationsüberflutung« Bescheid gewußt hatte. So hatte er Sam beraten können, wie er es anfangen sollte, sich einem Verhör zu entziehen. »Stell dich blöd!« hatte er ihm befohlen. »Du weißt doch, wie es ist, wenn man mit Informationen überschwemmt wird.« Vielleicht war das sogar schlecht für Sam, aber schließlich würde er nur zu bald darüber hinausgewachsen sein. Er schob diese Sorge momentan beiseite und holte sein Notizbuch und seinen Stift heraus, um sich ein paar Stichpunkte für seinen Bericht aufzuschreiben.

Nach einer Weile stand er auf, säuberte sich, so gut er konnte, setzte die Baskenmütze wieder auf und versuchte, sie so zu drehen, daß das enge Stirnband nicht wieder in die

Vertiefung drückte, die beim letzten Tragen entstanden war. Bei seinem ersten Besuch hatte er längere Zeit nach der Adresse suchen müssen, aber von hier aus glaubte er den Weg zu kennen, und so ging er mit schnellen Schritten los. Er verschwand in einer Gasse zwischen den älteren Häusern, passierte einen kleinen Platz mit schäbigen Geschäften, schlug sich durch bis zu einer Hauptstraße – die er mit einiger Mühe überquerte, weil der Abendverkehr noch sehr dicht war – und erreichte endlich ein Netz sauberer Vorortsstraßen. Hier standen auf beiden Seiten endlose Reihen kleiner, von neuem Wohlstand zeugender Häuser, die sich, mit einem frischen Anstrich und Nylonvorhängen versehen, ihrer zweiten Jugend erfreuten. Edward fand ohne Schwierigkeiten die Nemesia Road und lief weiter, bis er die Nummer dreiundvierzig erreichte. Die meisten Fenster waren erleuchtet, und hin und wieder fiel der Lichtschein auf ein hübsches Attribut, ein schmiedeeisernes Gitter etwa oder zwei Kutscherlampen neben einer grell gestrichenen Eingangstür.

Genau fünfzehn Minuten nach der vollen Stunde stieß der Junge das Eisentor in einer goldbraunen, nach Katzen riechenden Hecke auf. Er sah erleichtert, daß im vorderen Fenster Licht brannte, aber am Randstein stand kein Wagen, und das verhieß nichts Gutes. Trotzdem gab er die Hoffnung nicht auf, eilte den Pfad entlang und läutete.

Sofort öffnete ein nervöses Mädchen mit rosigen Wangen, das er schon kannte, die Tür und sah ihn mit oberflächlicher Freundlichkeit mitleidig an.

»O je!« sagte sie. »Du bist das. Jetzt wirst du sicher furchtbar böse auf mich sein. Es tut mir so leid.«

»Kommt er nicht?«

»Er kann noch nicht. Weißt du, er hat angerufen...« Sie nahm die Sache nicht so tragisch, denn schließlich hatte er sich bei seinem letzten Besuch alle Mühe gegeben, sie zu beruhigen, er hatte sogar angedeutet, er wohne in der Nähe, obwohl das gar nicht stimmte.

»Haben Sie ihm gesagt, daß ich hier war?« erkundigte er sich.

»Nein, das habe ich vergessen. Es tut mir wirklich sehr leid.«

Sie dachte überhaupt nicht an ihn. Sie beschäftigte sich mit ihrer Kleidung. *Die neuen Schuhe.* Edward empfing das Signal fast so deutlich wie sonst nur Sam. *Verflixt! Die neuen Schuhe.*

»Ich komme später wieder«, sagte er.

»Geht das?« Er vermutete, daß sie jetzt über eine Fahrgelegenheit nachdachte, für sich selbst. Die Impulse kamen sehr schwach, er hatte Mühe, etwas aufzufangen. Aber sie war nicht unfreundlich. Sie war zu allen Leuten nett.

»Natürlich geht das«, sagte er. »Wann sind Sie wieder zurück? Um elf, oder erst gegen zwölf?«

»Ach, gegen elf. Aber das ist schrecklich spät.« Sie war schon jetzt spät dran. Edward war nicht sicher, ob er die Uhr hatte schlagen hören, oder ob er ihren kurzen Gedanken, es sei halb sieben, empfangen hatte.

»Machen Sie sich meinetwegen keine Sorgen«, tröstete er. »Und stören Sie ihn nicht. Ich kann ja mit ihm sprechen, wenn er nach Hause kommt. Auf Wiedersehen, ich habe es auch eilig.« Er rannte weg, und sie blieb noch einen Moment lang unschlüssig stehen und schloß dann die Tür. Edward wußte genau, was sie dachte.

Wieder ging er die lange Straße hinunter und strebte der Hauptstraße zu, wo er ein Feinkostgeschäft und ein Kino gesehen hatte.

Es würde sehr knapp werden. Er hatte nicht viel Geld, und er brauchte dringend eine schöne Portion fetter, sättigender Pommes frites und mußte außerdem telefonieren, diesmal allerdings nicht mit Amanda. Er überlegte, ob er es wagen konnte, ein R-Gespräch anzumelden, und wie man das von einer Zelle aus machte. Es war ein großes Problem; und das Kino mußte einfach sein.

15
Die Inselbewohner

Als Martin und Sam endlich langsam über den holprigen Fußweg neben der Quaimauer auf die umfunktionierte Armeebaracke zugingen, fanden sie beide, der Nachmittag sei zu lang gewesen.

Sie hatten unterwegs im Auto zu Mittag Sandwiches gegessen, und nachdem die Polizeieskorte sie kurz darauf beim Militärposten auf der Strada verlassen hatte, war Martin beim Hauptversuchsgebäude ausgestiegen, um Professor Tabard aufzusuchen. Melisande war zu ihrem eigenen Haus weitergefahren, und Sam und Helena waren von dort aus zu Fuß zu ihrer Baracke gegangen.

Sie hatten ein wüstes Durcheinander vorgefunden, weil niemand aufgeräumt hatte, seit Martin in der Nacht zuvor von Fred Arnold und Paggen Mayo vor dem ausströmenden Gas gerettet worden war. Sie schufen Ordnung, so gut sie konnten, aber die Ernährungsfrage blieb ungelöst, und als Martin endlich kam, schickte Helena ihn sofort mit Sam los, damit sie irgendwo etwas zu essen organisierten. Auf ihre Anweisung hin waren die beiden in die Kantine gegangen und hatten dort kalten Schinken und einen Laib Brot erstanden. Selbst das war nicht so einfach gewesen wie sonst, weil der unermüdliche Fred Arnold, der normalerweise für einen Freund in Not immer eine Mahlzeit auftreiben konnte, nicht da war. Er wurde jedoch erwartet, das hatte jedenfalls Maureen, seine dicke Assistentin, gesagt, und sie hatte getan, was in ihren Kräften stand. Von ihr bekamen sie auch eine Tasse lauwarmen Kaffee, aber in der Kantine war es kalt und leer, und alles wirkte ein wenig schmuddelig im Vergleich zum Pfarrhaus, dessen Schäbigkeit einer anderen Kategorie angehörte. Sie waren froh gewesen, als sie wieder gehen konnten. Für den Heimweg hatten sie den Pfad entlang der Seemauer gewählt, weil gerade Flut war. Über der Bucht lag eine herbe Frische, und der Himmel hing im schwachen Dämmerlicht über ihnen wie eine Wäscheleine mit den khakifarbenen Kleidungsstücken eines Riesen.

Sie kamen an der Rückseite von Paggen Mayos Fertighaus aus Zedernholz vorbei und gingen ein wenig schneller, um Melisande nicht noch einmal zu begegnen. Auf der Fahrt hierher war sie ziemlich still gewesen, aber in ihren Augen hatte echte Angst gestanden, und das hatte sie nicht zu einer angenehmen Reisegefährtin gemacht. Jetzt waren sicher ihre Töchter bei ihr, ruhige, ernste Mädchen im Teenageralter, die wahrscheinlich besser mit ihr zurechtkamen als jeder andere.

Vater und Sohn mußten noch zwei weitere Baracken passieren, ehe sie ihre eigene erreichten, eine gehörte dem Computerexperten, der schlief, wann immer er konnte, und die zweite war vorübergehend leer, deshalb wurden sie von niemandem begrüßt oder ausgefragt, und es schien, als wären sie im grauen Watt allein auf der Welt. Sam hatte zu tanzen begonnen, und irgendwann faßte er nach Martins Hand, wie er es gern getan hatte, als er noch viel kleiner war.

»Es ist schön, wieder zu Hause zu sein«, sagte er, und die Bemerkung drängte sich so beruhigend in die sorgenvollen Gedanken des jungen Mannes, daß der schuldbewußt auf seinen Sohn hinabsah.

»Es ist eine Schande, daß Mom und du hier leben müssen. Wahrscheinlich wäre es besser, ich würde euch in ein anständiges Haus auf dem Festland setzen und hier nur übernachten, wenn es nicht anders geht.«

»Nein. Mach das nicht. Es ist schon in Ordnung. Uns gefällt es hier.« Sam sagte es ganz überzeugt. »Wir waren ein wenig sauer, wenn Mr. Mayo uns immer herumschubste, aber eigentlich ist das nicht so wichtig. Ich weiß, er ist ein großer

Mann. Aber warum macht es ihm solche Angst, daß du auch klug bist?«

»He! Was redest du da für verrücktes Zeug?«

»Es ist aber so.« Sam sprach mit der überlegenen Sicherheit des Eingeweihten. »Sobald er dich sieht, fangen seine Gedanken und Gefühle zu flattern an. Er hält es kaum aus, dir ins Gesicht zu sehen. In der Schule haben wir einen Lehrer, bei dem es dem Schulleiter genauso geht. Wirklich interessant, wenn man so etwas spürt.«

Martin fuhr sich mit der Hand über das Gesicht. »Teufel auch!« sagte er und fügte unvermittelt hinzu: »Du hattest also eines von den Dingern dabei, als du in den letzten Ferien hier warst?«

»Nein. Sie waren nicht damit einverstanden. Sie hielten es für zu riskant.« Er zögerte. »Manchmal kann ich es auch ohne – fast.«

»Was?«

»Nur manchmal, wenn ich meine Inni-Röhre lange getragen habe und sie dann plötzlich abnehme. Dann ist es eine Weile so, als ob sie noch da wäre.«

»Dein Geist ist immer noch auf Empfang?«

»So ähnlich.« Sam war an solchen Fragen nicht besonders interessiert. »Jedenfalls hat Mr. Mayo Angst vor dir, und das macht ihn irgendwie ganz krank. Er schämt sich auch ein bißchen, aber nicht sehr.«

»Woher weißt du das, Sam? Weil du es auch spürst?«

»Nun ja, ich spüre, was er empfindet, aber ich weiß, daß es von ihm kommt und nicht von mir. Danach habe ich natürlich mein eigenes Gefühl, und das wäre in seinem Fall wahrscheinlich Schadenfreude. Ätsch, reingefallen!«

»Aber du weißt auch, *warum* er so empfindet?«

»Sicher. Sonst wäre es ja nicht anders als bei Tieren, oder? Sie reagieren. Ich denke. So ist es doch, oder nicht?«

Martin sagte nichts, er hielt sich bewußt zurück. Er hatte Helena sein Wort gegeben, daß er ohne sie nicht mit Sam über das Gerät sprechen würde, aber es fiel ihm sehr schwer, sich daran zu halten.

Sie näherten sich der Rückseite ihrer eigenen Behausung, die mit Kreosot imprägnierten Holzwände ragten dunkel und traurig in die trostlose Landschaft. Martin blieb unvermittelt stehen und schaute auf eine kleine Eisenklappe hinab, die vielleicht zwei Zentimeter weit aus dem harten Gras und dem weißen Sand herausragte. Darunter befand sich der Absperrhahn für die Wasserleitung, und irgendwo in der Nähe mußte es etwas Ähnliches für die Gasleitung geben. Er hatte Helenas Verdacht Mayo und den vorgetäuschten Selbstmordversuch betreffend, der durch Melisandes Bericht bestätigt worden war, sofort zurückgewiesen, aber er konnte die Geschichte nicht vergessen. Jetzt suchte er mit schlechtem Gewissen im Gras herum. Wenn die Gasversorgung am Abend zuvor einen Augenblick lang unterbrochen worden war, um die Flamme seines Heizkörpers auszulöschen, dann war dafür wohl kaum noch ein Beweis vorhanden und schon gar nichts, was eine bestimmte Person belastet hätte. Irgendwann fand er die kleine Eisenklappe. Sie war in Beton eingelassen und wurde von einem geteerten Grenzpfosten fast verdeckt. Sam fühlte sich im gleichen Augenblick davon angezogen, trat näher und stieß mit dem Fuß dagegen. Als er stolperte, entdeckte er etwas in der Spalte zwischen dem Pfosten und dem weißen Beton und fischte es heraus.

»Ein toller weißer Bleistift!« sagte er. »Schau nur, nicht mal abgebrochen.«

Martin nahm ihm den Stift ab, und sein Gesicht färbte sich dunkelrot. Es war ein ganz normaler, sechseckiger Bleistift, aber das Fabrikat war ungewöhnlich, und er war auf eine Länge von drei Zoll zurechtgeschnitten. Die glatten Riefen, die beim Anspitzen entstanden waren, waren ihm ebenso vertraut wie sein eigener Füllfederhalter. Es war eine von Paggen Mayos vielen kleinen Marotten, daß er immer einen solchen Bleistiftstummel in der Brusttasche der Anzüge stekken hatte, in die er schlüpfte, sobald die Sonne unterging. Mehr noch, wenn er einen solchen Stift verlor, ging das immer auf die gleiche Weise vor sich, indem er sich nämlich so weit vorbeugte, daß der Stummel herausrutschte. Das war in der gegenwärtigen Situation zwar kein Beweis für seine Schuld, aber wenn Mayo die Geschichte eigenhändig mit seinem Namen signiert hätte, wäre sie für den gekränkten, entsetzten jungen Mann, der ihn stets bewundert und immer loyal zu ihm gestanden hatte, kaum überzeugender geworden.

Helena öffnete ihnen die Tür und sah das Gesicht ihres Mannes, als er eintrat.

»Was ist passiert?« fragte sie ängstlich. »Hast du ihn noch getroffen?«

»Wen?«

»Vaughan-Jenner. Er hat vor ein paar Minuten nach dir gefragt, Professor Tabard hatte ihn geschickt. Er dachte, er würde dich vielleicht auf der Straße erwischen. Du sollst dich nicht aufregen, aber er wollte dich warnen. Der Lord wird bald über uns hereinbrechen.«

»Tatsächlich? Tut mir leid, daß ich Drasil verpaßt habe. Wir sind am Meer entlanggegangen. Ist Paggen schon zurück?«

»Er sagte nein. Ich glaube, das hat auch etwas damit zu tun. Mußt du wieder hin?«

»Ich glaube nicht. Er findet mich schon, wenn er mich braucht. Der Professor ist ganz aufgeregt. Ich glaube, er hat nie ernsthaft geglaubt, daß man die Sache in Elektronik oder sonstwie umsetzen könnte. Das hat ihn von seinem Olymp heruntergeholt, und jetzt wirkt er fast menschlich.«

Er setzte sich an den Tisch, Sam tat es ihm nach, und dann holten sie ihre Pakete heraus. Helena richtete für jeden einen Teller her, und als sie so beieinandersaßen und aßen, kam endlich eine familiäre Atmosphäre auf, und alle fühlten sich zufrieden und geborgen.

Martin sah Helena an. »Sam sagte, er braucht seine Inni-Röhre gar nicht. Er kann es auch ohne. Was weißt du darüber?«

»Ich habe nur gesagt, manchmal. Jeder kann es manchmal.«

»Ich nicht, und ich will es auch gar nicht können«, erklärte Helena entschieden, aber ihre Ablehnung klang nicht mehr ganz so schroff. Sam hatte sich sensationell schnell erholt, und ihre Ängste waren im Schwinden begriffen. Sie nickte Martin verstohlen zu, und er stellte die wichtigste der Fragen, die ihm auf der Seele brannten.

»Sam, als wir damals ins Labor gingen und der Professor hereinkam, hat Mr. Mayo da etwas erwähnt, das einen sehr langen Namen hatte, etwas ganz Neues?«

»Nipponamium? Ja, davon hat er gesprochen.«

»Aha. Vermutlich hat er es das ›magische Element‹ genannt – das tut er oft?«

Sam nickte.

»Und das hast du Edward erzählt?«

»Nicht direkt.« Die lebhaften Augen waren weit aufgerissen und blickten abwehrend. »Ich habe nur, wenn ich das Wort in einer Zeitung oder so geschrieben sah, mit meinem roten Kugelschreiber einen Kreis darum gemalt und den Artikel ausgeschnitten, weil ich mir einprägen wollte, wie man es buchstabiert.«

»Hast du es auch in deiner japanischen Zeitung gefunden?« fragte Helena mit einem Blick auf Martin. »Ich meine dieses Probeexemplar eines Nachrichtenmagazins, das per Luftpost kam. Weißt du nicht mehr? Wir waren alle ganz begeistert von dem herrlichen Papier, auf dem es gedruckt war.«

»Hast du es dort gefunden, Sam?«

»Nicht nur dort. Es stand auch anderswo. Es war eine neue Entdeckung. Zwei Illustrierte und *The Evening News* und noch ein paar andere haben darüber geschrieben. Ich habe alle Artikel aufgehoben.«

»Wo sind sie jetzt?«

»Einen habe ich Edward gegeben, weil ich ihm beweisen wollte, daß ich mir die Sache nicht ausgedacht habe, und die anderen sind in meiner Tasche, in der, die Mummy verloren hat. Edward hat gesagt, ich soll sie sicher aufbewahren, und das habe ich nicht getan. Werde ich jetzt verhaftet?«

»Weißt du genau, daß das alles war? Nur der eingekreiste Name des Elements?« Helenas Stimme verriet ihre ganzen Ängste.

»Warte.« Martin wollte erst die Lage peilen. »Hast du über deine Tasche je mit Leuten gesprochen, die nicht von der Insel sind? Vielleicht mit jemandem in der Schule, Edward mal ausgenommen? Mit irgendwelchen Erwachsenen?«

»Nur mit einem Lehrer.« Man sah, daß er sich an den Vorfall gut erinnerte und deshalb einige Gewissensqualen durchlitten hatte. »Er wurde krank oder sowas und mußte mitten im letzten Trimester gehen. Ich glaube, er war ein Spion.«

»Sam, sei nicht albern.«

»Es ist aber so. Er hat nur einmal mit mir gesprochen. Er hat nämlich meine Klasse nicht unterrichtet. Alle sagten, er sei Amerikaner, aber ich wußte, daß das nicht stimmte.«

»Deshalb ist er noch lange kein Spion.«

»Nein. Aber als Mr. Allenbury mir im Unterricht meine Inni-Röhre wegnahm, gab er sie mir am Ende der Stunde zurück und wollte wissen, was das sei, und ich sagte, es sei ein Spiel. Allenbaggers hat nicht weitergefragt, er hat nur gelacht, aber er muß es im Lehrerzimmer herumerzählt haben, weil am nächsten Tag dieser Mr. Marshall...«

»Wer ist das denn? Der Mann, von dem alle sagten, er sei Amerikaner, obwohl es gar nicht stimmte?«

»Ja. Er kam zu mir und fragte mich danach, und er wollte es sehen und wissen, was es für ein Spiel ist. Ich habe gesagt, mein Zauberpflaster sei schmutzig geworden, und ich hätte es weggeworfen, und es sei ein albernes Spiel über einen Flug mit einem Raumschiff, und das magische Element sei Nipponamium. Er wollte noch mehr wissen, aber der Schulleiter kam vorbei, und da ist er natürlich schnell weggegangen, weil Lehrer, die in den oberen Klassen unterrichten, nicht mit Kindern aus den unteren Klassen reden.«

»Und wieso hast du gedacht, er sei ein Spion?«

»Nun ja, ich hatte meine Röhre an, verstehst du? Und als er sich abwandte, dachte er: ›Mist! Das habe ich verpaßt!‹, und das habe ich ganz deutlich aufgefangen. Er hatte Angst, weil er es verpaßt hatte, und daher wußte ich, daß er ein Spion sein mußte und fürchtete, er würde eins aufs Dach bekommen.«

Martin fing den Blick seiner Frau auf, und beide lachten etwas unbehaglich.

»So wie du das erzählst, klingt es lächerlich.«

»Es war aber so. Genau das war sein Gefühl, und bei Gefühlen bin ich besonders gut. Ich kriege mehr davon mit als alle anderen. Ich fühle immer, was auch der Sender fühlt, und ich weiß, was es ist und wie stark. Das hast *du* selbst gesagt, Mom.«

»Ich?«

»Ich habe es gehört. Du hast es zur Frau des Schulleiters gesagt, als ich aus seinem Büro abgeholt und zum ersten Mal in die Schule gebracht wurde. Du hast gesagt: ›Er ist ein Kind mit empathischen Fähigkeiten.‹ Ich habe mich gefragt, was das Wort bedeutet, und es heißt, daß man versteht, was andere Leute fühlen. So steht es im Wörterbuch.«

»Und deshalb bist du zu der Ansicht gekommen, der Lehrer sei wahrscheinlich ein Spion.« Martin steuerte wieder auf das Thema zurück. »Hast du noch jemandem von deiner Tasche und ihrem Inhalt erzählt?«

»Das Nipponamium war schließlich nicht mein einziges Geheimnis«, protestierte Sam. »Ich hatte auch mein Horoskop drin und alle meine Noten, seit ich zur Schule gehe, das Heft mit den Gedichten, an denen ich schreibe, und ›Wie man eine Fee fängt‹ ... das ist ein Zauberspruch, den mir Fred Arnold für meine Tasche geschenkt hat, er stammt aus einem sehr alten Notizbuch, das ihm ein Mann namens Hogan mal geliehen hat.«

»Wirkt er denn?«

»Ich weiß es nicht. Man braucht Muranoglas dazu und das Blut einer weißen Henne.«

»Dann hast du keine Chance, Sohn. Nun, hast du noch jemandem von dieser Tasche voller Geheimnisse erzählt?«

»Ganz gleich, wem?«

»Wem auch immer.«

»Mit Norah Mayo habe ich einmal darüber gesprochen.«

»Tatsächlich? Ich wußte gar nicht, daß du dich öfter mit ihr unterhältst.«

»Das tue ich auch nicht. Sie ist schon *vierzehn*, obwohl sie die jüngste ist, aber sonst gibt es hier niemanden, mit dem man reden kann. Ach ja, Mrs. Rogers, der Putzfrau, habe ich es auch gesagt, aber die ist ja abgehauen.«

»Liebling! Mrs. Rogers war Raumpflegerin, und sie hat die Insel verlassen.«

»Entschuldige, Mutter. Ich habe nur gesagt, was sie selbst gesagt hat. Jedenfalls kann sie meine Tasche nicht genommen haben, weil sie in den Ferien weggegangen ist, und ihr habt sie in diesem Trimester beide noch gesehen. Ich schätze, Fred Arnold hat sie, er ist nämlich ein Spion, und er spioniert für den Lord.«

Martin legte einen Arm um den Hals seines Sohnes und nahm ihn in den Schwitzkasten. »Für dich immer noch ›Lord Ludor‹ und nicht ›Der Lord‹, und außerdem hast du wohl nur noch Spione im Kopf!«

»Norah Mayo hat gedacht, ihr Vater sei auch ein Spion, weil ihre Mutter das gesagt hat«, keuchte Sam. Er genoß die Rangelei. »Wenn sie das nicht ernst gemeint hat, war es schon ein bißchen stark.«

Sie beschäftigten sich in schönster Eintracht weiter mit ihm, als es plötzlich diskret an der Außentür klopfte. Martin stand auf und öffnete.

Drasil Vaughan-Jenner, der im immer dichter werdenden Nebel auf der Schwelle stand, war in mancher Hinsicht ebenso unglaublich wie sein Name. Er war klein, gepflegt und jung und ging gern mit der Mode, seine Kleidung war adrett, von guter Qualität und gleichzeitig sehr eigenwillig. Die kragenlose Jacke war wunderbar verarbeitet, und seine Hose saß extrem knapp. Er hatte ein pfiffiges Gesicht mit hohen Bakkenknochen, und seine schildpattfarbenen Augen blickten trotz ihrer Intelligenz sehr fröhlich in die Welt. Er trat ein und schenkte Helena ein höflich entschuldigendes Lächeln.

»Man hat mich postwendend zurückgeschickt«, sagte er. »Lassen Sie sich bitte nicht stören, ich brauche auch nichts zu essen. Die Großen Geister setzen uns schon gewaltig zu, finden Sie nicht auch? Sie stehen weit über allen Alltagsdingen, aber wir müssen ständig für sie durch die Gegend flitzen.«

»Wann haben Sie zum letzten Mal gegessen?« erkundigte sich Helena und schob ihm die Schinkenreste zu. »Sie kommen mir ein bißchen verwahrlost vor, oder liegt das nur an dem Oliver-Twist-Kostüm?«

»Ich glaube, gestern hat es für ein schnelles Frühstück gereicht«, sagte er munter, setzte sich an den Tisch und betrachtete strahlend und zufrieden wie ein kleiner Vogel das Essen.

»Das ist wirklich reizend von Ihnen, Mrs. Ferris, ich werde es Ihnen nicht vergessen, wenn ich einmal in Amt und Würden bin! Seit dem Frühstück gestern ist mein Großer Boss ganz aufgelöst, und ich durfte mich keinen Augenblick lang hinsetzen, von essen gar nicht zu reden! Wir haben mit angehaltenem Atem ein Geheimnis bewahrt, Martin, vor dir und vor Paggen Mayo, aber nachdem du dem hohen Herrn jetzt von deinen Hausaufgaben erzählt hast, soll ich dich möglichst vorgestern einweihen, damit du nicht etwa beleidigt bist. Daher dieser Überfall.«

»Du hörst dich ganz wirr an. Versuch's mal damit!« sagte

Martin gastfreundlich und schnitt die restliche Hälfte des Brotlaibs auf. »Hat man da unten schon etwas von Paggen gehört?«

»Noch nicht. Nach einem einstündigen Telefonat mit dem Hauptquartier vermutet der Große Tabard jetzt Illoyalität. Schließlich ist der gute Mayo seit vollen zwölf Stunden nicht zu erreichen! Tabard glaubt nicht etwa, daß er zu einer fremden Macht übergelaufen ist, sondern wittert schmutzige, materielle Motive, das heißt, man sieht Mayo im Labor der Konkurrenz. Ich mußte lachen, weil es sich so spießig anhörte, aber der Große Geist fand es gar nicht komisch. Nur zu dir hat er noch Vertrauen, weil du zu ihm gekommen bist und ihm von deinem mechanischen Gedankenleser erzählt hast, und deshalb soll ich dir nun unsere kleine Überraschung gestehen.« Er hielt inne, aß gierig und sah dann Martin mit seinen klugen, dunkelgefleckten Augen aufrichtig an. »Was du über die mögliche Bedeutung des Blutkreislaufs gesagt hast, hat den Ausschlag gegeben«, sagte er. »Er war ganz entzückt davon. Du wirst noch sehen, warum. Wir wagen sogar zu hoffen, daß wir uns dem Sender nähern.«

»Tatsächlich?« Martin hielt den Atem an, eine kurze Röte zuckte wie ein Schatten über sein Gesicht und verriet, daß sein Herz einen Satz gemacht hatte. »Mann! Es wird also praktisch einsetzbar sein. Das habe ich nie wirklich zu hoffen gewagt.«

»O ja, mein Junge, es ist eine große Sache!« Der Gast aß, als sei er halb verhungert. »Natürlich ist alles noch im Embryostadium und sieht auch danach aus. Gleichzeitig komisch und peinlich, aber du wirst feststellen, daß es eine richtige, kleine lebende Zelle ist. Wie du weißt, arbeite ich mit Len Drummond. George Kestler hat die, wie man sagen könnte, biologische Seite übernommen, und ich schufte direkt unter Tabard. Wir wissen inzwischen alles über den guten alten Schwachkopf, außer, warum der arme Teufel überhaupt geboren wurde.« Er verstummte, und Helena schaltete sich ein.

»Das ist doch der zweite Bruder! Der die Befehle *sendete*?«

»Genau. Ich bin so froh, daß Sie im Bild sind, Mrs. Ferris. Ich wußte nicht, wie weit sich Mayo an die ›Frauchen-nix-wissen!‹-Vorschrift gehalten hat. In unserer Gruppe mußten wir sie abschaffen, weil keiner mehr mitspielen wollte. Na ja, nachdem ich monatelang mit meinem eigenen Denkapparat in dem Ding herumgestochert hatte, das der arme alte Len ein Gehirn nennt, entdeckte ich plötzlich, daß er einer dieser Typen war, die Farben und Wochentage miteinander verbinden. Sie wissen doch, was ich meine, oder?«

»Menschen, die mit Montag, Dienstag, Mittwoch und so weiter jeweils einen bestimmten Farbton assoziieren?«

»Ganz genau. Soweit ich weiß, hat sich bisher noch niemand damit beschäftigt. Es ist nur ein ganz gewöhnliches ›weitverbreitetes Phänomen‹. Manche Leute haben es und andere nicht.«

»Montag ist rosa«, sagte Sam. »Dienstag ganz blaßblau, Mittwoch hellgrün, Donnerstag grau, Freitag braun, Samstag weiß und Sonntag gelb.«

»Oder golden«, ergänzte Drasil Vaughan-Jenner. »Ja, du bist ein ziemlich typischer Vertreter der B-Gruppe. Der Donnerstag ist neutral – grau oder beige, und der Samstag ist ein ›nein‹, das heißt, schwarz oder weiß. Die A-Leute sind ganz anders. Es ist merkwürdig, aber wir wissen nicht, warum. Len gehört jedenfalls zur B-Gruppe und ich auch, obwohl wir uns unterscheiden, was die Intensität und die Art der einzelnen Farbtöne angeht. Diese Modifikation scheint aber üblich zu sein. Hier besteht eine unendliche Vielfalt, und wir haben viel Zeit damit vergeudet.«

»Vergeudet?« erkundigte sich Martin, der gespannt zugehört hatte.

Drasil grinste. »Wir haben den einen, wesentlichen Punkt übersehen.«

»Und der wäre?«

»Daß die Reaktion auf Farben rein *emotional* ist. Natürlich nur ganz schwach, aber in diesem Bereich läuft alles mit Niedrigenergie. Wir haben es mit Spinnweben zu tun, diesmal gibt es nichts, was auch nur halb so robust wäre wie der Silberdraht in einem Kristalldetektor!«

»Sieh mal einer an!« Martin sagte es leise, und dann begann er zu lachen. »Es ist ein echter Transfer«, sagte er schließlich.

»Fühlen zu Denken – Denken zu Fühlen«, sagte Sam. Er hatte so aufmerksam und konzentriert zugehört, als habe er über dieses Problem schon öfter nachgedacht und auch diskutiert. »Wenn Edward das hört, wird er verrückt. Und es muß auch zuverlässig sein, weil man seine Farben nie ändert, richtig? Man wird damit geboren, und man behält sie sein ganzes Leben lang. Glauben Sie nicht?«

»Weiß Gott! Wieder so ein Bereich, in dem es noch eine Menge zu tun gibt.« Drasil wandte sich jetzt wieder an Martin. »In diesem Stadium sind wir nämlich alle Kinder. Wir wissen einfach nichts. Die Möglichkeiten erstrecken sich über viele Morgen unerforschtes Gebiet.«

»Was ist mit deinen ESP-Tests darüber?«

»Genau das ist es ja. Sie sind umwerfend. Volltreffer in der Gegend von dreiundsiebzig Prozent, und das bei allen sieben Wochentagen.«

»Verwendest du Karten?«

»Ja. Len hat die Farben vor sich, um die Energie zu erzeugen, und die Empfänger haben nur die gedruckten Namen der Tage ... sofern sie lesen können. Analphabeten bekommen einen zweiten Satz Farben, aber sie nennen die Namen der Tage. Len sitzt in seinem schalldichten Kasten.«

»Könnt ihr außer Len auch noch jemand anderen verwenden?«

Der Gast nickte. Er wirkte eindeutig schuldbewußt. »Achtundvierzig Prozent Treffer ohne besondere Schulung. Aber es müssen alles Naturtalente sein, das heißt, Personen, die schon immer Tage und Farben miteinander assoziiert haben. Mit eurem Verstärker könnten wir freilich das große Los ziehen. Ich kann's gar nicht erwarten, ihn in Aktion zu sehen, und Tabard geht's nicht anders.«

»Sieben Stellen!« sagte Martin. »Sieben verschiedene Tage und Farben, und alle können gesendet werden.«

»Genau! Mit einem Computer und einem Code könntest du *Krieg und Frieden* übermitteln!«

Martin stieß einen anerkennenden Pfiff aus. »Bei Gott, das ist die Rechtfertigung für General Smythe-White!« sagte er ehrfürchtig. »Und was ist mit den Sendertypen, Drasil? Mit den Lens dieser Welt? Müssen sie unbedingt ›subnormal‹ sein oder einen sehr niedrigen IQ haben? Das fände ich grauenhaft.«

»Ach, wenn man darüber nachdenkt, ist die ganze Geschichte ziemlich erschreckend!« Der junge Mann grinste. »In einer Generation wird man das natürlich ganz anders sehen. Sobald du es aus der richtigen Perspektive betrachtest, ist es gar nicht mehr so deprimierend. Wenn du deinen Urgroßvater von den Toten aufwecken würdest und ihn eine ganze Nacht lang das Programm von Kanal Neun ansehen ließest, würden sicher auch ein paar recht interessante psychiatrische Symptome auftreten, meinst du nicht? Aber das Problem, das du da ansprichst, stellt sich in Wirklichkeit vielleicht gar nicht. Tabard glaubt, daß sich Subnormale und ... äh ... Kinder – entschuldige, Sam – nur deshalb so gut als Versuchspersonen eignen, weil bei ihnen die vorderen Gehirnzentren nicht vollständig ausgelastet sind. Das könnte der Verstärker alles ändern. Vielleicht dringen die Botschaften damit in jede Intelligenz ein.«

»Aber es ist so gefährlich!« Helena verstummte, als sie den neugierigen Blick des jungen Mannes bemerkte.

»Auch das wird immer so bleiben«, sagte er. »Wieder ein kleiner Punkt, an dem sich nichts ändern läßt. Aber Kopf hoch, mit der Gefahr wächst der Mut.«

Helena sah ihn nachdenklich an. »Genau das sagt mein Onkel, der Kanonikus, auch.«

»Tatsächlich? Es ist Professor Tabards ständige Rede. Das faszinierendste ist im Moment freilich eine Kleinigkeit, die ich mir bis zum Ende aufgespart habe. Ich habe dir doch erzählt, daß George Kestler die biologische Seite übernommen hat? Nun, er kann mit ein paar sehr merkwürdigen Zahlen aufwarten. Sie sind so gleichbleibend, daß man sie nicht außer acht lassen kann. Weit und breit die besten Ergebnisse bei unseren Tests mit Farben und Wochentagen werden von Versuchspersonen erzielt, die ein verdammt wichtiges gemeinsames Merkmal haben: ihre Blutgruppe nämlich. Deshalb ist Tabard auch fast durch die Decke gegangen, als er von deinem jüngsten Beitrag gehört hat. Der arme George ist jetzt bei ihm. Es sieht so aus, als seien sie dabei, ins allerinnerste Herz des Problems vorzudringen! Bitte, was wir jetzt alle brauchen, ist der Verstärker. Wenn Mayo, dieser traurige alte Ire – tu einfach so, als hättest du das nicht gehört, Martin – nur mit einem von den Dingern zurückkommt, ist alles vergeben und das meiste vergessen.«

Alle schwiegen, jeder war auf seine Weise damit beschäftigt, diese Neuigkeiten zu verarbeiten, als das Zuschlagen einer Autotür gleich vor dem Haus die Stille zerriß. Einen Augenblick später rüttelte jemand am Griff der Barackentür, und eine vertraute Stimme ließ sich vernehmen.

»Albert!« Martin öffnete, aber niemand trat ein. Die Gruppe um den Tisch hörte, wie kurz geflüstert wurde, und Martin ging ohne ein Wort hinaus. Der dünne Mann war allein, und im schwachen Licht sah sein Gesicht wie ein Totenschädel aus. »Ich fürchte, es ist Paggen Mayo, Martin.«

»O Gott ... er wird doch wohl nicht völlig den Verstand verloren haben. Weigert er sich etwa, die Dinger herauszugeben?«

»Nein. Kannst du mitkommen? Ich muß mit seiner Frau sprechen. Er ist tot.«

»*Nein.*« Martin war entgeistert. »Das kann ich nicht glauben. Wie denn, um Himmels willen?«

»Das wissen wir noch nicht genau. Seine Leiche wurde heute nachmittag bei einer Massenkarambolage auf der Pittingham-Saltbridge-Autobahn oben in den Midlands in einem Lastwagen gefunden. Der Fahrer liegt im Krankenhaus und kann uns im Augenblick nichts sagen.«

»Aber wie ist er dahin gekommen?«

»Genau das ist die Frage. Luke ist hinaufgefahren, um zu sehen, was er feststellen kann. Ein Polizeiauto hat uns außerhalb von London auf dem Weg hierher angehalten und ihn zum nächsten Bahnhof gefahren. Mehr weiß ich nicht, außer daß in der Zentrale von Saltbridge offenbar ein besonders gewitzter Chefinspektor sitzt, der den Namen auf einem Schneideretikett erkannt hat und soviel Verstand besaß, den Yard anzurufen. Im Moment bleibt die Sache also noch geheim. Über die Todesursache gibt es keine gesicherten Informationen, derselbe Chefinspektor ist sich jedoch ziemlich sicher, daß es sich um irgendeinen Nahkampfhieb handelt. Er ist da Experte. Wenn das stimmt, wäre es Mord.«

Martin drehte sich zu ihm um. »Was ist mit den Verstärkern?«

»Genau«, sagte Mr. Campion. »Von denen gibt es keine Spur.«

16

Wiedersehen mit einem alten Freund

Die See hatte auf ihrem schnellen Rückzug in den Schlammrillen glänzende Pfützen und in der Luft einen strengen, aber angenehmen Duft wie nach getrocknetem Fisch zurückgelassen.

Seit die beiden von ihrem höchst unerfreulichen Gespräch mit Melisande Mayo zurückgekehrt waren, war einige Zeit vergangen, und Mr. Campion war aufs Festland gefahren, um dort unter Umgehung der streng überwachten Inselvermittlung zu telefonieren. Martin wanderte noch immer auf dem harten Gras vor der Baracke auf und ab, und als Sam eingeschlafen war und der vom Meer herüberziehende Nebel fast alle Lichter des Hauptblocks verschwinden ließ, kam Helena zu ihm heraus.

Sie hatte ihm seinen Mantel mitgebracht und sich selbst ein Tuch umgelegt, und nun stapften sie lange Zeit nebeneinander über das Gras, sie machte kehrt, wenn er es tat, und keiner sprach ein Wort.

Endlich legte er ihr den Arm um die Schultern, und ihr Kopf ruhte schwer auf seinem Schlüsselbein.

»Damit müßte seine Unschuld doch erwiesen sein, glaubst du nicht auch?« fragte er plötzlich. »Man muß ihn *wegen* dieser Dinger getötet haben, soviel ist sicher.«

»Ich denke schon.« Sie wagte nicht mehr zu sagen, weil sie fürchtete, ihm zu nahe zu treten. In den letzten Stunden, während sie sich Drasil vom Hals geschafft und dann neben Sams Bett gestanden hatte, bis sie sicher war, daß er schlief, waren ihr so viele Dinge über sich selbst und ihren Gatten klar geworden, daß ihr immer noch ganz schwindlig war. Sie fürchtete, er könnte ihr anmerken, wie abscheulich erleichtert sie sich fühlte, weil die Bedrohung ihres gemeinsamen Lebens nun beseitigt war. Selbst jetzt durchschaute sie die Gefahr, die so dramatisch vorübergezogen war, noch nicht in allen Einzelheiten, und so war sie überrascht, als Martin da draußen in der Dunkelheit den Finger auf die kritische Stelle legte, die Bedrohung in Stücke zerriß und sie von sich warf.

»Der alte Knabe hatte eigentlich nichts Weibisches an sich außer diesem Drang, einen mit Haut und Haaren zu verschlingen«, bemerkte er. »Er konnte nicht anders, er war einfach Mama und Papa in einer Person, und das in der Rolle eines anspruchsvollen Chefs. Er brauchte dich, um sich auszudrücken, und deshalb mußtest du ihm die ganze Zeit zur Verfügung stehen, du *und* deine Frau *und* dein Kind, alles hatte auf sein Kommando zu hören. Sonst fühlte er sich nicht sicher... Vielleicht hatte er auch recht. Irgendwie hatte das alles mit seiner Kreativität zu tun, er war nämlich wirklich kreativ.«

Helena antwortete nicht. Das Gefühl, von einer unerträglichen Last befreit zu sein, machte sie ganz wirr im Kopf, und die Freude, ihn wiederzuhaben, ohne daß andere Bindungen zwischen sie treten konnten, war um so stärker, weil sie die Barriere, als sie noch dagewesen war, gar nicht wahrgenommen hatte. Allmählich verstand sie, daß auch er zutiefst erleichtert war, aber lieber nicht so genau wissen wollte, warum.

»Ich habe oft gehört, die Persönlichkeit kristallisiere sich erst nach dem Tod heraus, aber so ganz begriffen hatte ich das nie«, fuhr er fort, glücklich, daß sie da war und ihm zuhörte. »Ein Verräter war er ganz bestimmt nicht, das schwöre ich. Schon deshalb nicht, weil er es nie geschafft hätte, so etwas vor mir geheimzuhalten. Weißt du, er hätte damit geprahlt. Hätte die ganze Sache hin- und hergedreht, sie von allen Seiten betrachtet und dann – etwas Glanzvolles daraus gemacht. Er hatte auch nicht die leiseste Absicht, mich neulich nachts mit dieser verdammten, albernen Gasgeschichte zu töten. Er wollte nur Tabard einhämmern – er ist aus Tabard niemals klug geworden, der Mann war ihm zu hoch –, daß ich eine Art genialer Irrer sei, mit dem außer ihm niemand umgehen könne. Das ist die Wahrheit, die billige Wahrheit!«

Er lachte leise, erstaunlicherweise ohne Groll, er hatte sich mit dieser Ungeheuerlichkeit abgefunden und sprach nun darüber wie über ein Schoßtier, von dem er gewußt hatte, daß es gefährlich war, und das ihn angefallen hatte, weil dies eben seinem Wesen entsprach.

»Er wollte diese Verstärker irgendwo hinbringen, um sie sich genau anzusehen, und unterwegs hat man ihn ermordet und sie ihm abgenommen. Das ist ein Spionagemord«, verkündete er. Zu diesem Schluß war er auf ganz ähnliche Weise gelangt wie ein paar Stunden zuvor Amanda. »Sobald er die Dinger sah, war er wohl überzeugt, seine Daten seien nach außen weitergegeben worden, und mit mir konnte er nicht darüber sprechen, weil er mich außer Gefecht gesetzt hatte.«

Eine Weile ging er schweigend weiter, dann zog er sie fester an sich. »Meinst du, er dachte, ich hätte ihm das angetan?«

Sie spürte, welche Mühe es ihn gekostet haben mußte, diese Möglichkeit auch nur in Betracht zu ziehen. »Wenn er das dachte, dann muß er verrückt gewesen sein«, sagte sie vorsichtig. »Ihr habt beide an dieser Entdeckung gearbeitet. Ihr wolltet beide, daß sie gemacht wurde, die Folgen waren euch egal.«

»Natürlich«, stimmte er zu. »Es ist so großartig, wenn man sieht, wie diese verflixten Gesetzmäßigkeiten auftauchen«, fügte er schließlich hinzu. »Das hatten Paggen und ich gemeinsam. Wir empfanden beide so, und bei Tabard ist es nicht anders, und wir waren genauso davon hingerissen wie er. Manche Leute machen diese Erfahrung nur bei der Mathematik. Wenn man in der Lage ist, das Auftauchen eines perfekten Mechanismus zu beobachten, kommt das der absoluten Befriedigung sehr nahe. Entweder erlebt man es, oder man erlebt es nicht, aber ich hätte Paggen jede Schwäche verziehen, weil er mithelfen konnte, diesen Mechanismus zu enthüllen, und weil er den Nervenkitzel mit mir teilen würde.«

Helena blieb stumm. Sie hatte keine Ahnung, wovon er sprach, war jedoch großzügig genug, um zu erkennen, daß es einerseits wichtig war, aber daß sie nie etwas davon verstehen würde. Also ließ sie ihn einfach weiterreden.

»Fast das erste, was ich empfand, als ich von seinem Tod hörte, war Bedauern, weil er nun nie erfahren würde, was Drasil uns eben erzählt hat. Das wäre die Sensation seines Lebens gewesen. Er wartete schon mit Herzklopfen auf den nächsten Schwung Informationen über Nipponamium. Von Tabards Biologie-Team versprach er sich nicht allzu viel, aber er hatte so eine Ahnung, daß die Sache jeden Augenblick ins Rollen kommen würde. Er setzte aber eher auf die Chemiker. Nipponamium wird im Moment wirklich eingehendst erforscht...«

Helena holte tief Atem.

»Wäre es möglich, daß Paggen Sams Tasche genommen hat?«

»Warum sollte er?« Sie hatte ihn aus dem Konzept gebracht.

»Ich dachte an gestern nacht. Während du über dem Tisch lagst und das Gas in den Raum strömte, kam er noch rechtzeitig mit Fred Arnold angerannt, um dich zu retten. Wie sind die beiden ins Haus gelangt? Ein Fenster haben sie offenbar nicht eingeschlagen, und die Tür schließen wir automatisch ab.«

»Das ist tatsächlich die Frage.« Er hielt inne und sah sie im Licht der Sterne an. »Er muß einen Schlüssel gehabt haben. Möglich wäre es. Als wir das letzte Mal in Urlaub fuhren, habe ich ihm einen geliehen. Er meinte, vielleicht würde er ihn aus irgendeinem Grund brauchen – du weißt ja, wie er war. Alles wurde aufgebauscht. Er hat ihn mir hinterher zurückgegeben, aber vielleicht hat er sich einen nachmachen lassen.

Was war er doch für ein alberner Bursche. Er mußte über einen verfügen können, das war eine fixe Idee von ihm. Hattest du das gemeint?«

»Nein. Ich dachte nur, er würde es nicht riskieren, mit Gas herumzuspielen, wenn er nicht ganz sicher war, dich auch rechtzeitig rausholen zu können! Vielleicht war er gar nicht so weibisch. Die arme Melisande. Wie hat sie es eigentlich aufgenommen?«

»Sehr gut... sobald wir sie erst einmal überzeugt hatten. Vielleicht war sie sogar ein wenig erleichtert. Campion hat sie sehr geschickt angepackt. Er steht selbst gewaltig unter Druck. Irgend jemand vertritt nämlich die Theorie, der junge Edward könnte etwas mit Paggens Verschwinden zu tun haben... Teufel! Das wollte ich dir eigentlich nicht erzählen.«

»Edward!« Sofort dachte sie an Sam. »Er ist doch nicht...? Man hat ihn nicht gefunden...?«

»Nein, nein. Nichts dergleichen. Campion ist gerade dabei, sich genauere Einzelheiten zu besorgen. Ich glaube, da kommt er.«

Die breiten Scheinwerferbahnen waren über das Watt geglitten, und anstatt zu den Hauptgebäuden im Zentrum der Insel abzubiegen, befand sich der Wagen bereits auf der halbkreisförmigen Auffahrt, die direkt zu ihnen führte. Bodennebel hatte sich gebildet, das Fahrzeug kam nur langsam voran, und der feine, wirbelnde Dunst, der das ganze Gebiet in ein einziges fedriges Meer zu verwandeln drohte, reichte bis an die Fenster. Helena kam wieder auf Edward zurück.

»Ein merkwürdiger Junge«, sagte sie. »Einerseits so reif, und doch so absolut freiheraus, als wäre er sogar noch jünger als Sam.«

»Das liegt in der Familie«, sagte Martin unerwartet. »Hast du seinen Vater nie kennengelernt?«

»Amanda kannte ihn und du auch. Das hast du mir erzählt.«

»Ich bin ihm nur einmal begegnet, aber ich habe ihn nie vergessen. Er kam ins Johns Hopkins, um dort eine Gastvorlesung zu halten, und damals schien er kaum älter zu sein als ich. Er war unglaublich, ein Abkömmling Tycho Brahes und wahrscheinlich genau der gleiche Typ. Wenn man ihn sah, glaubte man, ein weit fortgeschrittenes Modell vor sich zu haben. Ich meine, er war nicht nur genial, sondern das Produkt einer späteren Entwicklungsphase. Er hat mich tief erschüttert, er wirkte so neu, stahlgepanzert, stromlinienförmig und störungsfrei!«

Die Scheinwerfer schwenkten herum und erfaßten die beiden Menschen, und gleich darauf erschien ein zweiter, sehr viel schneller fahrender Wagen über der Anhöhe. Dessen Fahrer war mit dem Gelände vertraut und konnte außerdem dem ersten folgen, so daß die beiden fast gleichzeitig anhielten. Mr. Campion stieg als erster aus, aber als von dem kleinen Lieferwagen hinter ihm ein Hupsignal ertönte, drehte er sich um und wartete auf Arnold. Helena und Martin gingen ihnen entgegen.

Die ausdruckslos höfliche Fassade des Barkeepers schien ein wenig angekratzt zu sein. »Man könnte mir vorwerfen, ich lasse nach«, sagte er, und sein wächsernes Gesicht glänzte im schwachen Licht. »Ich erhielt eine dringende Anweisung direkt von Lord Ludors Sekretärin, und daneben hatte in meinem Schädel offenbar nichts mehr Platz. Ich bin sofort mit dem Wagen abgezischt, um zu erledigen, was man von mir verlangte, und erst jetzt, als ich über die Strada zurückkam und der Posten mir sagte, man habe Sie zurückschicken müssen, fiel mir wieder ein, daß ich etwas für Sie habe.« Er reichte Campion ein Stück Papier. »Telefonische Nachricht, ›bei Eintreffen zu übergeben‹. Es kommt von der Vermittlung.«

Mr. Campion nahm den Zettel. Es war zu dunkel, um ihn lesen zu können.

»Worum geht es denn?«

»Lady Amanda läßt grüßen und wünscht, nicht gestört zu werden. Ist das so in Ordnung, Sir?«

»Vollkommen, vielen Dank. Wann kam die Nachricht, sagten Sie?«

»Kurz bevor ich wegfuhr. Etwa vor einer Stunde. Waren Sie zu dieser Zeit schon hier, Sir? Es tut mir wirklich sehr leid.«

»Keine Ursache.« Die helle Stimme klang so gleichgültig, daß jeder, der sie sehr gut kannte, erschrocken wäre. »Was hat es übrigens mit dieser Vorschrift auf sich, die der Wachposten so unnachgiebig durchsetzt? Niemand ohne Ausnahmc darf heute nacht die Insel verlassen. Kommt so etwas häufig vor?«

»Ich habe es noch nie erlebt, Sir. Es ist eine Idee von Lord Ludor persönlich, und er hat sich sicher mit dem Militärkommandanten abgesprochen. Offenbar hat es mit Mr. Mayo zu tun.«

»Sie wissen, daß er tot ist?« Die Worte kamen sehr scharf, und Arnold drehte sein Gesicht ins Licht der Scheinwerfer. Er lächelte, als belustige ihn dieser Überrumpelungsversuch.

»Ich habe davon erfahren und fand es sehr bedauerlich«, sagte er mit einem Blick auf Martin. »Dabei war ich ganz sicher, daß er voll Begeisterung und hochfliegender Pläne zurückkommen würde.« Er zögerte und wagte sich endlich noch ein wenig weiter vor. »Man hat ihn im Fond eines Wagens gefunden, soviel ich hörte. Stimmt das?«

»Wo in aller Welt haben Sie das denn aufgeschnappt, Fred?« Helena hatte die Frage ganz arglos gestellt, und er sah sie nachdenklich an.

»Nun, ich weiß ja, daß man in Ihren Kreisen sehr diskret ist«, sagte er schließlich mit gedämpfter Stimme. »Und ich habe mich eben verraten, nicht wahr? Ehrlich gesagt, man hat es mir unter dem Siegel der Verschwiegenheit mitgeteilt... und ich hatte nur ein Gespräch mit der Außenwelt, als nämlich die Anweisung durchkam, also ist es kein großes Geheimnis, woher die Information stammt.« Er machte eine abfällige Handbewegung. »In der Zentrale vertraut man mir, aber es hat wohl nicht den Anschein, als sei ich dessen würdig, was?«

Er hatte nicht einmal mit der Wimper gezuckt. Helena gab sich zufrieden, und die anderen sagten nichts. Er wollte sich gerade abwenden, als ihm noch etwas einzufallen schien. »Wenn ich Sie wäre, Mr. Campion, würde ich mal sehen, ob man auf Roker's Tail etwas für Sie tun kann. Gute Nacht zusammen.«

Er hob grüßend die Hand, stieg in seinen Lieferwagen und brauste durch den Nebel davon. Martin sah Campion an.

»Wäre interessant zu wissen, wann der Knabe gestern nacht zurückkam.«

»Zu früh«, antwortete Mr. Campion. »Die Leute am Militärposten wollten mir zwar nicht gestatten, die Insel zu verlassen, um zu telefonieren, aber es war ihnen doch wenigstens peinlich, daß sie mir diese Bitte abschlagen mußten, und deshalb ließen sie mich einen Blick auf die offiziellen Kontrollisten werfen. Arnold kam kurz nach halb acht Uhr morgens, beladen mit Einkäufen vom Markt, hierher zurück, große Umwege kann er also nicht gemacht haben. Was sollte denn dieser Scherz zum Abschied?«

»Roker's Tail ist eine Landzunge am Ende der Insel.« Martin zeigte nach Norden über das Watt. »Dort oben gibt es ein gottverlassenes Stück Land mit ein paar alten Baracken und Arbeitsräumen, das eine von Godley's Tochtergesellschaften gepachtet hat.«

»Advance Wires?«

»So heißt sie. Ein fragwürdiger Haufen von Halbstarken oder Rowdies oder wie immer man das nennt.«

»Roker ist die hiesige Bezeichnung für Kufe«, erklärte Helena. »Und die Jungs nennt man Zwitscherer – das hat mir jedenfalls Fred erzählt. Sie fahren uralte Kisten, die jedesmal, wenn man sie sieht, eine andere Farbe haben, und sie sind uns allen nicht so recht geheuer.«

»Aha«, sagte Mr. Campion bedauernd. »Scheint genau die richtige Adresse für mich zu sein! Ich fahre also an dem großen Haus vorbei und orientiere mich am Nordstern?«

»Du mußt unbedingt auf dem Weg bleiben«, mahnte Helena besorgt, »und komm ja nicht auf die Idee zu schwimmen oder, schlimmer noch, über das Watt zu Fuß zum Festland gehen zu wollen –«

»Denn feuchter Lehm ist tückisch oft!« murmelte er. »Geboren und aufgewachsen im Dornengestrüpp, Schwester Helena. Ich werde mich sehr in acht nehmen. Bis später dann. Sieht so aus, als müßte ich über Nacht hierbleiben!«

»Ich fand, er war ziemlich erschrocken über Amandas Botschaft«, sagte sie, während sie dem Wagen nachsahen, der durch den Nebel davonkroch. »Meinst du nicht auch? Edward ist nicht zurückgekommen, und sie möchte die Leitung freihalten, falls er sich telefonisch meldet?«

»Könnte sein, aber für mich hört es sich eher so an, als wüßte sie, daß sie überwacht wird.«

»Das glaube ich auch, und es hat ihr einen Schock versetzt. Mutter ist ja ebenfalls eine Fitton, und die ganze Sippe hat eine eigene Sprache. Wenn sie auf diese Weise ›ihren Rang rauskehren‹, heißt das gewöhnlich: ›Liebe Familie, nun gebt mal alle gut acht, denn was nun folgt, ist mein bitterer Ernst.‹ Ich glaube, sie wollte Albert mitteilen, er solle sie um Himmels willen nicht anrufen.«

»Was im Moment ganz günstig ist, weil er ohnehin nur die Firmenleitung zur Verfügung hat«, bemerkte Martin trocken. »Diese Ausgangssperre, die Ludor da verhängt hat, kommt mir erstaunlich eigenmächtig vor. Wenn sie sogar für Campion gilt, dann ist praktisch jeder davon betroffen. Das wird den Großen Geistern nicht schmecken!«

Während Mr. Campion sich vorsichtig durch den Bodennebel tastete, bewegten sich seine Gedanken in ähnlichen Bahnen. Es war eine beängstigende Fahrt, und er dachte, jemand in melodramatischer Stimmung könnte die ganze Sache durchaus für eine Falle halten. Die sumpfige Landzunge, die weit in die Bucht hinausragte, wurde bald immer schmaler, bis sie eine Viertelmeile weit nur noch ein Pfad auf der massiven Kaimauer war. Auf beiden Seiten gierte, nur wenige Zoll unterhalb dem ablaufenden Wasser, der schmatzende schwarze Schlamm. Als sich die Zunge endlich wieder verbreiterte, befand er sich auf einer kleinen Halbinsel von nicht mehr als acht oder neun Morgen Fläche. Vor sich auf einer kahlen Ebene, inmitten der üblichen Deiche und verwahrlosten Farmtore, sah er eine Ansammlung von Nissenhütten mit fünfundzwanzig Jahre altem Tarnanstrich, die im Dunkeln wie eine schlafende Herde prähistorischer Ungeheuer wirkten. Mehrere hohe Masten waren zu erkennen, aber nirgends brannte Licht, und Campion fragte sich schon, ob die Siedlung nicht vielleicht verlassen war.

Er fuhr weiter, bis die Straße in einer Betonplatte endete, dann stieg er aus und sah sich um. Der Nebel hatte sich wieder verzogen, und im Strahl seiner Taschenlampe konnte er zwischen den harten Halmen Grasnelken und leere Zigarettenschachteln erkennen, die Überreste der Zivilisation. Noch immer regte sich nichts, und er überlegte schon, ob er sich durch Rufen bemerkbar machen sollte, als er gegen eine Wäschestange prallte, die eine zwischen zwei Baracken gespannte Leine stützte. Die beiden feuchtkalten Pullover und das Hemd, die ihm auf die Schultern fielen, beruhigten ihn, weil sie noch ziemlich naß waren. Lautlos hastete er weiter, fand eine Tür und öffnete sie. Das helle Licht im Inneren überraschte ihn. Die Lampe war über einer Innentür angebracht und hatte eine moderne Fassung.

Er probierte den Griff der zweiten Tür und spähte in einen behaglich eingerichteten Clubraum. Mehrere Hängelampen mit Schirmen und eine luxuriöse, wenn auch nicht sehr glaubwürdige Kohlenfeuerimitation spendeten gedämpftes Licht. Am anderen Ende stand ein ausgewachsener Billardtisch, und ein junger Mann schob die Kugeln herum.

»Hallo«, sagte er. »Wie wär's mit einem Spiel von hundert aufwärts?«

Mr. Campion entschuldigte sich und erklärte den Grund seines Hierseins, und der Junge, er war mit einer üppigen Mähne gesegnet, charmant und sehr maskulin, sobald man sich an seine Löckchen gewöhnt hatte, befaßte sich mit dem Problem, ohne den Blick von der Kugel zu nehmen, die er einlochen wollte.

»Ein Anruf nach London, ohne die Godley-Leitung zu benützen? Das ist nicht ganz einfach. Wissen Sie, es ist nämlich keiner da. Alle sind mit irgendwelchen Eilaufträgen unterwegs. Nur ich und der alte Pa K. halten die verdammte Stellung. Tut mir wirklich leid.« Er lochte die Kugel ein, holte sie wieder heraus und legte sie sich von neuem zurecht. »Fragen Sie Mr. K.«, schlug er vor.

»Das würde ich gerne tun.«

»Da sitzt er.« Der Junge deutete mit dem Kinn in die dunkle Ecke hinter dem Fernsehapparat, und der Besucher nahm erstmals wahr, daß er von rotgeränderten Augen beobachtet wurde. Er ging ein paar Schritte über den glatten Fußbodenbelag, im Schatten entstand eine hastige Bewegung, und dann trat ein verschrumpelter kleiner Mann mit einer altmodischen, flachen Mütze auf ihn zu und streckte ihm die Hand entgegen. Er hatte eine riesige Nase, fast einen Rüssel, mit der er ständig schnüffelte, und diese beiden Merkmale bewirkten, daß dem dünnen Mann plötzlich ein Licht aufging.

Die Straße der Jahre spulte sich nach rückwärts ab wie eine Traumszene in einem nicht sehr gewinnträchtigen Film, und die beiden starrten sich an, ganz überwältigt von ungläubiger Bestürzung, wie es eben so geht, wenn ehemalige Kollegen sich nach fünfzehn Jahren wiedersehen und feststellen, daß die vergangene Zeit sie weniger verändert, als ihre Eigenheiten in erschreckender Weise überbetont hat.

»Bert!« sagte der Alte.

»Thos!« sagte Mr. Campion. »Und du sollst mich nicht Bert nennen, du weißt genau, daß ich das nicht mag. Was tust du denn um Himmels willen hier?«

Mr. Thos T. Knapp war einer von Mr. Campions ältesten Bekannten. Er schielte seinen Besucher mit wäßrigen Augen an und wirkte jetzt noch mehr wie ein lüsternes Frettchen als in seiner Jugend. »Wo sollte ich denn sonst sein?« fragte er. »Ist doch ganz natürlich, oder? Ich habe mein Mekka gefunden, Bert, alter Junge. Ein warmes, trockenes Plätzchen ist das hier. Du möchtest also nach draußen telefonieren. Das ist nicht gestattet. Heute nacht schon gar nicht. Könnte sogar unmöglich sein.«

»Ich muß aber telefonieren. Sonst muß ich irgendwie die Insel verlassen, ohne den Posten auf der Strada zu passieren.«

»Kommt nicht in Frage!« Mr. Knapp hob seine magere graue Hand. »Versuch das ja nicht. Der Boden ist hier wie schwarze Butter. Aber weißt du was, du kommst jetzt mit, und ich zeige dir mein Büro. Du hältst die Klappe, Feeoh, und spielst weiter. Jetzt komm schon, Bert. Hier entlang.«

Als er seinen verwirrten Freund durch eine weitere Innentür führte, entrang sich ihm ein entzücktes Kichern.

»Genau das hätte ich mir ausgesucht«, sagte er dann ganz ernst, »wenn mir meine alte Ma plötzlich mit 'nem Zauberstab und drei Wünschen erschienen wäre...«

»Das möge der Himmel verhüten!« murmelte Mr. Campion, der sich an die Dame lebhaft erinnerte. »Was für eine schreckliche Vorstellung!«

»Nein. Wirklich. Ich hätt's mir ausgesucht.« Thos ließ sich nicht beirren. »Leben wir nicht in einer total verrückten Welt? Sogar unsere vermaledeiten Träume werden wahr! Setz dich einen Moment, Bert, denn wenn du hörst, was ich dir zu erzählen habe, werden dir die Haare zu Berge stehen. Manches kann man eben nur einem alten Freund anvertrauen...«

17

Funken und Asche

Mr. Campion staunte ganze zwei Minuten lang über diesen Glücksfall, doch nach weiteren fünf Minuten mußte er feststellen, daß er in einen Morast geraten war, der kaum weniger verhängnisvoll war als das Watt draußen. In jungen Jahren war Mr. Knapp ein ziemlicher Tunichtgut gewesen, in mittlerem Alter ein schäbiger, wenn auch ganz brauchbarer kleiner Ganove, doch keine dieser Phasen hatte seinen Freund auf den einsamen alten Mann am Meeresstrand vorbereitet, zu dem er jetzt geworden war. Er schien besessen von dem Drang, sich mitzuteilen: gestrandet in einer Generation, die ihn als Zwischending zwischen einem Orakel und einer Hauseule behandelte, stürzte er sich auf den Besucher wie auf einen Jungbrunnen.

Zu jeder anderen Zeit hätte Campion ihn vermutlich als Himmelsgeschenk betrachtet, denn im ganzen Ludor-Imperium gab es nur sehr wenig, über das dieser Mann nicht wenigstens in begrenztem Ausmaß informiert war, und nichts, was er dem Helden, der ihn an glücklichere Tage erinnerte, nicht erzählt hätte. Aber Campion hatte im Moment nur einen verzweifelten Wunsch, er wollte wissen, wie es Amanda ging, ob es Nachricht von Edward gab, und was die Liebste ihm über Luke in Saltbridge erzählen konnte.

Sein Gastgeber kannte keine Gnade. Offenbar bekleidete er eine sehr angesehene Stellung und besaß ein eigenes Büro, das er nach amerikanischer Art durch ein Namensschild auf seinem Schreibtisch diskret als seine Domäne auswies, und nichts konnte ihn davon abhalten, die Geschichte seiner Firma auszubreiten und zu erklären, wie sie unter Godley's Fittiche gekommen war. Dabei hätte sich Campion schon denken können, wie sich das in etwa abgespielt hatte. Nach Kriegsende hatte ein entlassener Fernmelde-Sergeant – man nannte ihn noch immer den ›Funker‹, und er war zweifellos ein ziemlich heller Kopf – zusammen mit Mr. Knapp ein Geschäft aufgemacht, das nach außen hin elektrische Bauteile verkaufte. Dahinter verbarg sich jedoch ein kleines Unternehmen, das insgeheim anderer Leute Telefonleitungen anzapfte. Binnen kürzester Zeit hatte sich die neue Firma einen Namen gemacht, und kaum hatte sie eine gewisse Größe erreicht, da wurde sie auch schon von Godley's geschluckt, wo man sie freilich nicht verdauen konnte, sondern erkennen mußte, daß man sich einen gefährlichen, kleinen Virus eingefangen hatte, der sehr schwer wieder loszuwerden war.

Zwischen den Zeilen las Mr. Campion heraus, daß Lord Ludor selbst das Unternehmen für ganz amüsant und nützlich hielt, und Advance Wires Ltd., Bes. T. T. Knapp & Partner machte sich diese Tatsache zunutze und brachte ihm als Gegenleistung für seine Gönnerschaft einen oberflächlichen Respekt entgegen. Das Ansehen der Firma auf der Insel entsprach ihrer wirklichen Stellung, die anderen Bewohner betrachteten sie als ein Lager von Stinktieren, von dem man immer eine Armlänge Abstand hielt und das man nur duldete, weil jeder Versuch, es zu beseitigen, sich als schwierig und unappetitlich erwies.

»Der Funker mag es nicht, wenn ich meine alte Mütze trage«, erklärte Mr. Knapp und wischte sich seine gräßliche Nase ab. »Aber hier im Watt hab' ich ständig mit meinen Nebenhöhlen zu tun, und wenn ich meine Birne nicht warmhalte, muß ich dafür büßen. Ich hab' auch 'ne Tweedmütze, die setz' ich auf, wenn er da ist, aber heute isser mit den anderen mal schnell nach Paris. Würde mich nicht wundern, wenn du deshalb hier wärst?«

»Mich würde es auch nicht wundern!« pflichtete Mr. Campion ihm liebenswürdig bei. »Hör mal, Thos, ich muß vor allem mit London sprechen.«

»Mußt du? Aber Paris ist doch viel wichtiger. Alles ist unterwegs nach Paris. Dieser Fred Arnold von der Kantine – wir kehren dort nicht ein, weil man uns nicht haben will – hat das ganze Team schubweise zum Bahnhof gefahren. Wir hatten Anweisung, ja nicht unsere eigenen Autos zu nehmen. Inzwischen sind die Jungs am Flughafen Southend. Zur Teezeit, als die Anweisung reinkam, waren wir noch fast vollzählig. Plötzlich hieß es ›Alles an Bord!‹, ganz wie in alten Zeiten. Mannomann! Weißt du noch . . .?«

»Nicht jetzt, alter Junge. Zuallererst muß ich in der Stadt anrufen . . .«

Thos hörte ihn nicht; er freute sich offenbar immer noch wie ein Kind über das Wiedersehen. »Du bist wie Balsam für meine entzündeten Augen«, sagte er immer wieder, und er mußte es wohl beurteilen können. »Hast dich kaum verändert, mein Alter . . . 'n bißchen mager, wenn man dich anschaut, aber innerlich 'n Energiebündel. Die kleine Spritztour nach Paris hat Lord Ludor persönlich organisiert. Der Funker hat selbst mit ihm gesprochen. Hast du ihn je kennengelernt? Leute seines Schlages gibt's noch immer! Nur sind sie heutzutage 'ne Nummer größer, genau wie alles andere auch. Mein Gott! Ich kann's noch gar nicht fassen, daß du plötzlich aufgetaucht bist! Schneist einfach so rein, wie du's immer gemacht hast. Um ehrlich zu sein, ich hab' mich 'n bißchen rausgeschmissen gefühlt. Nur ich und Feeoh sind dageblieben – Feeoh ist der Junge da draußen am Billard. Aber wir mußten hierbleiben, um in Empfang zu nehmen, was die anderen so in die Finger kriegen, man kann also eigentlich nicht sagen, ich würde nicht *gebraucht*, oder?«

»Thos, wenn ich ein Telefon hätte . . .«

»Nein, hör zu! Später werd' ich sehen, was sich machen läßt. Aber zuerst muß ich dir mal sagen, daß es wirklich ein Vergnügen ist, deine alte Visage zu sehen! Der Funker läßt mich nicht mehr rauf aufs Dach, verstehste? Und dabei war ich immer so gern ganz oben mit dabei. Die Pariser Sache is heikel, und wir setzen die ganzen neuen Geräte ein, gehn mit Licht- und Radarfrequenzen an die Fenster ran. Das dünne Glas vibriert mit den Sprechgeräuschen im Zimmer und wirkt auch als Reflektor. Wirklich 'ne köstliche Sache.«

»Ihr zapft also die Rubari-Wohnung an, ja?«

Obwohl Mr. Campion sich eigentlich nur darauf konzentriert hatte, wie er mit seinem Stützpunkt Verbindung aufnehmen konnte, schien ein anderer Teil seines Gehirns zugehört zu haben. Ein Mosaiksteinchen fiel an seinen Platz.

»Und was ist mit Daumier?«

»Wenn's sein muß.« Mr. Knapp schien gekränkt. »Ich bin doch schon dabei, dir alles zu erzählen, oder? Von mir kannst du erfahren, was du willst, dazu brauchst du London nicht aufzuscheuchen.«

»Schön wär's, Thos! Aber alles, was ich brauche, ist eine ganz altmodische Telefonleitung, auf der man einigermaßen privat sprechen kann und die zu einer ganz gewöhnlichen öffentlichen Vermittlung führt.«

Die flache Mütze schwankte langsam und bedauernd von einer Seite zur anderen.

»Und dann hättest du gern noch 'ne schöne Droschke und 'ne Zigarre für 'nen Penny, was? Die Zeiten sind vorbei, Bert, mein Junge. Sowas wie Privatsphäre kriegst du, wenn du Glück hast, im nächsten Entwicklungsstadium wieder. Muß aber nicht sein. Wie ich es sehe, kommt der Begriff ›privat‹ einfach aus der Mode. Das wird 'ne ganz veraltete Vorstellung, das prophezeie ich dir, denk an meine Worte.« Er lehnte sich in seinem Drehstuhl zurück und lächelte wie eine betrunkene Maus, ein Ausdruck, an den Mr. Campion sich lebhaft erinnerte. »So wie wir jetzt arbeiten, kann uns keiner mehr in die Karten gucken«, erklärte er entzückt. »Darum geht's ja auch bei dieser Pariser Sache, wie du weißt, oder vielleicht auch nicht. Keine Kabel, keine Röhren, keine Frequenzen, keine Strahlen. Nichts. Nur von einem vermaledeiten Kopf zum anderen! Das hast du aber schon gewußt, oder?«

Mr. Campion nickte. Der unglaubliche Zufall, der ihn mit seinem alten Verbündeten zusammengeführt hatte, erstaunte ihn nicht. Er hatte die Erfahrung gemacht, daß es Dinge gab, die unvermeidlich waren, und wenn man einmal von einer solchen Entwicklung erfaßt wurde, war jedes Zusammentreffen nicht nur möglich, sondern sogar wahrscheinlich. Für ihn hatte diese Erfahrung jedoch eine andere Bedeutung als für Kanonikus Avril. Er sah es einfach als ›typisch für das Leben‹ an, den einzigen Mann zu entdecken, der einen großen Teil des Rätsels klären und es gar nicht erwarten konnte, sich die Seele aus dem Leib zu reden, und zwar gerade in dem Augenblick, in dem er, Campion, seine Energie gezwungenermaßen darauf verwendete, die eigenmächtige Anordnung eines tyrannischen Industriemagnaten zu umgehen.

Man hatte ihn und Luke auf die Insel geschickt, damit sie feststellten, woher die Verstärker wirklich kamen. Daneben sollten sie untersuchen, was mit Godley's Sicherheitsvorkehrungen nicht stimmte. Durch einen einzigen, unverschämten Zug hatte ihn Ludor, indem er seine Beziehungen zur Armee spielen ließ, dazu gezwungen, seine Berichte durch die Überwachungssysteme des Lords zu schleusen und auf dem gleichen Weg auch seine Instruktionen zu erhalten. Das Manöver paßte zu Ludor; es war skrupellos, zeugte aber von gesundem Menschenverstand. »Wir sind hinter Kindern her, hast du das gewußt? Kinder«, sagte Mr. Knapp und riß seinen Freund aus seinen Gedanken. »Der Funker wollte es erst gar nicht glauben, aber mich hat's nicht überrascht. Weißt du noch, wie wir mit dem alten Kristalldetektor umgehen konnten, als Marconi gerade anfing? Wahrscheinlich nicht, aber ich schon. Richtige kleine Zauberkünstler waren wir, ich und meine Bande; wir waren tatsächlich die einzigen in der ganzen breiten Öffentlichkeit, die begriffen hatten, um was es dabei ging. Jeder über dreißig war schon zu vernagelt dafür.«

»Glaubt Lord Ludor, daß von der Rubari-Wohnung aus ein Test durchgeführt werden soll?«

»Das weiß niemand. Wir überprüfen erst mal die Kinder, um's rauszukriegen. Wenn's nicht dort stattfinden soll, dann gehen wir dahin, wo's passiert. Das ist noch ein Grund, warum ich hiergeblieben bin. Der Funker und die meisten seiner Jungs sind bilingual.« Er verwendete das Wort mit belustigtem Stolz, als bedeute es ›zweiköpfig‹.

»Warum ist Lord Ludor so sicher, daß es überhaupt einen Test geben wird?«

»Er kennt seinen Mann, diesen Mayo ... ein sehr vorsichtiger Typ und in der Branche ziemlich angesehen.«

»Er ist tot«, erklärte Mr. Campion spontan.

»Aha.« Thos blieb ungerührt. »Wundert mich nicht. Harte Burschen, diese Franzmänner.«

»Vielleicht haben sie gar nichts damit zu tun.«

»Das werden wir feststellen.«

»Und was dann?«

»Dann werden wir rausfinden, wer den Test macht, und ihn hierher überspielen. Du solltest mal mein kleines Theater sehen, ich kann dir wahre Wunder zeigen.«

»Aber eine Leitung nach Welbeck hast du nicht für mich!«

»O mein Gott!« fuhr Mr. Knapp plötzlich gereizt auf. »Du läßt einfach nicht locker, aber so warst du schon immer! Komm mit. Ich zeig' dir was, aber kein Wort zu irgend jemandem, und besonders nicht zum Funker. Ich und die Belegschaft haben, nur so zum Spaß, eine Leitung für die Rennen gelegt. Auf ihre Art eine herrliche, altmodische Konstruktion. Fünfundzwanzig Meter anderthalbzölliges Zinkrohr über die schmalste Stelle des Kanals, und fast anderthalb Kilometer Feldkabel aus Armeebeständen, alles gut versteckt und mit dem nächsten Haus auf dem Festland verbunden. Die alte Witwe, die dort wohnt, ist schwer in Ordnung, und wir haben auch dafür gesorgt, daß es sich für sie lohnt. Den Ohrwurm spielt sie nicht allzu oft – es interessiert sie einfach nicht. Aber die Sache muß streng geheim bleiben.«

Er stand auf und nahm von einem Haken unter einem

Kalender einen altmodischen Eisenschlüssel, der auf ein behagliches Häuschen irgendwo im Hintergrund schließen ließ. Zur Erheiterung des Besuchers stellte sich diese respektlose Vermutung als völlig zutreffend heraus. Hinter den Nissenhütten befand sich eine Reihe eher ländlicher, kleiner Gebäude mit steilen Blechdächern. Im Schein der Taschenlampe war zu erkennen, daß sie einen blasigen Teeranstrich hatten, und das letzte Häuschen war nicht nur verschlossen, auf die Tür hatte außerdem ein jugendlicher Witzbold, sicher unter hysterischem Gelächter, in sauberen Lettern *Mr. Thos. T. Knapp. Präsident. Eintritt verboten* aufgemalt.

Das Telefon wurde auf einem Stuhl unter einem Stapel Zeitungen aufbewahrt, und Thos brachte es heraus und strich um Campion herum, als der sich auf die Stufe setzte und die Festlandsvermittlung anwählte. Sobald sich jedoch die Liebste meldete und er sie auch so ansprach, entfernte sich sein überraschter Gastgeber taktvoll ein paar Schritte weit. »Du warst schon immer jünger als ich«, sagte er bedauernd und verschwand in der Dunkelheit, was dem dünnen Mann seine Aufgabe sehr vereinfachte.

Die Liebste gab sich fast neckisch. Ihre Stimme klang zwar immer noch spitz, aber nicht mehr so sehr nach Schuldirektorin. Mr. Campion war ihr dankbar. Es war bemerkenswert leicht, ihr zu folgen, und er ließ sich auch nicht übermäßig von dem leicht belustigten Tonfall irritieren, den sie jedesmal anschlug, wenn sie ihren gemeinsamen Vorgesetzten als Elsie bezeichnete.

»Elsie und ich haben einen aufregenden Abend verbracht«, plauderte sie munter. »Reizend von dir, daß du von der Küste aus anrufst, aber wenn du von einem Gemeinschaftsanschluß aus sprichst, muß ich wohl bald die Leitung freimachen, oder?«

»Nein, zufällig nicht. Der Mann, bei dem ich abgestiegen bin, hört zu, deshalb bin ich rausgegangen. Aber du würdest nie erraten, wo ich mich gerade aufhalte.«

»Ach, diese Inselbewohner sind manchmal so besitzergreifend. Ist es die große Nummer, bei der du dich einquartieren wolltest?«

»Die jungen Leute hier nennen ihn *Tarzans Papa*«, bemerkte er bissig, und sie kicherte. »Und wie geht's zu Hause? Ich meine nicht bei euch beiden, sondern bei der Meute unten neben der Kirche. Hat Tantchen ihr kleines Vögelchen schon wiedergefunden?«

»Nein, alle suchen danach. Elsie und ich haben uns schon gefragt, ob es vielleicht zurückgekommen ist und sie es nur niemandem verrät, aber das ist nicht der Fall. Alle Angestellten aus dem großen Elektrounternehmen helfen mit. Sie lassen ihr keine Ruhe.«

»Das kann ich mir vorstellen«, sagte er düster. »War sie auch selbst draußen, um danach zu suchen?«

»Nein. Sie hat keinen Fuß aus dem Haus gesetzt, und sie hat auch niemanden reingelassen, nur das alte Mädchen von nebenan, Mrs. Soundso. Die geht ständig ein und aus, aber sie muß sich natürlich auch um alles kümmern.«

»Natürlich«, wiederholte er und sprach dann schnell weiter, um sie nicht merken zu lassen, daß ihn diese Nachricht ein wenig erleichterte. Wenn Amanda sich nicht von der Stelle rührte und den Kopf einzog, konnte man annehmen, daß sie wußte, was sie tat. Die Fittons waren schon immer eine Familie gewesen, die sich zu helfen wußte.

»Unterwegs mußte ich mich von Charly trennen«, fuhr er routiniert fort. »Wahrscheinlich hast du es schon gehört, er bekam einen Anruf von seiner Firma und mußte in die Midlands fahren. Wenn du ihn vor mir siehst, kannst du ihm ja etwas von mir bestellen, ja?«

»Natürlich. Und wenn es wichtig ist, kann ich es ja immer noch Syd sagen.«

»Auch gut. Es geht nur um den Sack mit Abfall, den man hinten in dem Laster gefunden hat. Sag ihm, daß da meiner Meinung nach ein Austausch vorgenommen wurde, der Sack muß anfangs im Fond eines Personenwagens gelegen haben, der gestern nach Mitternacht mitten in London stand. Personenwagen, nicht Laster, du verstehst? Und wahrscheinlich war er schon im gleichen Zustand, in dem er dann in Saltbridge eintraf.«

»Du redest wie ein Buch!« sagte sie, eine Warnung, daß er unnötig deutlich wurde. »Keine Sorge, ich werd's ihm ausrichten. Noch etwas, wenn ich schon dabei bin? Als ich das letztemal von ihnen hörte, kamen sie sehr gut voran. Sie haben da oben einen Kumpel gefunden, der alle Antworten kennt.«

»Ach, der Militärausbilder?«

»Nein.« Sie wirkte ratlos. »Da klingelt es nicht.«

»Ich dachte, er sei Sergeant beim Militär gewesen? Lehrer für Nahkampf ohne Waffen?« Sobald ihm die Worte über die Lippen kamen, bereute er sie. Er hatte keinen Grund zu der Annahme, daß jemand ihn hören konnte oder daß es etwas ausmachte, falls tatsächlich jemand lauschte, aber als er den Satz aussprach, hatte er so eine Ahnung, daß er ihm Unglück bringen würde, denn in der Leitung knackte es laut, und er war erleichtert, als sie die Indiskretion einfach überging.

»Ach, jetzt verstehe ich«, sagte sie. »Ja, du hast recht. Ich habe es eben erst erfahren, aber im Moment sind wir auch ganz aus dem Häuschen. Du erinnerst dich doch an das kleine Päckchen mit Kinderspielzeug, das wir verloren hatten? Nun, es ist wieder aufgetaucht! Eigentlich haben wir das nur dir zu verdanken. Elsie sagte, ich soll dir viele Grüße ausrichten, wenn du anrufst. Du hast ihr einen großen Dienst erwiesen.«

Mr. Campion spürte überrascht, wie bei dieser Information ein stechender Schmerz durch seinen Gesichtsnerv zuckte. Er war sich gar nicht bewußt gewesen, wie sehr es ihn gefühlsmäßig berührte, ob die Erfindung in Sicherheit war oder nicht, und das ganz unabhängig von der Tatsache, daß die Kinder davon betroffen waren. Um sich nicht zu verraten, plapperte er schnell weiter.

»Sag ihr, das ist nicht der Rede wert. Es war mir ein Vergnügen. Welcher meiner brillanten Vorschläge hat denn zu der Entdeckung geführt? Das falsche Zitat aus dem Buch der Bücher?«

»Genau. Die Idee mit der herumstreunenden kostümierten Gestalt hat Elsie eingeleuchtet. Wir haben festgestellt, daß es zwei davon gab, genau wie du sagtest.«

»Ich wußte, daß es zwei von den Spielsachen gab.«

»Ja, aber auch zwei Propheten. Du weißt schon, zwei kostümierte Männer. Du hast Elsie gesagt, du glaubtest, es könnte zwei geben, und sie hat den ganzen Betrieb darauf angesetzt. Einer von den beiden wurde erwischt, als er die Spielsachen in einem Umschlag mit einem seiner üblichen Handzettel weitergab.«

Mr. Campion hielt den Atem an. Er glaubte, von der Nissenhütte her eine Bewegung zu hören. Thos mußte jeden Augenblick zurückkommen, sehnsüchtig nach sentimentalen Erinnerungen lechzend. Er hatte Mühe, sich auf das ungewöhnlich schwierige Gesellschaftsspiel und auf seine außerordentlich geschickte Partnerin zu konzentrieren.

Er hatte schon fast vergessen, daß er bei seinem Telefonat mit Corkran an jenem Morgen fast unmittelbar nach seiner Begegnung mit Deeds den Endzeitpropheten erwähnt hatte. Der Mann, den er flüchtig kannte, hatte ihn auf der Straße angehalten. Die Idee mit der falschen Bibelstelle, die offenbar wie von Zauberhand auf dem Plakat erschien, hatte ihn und Corkran gleichermaßen fasziniert, denn sie hatten das echte Zitat aus ihrer Schulzeit wiedererkannt. Damals hatten sie sich damit vergnügt, sich in den vier Ecken der Schulkapelle zu postieren und die Vier Rösser darzustellen. Gedeckt von den Psalmen hatte jeder der zerzausten kleinen Jungen seinen Schrei angestimmt: *Komm und schau! Komm und schau! Komm und schau! Komm und schau!* Offenbar hatte Corkran wie üblich prompt reagiert und einen sensationellen Fang gemacht.

»Liebste«, sagte Mr. Campion, »ich bin entzückt von deiner Stimme und könnte dir den ganzen Tag lang zuhören, aber ich muß weiter. Erzähl mir doch noch schnell von dem Typen, den ihr mit den Spielsachen erwischt habt. Welcher war es denn nun? Doch sicher nicht mein verrückter alter Freund?«

»Nein, liebster Mephy, der andere.«

»Das dachte ich mir. Hat Elsie ihn gekannt? Ich meine, hatte er vielleicht mit der kleinen Firma zu tun, von der du mir neulich erzählt hast? Die mit dem komischen Namen?«

»Fungi? Ja, das ist richtig. Das war vielleicht eine Überraschung. Wir kannten ihn sogar recht gut. Er war uns immer wie eine harmlose, nette alte Dame vorgekommen. Er hatte seine kleine Teestube und seine weiße Katze, und er war Schriftführer der Prophetischen Gesellschaft...«

»Der Schriftführer?«

»Ja. Ihr Büro ist gleich gegenüber, und früher, ehe die Lebenshaltungskosten so gestiegen sind, war die Belegschaft größer, deshalb hatte er auch ein paar überzählige Kostüme und Plakattafeln. Er mußte sich nur die Plakate malen, das war alles. Ich kann dir nur sagen, wir sind ganz begeistert; mit der Firma Fungi & Co. hätten wir ihn niemals in Verbindung gebracht.«

»Habt ihr es denn versucht?«

»Hunderte von Malen! Aber es schien keinerlei Beziehung zu geben, zu niemandem. Er muß seit einer Ewigkeit so gearbeitet haben. Eigentlich ist er für unsere alten Kunden tätig, du weißt schon. Unsere Stammkunden.«

»Tatsächlich? Die Hauptimporteure? Die Leute, die die beiden kleinen Dinger vom Bahnhof abholen wollten?«

»Ja. Elsie mußte lachen, aber sie war auch richtig wütend!«

»Du überraschst mich wirklich. Nach allem, was Syd mir erzählt hatte, dachte ich, sie seien nicht mehr interessiert.«

»Wenn du mich fragst, sind sie immer interessiert«, konterte die Liebste trocken. »Sie sind wie die Armen, stets unter uns. Wir wissen noch nicht, wie der Mann von der Teestube an die Spielsachen gekommen ist, aber Syd kümmert sich natürlich darum, und ich schätze, dein Freund Charley und sein Haufen wollen die Antwort auch wissen, besonders angesichts der ... äh ...«

»Der Schwierigkeiten mit dem Sack«, ergänzte er gewandt. »Na, dann hattet ihr beiden Mädels ja einen recht erfreulichen Tag. Hoffentlich waren die Spielsachen noch ganz, als ihr sie bekommen habt?«

»Leider nein. Sie waren beide beschädigt oder sahen jedenfalls so aus, aber das scheint nicht weiter schlimm zu sein. Was so gut daran ist, ist die Idee.«

»Wie interessant. Und wo sind sie jetzt?«

»Elsie hat sie, aber sie sollen direkt an den Hersteller geschickt werden, sagt unsere Zentrale. Man will schnellstmöglich mehrere davon anfertigen lassen, wegen der zu erwartenden Nachfrage.«

Mr. Campion sank der Mut. Er hatte gewußt, daß die Verstärker, sobald sie einmal in offizielle Hände gerieten, automatisch an Godley's und von dort an Lord Ludor weitergehen würden, aber er hatte keine Möglichkeit, das zu verhindern, und eigentlich auch keinen Grund, es zu versuchen.

»Na, wenn ich noch ein wenig hierbleibe, kriege ich sie vielleicht zu sehen?« tippte er an.

»Könnte sein«, sagte sie langsam, »aber wir hofften eigentlich, du würdest nach Hause kommen ...«

»Wozu?« Es fiel ihm schwer, den gleichgültigen Tonfall beizubehalten.

»Wegen Tantchens Vögelchen, Mephy.« Die Liebste war geübt in diesem Spiel, die Bemerkung klang so kalt, als spräche sie wirklich von einem entflogenen Wellensittich. »Der große Boss des Elektrounternehmens möchte den kleinen Vogel fangen, um ihn singen zu hören. Er weiß, daß der kleinere der beiden sicher in seinem eigenen Bauer sitzt, aber der ist ja noch ein Nestling, und er will die Eltern nicht beunruhigen. Nachdem er jetzt seinen eigenen Vogelhändler verloren hat, glaubt er, Tantchens Tier würde ihn direkt zum Züchter führen, und das will er erreichen, indem er mithört. Er ist ein sehr dominierender Mann und hat Elsie ziemlich aus der Fassung gebracht, was sonst gar nicht ihre Art ist, und deshalb, Mephy, solltest du vielleicht...«

In der Leitung war plötzlich ein Geräusch zu hören und dann nichts mehr. Mr. Campion saß allein im Dunkeln auf der Treppe, und in seinen Ohren war nur das Rauschen des Meeres. Als er aufstand, trat Mr. Knapp aus den schwarzen Schatten zwischen den anderen Schuppen.

»Du kannst in diesen Hörer ›Liebste‹ schreien, bis du schwarz wirst, mein Junge«, sagte er fröhlich. »Sie wird dich nicht hören. Vermutlich hat jemand an der Leitung gezogen und sie abgerissen. Das ist nichts Neues. Wenn's nicht so 'ne verdammte grasende Kuh ist, dann irgendein Wichtigtuer. Komm, setz dich mit mir ans alte Feuer, und dann schwatzen wir noch 'n bißchen. Heute nacht kannst du sowieso nichts mehr für sie tun, wer sie auch sein mag.«

In Mr. Campion stieg ein Verdacht auf.

»Thos«, sagte er streng. »Du hast die Leitung durchgeschnitten.«

»Nur in deinem ureigensten Interesse, Sohn.« Mr. Knapp ließ sich nicht einschüchtern. »Dein Gespräch hat mich nicht interessiert, ich hätte allerdings nicht gedacht, daß du deine Zeit mit einer solchen Klatschbase verschwendest, aber draußen im Watt hat jemand gelauscht. Ich hab's etwa in der Mitte gemerkt. Da war jemand. Ich hab das Atmen ganz deutlich gehört, als ich mich eingeschaltet habe.«

18
Der Spion

Es dämmerte schon, als der Besucher sich auf den Rückweg über die Insel machte, und bis dahin hatte sich Mr. Knapp so gut amüsiert wie noch nie, jedenfalls nach seinen eigenen Bekundungen. Mr. Campion freute sich, das zu hören, auf jeden Fall hatte der Alte gewiß den größten Teil seiner ganzen Familiengeschichte noch einmal durchlebt.

Während seiner Schilderungen hatte Thos Tee und Speck serviert und mit kundigem Blick Feeohs Arbeit überwacht. Der liebenswürdige Jüngling mochte zwar aussehen wie ein Waldschrat, aber er hatte bewiesen, daß er sich mit einigen sehr bemerkenswerten Geräten bestens auskannte.

Eine Weile herrschte noch eine gewisse Befangenheit zwischen den beiden Freunden, weil Mr. Knapp sich mit Erstaunen daran erinnert hatte, daß er und sein lieber alter Kumpel Bert in den Rosengärten der Vergangenheit im allgemeinen auf verschiedenen Seiten des Zauns operiert hatten. Als jedoch die Stunden verstrichen, kümmerte ihn das nicht mehr. Mr. Campion hatte schon öfter festgestellt, daß ältere Menschen manchmal ein fast verzweifeltes Bedürfnis zu verspüren scheinen, sich von sich selbst zu befreien, als fürchteten sie, der Tod könne sie überfallen, während sie sozusagen noch alles bei sich trugen. Deshalb hatte er Verständnis für Thos, der sich kaum Zeit zum Atmen nahm. Es bestand kein Anlaß, nach Informationen zu bohren. Der Besucher brauchte nichts weiter zu tun, als wach zu bleiben und zu sortieren.

Noch vor Mitternacht erhielt Feeoh die Nachricht, das Team von Advance Wires habe sich in seinem Pariser Hauptquartier niedergelassen, einem kleinen ›Bistro‹, wie Mr. Campion erriet, sowie einer Garage, die einem Verwandten des

Funkers gehörte und sich fast direkt unter einer wesentlich respektableren Tochterfirma von Godley's befand, ohne daß man dort eine Ahnung davon gehabt hätte.

Von da an trafen in halbstündlichen Abständen Meldungen ein und wurden von Feeoh, der allein in einer ›das Dingsbums‹ genannten Festung arbeitete, in die der Gast nur einen kurzen Blick werfen durfte, nach London weitergeleitet. In den Pausen dazwischen lasen beide Männer ihrem Besucher jeden Wunsch von den Augen ab, wobei Mr. Knapp sich auf Essen und Anekdoten konzentrierte, während sein Assistent den Äther nach allem durchkämmte, was von allgemeinem Interesse sein mochte. Anfangs hatte er dabei nicht sehr viel Erfolg, aber schließlich konnte er doch mit einigen sehr aufschlußreichen Lücken aufwarten.

Mr. Campion erfuhr, daß man immer noch keine allgemeine Suchaktion nach einem vermißten Kind gestartet hatte; daß die Nachricht von Paggen Mayos Verschwinden oder gar von seinem Tod noch nicht bekannt war und daß weder im Polizeifunk noch in der Presse die Verhaftung eines Teestubenbesitzers an der Wigmore Street erwähnt wurde.

Inzwischen stellte sich das im Einsatz befindliche Team von Advance Wires dem Beobachter als eine Mischung zwischen einem Schwarm von Pressephotographen auf der Jagd nach einer prominenten Geschiedenen und einer einträchtigen Familie von Baumaffen heraus. Sie berichteten, die Rubari-Wohnung sei, was die ›Dacherfassung‹ anginge, günstig gelegen und ›fenstermäßig ein Kinderspiel‹, aber alle Insassen schnarchten aus Leibeskräften, und mit brauchbaren Ergebnissen sei daher wohl erst am nächsten Morgen zu rechnen.

Es war noch dunkel, als Feeoh eine Kurzmeldung brachte. Thos las sie, und als er aufblickte, funkelte es boshaft in seinen rotgeränderten Augen.

»Da interessieren sich ein paar Polypen für etwas, das anfangs in London in einem Wagen lag und schließlich in einem Laster außerhalb von Saltbridge in den Midlands gefunden wurde«, verkündete er. »Ich weiß nicht, ob das was für dich ist, Bert? Jedenfalls sieht es so aus, als hätte deine süße kleine Freundin nicht auf der faulen Haut gelegen! Keine Sorge, alter Freund, ich habe deine Unterhaltung mit ihr überwacht, nicht Feeoh. Ich habe ihm nur gesagt, auf was er achten soll. Und jetzt verschwinde, Feeoh, bald kommt der nächste Spruch von den Jungs.«

Mr. Campion nahm den Zettel, ohne mit der Wimper zu zucken.

Es war ein dringlicher Aufruf von der Polizei von Saltbridge, in dem Zeugen gesucht wurden, die gesehen hatten, wie aus einem graugrünen, offenen Sportwagen älterer Bauart mit einem Y auf dem Nummernschild ein schwerer Gegenstand in einen leeren Lastwagen Marke Baker-Arnold, Zulassungsnummer GTZ 4678, mit einer offenen Plastikplane über der Ladefläche verfrachtet worden war. Der Wechsel hatte vermutlich etwa gegen sechs Uhr zwanzig am Morgen des vergangenen Tages vor dem Green Man Café, Morton, Middlesex, stattgefunden. Alle Zeugen wurden gebeten, entweder bei der Polizei von Nord-London oder von Saltbridge anzurufen.

Thos zeigte einen gewissen Besitzerstolz, weil alles so schnell gegangen war. »In den letzten paar Jahren sind uns Flügel gewachsen!« sagte er bescheiden. »Du brauchst nur an deine eigene Arbeit heute abend zu denken. Du hast eine deiner schlauen Vermutungen angestellt und sie an dein Sekretärsvögelchen weitergegeben. Sowas ist sie doch wohl?«

Er ließ es wie eine Frage klingen, bestand aber nicht auf einer Antwort, sondern klopfte sich statt dessen selbst auf die Schulter. »Ich bin mittlerweile ein ziemlich aufgewecktes Kerlchen«, bemerkte er und fuhr dann mit seiner Erklärung fort. »Sie hat sich an die Strippe gehängt und den Bullen Bescheid gegeben, und sofort sind all die modernen Geräte ins Spiel gekommen. Als ich dich damals kennengelernt habe, hätten wir auf sowas niemals hoffen können. Heute hast du noch nicht mal richtig runtergeschluckt, da ist schon alles im Gang. Was war denn in diesem Müllsack? Wenn's was Persönliches ist, brauchst du's mir nicht zu sagen.«

»Kommt darauf an, was du unter persönlich verstehst«, murmelte Mr. Campion etwas albern, und der verschrumpelte Alte sog zischend die Luft zwischen den Zähnen ein.

»'ne Leiche, was?« fragte er. »*Ein schwerer Gegenstand!* Ich frage dich, ist das nicht wieder mal ganz typisch für die Bullen? Wer würde es ihnen schon erzählen, selbst wenn er's wüßte? Na, ich danke dir, kein Interesse! Hab heutzutage keine Lust mehr, mir die Finger schmutzig zu machen.«

Stets taktvoll, verzichtete Mr. Campion auf einen Kommentar, und Thos fuhr ohne Unterbrechung fort.

»Sobald in der Rubari-Wohnung jemand aufwacht, sollen wir auf Anrufe achten, besonders aus der Stadt. Der kleine Rubari soll wohl ein Signal von einem anderen Kind kriegen, das irgendwo in London mit Erwachsenen zusammenarbeitet. Alles, was sich darauf beziehen könnte, muß registriert und sofort gemeldet werden, höchste Dringlichkeitsstufe. Immer die gleiche alte Geschichte. Bei jedem neuen Schritt nach vorn wird die Generation geborener Techniker gleich mitgeliefert. Kaum taucht die Idee auf, schon erscheint das passende Personal mit eingebautem Know-how. Das liegt in der Natur der Sache. Ich hab's immer wieder miterlebt. Ich selbst bin im Innersten ein Kristall-Mann. Der Funker ist ein geborener Röhrentechniker. Feeoh ist durch und durch ein Transistortyp, und jetzt haben wir 'nen jungen Bengel mit 'ner Nase für Licht. Und schon kommt wieder was anderes. Wir wissen noch gar nichts darüber, und das Problem ist, daß wir auch keine Ahnung haben, wonach wir suchen sollen. Ton ist es nicht, Bild ist es nicht, es ist nicht mal Frequenz. Es braucht keinen Saft oder jedenfalls keine Batterien.« Er senkte die Stimme. »Nach allem, was der Funker von einem der jungen Männer des Professors aufgeschnappt hat – im Zentrum der Insel wimmelt's nämlich von hohen Tieren –

kommt man außerdem weiter, wenn man nicht zu viel *denkt*, deshalb ist mir auch klar, warum Kinder bei der Sache so wichtig sind. Man braucht ein sehr frisches Köpfchen, um diese ganz neuen Sachen begreifen zu können. Was ich damit sagen will«, fügte er nüchtern hinzu, »für dich und mich könnte so 'ne Sache ganz schnell wie 'n Haufen Garnichts aussehen, wenn wir nicht sehr vorsichtig sind. Und wo stehen wir dann? Auf dem Abstellgleis!«

Mr. Campion erhob sich seufzend. »Jedenfalls scheint Lord Ludor den Jungen noch nicht erwischt zu haben.«

Thos betrachtete ihn nachdenklich. »Das ist der Punkt, an dem du reinkommst, was? Ich hab' mich schon gefragt. Spielst den guten alten Schutzengel, nicht? Auch nicht grade zum ersten Mal!«

»Ich bin kein Engel, und ich spiele auch nicht«, sagte Mr. Campion trocken. »Davon abgesehen hast du schrecklich genau ins Schwarze getroffen. Und jetzt muß ich zu den Ferris zurück.«

»Noch nicht! Ich hab dir ja noch gar nichts von meinen Kriegsjahren erzählt. Hast du schon die Geschichte von Phyl dem Plünderer und seiner Bande gehört...?«

Endlich entkam Mr. Campion und trat ins unirdische Licht des frühen Morgens hinaus.

Die schmale Straße lief wie ein Büschel Seetang auf einer riesigen Austernschale über den oberen Rand der Kaimauer. Das Watt schimmerte perlmuttfarben, es war kahl und naß, beige, rosa und grau mit dunklen Rändern und Wülsten. Die kalte Luft mit den berauschenden Meeresdüften drang ihm scharf in Augen und Lungen. Meer und Himmel waren kaum zu unterscheiden, und in der Leere zeigten sich Formen und Schwingen, als sei die Welt gerade im Entstehen.

Campion fuhr ein kleines Stück, dann hielt er an und sah sich um. In seinem ganzen Leben hatte er noch nie eine Szenerie entdeckt, die ihm ein solches Gefühl der Einsamkeit und der ungehinderten Klarheit vermittelt hätte. Thos

Knapps freundliche, muffige Denkweise glitt von ihm ab wie die Erinnerung an eine schäbige alte Couch, als er langsam aus dem Wagen stieg, sozusagen ein paar Schritte von der ganzen Geschichte zurücktrat und sie aus dieser Entfernung betrachtete.

Zwei scharf voneinander getrennte Linien zeichneten sich ab. Erstens war da die große schwungvolle Kurve des wissenschaftlichen Durchbruchs, die wie ein kraftvoller neuer Pflanzenstengel nach oben stieß. Was würde daraus werden?

Wenn man diese Pflanze am Wachstum hindern, ja, eine Weile ganz unterdrücken konnte, oder wenn es gelang, sie im Zaum zu halten und für kleine Verwendungszwecke zurechtzustutzen, in welchen Händen würden dann die neuen Möglichkeiten liegen? Wozu würden sie eingesetzt werden?

Wenn sie andererseits zu schnell nach oben schoß, außer Kontrolle geriet, die Rauchglaskuppel durchstieß und das grelle Licht in einen Raum eindringen ließ, der stets von geheimnisvollen Schatten erfüllt gewesen war, was würde dann geschehen? Konnten müßige Gedanken, zu Geräuschen aufgebläht, den Wahnsinn über die Menschheit bringen, bis die Welt in einem Tobsuchtsanfall zugrunde ging? Was für junge Mentalitäten mußten eine solche Kraft zügeln, was für neue Moralisten mußten ihr trotzen? Er wandte sich von dieser Frage ab, auf die, wie er vermutete, der alte Thos bereits die einzige Antwort gegeben hatte. Zweifellos würde es so gehen wie immer. Mit der Technik kam das Personal. Er hoffte jedenfalls aufrichtig, daß es so sein würde.

Das zweite Muster, das ihn selbst vor allem beschäftigte, war unmittelbarer. Er wußte jetzt, wer Paggen Mayo getötet, wer den tückischen Handkantenschlag gegen die Kehle geführt hatte, einen Schlag, mit dem ein Könner einen Holzklotz spalten konnte. Jeder, so dachte er, der die Ereignisse so verfolgt hatte wie er, mußte wissen, wer der Täter war, und doch stellte er jetzt bei näherer Überlegung fest, daß er weniger als nichts wußte, weil er nämlich den Mann nicht kannte.

Es war wie in dem Kinderspiel: »Du bist's! Du bist's! *Aber wer bist* du?«

Er war noch weit von der Antwort entfernt, als er wieder in seinen Wagen stieg und weiter über die holprige Straße schaukelte. Die Ränder waren gefährlich, denn dort stand das graue Gras hoch und verbarg die Kante, wo der Pfad endete und der senkrechte Absturz begann.

Er dachte an den Mann, ließ ihn vor seinem geistigen Auge erstehen und versuchte ihn zu begreifen, als er den kleinen, grünen Lieferwagen sah.

Das Fahrzeug fiel in der riesigen Silberschüssel so wenig auf, daß er es wohl schon seit einiger Zeit angestarrt haben mußte, ohne zu erkennen, was es war. Es war auf einer Seite der Straße geparkt, zwei Räder ragten fast über den Rand hinaus, aber es war immer noch nicht genügend Platz, um den Hawk vorbeisteuern zu können, und deshalb mußte Campion anhalten. Als er langsam heranfuhr, sah er Arnold auf dem Fahrersitz. Er lehnte in einer Ecke, schaute in eine Zeitung und schien auf etwas zu warten.

Sieben oder acht Meter vorher kam der Wagen zum Stehen. Das Licht tauchte die beiden Fahrzeuge in seinen merkwürdigen, alles kaschierenden, verkleinernden Schein und verringerte damit auch die Bedeutung der beiden Männer füreinander. Die Sonne war noch nicht aufgegangen, aber man konnte das Gold bereits ahnen.

Der Mann im Lieferwagen hob die Augen und sah sich kurz um. Er faltete seine Zeitung zusammen, zog den Mantel fester um sich, beugte sich vor und öffnete die Fahrertür. Dann stieg er ganz langsam aus, so daß Mr. Campion genügend Zeit hatte, ihn von neuem zu betrachten.

Das klassische Flair des Dieners aus vornehmem Hause umgab ihn noch immer; Weltgewandtheit und joviale Lässigkeit umhüllten ihn wie ein Talar. Aber zum ersten Mal durchschaute Mr. Campion diese Tarnung mühelos. Er sah einen Mann von fünfundvierzig Jahren, untersetzt, kräftig, mit den abfallenden Schultern und dem kurzen Hals des geborenen Kämpfers. Er schien in guter Verfassung zu sein, vielleicht ein wenig angespannt, und seine glänzende Haut war am Haaransatz feucht. Campion bemerkte, daß seine Augen den träge belustigten Ausdruck völlig verloren hatten.

Mr. Campion machte sich kaum Illusionen. Er hatte nie sehr viel gewogen, und er war unbewaffnet. In den Formen des Judo, die man im Westen übernommen hatte, war er einigermaßen bewandert, aber der Jüngste war er gerade nicht mehr. Außerdem war er müde von der durchwachten Nacht mit Thos und, das war das schlimmste, aufs äußerste gereizt. Er fühlte sich als Unglücksrabe, und das Bedauern über seine eigene Torheit, die ihn veranlaßt hatte, ohne Waffen auf die Insel zu kommen, durchfuhr ihn plötzlich wie ein Messerstich.

Er kurbelte das Fenster herunter und wartete. Arnold näherte sich dem Wagen, knöpfte seine Jacke zu und beugte sich herab, die rechte Hand oben auf den Türrahmen gelegt. Als er sein Gesicht durch das Fenster schob, lächelte er unterwürfig: »Könnten Sie vielleicht doch vorbeikommen, Sir? Ich möchte nicht riskieren, noch weiter an den Rand zu fahren.«

Die Bitte klang so natürlich, daß sie den dünnen Mann, der eigentlich alles andere erwartet hatte, für eine Zehntelsekunde verblüffte. Er machte zwar nicht den Fehler, auf die Straße zu schauen, sondern hielt den Blick fest auf die kräftige und sehr saubere Hand auf dem Türrahmen gerichtet, aber trotzdem hatte dieser Moment genügt. Arnold ließ die linke Hand auf den Griff der Hintertür fallen und saß im Fond des Wagens, ehe sich der Mann auf dem Fahrersitz auch nur umdrehen konnte. Es war eine herrliche Bewegung, schnell und geschmeidig, einen besseren Beweis für seine körperliche und geistige Behendigkeit hätte er kaum liefern können.

Als sich der dünne Mann zu ihm umwandte, hatte er sich bereits mit entschuldigendem Lächeln in die linke Ecke des Rücksitzes gedrückt und machte sich ganz klein. »Eisig, was?« bemerkte er im Plauderton. »Man glaubt nicht, wie kalt es in diesem Land werden kann, bis man auf diese Wattebenen kommt.« Die Bemerkung klang nicht ganz so beiläufig, wie der Sprecher es vielleicht gewünscht hätte. Er hörte das nervöse Zittern in seiner eigenen Stimme, und es brachte ihn ein wenig aus der Fassung. Er lachte, um es zu überdecken. »Sie haben die alten Wanzenhändler also gefunden, Sir? Ein mieser Verein, man kann nicht anders sagen!«

»Gut ausgerüstet scheinen sie zu sein.« Mr. Campions Gesicht war noch ausdrucksloser als sonst. »Ich habe Meldungen aus der ganzen Welt gehört.«

»... *und* auch welche hinausgeschickt!« Arnold war immer noch durcheinander, und die Worte waren ihm unwillkürlich entfahren. Sofort breitete sich eine tiefe Röte über sein wachsbleiches Gesicht und veränderte es unglaublich. Nachdem er sich nun einmal verraten hatte, flüchtete er sich in Aufsässigkeit. »Ich mußte einfach mithören«, sagte er unvermittelt. »Sie wollten es ja nicht anders. Ich habe Ihnen gezeigt, wie Sie zu einer Leitung kommen können, und Sie haben so selbstverständlich angebissen, daß ich mir dachte, das sollte ich genauer überprüfen. Ich habe meinen kleinen Nebenanschluß übrigens schon seit einiger Zeit. Der alte Knapp hat seine Feldtelefone offenbar aus der Arche Noah mitgebracht. Seine eigenen Jungs haben mich an seine Leitung angeschlossen; er weiß nichts davon, und wenn, würde es ihn nicht stören. Das ganze Manöver hat mich fünfhundert Virginias gekostet, und die stammten aus den Kantinenvorräten.«

Mr. Campion lächelte nicht. Er hatte dem bereits bekannten Charakterbild des Mannes noch einen Hauch von Großspurigkeit hinzugefügt.

»Es bestand kein Anlaß, mehr zu tun, als von Ihnen verlangt wurde«, sagte er steif. »Sie hätten sich mir gegenüber nur ganz normal auszuweisen brauchen, dann hätte ich Ihnen gerne alles mitgeteilt, was Sie meiner Ansicht nach wissen sollten.« Sobald die Worte aus seinem Munde waren, ging ihm auf, daß auch ihm eine höchst unselige Fehleinschätzung unterlaufen war. Arnold hatte bisher nicht gewußt, daß sie Kollegen waren. Er hatte zwar das Gespräch mit der Liebsten belauscht und ihm offenbar mindestens teilweise folgen können, aber er hatte bis jetzt sichtlich nicht begriffen, daß es sich dabei um einen offiziellen Austausch von Informationen gehandelt hatte. Die Erkenntnis schien ihn wie ein Blitz zu treffen. Die Röte war verschwunden, aber jetzt verdrehte er die Augen, daß das Weiße zu sehen war, und zeigte sich als ein zutiefst verunsichertes Tier, allerdings wirkte er immer noch eher wie ein Kämpfer als wie ein Flüchter.

»Das tut mir nun wirklich leid, Sir«, sagte er schließlich. »Man hat mir nicht gesagt, wer Sie sind, verstehen Sie? Es gibt eine ganze Menge, was man mir nicht gesagt hat.« Er zögerte, und dann brach sich plötzlich der Groll Bahn, der ihn fast zermürbt hätte. »Die Polizei von Saltbridge ... ich habe doch gehört, wie Sie Saltbridge sagten? ... ist sehr schnell dahintergekommen, wie der alte Mayo gestorben ist, was?«

»Sehr schnell. Der Inspektor dort oben hat früher einmal Nahkampf ohne Waffe unterrichtet. Das war einfach ein Glücksfall.«

»Mag sein. Aber der Schlag ist nicht festzustellen, glauben Sie mir. Er *kann* nicht aufgespürt werden. Es ist der eine Hieb, der so gefährlich ist, daß man der Öffentlichkeit nichts davon sagt.« Er war tatsächlich ins Argumentieren geraten, und Campion erkannte, daß sich der Klugscheißer in seinem Wesen immer deutlicher herausschälte. »Dabei wird das Zungenbein gebrochen«, beharrte er. »Von außen ist nichts zu sehen, und niemand schöpft jemals Verdacht.«

»Wie recht Sie hatten! Vor zehn Jahren.« Campion plazierte die kleine Bombe sehr sorgfältig. »Der Fall des in Deutschland stationierten Army Sergeant hat das alles radikal geändert. Erinnern Sie sich nicht mehr?«

»Aber natürlich. Das klassische Beispiel. Er hat vom Rücksitz eines Wagens aus zugeschlagen und die Leiche hinterher aufgehängt, um einen Selbstmord vorzutäuschen.« Die häßliche, verräterische Röte kroch wieder über Arnolds Gesicht, und seine Stimme klang verstockt. »Aber Sie vergessen offenbar, daß er damit durchkam. Man ist nicht dahintergekommen, nicht einmal bei der Army, wo man ihn ausgebildet hatte! Geliefert hat ihn erst der Klatsch, nachdem er die Frau des Toten geheiratet hatte.«

»Das hat die Polizei auf die Idee gebracht.« Mr. Campion sprach sanft aber beharrlich. »Seither denkt man bei jedem Fall daran, und das würde natürlich auch beim nächsten Mal gelten.«

»Was wollen Sie damit sagen?«

Mr. Campion machte ein Gesicht, als könne er nicht bis drei zählen. »Falls es hier passieren sollte«, erklärte er dann und fügte knapp hinzu: »Und jetzt.«

Arnold schwieg. Er strahlte noch immer eine bestürzende Selbstsicherheit aus. Das Improvisieren lag ihm im Blut, vermutete der dünne Mann, er war ein Mensch, den unerwartete Schwierigkeiten nicht abschreckten, sondern vielmehr stimulierten. Schließlich entspannte er sich.

»Mrs. Melisande hatte vollkommen recht, was Mayo anging«, sagte er plötzlich. »Ich nehme an, das wußten Sie? Er wollte tatsächlich dorthin. Genau wie sie sagte.«

»Es fällt mir sehr schwer, das zu glauben.«

»Wem sagen Sie das? Ich hielt es auch nicht für möglich!« Sein Verhalten hatte sich sehr verändert, und das verriet Mr. Campion noch etwas mehr über ihn. Seit Arnold erkannt hatte, daß sie für dieselbe Organisation arbeiteten, benahm er sich, als befänden sie sich zusammen im Krieg und durchquerten dasselbe Niemandsland, allerdings mit verschiedenen Aufgaben. Mr. Campion war dieser Geisteshaltung schon früher begegnet, und mit einem Schlag wurde ihm klar, daß den Barkeeper jetzt nichts mehr davon abhalten würde, vor ihm in aller Offenheit zu sprechen. Und er würde ihn auch ohne das geringste Zögern töten, wenn es ihm ins Konzept paßte, genau wie er Mayo getötet haben mußte. Seine sympathische Vertraulichkeit, die Neigung, sich geistig anzubiedern, waren nun als Wesensmerkmale erkennbar, und der dünne Mann, der ihn bisher für ein viel kleineres und weniger giftiges Exemplar seiner Gattung gehalten hatte, wurde sehr vorsichtig.

»Haben Sie denn irgendwelche Beweise, die diese Anschuldigung gegen Mr. Mayo stützen?« erkundigte er sich. Er wechselte damit in die Rolle des Vorgesetzten alter Schule, weil er glaubte, auf diese Weise noch am besten erreichen zu können, daß der Mann sich weiterhin sicher fühlte und sich über ihn amüsierte. Es war eine entsetzlich heikle Situation, und, wie ihm ganz gegen seine Art immer wieder durch den Sinn ging, eine verdammt alberne Art zu sterben.

»Er wollte, daß ich ihn zum Flughafen fahre.« Arnold redete, als stünde er hinter seiner Bar und plaudere mit einem Gast. »Wissen Sie nicht mehr, wie er Sie alle stehengelassen hat und mit mir zur Vordertreppe hinausgegangen ist?«

»Das war noch im Pfarrhaus?«

»Richtig. Da hat er es mir gesagt. ›Wir treffen uns in eineinhalb Stunden im ›Donkey and Boot‹, Covent Garden‹, sagte er. ›Warten Sie dort auf mich und halten Sie um Himmels willen den Mund.‹«

»Und Sie sind hingefahren?«

»Warum nicht? Ich hatte ja Zeit. Der Markt macht sowieso nicht vor fünf auf. Nicht einmal das hat er gewußt. Nur die Verladetrupps kommen früher. Er war schließlich der Boss. Ich wäre gar nicht mitgekommen, wenn er mich nicht dazu gezwungen hätte.«

»Ich verstehe nicht, inwiefern er Sie gezwungen hat.« Jetzt gab sich Mr. Campion bewußt störrisch, und er spielte ganz grandios den Untüchtigen.

»Nicht?« Arnolds Mund faszinierte den dünnen Mann am meisten. Jeder Zahn schien sichtbar zu sein, und alle waren sie klein und nach innen geneigt. Der Mann wirkte sehr mit sich zufrieden. »Ihr Burschen seid auch nicht alle so gut, wie man euch nachsagt«, fuhr er fort, und sein grober, aber bohrender Verstand schob sich noch näher heran. »Die ganze Organisation überrascht mich sehr, das kann ich Ihnen sagen. Sie leiden ganz beachtlich an Selbstüberschätzung. Ich meine, wie kann man nur *Ludor* vertrauen? *Er* hat Mayo erzählt, daß Sie mich angeworben hätten. Ich konnte es gar nicht fassen. Als Mayo damit rausrückte, um seine eigene Autorität zu unterstreichen, wäre ich fast umgefallen. Wir hatten gerade den jungen Martin Ferris vor der Hütte ins Gras gelegt, als er alles ausspuckte. Mein Gott, dachte ich mir, mit was für einem Verein hast du dich da nur eingelassen!«

»Soll das heißen, er hat gedroht, Sie bloßzustellen?« Die Begriffsstutzigkeit des Beamten paßte nicht sehr gut zu Mr. Campions liebenswürdigem Gesicht. »Vor wem denn?«

»Passen Sie auf, Sie kommen offenbar nicht ganz mit«, mahnte Arnold. »Strengen Sie sich ein bißchen an, benützen Sie Ihre Maschine. Er hatte mich dazu gebracht, die Kantine alleinzulassen und mit ihm zur Ferris-Baracke zu gehen, weil er wußte, daß ich einen Schlüssel dazu habe... den habe ich für die meisten Häuser. Der Boss sieht es gern, wenn ich überall reinkann, falls es nötig sein sollte.«

»Woher wußte Mayo das?«

»Ich hab's ihm erzählt. Er hat mir einmal einen Schlüssel zur Ferris-Baracke gebracht, den er sich angeblich ausgeborgt hatte. Er wollte, daß ich ihm ein Duplikat machen lasse. Da spielte ich aber nicht mit! Deshalb sagte ich ihm, es sei nicht nötig, da wir für Notfälle im Büro Zweitschlüssel aufbewahren, und damit hatte ich ihm einen Floh ins Ohr gesetzt. Er hat mich Freitag abend daran erinnert und mich gebeten, ihn zur Baracke zu begleiten. Natürlich wollte er einen Zeugen. Nun, wir holten Ferris raus, und anfangs hatte ich auch nicht die leiseste Ahnung, was da lief. Ich glaubte wirklich, der dumme Kerl hätte sich vergiften wollen. Dann kapierte ich, was Mayo vorhatte, er wollte nämlich 'ne Schau abziehen, um den armen Teufel unglaubwürdig zu machen, und da hab ich mich aufgeblasen und ihm gesagt, mit mir nicht. ›Ach, kommen Sie‹, sagte er. ›Ich weiß doch, für wen Sie arbeiten. Heute morgen hat man Sie angeheuert, stimmt's? Lord Ludor hat es mir erzählt. Er ist so unzufrieden mit dem Sicherheitsdienst, daß er denen seine eigenen Leute unterjubelt. Es ist Ihre Pflicht, mir zu helfen‹, sagte er dann. ›Sie holen jetzt den Lieferwagen, und ich zeichne die Fahrerlaubnis ab.‹ Da hatte ich natürlich keine andere Wahl mehr.«

»Warum?« Mr. Campion unterdrückte die Frage gerade noch rechtzeitig. In seinem Kopf hatte ein Warnlicht aufgeleuchtet. *Die Gefährlichsten von allen sind nicht die Intelligentesten.* Dieser Aphorismus aus vergangenen Kriegszeiten stieg aus seinem Unterbewußtsein hoch, und er fragte sich, ob der Schweiß auf seiner Stirn wohl zu sehen war.

»Ich habe Ihnen und Ihren Freunden die Sache so klar gemacht, wie ich nur konnte... damals glaubte ich noch, Sie seien von der Polizei«, sagte Arnold gerade, und sein breiter Mund ließ Mr. Campion irgendwie an zwei aneinanderschlagende Untertassen denken. »Als er mir dann sagte, ich solle ihn abholen, dachte ich, ich sei gedeckt. Falls es Schwierigkeiten geben sollte, wußten Sie beide, daß ich nur ein armes kleines Würstchen war, das seine Befehle befolgte, ohne allzu begeistert davon zu sein. Ich wollte ihn aber auch nicht kränken, ich dachte, er wolle nur seine Frau sitzenlassen, damit sie sich alleine nach Hause durchschlagen müßte, also fuhr ich hin.« Er hielt inne und seufzte über seine eigene Leichtgläubigkeit. »Als nächstes sagt man mir, ich soll zum Flughafen fahren, oder jedenfalls verdammt in die Nähe.«

»Hat er den Flughafen tatsächlich erwähnt?«

»Nein, dafür war er zu ausgekocht oder hielt sich jedenfalls dafür. Diese genialen Wissenschaftler haben eigentlich gar nichts im Oberstübchen. Keinen Funken gesunden Menschenverstand. Sie versuchen mit Dingen durchzukommen, die nicht mal ein Kind probieren würde. Er hat mir ein langes

Märchen über eine große Anlage draußen an der Aronbridge Road erzählt, die er angeblich besuchen wollte, ich sollte ihn davor aussteigen lassen und dann brav nach Hause fahren und zu niemandem ein Wort darüber sagen, ganz gleich, was ich vielleicht hörte. Ich frage Sie, kann man noch naiver sein? Man hätte uns für zwei kleine Mädchen halten können!«

Mr. Campion runzelte die Stirn. »Es gibt da draußen wirklich eine Reihe von Gebäuden«, murmelte er. »Sie gehören der Post. Es ist die Londoner Versuchszentrale.«

»Tatsächlich? Dann wollte er mich damit hinters Licht führen, sehen Sie? Er dachte wirklich, ich würde ihn da hinfahren, ohne an den Flughafen auch nur zu denken, und er könnte in das nächste Flugzeug steigen und mit den Geräten in der Brusttasche das Land verlassen, ehe es jemand merkte.«

Die leise Stimme mit dem weichen, unbestimmbaren Akzent verstummte einen Augenblick. »So ist es gelaufen«, sagte er endlich, als spräche er von einem Auftrag, der zwar ganz zufriedenstellend, aber nicht so gut erledigt worden war, wie es wünschenswert gewesen wäre. »Er hatte herausgefunden, für wen ich arbeitete, und er wollte unbedingt was weiß ich wohin, mir blieb also gar nichts anderes übrig, als ihn aus dem Verkehr zu ziehen, und ich hatte verdammt wenig Zeit dafür.«

»Aber warum?« Zum zweiten Mal hielt Mr. Campion die Frage zurück. Auch wenn der Mann einen tragischen Fehler begangen und angenommen hatte, Mayos Ziel sei ein Flughafen und nicht das Labor eines Freundes, warum hatte er geglaubt, den Wissenschaftler eliminieren zu müssen? Nur, weil Mayo wußte, daß Arnold für Lord Ludor spionierte und man ihm vor lächerlich kurzer Zeit beim Britischen Sicherheitsdienst einen sehr kleinen Auftrag anvertraut hatte? Die einzige mögliche Antwort traf Mr. Campion mitten zwischen die Augen wie eine Erleuchtung, und ein großes Stück des Puzzles fiel an seinen Platz.

Wenn Arnolds wahre Loyalität einer dritten Partei gehörte, einer größeren und noch eifersüchtigeren Organisation, dann erschien seine Haltung in einem ganz anderen Licht.

Der Mann sprach bereits weiter.

»Das Telefongespräch, das Sie eben führten, hätte mir verraten müssen, daß Sie nicht nur ein gewöhnlicher Schnüffler sind. Ich habe gehört, wie Sie dem Vögelchen eine Nachricht gegeben haben, die sie weiterleiten sollte. Sie sollte jemandem erzählen, daß der ›Sack‹, wie Sie die Leiche nannten, London im Fond eines Personenwagens und nicht eines Lasters verlassen habe. Woher wußten Sie das?«

»Sie haben es mir selbst gesagt, als Sie mir die Nachricht von meiner Frau brachten. In was für einem Wagen hatten Sie ihn denn deponiert? War er irgendwo geparkt?«

»Muß wohl so gewesen sein, was? Ich dachte, er hätte eine Panne!« Arnold lachte über seinen eigenen Irrtum. »Er stand zwischen allem möglichen Zeug irgendwo hinter Earl's Court in einer dunklen, mit Bäumen bestandenen Straße. In dieser Ecke lassen die Leute ihre Fahrzeuge den ganzen Winter über vor ihren Häusern stehen. Ich habe mir einen Wagen ausgesucht, der mit einer dieser silbrigen Schutzhüllen aus Armeebeständen abgedeckt war. An der Form sah ich, daß es ein offenes Sportkabrio sein mußte, und ich dachte mir schon, daß es nicht mehr neu war. Ich hielt einfach daneben an und ging dann zwischen die beiden Autos. Die Haube habe ich nicht abgenommen, ich habe sie nur an der Seite angehoben, die hintere Tür aufgemacht und Mayo von einer Kiste in die andere geschoben. Schwer war er ja nicht. Ich dachte, er würde mindestens bis Weihnachten dort liegenbleiben. Ich saß gerade wieder hinter meinem Lenkrad, als zwei Polypen um die Ecke bogen und sich vor Lachen fast nicht mehr einkriegten... wahrscheinlich hatten sie sich einen Witz erzählt.«

»Das war aber ein Risiko«, sagte der dünne Mann mit bewunderndem Unterton, um den anderen zum Weitersprechen zu animieren.

»Eigentlich nicht«, meinte Arnold fröhlich. »Knifflig war's

nur, ihn um die Ecke zu bringen. Es war schon spät, aber wir waren mitten in London, vergessen Sie das nicht. Und ein Lieferwagen ist ja auch etwas anderes als ein normales Auto. Ich fuhr, und er hatte es eilig und rutschte unruhig auf seinem Sitz herum. Im alten s.w.-Distrikt ist es auch nach Mitternacht noch ziemlich hell. Endlich bin ich in der Nähe von Harrods in eine Seitengasse eingebogen und hab so getan, als sei das eine Abkürzung. Als ich merkte, daß ich nicht durchkam, habe ich, angeblich aus Versehen, die Scheinwerfer ausgeschaltet, während ich fluchend zurückstoßen wollte. Er schaute nach hinten, um zu sehen, wo wir waren, als ob er in einer Limousine säße, und als er den Kopf drehte, habe ich ihn erwischt. Ich habe nur einmal zugeschlagen. Seit dem ersten Mal genügt mir das. Danach konnte ich ihn natürlich gar nicht schnell genug loswerden.«

Es war eine charakteristische Erzählweise, zum Teil Prahlerei, zum Teil das Bedürfnis, mit jemandem über die schreckliche Tat zu sprechen, und schließlich ein echtes Interesse, die technischen Einzelheiten zu rekapitulieren. Mr. Campion hatte dergleichen schon früher in einer trockeneren Gegend und mit mehr Lärm im Hintergrund gehört, und bereits damals hatte es ihm nicht besonders zugesagt.

»Der Besitzer des Wagens muß ihn am frühen Morgen entdeckt und ihn in einen Laster mit einer Plane über der Ladefläche gepackt haben«, sagte der dünne Mann schnell. »Dort hat man ihn dann gefunden. Bei einer Massenkarambolage auf der Autobahn außerhalb von Saltbridge.«

»Richtig«, pflichtete ihm Arnold bei. »Das habe ich von Lord Ludors Sekretärin erfahren, aber sie hat mir den Fahrzeugtyp nicht genannt, und ich habe sie natürlich auch nicht danach gefragt, weil ich es schon zu wissen glaubte. Sie sehen, wie knifflig solche Dinge in einem so verschlossenen Umfeld und noch dazu in Friedenszeiten sind! Ich mache nur selten Fehler.« Seine Augen hefteten sich auf den vor ihm sitzenden Campion. »Aber wenn es passiert, dann ist es bedauerlich.«

Sein Lachen klang fast freundlich, aber er machte keinen Versuch, die Situation zu verschleiern. »Ich rede nur deshalb so lange mit Ihnen, weil ich eine Kleinigkeit von Ihnen will«, sagte er.

»Tatsächlich?« Wieder war Campion überrascht, konnte sich aber um keinen Preis eine flapsige Bemerkung verkneifen. »Nehmen Sie auch einen Scheck?«

»Sie sind mir vielleicht einer! Nein, das mache ich nicht, und Sie können mir auch Schwierigkeiten machen, aber als ich Ihnen zuhörte, dachte ich mir: ›Er weiß, wo Tantchens Vögelchen ist. Oder er glaubt es zu wissen.‹ Sie wissen doch tatsächlich, wo sich der Junge aufhält?«

»Ich versichere Ihnen, Sie irren sich. Warum wollen Sie das überhaupt erfahren?«

»Sie sind doch kein kleines Kind mehr! Ich muß Ludor bei Laune halten, nicht wahr?«

Zuerst schien diese Bemerkung keinen Sinn zu ergeben, aber dann sah Mr. Campion eine neue Möglichkeit. Er stellte fest, daß er bedenklich steif wurde, denn im Wagen war es eng, und er saß in verkrampfter Haltung und schaute über die Lehne des Fahrersitzes nach hinten. Bis zu diesem Augenblick war er davon ausgegangen, daß Thos Knapp das Gespräch mit der Liebsten sofort unterbrochen hatte, als er Verdacht schöpfte, jemand anderer höre vielleicht zu. Später hatte er freilich eingestanden, doch einen beträchtlichen Teil mitbekommen zu haben, und angesichts dessen konnten sich die Dinge durchaus auch ganz anders abgespielt haben.

Thos war, das wußte er, sicher kein Mann, der sich von seiner Belegschaft so weit auf der Nase herumtanzen ließ, daß er tatenlos zusah, wie man seine eigene Privatleitung anzapfte; mit anderen Worten, hier war nach zwei Richtungen hin ein falsches Spiel getrieben worden, auch der Präsident von Advance Wires hatte seinen Anteil an Arnolds fünfhundert Zigaretten bekommen und sich gewiß die Möglichkeit vorbehalten, den Barkeeper jederzeit auszuschalten, wenn er keine Zuhörer gebrauchen konnte. Bei dieser Überlegung fiel Mr. Campion auch das heftige Knacken in der Leitung wieder ein, als die Liebste ihn ermahnte, er ›rede wie ein Buch‹. Wenn Thos eingegriffen hatte, sobald er diese Wendung hörte, die ihm bei seiner langen Erfahrung durchaus geläufig sein mochte, dann konnte Arnold nicht wissen, daß die Geräte wiedergefunden worden waren.

Mr. Campion überstürzte nichts. Sein Instinkt riet ihm, den Mann so lange wie möglich am Reden zu halten, in der Hoffnung, daß seine Konzentration allmählich nachlassen würde.

»Ich dachte, Lord Ludor ginge davon aus, Mr. Mayo sei der Erfinder der Geräte und... äh... Tantchens Vögelchen sei bei ihm?« bemerkte er vorsichtig.

»Sie wollen mich wohl für dumm verkaufen, Mr. Campion?« Arnold hatte eine vorwurfsvolle Miene aufgesetzt, und in den matten Augen stand kein Lächeln. In vieler Hinsicht war es ein schreckliches Gesicht, aber es wirkte dennoch erstaunlich normal. »Mayo wußte, daß er etwas gefunden hatte. Das sah man ihm doch schon von weitem an.«

»Die Verstärker werden hierhergeschickt. Der Sicherheitsdienst wird sie aushändigen.«

»Wenn er sie bekommt.«

»Er hat sie schon.« Mr. Campion hatte das unbehagliche Gefühl, mit einem Tuch vor dem Kopf einer Giftschlange herumzuwedeln. »Die Staatssicherheitsabteilung hat den Endzeitpropheten aufgegriffen.«

»Wen?« Arnold war aufrichtig verblüfft, und das brachte sie beide für einen Moment aus der Fassung. Mr. Campion fing sich als erster wieder und verfluchte sich im stillen. Natürlich war es durchaus möglich, daß der Barkeeper diese Kontaktperson nicht kannte.

»Ich habe noch nie gehört, daß man ihn so nennt.« Arnold war sehr neugierig, und er strahlte auch eine gewisse Unruhe aus.

»Er hat manchmal diese Verkleidung gewählt.« Campion hatte zu viel Erfahrung, um sich irgendwie zu verbessern. Bei dieser Art von Gesprächen machte man einfach weiter, oder man hörte ganz auf. »Er war Schriftführer einer Weltuntergangsgesellschaft und legte eine der Mönchskutten an, in denen die Angehörigen dieser Gruppe auf Kundenfang gehen. Als man ihn fing, wollte er die Dinger gerade zusammen mit einer der Schriften der Gesellschaft einem bekannten Agenten übergeben. *Ich rede von dem Mann mit der weißen Katze.*«

Jetzt hatte er das Gefühl, die Giftschlange mit einem Stock zu traktieren, und wappnete sich gegen die Reaktion, aber zu seiner Verwunderung entspannte sich Arnold und lachte.

»Du lieber Gott! Das sieht ihnen wieder mal ähnlich«, stellte er belustigt fest. »Es ist doch nicht zu fassen! Verkleidungen, Kostüme! Das steckt einfach drin, man kann es ihnen nicht austreiben. Vor der Revolution hat jemand ein paar erstklassige Übersetzungen eines Schriftstellers namens E. Phillips Oppenheim für sie angefertigt, und daher beziehen sie ihr Englandbild. Haben Sie jemals Conrad gelesen? Sollten Sie tun. Ein Buch von ihm ist ihre zweite Bibel über die Briten. Früher oder später werden sie vielleicht einen modernen Autor entdecken! Und dann kommen auch ein paar Raketen drin vor! Aber wir beide werden das nicht mehr erleben.« Er sah den Schatten über das blasse Gesicht vor sich gleiten und zuckte die Achseln. »Ich sage ja gar nicht, daß Sie wie ich zwei Herren dienen«, gestand er offen. »Ich meinte nur, was immer ihnen auch einfällt, früher oder später werden auch die Briten darauf kommen! Am Ende haben die Briten sogar *mich* eingeholt, sie wußten es nur nicht. Es ist zum Lachen, das müssen Sie doch zugeben!«

Nachdem jetzt alle Karten auf dem Tisch lagen und der Ausgang des Gespräches feststand, war Mr. Campion fast erleichtert.

»Sie setzen ein rührendes Vertrauen in die Verschwiegenheit des Teestubenbesitzers«, bemerkte er und wagte es, sein verkrampftes Bein auszustrecken.

»Ich? Ich soll der alten Tunte mit der Katze vertrauen? Reden Sie doch keinen Unsinn! Er kennt mich gar nicht. Ich habe ihn gesehen und auch einiges über ihn gehört, aber er hat mich nie zu Gesicht bekommen.« Mr. Campions Reaktion belustigte ihn, und er erbarmte sich seiner Unwissenheit. »Ich habe das Milchflaschenverfahren benützt. Eine saubere Sache, wenn man es kennt. Ich weiß nicht, ob es ihre Idee war oder ob sie von ihm stammte oder ob ihn die verdammte Katze darauf gebracht hat!« Jetzt spielte er die Stimmungskanone wie bei seinen Kunden in der Bar. »Die Cribb Street und die Dortmunda Street verlaufen parallel hinter der Wigmore Street«, fuhr er fort. »Dazwischen ist eine schmale Gasse, die die beiden Hinterhofreihen voneinander trennt. Hohe Ziegelmauern mit Türen auf beiden Seiten, Sie wissen doch, wie so etwas aussieht? Die Gasse ist gerade breit genug für den Müllmann, für die Polypen, wenn sie 'ne Zigarettenpause machen, und für die Milch. Meine alte Tunte aus der Teestube hat immer einen Kasten mit leeren Milchflaschen auf die Gasse gestellt, wenn man es ihm sagte. Nie zu einem vorher festgesetzten Zeitpunkt. Sobald er wieder im Haus war und die Hintertür geschlossen hatte, kam ich auf Anweisung aus dem Hinterhof eines Hauses in der Dortmunda Street. Dort leben in der oberen Wohnung zwei nette alte Damen, die ich regelmäßig besuche, und sie dürfen auch den Hof benutzen. Wenn niemand in der Nähe war, stellte ich eine Halbliterflasche zwischen die anderen. Sie sah aus, als sei sie voll, weil das Glas an der Innenseite weiß angestrichen war und weil sie einen Metallverschluß hatte. Sobald ich vorbeigegangen war, kam die alte Tunte wieder heraus, als habe er die Flasche vergessen und sie versehentlich zum Leergut gestellt.«

»Nicht schlecht«, lobte Campion mit berufsmäßiger Herablassung. »Nur muß man dazu wohl ständig eine Milchflasche bei sich tragen, was ich nicht besonders elegant finde.«

»Als ob mich das kümmerte!« Das klang aufrichtig. »Aber im Schuppen der alten Mädchen wurden tatsächlich zwei Flaschen deponiert. Alles ganz harmlos – man hatte Farbe darin aufbewahrt und sie zum Trocknen aufgestellt; ich brauchte nur noch die Metallverschlüsse draufzusetzen. Mehr mußte ich selbst nie tun. Ich habe nur meine Befehle ausgeführt und dazu die vorhandenen Einrichtungen benützt. Sie gehen immer so vor. Neulich abends, nachdem ich Mayo abgeladen hatte, brauchte ich lediglich meine Nummer eins anzurufen und zu melden, daß ich einen Posten von der Liste der gesuchten Gegenstände gefunden hätte.«

»Wußten Sie denn, worum es sich handelte?«

»Nein, aber ich wußte, daß die Dinger den Kindern gehört hatten. Es gab schon seit Monaten dringende Anfragen nach irgendwelchen Geräten, von denen man glaubte, daß die Kinder sie in die Finger bekommen hätten. Dann hörte ich, was Mrs. Ferris ihrem Gatten zu erzählen versuchte, daß nämlich Mayo sie dem alten Geistlichen im Pfarrhaus abgeschwatzt hätte, und deshalb hielt ich es für relativ ungefährlich, sie an mich zu bringen. Ich wußte, daß er sie bei sich hatte. Ich hab's einfach riskiert, verstehen Sie? Und es war, wie ich Ihnen sagte: sobald ich meldete, ich hätte etwas gefunden, bekam ich Anweisung, sofort die Milch an den üblichen Platz zu stellen. Und wirklich, als ich hinkam, stand der Kasten mit dem Leergut schon draußen, und dazwischen wartete eine angemalte Halbliterflasche auf mich. Ich stopfte hinein, was ich bei mir hatte, und ehe ich wieder in meinem Lieferwagen saß, hörte ich schon, wie hinter mir der Alte die Tür aufmachte. Danach habe ich meine Einkäufe erledigt und war in weniger als zwei Stunden wieder zu Hause. Es herrschte kein Verkehr – ich konnte voll durchfahren.«

»Dieser Teestubenbesitzer oder zumindest seine Katze war in jener Nacht am St. Peter's Gate Square«, murmelte Mr. Campion.

Arnold blinzelte. »Wissen Sie, das dachte ich mir schon fast«, sagte er. »Ich habe etwas gesehen, und das hat mich hellhörig gemacht.«

»Was wollte er dort? Hat er nach den Kindern gesucht? Ein paar Stunden zuvor wollte man sie schon einmal entführen, aber der Versuch ist gescheitert.«

»Am Bahnhof Liverpool Street? Das war es also. Ich hatte Anweisung, dafür zu sorgen, daß Mrs. Ferris am Morgen nicht von hier wegkam und ihren Zug nach London verpaßte. Ich fürchtete, es könnte vielleicht schwierig sein, sie zurückzuhalten, aber dann schien es, als würde Mayo mir Rückendeckung geben. Das war übrigens eine der Kleinigkeiten, die mich darauf brachten, daß er mit den alten Soundsos – so nenne ich meine besten Kunden – unter einer Decke steckte und zum Flughafen wollte, als es soweit war. Plötzlich paßte alles zusammen, verstehen Sie?«

»Wäre denn der Teestubenbesitzer wirklich persönlich zum St. Peter's Gate Square gegangen und hätte sich dort herumgetrieben, um sich die Kinder zu schnappen?«

»Wenn etwas schiefgegangen wäre und einer seiner Kontaktleute es nicht geschafft hätte, sie sich zu holen? Möglich. Aber das weiß niemand.« Die Frage interessierte ihn nicht. »In diesem Verein kann jeder jeden Auftrag kriegen; ich dachte allerdings, er wollte nur die Katze nach Hause holen. Er liegt nämlich ständig im Clinch mit einem andern verrückten alten Knaben, der sie anlockt, um ihn zu ärgern, und dann jagen sie das Vieh durch das ganze Viertel. Eine richtige Schwulenidylle, nach allem, was man hört. Ich erfahre solche Dinge von den alten Damen in der Cribb Street. In einer solchen Gegend blüht der Klatsch wie auf einem Dorf, und er war eine von den Sehenswürdigkeiten. Und jetzt hat er sich erwischen lassen! Das wird die Soundsos ärgern. Sie haben ihn seit Jahren als ›Briefkasten‹ benützt. Er war schon da, als ich dazukam.«

»Ihre Arbeitgeber, die ... äh ... Soundsos haben die Wohnung für Ihre beiden Freundinnen gemietet?«

»Haben Sie doch ein Herz! Eine der netten alten Damen ist mit meiner Mama zur Schule gegangen. Sie ist Schneiderin. Die andere ist Modistin. Die beiden sind reizende alte Schachteln, sehr korrekt und patriotisch. Sie haben natürlich von nichts eine Ahnung. Ich hatte die Chance, die Wohnung für sie zu mieten, und sie zahlen die laufenden Kosten und sogar noch ein bißchen mehr, weil sie mir so dankbar sind. So geht das nun schon seit mehreren Jahren. Angefangen hat es, als ich bei Lord Ludor als Hausdiener aufgehört habe und hier herunterkam. Da hat es ungefähr begonnen. Ein Vermögen verdient man dabei zwar nicht, aber es lohnt sich doch.«

»Wie alt waren Sie, als Sie zu Lord Ludor kamen?«

Das war eine unerwartete Frage, und Arnold schwieg, als wolle er sich nicht daran erinnern. Zum ersten Mal während des ganzen Gesprächs benahm er sich wie ein normaler Mensch und nicht wie ein eiskalter, vorsichtiger Egoist, der offenbar nicht mehr verlangte als ein wenig Beifall für seine kleinen Prahlereien, und der fähig war, sein eigenes oder auch jedes andere Land für eine Summe zu verkaufen, die ›zwar kein Vermögen war, aber sich doch lohnte‹.

Staub sollst du fressen. Der abergläubische Gedanke erschütterte Mr. Campion zutiefst. Beinahe wäre er zusammengeschaudert. Die Anstrengung, mit der er sich beherrschte, förderte eine Erinnerung zutage, etwas, das Amanda ihm kurz vor seiner Abfahrt erzählt hatte. Es schien wichtig zu sein. Aber ehe er darauf zu sprechen kommen konnte, krümmte sich Arnold, der ihn beobachtet hatte, vor Lachen. Mit seinen großen rosigen Händen, dem breiten Mund und der wachsbleichen Haut bot er einen wahrhaft ekelerregenden Anblick.

»Sie sind wirklich ganz und gar aus der Vergangenheit übriggeblieben, was?« keuchte er. »Das gefällt mir. Ich könnte mich totlachen. Sie sind mein Vorgesetzter, und doch schauen Sie mich so naiv an, daß mir die Luft wegbleibt. Sie verstehen mich nicht, stimmt's? Und doch bin ich absolut vernünftig. Ich werde es Ihnen in ganz einfachen Worten erklären. Ich bin ein einfacher Angestellter, nicht wahr? Ich stelle meine Chefs zufrieden und verdiene mir damit meinen Lebensunterhalt. Der Chef ist König. Die ganze Zeit.«

»Jeder einzelne Chef?«

»Ja, natürlich. Das ist ja die Kunst, nur so reicht das Gehalt. Kleinvieh macht auch Mist. Hören Sie zu. Wenn Sie mit Geheimnissen handeln und ein guter Kaufmann sind, können Sie alle bedienen, Sie müssen nur fix sein und auf einen vernünftigen Umsatz kommen. Das ist der springende Punkt. Und jetzt erzählen Sie mir nicht, daß Sie noch nie auf die Idee gekommen sind! *Natürlich* mußte ich aktiv werden, als mir klar wurde, daß Mayo zum Flughafen wollte. Es war ein Risiko, aber so etwas muß man immer auf sich nehmen: ohne Gewaltanwendung, wo es notwendig ist, geht es einfach nicht. Ich konnte schließlich nicht zulassen, daß er im Hauptquartier in Wien oder sonstwo mit den Dingern auftauchte, über die ich seit mehr als einem Jahr Informationen geliefert hatte. Besonders, wenn er dort erzählte, daß ich vom Britischen Sicherheitsdienst angeheuert worden war, ehe ich selbst es melden konnte.«

»Hätten Sie es denn gemeldet?« fragte Mr. Campion überrascht.

»Natürlich, und Sie hätten es an meiner Stelle auch getan. Halten Sie die Soundsos auf dem laufenden, dann kümmert man sich um Sie.«

»Und wenn nicht, gilt vermutlich das gleiche?«

»Das ist gut, das werde ich mir merken. Den Witz kriegt meine Nummer eins vielleicht gerade noch mit. Außerdem stimmt es. Sie könnten sich niemals retten. Eines Tages denken Sie nicht mehr daran und steigen in ein Taxi, lassen sich von jemandem mitnehmen oder bleiben im falschen Eingang stehen, und das war's dann. Ich habe solche Gaunereien schon selber inszeniert, und damals habe ich meine Lektion gelernt.« Sein Lächeln wurde abschätzig. »Ich möchte Sie ja nicht verletzen, aber Ihre... Verzeihung, unsere Organisation... ist im Vergleich dazu der reine Kindergarten. Es ist doch nicht mehr als eine Regierungsabteilung, nicht wahr? Man stelle sich vor, ich werde aufgenommen, um Lord Ludor zu beschwichtigen! Oh, ich weiß, ich zähle unter ferner liefen und muß mich erst hocharbeiten, aber das werde ich tun. Sie werden sehen – oder Sie hätten es sehen können. Ich werde an die Spitze kommen. Dabei fällt mir ein, was ist mit diesem Jungen? Hat Ihre Frau ihn nun oder nicht? Für mich hat es sich so angehört, als glaubten Sie, sie hätte ihn. Nun kommen Sie schon, tun Sie mir den Gefallen.«

»Warum glauben Sie, es würde Lord Ludor ›bei Laune halten‹, wenn er ihn hätte? Godley's haben die Erfindung doch bereits oder werden sie jeden Augenblick bekommen.«

»Das hat doch nichts mit mir zu tun.« Arnold zischte es fast, so gereizt war er über Campions Begriffsstutzigkeit. »Denken Sie doch mal logisch! Es hat also eine Panne gegeben. Die Soundsos verlieren ihren Haupttreffer. Das macht sie fuchsteufelswild. *Aber nicht auf mich.* Ich bleibe ungeschoren. Ich habe meine Schuldigkeit getan. Dafür muß der alte Schwuli mit seiner Katze den Kopf hinhalten. Und für Ludor gilt das gleiche. Alles in allem – den Kantinenjob mitgerechnet – bringt er mir mehr ein als alle anderen. Er kriegt die Erfindung, aber seinen Mann verliert er. Ich tauche dabei gar nicht auf. Wahrscheinlich wird er sauer auf mich, weil ich nicht das zweite Gesicht hatte, dazwischengetreten bin und seinen kostbaren Eierkopf gerettet habe. Dem kann ich gegensteuern, indem ich ihm das ältere Kind liefere, das ihn zu den Männern führen kann, die hinter allem stehen. Sam ist zu jung. Zu Sam haben sie kein Vertrauen.«

»Es kümmert Sie also wirklich nicht, wer die Erfindung bekommt?«

»Mich kümmern? Wer sind Sie denn? Die Heldenfibel für Jungen? Das kümmert mich ebensowenig, wie es den alten

Perlentaucher kümmert, welche Nutte später die Halskette kriegt. Warum auch?«

»Wer steht hinter der Erfindung?«

»Irgendein Japaner.«

»Was?«

»Was ich sage. Irgendein Japaner. Vor kurzem habe ich auf Anweisung in einer Tasche des kleinen Sam gekramt, und da dachte ich mir, aha, aus dieser Richtung weht der Wind. Bis auf seinen Spielzeugvogel habe ich alles eingeschickt. Mit dem war nichts anzufangen, und der Junge hat sowieso nicht viel. Als ich draußen war, bemerkte ich ihn und schob ihn in einen Ventilator. In den Club konnte ich ihn nicht mitnehmen, weil ihn jeder zu genau kannte. In der Tasche war nichts besonders Interessantes, und es gab auch keine eindeutigen Hinweise, aber was ich gefunden habe, roch japanisch.« Ein säuerliches Lächeln spielte um seine schmalen Lippen. »Auf eines können Sie wetten, daß nämlich aus der Sache nicht die Sensation wird, die offenbar alle erwarten. Für jeden Schwan, der in einer solchen Institution aus dem Ei schlüpft, werden so viele Gänse produziert, daß Sie einen Kirchweihmarkt damit versorgen könnten. Wissen Sie etwas über diese Erfindung?«

»Ja«, sagte Mr. Campion unerwartet. »Wenn sie allgemein bekannt wird, ist es Ihr Tod.«

»Meinen Sie, für mich persönlich?« Arnold war interessiert.

»Nein, ganz allgemein für Leute wie Sie. Man sollte sie den ›Heiligen Patrick‹ nennen.«

Er hatte im Plauderton gesprochen. Die Konzentration ging allmählich über seine Kräfte, aber er war sich immer noch schmerzlich bewußt, daß er im Nachteil sein würde, wenn er den ersten Zug machte. Er hätte sich nicht träumen lassen, daß die Anspielung erkannt, geschweige denn aufgenommen würde. Zu seinem Erstaunen verzerrte sich jedoch Arnolds glänzendes Gesicht in heftigem Groll. Er wirkte dadurch menschlicher, aber noch gemeiner, wenn das überhaupt möglich war.

»Soll das heißen, ich bin eine Schlange?« fragte er aggressiv. »Das meinen Sie doch damit? Eine der Schlangen, die St. Patrick von jedem heiligen Berg und jeder Ebene des verdammten Irland ausgeschickt hat!«

Das Zitat und der schwache, singende Tonfall regten Mr. Campions Erinnerungsvermögen an.

»Tubby Hogan, der Vize«, sagte er plötzlich. »Sie haben ihn ohne Vorwarnung verlassen, obwohl er hilflos war, nur weil Lord Ludor Ihnen etwas mehr geboten hatte. Nicht viel. Sie sind einfach dahin gegangen, wo das Geld war. Ich nehme an, der Blinde hat Sie verflucht. War es das? Von seinem Bett aus?«

Campion schaffte es tatsächlich, die Tür zu öffnen. Er hatte sich vollständig umgedreht und spürte mit dem linken Ellbogen den Griff, während er sich mit der rechten Seite über die Sitzlehne beugte.

»Ich nehme an, er hat den alten Fluch gewählt?« bohrte er weiter. ›Auf deinem Bauche sollst du kriechen, und Staub fressen alle Tage deines Lebens‹.«

Wieder übergoß die dunkle Röte Arnolds Gesicht. »Der alte Tub hat ›Schlamm‹ gesagt«, murmelte er und wandte den Kopf ab, als Mr. Campion sich nach hinten warf. Die Tür sprang auf, und der dünne Mann kippte auf den Weg hinaus.

19
Die Schlange beißt zu

Mit dumpfer Überzeugung erkannte Mr. Campion, daß er keine Chance hatte. Während er schwerfällig auf die Beine kam und rückwärts auf den grünen Lieferwagen zuhinkte, wurde ihm bewußt, daß er auf der weiten Fläche von Watt und Himmel so auffällig war wie ein Schilfrohr.

Der Barkeeper hatte es nicht eilig, aus dem Hawk zu steigen. Eine Hand hatte er in seine Manteltasche gesteckt. Er war in glänzender Verfassung und bewegte sich herrlich geschmeidig. Inzwischen hatte sein Opfer den Lieferwagen erreicht, blieb mit dem Rücken dazu stehen und legte die Hände auf die Motorhaube. Der dünne Mann wirkte sehr kultiviert und im Grunde genommen harmlos, seine helle Hornbrille mit den ungewöhnlich dicken Linsen verlieh ihm ein eulenhaftes und ziemlich hilfloses Aussehen. Auf beiden Seiten erstreckte sich der tückische Schlamm, und die schmale Straße war leer. Mr. Campion bedauerte, daß es nicht in Frage kam, um sein Leben zu rennen. Der Standort des Lieferwagens – ganz dicht am Rand und auf der anderen Seite vom Hawk behindert – machte eine Flucht in dieser Richtung unmöglich. Außerdem hatte er sich bei seinem Sturz am rechten Fuß eine Sehne gezerrt, die ihm immer wieder Beschwerden machte, seit sie vor einigen Jahren gerissen war. Der Wind blies ihm kalt ins Gesicht, und die trostlose Leere überwältigte ihn.

›Den wohlbekannten Bach hinauf.‹ Eine Lieblingsbemerkung von Magersfontein Lugg, seinem ältesten, eigentlich kaum vorzeigbaren Freund, ging ihm durch den Sinn, und er mußte lachen. Die Belustigung ließ sich nicht unterdrücken und äußerte sich in einem hörbaren Schnauben, das Arnold stutzen ließ.

»Hysterisch geworden? Oder amüsiert Sie vielleicht irgendwas?«

»Beides«, murmelte Mr. Campion zerstreut. »Ehrlich währt am längsten.«

Der Barkeeper lächelte schwach. »Sie sind wirklich nicht ganz bei Trost, was?«

Er kam immer näher, und Campion zögerte so lange, wie er es wagen konnte, ehe er leise bemerkte: »Ich habe Ihren Lieferwagen signiert.« Damit trat er zur Seite.

Er hatte Erfolg. Die unerwartete Information war gerade ungeheuerlich genug, um Arnolds Konzentration zu stören. Seine rechte Hand blieb in seiner Manteltasche, aber er verlagerte sein Gewicht. Die Buchstaben A. C. auf dem Lack waren erstaunlich leserlich, wenn man bedachte, daß sie mit einer Nagelfeile von einem Mann gekritzelt worden waren, der die Hand hinter dem Rücken hatte. Die Kratzer waren ziemlich tief und würden nur mit fachmännischen Methoden zu beseitigen sein.

Es gab einen einzigen Moment, in dem Mr. Campion hätte angreifen können, aber der eine Schritt hatte ihn gewarnt. Seinem Fuß war nicht zu trauen.

Arnold hielt eine Armlänge Abstand, warf aber einen kurzen Blick auf den beschädigten Lack.

»Sie dummer Tölpel! Warum zum Teufel haben Sie das gemacht?« Er war so schockiert, als wäre der Anlaß ganz alltäglich gewesen. »Sie halten sich wohl für sehr schlau, was?«

»Es ist die einzige Möglichkeit, eine Nachricht zu hinterlassen.«

»Ich weiß. Ich verstehe. Ich bin nicht so blöd, wie Sie glauben, aber so verdammt gerissen sind Sie nun auch wieder nicht.«

Mr. Campion fand ihn erschreckend, weil seine Wut nicht gespielt und weil die Geisteshaltung, in der er sich so offensichtlich auf seine Tat einstimmte, so völlig durchsichtig war.

Er ging genau wie ein Berufskiller jeder anderen Sorte vor: wie ein Henker, ein Metzger, ein Söldner oder ein Kammerjäger. Er widmete sich der Operation mit gewaltigem Ernst, war sich aller Schwierigkeiten bewußt, spürte aber keinerlei abergläubische Scheu. Der Ärger über den verkratzten Lack war ihm unter die Haut gegangen, und jetzt nahm er sich Zeit, um sich zu beruhigen, damit er nicht aus Ungeschicklichkeit einen Fehler beging.

Er stand neben der Motorhaube des Lieferwagens, seinem Opfer gegenüber, und rieb bekümmert mit dem Daumen über die Spuren, ohne jedoch den Blick von Campion zu wenden.

»Was sollen denn die Polypen damit anfangen?« fragte er. »Selbst wenn sie es finden und versuchen sollten, sich irgendeinen *Reim* darauf zu machen, was glauben Sie, was *ich* ihnen dann erzähle? Ich kann doch wohl ein paar Kratzer auf meinem eigenen Wagen erklären, meinen Sie nicht? Sie haben ihn *nicht* signiert. Das ist kein Scheck, den ein Handschriftenexperte überprüfen könnte!« Er warf einen kurzen Blick auf den Schaden. »Mutwillige Zerstörung!« konstatierte er, ohne zu bemerken, wie lächerlich das klang.

Mr. Campion sagte nichts, und nach einer Weile wandte sich der Barkeeper wieder dem anstehenden Problem zu.

»Ich sehe ein, daß ich auf den guten alten Nahkampfhieb verzichten muß, wenn der bereits bekannt ist, aber das ist schließlich nicht die einzige Möglichkeit, die Sache zu erledigen«, bemerkte er und schob die Hand wieder in die Tasche.

Mr. Campion wußte nicht, was er zu erwarten hatte. Eine Pistole war unpraktisch, wenn kein Verdacht auf Mord entstehen sollte, und dieser Einwand galt vermutlich auch für ein Messer. Er tippte auf einen kurzen Totschläger, eine der schmalen Profiwaffen aus Gummi, die in der Hand eines Experten auf irgendeine verwundbare Stelle zielten, hinter das Ohr, unter das Kinn oder hoch oben auf den Hinterkopf. Als die Waffe dann tatsächlich auftauchte, war er überrascht.

Arnold zog langsam die Hand heraus, und seine Finger umschlossen einen kurzen, dünnen Dorn in einem stummelartigen Halter. Er war fast so dünn wie eine Stricknadel und etwas länger als ein Wurfpfeil, und Campion begriff, daß man einen fachmännisch gesetzten Einstich auf dem Obduktionstisch lange würde suchen müssen. Bei einer Leiche in schlechter Verfassung, bei einer Leiche etwa, die man aus einem im Schlamm steckenden Autowrack gezogen hatte, mußte eine solche Verletzung fast unauffindbar sein – immer vorausgesetzt, daß es nur eine gab. Das war die entscheidende Einschränkung, erkannte er, und nun begann er sich in den Hüften zu wiegen wie ein Schattenboxer. Wenn es nur einen Stich geben durfte, dann mußte er absolut richtig sitzen, um auch wirklich zum Tode zu führen. Das würde bei einem beweglichen Ziel schwierig, im Lauf der Zeit aber möglich sein, wenn Arnold nicht den Kopf verlor, und danach sah es nicht aus.

Anfangs ging alles sehr langsam. Sie bewegten sich wie Ringer auf der Suche nach einem Griff. Der Barkeeper konnte es in bezug auf Konzentration mit der Schlange, mit der Campion ihn verglichen hatte, durchaus aufnehmen, und seine glänzende Haut und die starren Augen waren ebenso häßlich. Zweimal unternahm er einen Scheinangriff auf die Kehle seines Gegners, und Campion, der an den Rand der Mauer zurückgedrängt wurde, hatte allmählich den Verdacht, daß er es eigentlich auf einen anderen Körperteil abgesehen hatte. Er stellte fest, daß er entsetzlich wenig wußte. Ein Stich in die Niere oder in die Lunge konnte ihn töten, dachte er, aber nicht sofort.

Inzwischen wurde die Versuchung, das Risiko einzugehen und den Mann unter Druck zu setzen, fast unerträglich, und das, so schätzte er, war einer der Fehler, zu denen ihn dieses Vorgeplänkel provozieren sollte. Die Entdeckung, daß er völlig ratlos war, erstaunte und erschreckte ihn. Er kam sich vor wie ein Jäger im Kampf mit einem unbekannten Tier, dessen Verhaltensweisen noch niemand erforscht hatte und das ihm, was Mut und Intelligenz anging, mindestens gleichwertig war.

Campion war fast erschöpft, als ihm aufging, daß die Finten bereits Teil des Angriffs waren. Plötzlich wurde ihm klar, daß sie den Zweck hatten, ihn zu ermüden, bis er so langsam wurde, daß der Stoß ohne jede Unsicherheit die tödliche Stelle treffen konnte. Trotz der Morgenkühle schwitzten beide Männer, und allmählich ging das Vorspiel in einen Kampf ohne Schläge über, in einen kalten Krieg, bei dem wie üblich alle Vorteile beim Angreifer lagen.

Mr. Campion hielt verbissen durch, alle Sinne geschärft, alle Muskeln angespannt, tat er sein Bestes, um sich gegen die überlegene Kraft seines Gegners zu behaupten. Die Katastrophe kam plötzlich und überwältigte ihn vollkommen. Sein geschwächter rechter Fuß knickte auf einem schlüpfrigen grauen Grasbüschel um, und ein heftiger Schmerz durchzuckte seinen Knöchel. Seine Augen flackerten, und der Barkeeper stieß zu, nicht mit dem Dorn, sondern mit der unbeachteten Linken.

Der dünne Mann konnte sich gerade noch zur Seite drehen, so daß der berüchtigte japanische Hebelgriff, der einen Mann minutenlang außer Gefecht setzen kann, das Nervenzentrum neben seinem Ohr verfehlte. Trotzdem fiel er flach auf den Rücken, sein Kopf hing über die Mauer, er hatte Arme und Beine von sich gestreckt und war weit offen für den schmalen Dorn.

In seinem Kopf dröhnte das Blut, und sein Herz schlug so laut, daß er den fernen Schrei auf dem Weg nicht hörte.

Er wußte nur, daß er gleich auf sinnlose, schmachvolle, äußerst schmerzhafte Weise sterben würde und daß sein Mörder recht gute Chancen hatte, ungeschoren davonzukommen. Sein Verstand hatte ihn nicht retten können; er hatte endlich einen Gegner gefunden, der noch raffinierter war als er.

Wütend trat er um sich und erwischte Arnold, der sich nach der rufenden Stimme umgesehen hatte, an der Kniescheibe. Der Barkeeper verlor das Gleichgewicht, kippte nach vorne und fiel auf seine rechte Hand.

»Sagt mal, Leute, was treibt ihr hier eigentlich?« Martin kam auf einem jener unglaublich alten Fahrräder über den Weg gerast, die als Gemeinschaftseigentum überall dort zu existieren scheinen, wo wissenschaftliche Geister sich zusammenfinden. Auf der glatten Straße rollte es geräuschlos dahin, und das erklärte, warum er so dicht hatte herankommen können, ohne daß sie ihn bemerkt hatten. Nun warf er das Vehikel beiseite und half Campion beim Aufstehen. Offensichtlich hatte man ihn aus dem Bett geholt, denn er hatte sich nur eine Hose und einen Pullover über seinen Pyjama gezogen, und sein Haar war zerwühlt. Er war aufgeregt und neugierig und außerdem atemlos nach der schnellen Fahrt.

»Als ich euch zum ersten Mal entdeckte, dachte ich, ihr streitet euch«, keuchte er. »Dann habe ich gesehen, wie er dich geschlagen hat, und ich habe gerufen. Du bist zu Boden gegangen und hast zugetreten. Was ist eigentlich passiert?« Er drehte sich um und betrachtete die reglose Gestalt auf dem Weg. »Alles in Ordnung mit ihm?«

»Rühr ihn nicht an!« rief Mr. Campion warnend, und in diesem Moment hob Arnold auch schon den Kopf und rappelte sich auf. Er blieb kurz stehen, dann lief er hastig, ohne die beiden anzusehen, zu seinem Wagen, stieg ein und knallte die Tür zu. Es war eine Flucht. Er machte kurze, hastige Schritte, den Kopf hielt er krampfhaft erhoben, und die Augen waren starr geradeaus gerichtet.

»Er hat etwas weggeworfen.« Martin warf einen Blick auf Campion. »Hast du gesehen? Es ist ins Gras gefallen. Was war es? Eine Pistole?«

Er wollte schon einen Schritt nach vorne machen, um danach zu suchen, als ihn Campion an der Schulter packte. Arnold hatte den Lieferwagen angelassen. Es sah so aus, als müsse er zurückstoßen, um nicht über die Mauer zu fahren, aber wenn er es doch vorwärts versuchte, standen sie zwischen ihm und dem Hawk.

Sie beobachteten, wie er sich vorbeugte, offenbar, um den Rückwärtsgang einzulegen. Das Licht war jetzt weniger grell, und sie konnten ihn beide durch die Windschutzscheibe deutlich sehen. Er hielt die Lider gesenkt, und sein Gesicht glänzte mehr denn je. Es war völlig ausdruckslos, er schien ganz in sein Vorhaben vertieft. Und dann, während sie ihn noch anstarrten, bereit, zur Seite zu springen, wenn es nötig werden sollte, klaffte sein Mund weit auf.

Es war ein erstaunlicher Anblick, schrecklich, weil absolut unpassend. Nach einer Weile fiel sein Kopf nach vorne, als sei er zu schwer geworden, und kam auf das Lenkrad zu liegen. Unvermittelt starb der Motor ab.

»Wir lassen am besten alles so, wie es ist.« Mr. Campion sprach sehr leise.

»Aber ich glaube, er ist tot. Hast du ihn gesehen?« Martin war außer sich. »Ich glaube, er ist ganz plötzlich gestorben, da, vor unseren Augen. Meinst du nicht auch?«

»Ja.«

»Verdammt! Aber das müssen wir doch irgendwie feststellen. Wir können ihn nicht einfach so liegenlassen.«

»Ich fürchte, das müssen wir sogar.« Mr. Campion zog ihn zurück. Seine Stimme klang bedauernd. »Es ist eine sehr heikle Situation. Wo hast du das Ding hinfallen sehen, das er weggeworfen hat?«

»Irgendwo da drüben. Willst du ...? Ach, du hast dir ja den Fuß verletzt. Warte einen Moment. Ich finde es schon. Halt du dich am Hawk fest.«

»Nicht aufheben.« Mr. Campions Warnung kam gerade noch rechtzeitig. Martin richtete sich auf.

»Hier ist es«, sagte er und zeigte mit der Fußspitze auf die Stelle. »Es war sein Korkenzieher; die Schutzkappe ist nicht drauf.«

Mr. Campions Kinn zuckte in die Höhe. »So ein Ding, das mit Druckluft funktioniert?«

»Ja, ein besonderes Exemplar. Er war ganz verrückt damit. Es ist eine Kopie von einem tschechischen Modell. Lord Ludor hat es ihm geschenkt. Vom Prinzip her genauso wie ein normaler Sparklet, aber schwerer. Man stößt die Hohlnadel durch den Korken, betätigt den Hebel im Griff und schickt damit einen Luftschwall in den Flaschenhals. Wenn der Druck genügend groß ist, schießt der Korken heraus. Mein Gott! Kann es sein, daß er draufgefallen ist?«

Mr. Campion schwieg einen Augenblick, dann sagte er langsam: »Ich glaube, das hat er nicht einmal selbst gemerkt. Er kann überhaupt nichts gespürt haben. Als er aufstand, hatte er vielleicht einen Verdacht, und da hat er das Ding herausgerissen und weggeworfen – in der Hoffnung, es sei vielleicht nicht wahr. Armer Teufel.«

Martin betrachtete entsetzt den Lieferwagen. »Wo ist es denn um Himmels willen eingedrungen? Daß er gleich so mausetot ist?«

»Das ist wohl Sache der Obduktion...«

»Aber daß er auf der Stelle tot war! Er ist doch tot?«

»O ja, er ist tot.« Mr. Campion öffnete die Tür seines eigenen Wagens. Plötzlich fühlte er sich unsagbar müde. Die Lungen? Das Rippenfell? Zwischen die Rippen direkt ins Herz? Die Magengrube? Irgendeine der großen Venen? Die Liste wurde immer länger, je mehr er darüber nachdachte. Fast überall in diesem wohlgeformten, breiten Torso konnte die Injektion von ein paar Kubikzentimetern komprimierter Luft erstaunlich viel Schaden anrichten und würde erstaunlich wenig Spuren hinterlassen.

Inzwischen hatte sich Martin von seinem ersten Schrecken erholt und begann wieder praktisch zu denken.

»Ich werde das Ding markieren und es dann liegenlassen«, sagte er. »Ich verstehe jetzt, was du meinst. Wir werden der Polizei einiges zu erzählen haben.« Er ließ ein Taschentuch ins Gras fallen und legte einen Stein darauf. »Er war so beliebt«, fuhr er mit einem Blick auf den Lieferwagen fort. »Ich selbst konnte ihn zwar nicht ausstehen, aber viele Leute fanden ihn unbezahlbar.«

Mr. Campion sagte nichts. Je weniger über den Barkeeper gesprochen wurde, desto besser, dachte er, jedenfalls so lange, bis er Kontakt mit der Liebsten und mit Elsie aufnehmen konnte. Der unglaubliche Zufall, der es ihm gestatten würde, die ganze Geschichte selbst der Zentrale zu erzählen, versetzte ihn noch immer in Erstaunen, denn in solchen Fällen gelangten nur selten alle Fakten in die Unterlagen. Er machte sich keinerlei Illusionen darüber, wie knapp er an der Katastrophe vorbeigegangen war. Er hatte unheimliches Glück gehabt.

»Ich bin wirklich sehr froh, daß du aufgetaucht bist«, sagte er aufrichtig, als er in den Hawk stieg und der junge Mann heranschlenderte. »Wieso bist du überhaupt gekommen?«

»Sam.« Martin war aufgeregt, wollte es aber nicht zeigen. »Er ist reingeplatzt und hat uns aufgeweckt. Wir dachten, er hätte einen Alptraum. Er sagte, du hättest ›gemeckert‹, weil du keine Waffe hattest. Ich nahm es nicht besonders ernst, aber Helena schon.« Er zögerte. »Ich nehme an, du hast wirklich etwas in dieser Richtung gedacht?«

Mr. Campion starrte ihn an.

»Ich habe etwas dergleichen empfunden, sehr stark sogar ... ach ja, vor etwa fünfundzwanzig Minuten.«

»Kümmere dich nicht um die Zeit. In diesem Bereich scheint alles drunter und drüber zu gehen. Auch für den Grad der Dringlichkeit gibt es, soweit man im Moment sehen kann, keinen Maßstab. Offen gestanden, ich glaube nicht, daß ich mich aufgerappelt hätte und rausgefahren wäre, wenn die andere Hälfte nicht gewesen wäre ...«

»Und was war das?«

»Daß Edward mehr wert sei als du. Und daß es eine ›Gemeinheit‹ sei, wie er sich ausdrückte, den falschen zu erwischen.«

»Das habe ich nicht gedacht!«

»Natürlich nicht.« Ein mattes Grinsen erhellte das intelligente Gesicht. »Das war Fred Arnolds Beitrag. Mir gefiel das Verhalten des Burschen heute abend nicht, und als Sam erzählte, daß dieses Signal von ihm kam, dachte ich, ich sollte besser mal nachsehen. Sam mochte ihn nämlich. Er sagt, er habe ihm seinen Piepmatz gerettet.«

Mr. Campion blinzelte überrascht. »Sam hat nicht nur von mir ein Signal aufgefangen, sondern auch von Arnold? Wolltest du das sagen?«

»Nun, das ist doch ganz natürlich.« Jetzt war Martin wieder der freundliche, überlegene Experte. »Diese Signale scheinen uns alle zu bombardieren, ständig, jedenfalls behauptet das die Theorie. Mit dem neuen Gerät werden sich die Leute offenbar zu vieler davon bewußt, während einige besonders empfindsame Menschen, Sam zum Beispiel, fähig zu sein scheinen, diejenigen zu unterscheiden und auszusortieren, die von Personen kommen, die sie mögen oder zumindest gut kennen. Aber wir wissen praktisch noch nichts über die Gesetze, nach denen sich diese Vorgänge abspielen.«

Mr. Campion fuhr sich mit der Hand durch das Haar. »Hat Sam noch eines von den Dingern?«

»Nein. Er sagt, manchmal fängt er auch ohne sie ein Signal auf, besonders dann, wenn er zuvor tagelang eine ›Inni-Röhre‹ getragen hat. Das läßt meiner Ansicht nach auf eine bestimmte ›Empfangstechnik‹ schließen. Ich glaube, das kann man annehmen, wenn die Geräte wirklich nur Verstärker sind, und den Verdacht haben wir allmählich. Ich sage dir, Campion, die ganze Sache entwickelt sich langsam, aber sicher zur Realität.«

Der dünne Mann betastete sein Ohr. Es kribbelte immer noch von dem Schlag, den Arnolds Linke ihm verpaßt hatte.

»Ganz deiner Meinung«, murmelte er grinsend. Martin bemerkte das Lächeln nicht. Er dachte nach und hatte die

Augen zugekniffen, weil ihn das Licht blendete, das nun golden von Osten herströmte.

»Die Möglichkeiten sind gewaltig, aber übernatürlich sind sie nicht«, sagte er endlich. »Ich meine, es ist eben nur etwas Neues; im Grunde nichts anderes, als wenn man lernt, zu fliegen oder einen Virus zu isolieren. Es ist ein echter Durchbruch, aber an den Grundlagen ändert sich dadurch nichts.«

Mr. Campion seufzte. »Ganz richtig«, sagte er trocken. »Die Schlangen und die Engel bleiben erhalten, aber von der Zwiebel ist wieder eine Schicht ab. Ich lasse dich hier, damit du Wache hältst, und fahre zu der Anlage auf Roker's Tail zurück. Je früher wir das alles melden, desto besser. Wir werden eine Menge zu tun bekommen, mein Junge, so oder so.«

20

Hinter den Kulissen eines Kuriositätenkabinetts

»In Ordnung. Wenn du meinst. Deine Freunde sind auch meine Freunde, aber das geht mir denn doch ein bißchen zu weit.« Mr. Knapp zog Mr. Campion in eine Ecke und schob ein Gorgonenhaupt sich ringelnder Kabel aus dem Weg, damit er sich auf eine Metallbank setzen konnte, die so aussah, als sei sie elektrisch geladen.

Es war Montag nachmittag. Am Sonntag morgen war Fred Arnold gestorben. Sie befanden sich in einem selten benützten Projektionsraum, der jetzt dem Präsidenten als privater Beobachtungsposten diente. Die kleine Kammer lag dicht unter dem Dach an einem Ende des Verkaufsraums und der Überwachungszentrale der Firma Advance Wires.

Unter ihnen breitete sich eine mit allen möglichen Geräten vollgestellte Fläche aus, die sie zum größten Teil überblicken konnten, während sie selbst von unten so gut wie unsichtbar waren.

Was den Rest des Gebäudes anging, so war es auf jene bedrückende Weise schalldicht, die einem die Poren der Haut zu verstopfen scheint und in jedem technischen Laien ein merkwürdiges Gefühl drohenden Unheils entstehen läßt.

Thos fühlte sich in diesem Versteck völlig zu Hause. Hier lagerten auch seine streng geheimen Artikel, und man fühlte sich unwillkürlich an den von verbotenen Gegenständen überquellenden Schreibtisch eines Internatserziehers erinnert.

»Du kannst nicht abstreiten, daß er ein ›Polyp‹ ist«, fügte Thos nach einer Pause hinzu.

Mr. Campion wußte, daß sein Freund sich nicht starrköpfig zeigen wollte, sondern daß er in einer heiklen Lage war.

»Luke ist zu Hause ein ziemlich hohes Tier, aber er ist in Ordnung«, beharrte er. »Außerdem steht er schon vor der Tür, alter Junge...«

»O.k., o.k.« Thos verstaute verschiedene Kartons in einem verschließbaren Kasten, der die ganze Wand einnahm. »Ich will nur für den Fall des Falles die Sachen hier außer Sicht bringen. Hol ihn rein, aber vergiß nicht, wir sind nicht mehr als ein kleines Rädchen in einer verdammt großen Maschine, die von einem Industrieboss gesteuert wird. Wir sind nur die armen Teufel, die hier ihre Brötchen verdienen und nicht genau wissen, was wir eigentlich machen, man hat uns lediglich zu verstehen gegeben, daß wir für die Regierung arbeiten.«

Mr. Campion lächelte ironisch. »Das müßte als Deckung genügen«, stimmte er zu und trat durch die kleine Hintertür, die auf einen Eisenbalkon hinausging. Von dort aus führte eine Treppe hinunter ins Watt.

In der Zeit seit seinem letzten Besuch waren die Grafschaftspolizei, die Staatssicherheitsabteilung und der Sicherheitsdienst sehr aktiv gewesen, und Lord Ludors höfliche Entschlossenheit, jede Phase der Ermittlungen zu kontrollieren, hatte die Arbeit nicht gerade erleichtert.

Er hatte damit eine eindrucksvolle Illustration seiner Devise geliefert, man erreiche immer, was man wolle, indem man einfach auf sein Ziel zustrebe, ohne sich beirren zu lassen, und als Luke am Sonntagnachmittag gegen vier Uhr eingetroffen war, bestand das Verbot, die Insel zu verlassen, noch immer.

Der Polizeichef hatte jedoch im Krieg bei der Militärpolizei gedient und aus dieser Zeit zwei wesentliche Dinge herübergerettet: Erfahrung mit dem Apparat und gute Freunde. So hatten seine Bemühungen schließlich dazu geführt, daß Mr. Campion spät am Sonntagabend von rotbemützten Militärpolizisten an dem Posten auf der Strada vorbeigefahren wurde. Dann war es im Eiltempo durch die kleine Stadt gegangen, und endlich hatte man ihn am Straßenrand abgesetzt, wo ihn zu seinem Erstaunen Elsie erwartete. Der Chef des Sicherheitsdienstes war so radikal von seinen Gewohnheiten abgewichen, daß er sogar London verlassen hatte, um die ganze Geschichte aus erster Hand zu erfahren.

Während sie gemeinsam durch die Gassen fuhren, lieferte Mr. Campion seinen Bericht ab, und auf diese Weise wurde ein weiteres Nest von Schimmelpilzen in den Eichenbalken des alten britischen Kriegsschiffes erfolgreich abgedichtet, um schließlich ausgemerzt zu werden.

Der Direktor war offenbar sehr zufrieden gewesen, in bezug auf Edward hatte er Campion freilich nur wenig Tröstliches sagen können. Von dem Kind gab es noch immer keine Spur, und Amanda wie auch der Kanonikus waren außergewöhnlich still und zurückhaltend. Das Pfarrhaus, so erzählte L. C. Corkran, wurde von mindestens drei verschiedenen Interessengruppen beobachtet, und man sei sicher, daß keine Nachrichten durchkämen. Er persönlich glaube, daß der Junge sich bereits im Haus befinde, er müsse freilich zugeben, daß Lord Ludor, der seine eigenen Ermittlungsmethoden habe, überzeugt sei, Edward sei noch nicht aufgetaucht.

Man konnte das alte Haus auch nicht durchsuchen, weil niemand Anzeige erstattet hatte. Dank des Bürokratismus und der grotesken Situation war man offenbar an einem toten Punkt angelangt.

Spät nachts hatte man Mr. Campion dann zur Insel zurückgefahren, und heute war Luke vom örtlichen Polizeihauptquartier herübergekommen, hatte die Ferris-Baracke aufgesucht und verlangt, Advance Wires von innen zu sehen.

»Es ist ein so verdammt alberner Name«, sagte er, als er mit Campion zusammen über den Kaimauerweg fuhr. »Was soll er eigentlich bedeuten?«

»Sie sind so fortgeschritten, daß sie keine Kabel mehr brauchen«, erklärte Mr. Campion mit einer vagen Handbewegung. »Das ist die Thos'sche Denkweise. Er ist sehr modern, das war er immer. Irgendwie hat es mit der großen Entdekkung der zweiten Hälfte unseres Jahrhunderts zu tun: wenn du dich selbst überholst, ist plötzlich nichts mehr da.«

Luke lachte. »Du bist schon richtig«, sagte er, aber er schien sich in seiner Haut nicht ganz wohlzufühlen, und nach einer Weile bemerkte er vorsichtig: »Ich nehme an, du redest vom Mond?«

Mr. Campion hörte ihn nicht, denn inzwischen hatten sie ihr Ziel erreicht.

Nachdem nun die Vorverhandlungen mit Präsident Knapp überstanden waren, blickte er über die eiserne Treppe zum Polizeichef hinab, der allein zurückgeblieben war und im Gras auf und ab stapfte.

»Alles in Ordnung«, sagte er. »Ich habe für dich gebürgt. Du kannst raufkommen.«

»Ich habe gehört, was du gesagt hast«, brummte Thos, als sie sich in den winzigen Raum drängten und Mr. Campion die beiden bekannt machte. »Sehr schlau war das nicht, Bert, jedenfalls jetzt nicht mehr. Als wir noch jung waren, konnten wir uns so sentimentalen Vorstellungen hingeben wie der, daß alle Menschen, ob uniformiert oder nicht, Brüder seien, aber jetzt heißt es ›*natürlich* freuen wir uns sehr, einen Herrn von der Polizei begrüßen zu dürfen‹. Für Sie braucht niemand zu bürgen. Wir haben nichts zu verbergen.«

»Kein Grund, so empfindlich zu sein, Mr. Knapp.« Luke hatte seinen herzlichsten Tonfall angeschlagen.

»Und wieso fängt man dann überhaupt davon an?« Die gräßliche Nase zuckte. »Sie setzen sich hierher, Chef. Dann haben Sie alles wunderbar im Blick und fallen nicht so vermaledeit auf.«

Die Szene erinnerte in ihrer verwirrend ziellosen Hektik gleichzeitig an ein Fernsehstudio und an die Geschenkabteilung eines Warenhauses. Da die Firma viele Geschäfte mit Kunden machte, die versteckte Mikrophone in den Räumlichkeiten anderer Leute anbringen wollten, gab es eine reiche

Auswahl an prächtigen Geschenkartikeln: Kronleuchter, Aschenbecher auf Ständern, barocke Tischlampen, Ormulu-Uhren und Nachtschränkchen, außerdem eine Vielzahl von Spielwaren und das, was man in dieser Branche geheimnisvoll als ›kleine Antiquitäten‹ bezeichnet. Die Tatsache, daß alle diese Dinge versteckte Ohren enthielten, tröstete Mr. Campion ein wenig, denn dadurch schienen sie wenigstens eine vernünftige, wenn auch nicht unbedingt erfreuliche Existenzberechtigung zu erhalten. So betrachtete er das Bild mit wachsendem Interesse.

Inmitten des Kabelgewirrs, der kleinen Bildschirme und Lautsprecher befand sich eine kleine Oase mit einem Teppich und einer Anordnung von Polstersesseln. Jede dieser Sitzgelegenheiten konnte beliebig mit den anderen zu einer neuen Komposition verbunden werden. Im Augenblick wurden sie von Feeoh und einem großen, dünnen Mädchen so arrangiert, als sollte eine Zirkusnummer vorgeführt werden, in Wirklichkeit erwartete man jedoch Lord Ludor persönlich, mit Gefolge, wie Thos sagte.

»Deswegen bin ich auch ein bißchen nervös«, gestand er mit gewinnender Offenheit. »Übrigens haben wir dein Londoner Versteck angezapft, Bert. Wir mußten die Slough-Belegschaft hinschicken. Seine Lordschaft möchte das Band hören, falls genügend Zeit bleibt. Wir haben ihm aber schon gesagt, daß dort nichts läuft.«

»Das Pfarrhaus?« fragte Luke, und in seinem dunklen Gesicht zuckte ein Muskel.

»Richtig. Gestern kam die Anweisung. Der Alte – Seine Lordschaft – sucht nach einem Kind. Aber das wissen Sie sicher schon?«

»Es geht wohl um den Knaben, den alle hier Versammelten zu finden hoffen, wenn er Verbindung zu einer gewissen Wohnung in Paris aufnimmt.« Luke versuchte, polizeiliche Allwissenheit mit dem aufrichtigen, wenn auch überzogenen Bemühen um Freundlichkeit zu verbinden. »Ja, Mr. Knapp, ich danke Ihnen. Sie werden feststellen, daß wir vollkommen im Bilde sind.«

»Meinen Sie? Nun, dann kann ich Ihnen ja gar nicht mehr behilflich sein.« Die rosa Rattennase bebte, und Mr. Campion schaltete sich sofort ein.

»Und was läuft bei mir zu Hause so?« erkundigte er sich etwas albern.

»Alles vermaledeit ruhig.« Thos warf ihm aus seinen Knopfaugen unter den spärlichen weißen Wimpern einen funkelnden Blick zu. »So eine Familie habe ich noch nie abgehört. Entweder schmollen sie alle, oder sie haben Halsschmerzen. Wir kriegen nichts rein außer dem Dritten Programm. Manchmal rufen sie auch noch nach dem Hund.«

Als beide Köpfe sich ruckartig zu ihm umdrehten, scharrte er verlegen mit den Füßen.

»Na, dann eben das Kätzchen«, sagte er. »Cave heißt es. Cave, Cave, mehr hört man von Mylady den ganzen Tag lang nicht. Was anderes scheint sie nicht zu sagen.«

Luke vergaß seine zwanzigjährige Disziplin und lachte laut heraus, dann versuchte er ohne Erfolg, ein Husten daraus zu machen, und errötete.

»Dann ist es also ein Papagei, was?« fragte Thos gereizt. »Schön, wenn man einen Polypen kennenlernt, der sowas noch kann, Mister. Lassen Sie sich durch mich nicht stören. Nur raus damit, sonst schaden Sie sich noch. Hör zu, Bert, ich gehe jetzt runter und sehe nach, was für den Lord Boss so anliegt. Siehst du das hier?« Er deutete auf eine Schalttafel an der Wand. »Ich stelle es so ein, daß ihr alles mitkriegt, was unten vorgeht, ohne daß man euch selbst hören kann. Aber sobald du den Schalter hier berührst, IST DIE HÖLLE LOS! Dann bist du mitten drin im Geschehen, verstanden?«

Die Reaktion der Möbelrücker, als plötzlich seine Stimme dröhnend aus dem Lautsprecher drang, machte deutlich, was er meinte, und Mr. Campion nickte und machte ein intelligentes Gesicht. Thos legte den Schalter wieder um, und die dumpfen Geräusche von unten schwächten sich ab, bis die Lautstärke schließlich angenehm war.

»... nur ein uralter und recht unappetitlicher Witz«, sagte Feeoh zu dem großen, dünnen Mädchen. »Noch ein Stück nach links, meine Liebe. Hauruck. Danke.«

Als sich die Tür zur Treppe hinter ihrem Gastgeber schloß, blitzten Lukes Zähne im Dämmerlicht auf. »Du findest wirklich immer...« setzte er an, doch der dünne Mann hob warnend den Finger, stand auf, ging im Raum umher und sah sich um. Endlich entdeckte er das Gesuchte in einem Zinnkrug mit alten Bruyère-Pfeifen, fischte es heraus und schaltete es ab.

»Das Mikro für das Tonband«, entschuldigte er sich. »Ich wußte, daß es hier irgendwo versteckt sein mußte, und zwar an einer Stelle, die entfernt mit Tabak zu tun hatte. Auch noch verkabelt, wie altmodisch. Modern, aber doch konventionell, so ist Thos, und er hat gar nicht bemerkt, daß Tabak nicht mehr so allgemein verbreitet ist wie früher. Schon auffallend, daß sich alte Kumpel niemals ändern.«

»Ist es das einzige?« Luke war schockiert und blickte sich mißtrauisch um.

»Ich bin fast sicher.« Mr. Campion folgte dem dünnen Kabel bis an seinen Ausgangspunkt. »Ich glaube nicht, daß er schon einmal unter normalen Umständen jemanden in seiner Schatzkammer allein gelassen hat, und wenn er hiergeblieben wäre, bräuchte er nur das eine für die Unterlagen. Da haben wir's. Keine zweite Leitung. Ich glaube, jetzt kann nichts mehr passieren. Wir haben gerade einen Moment Zeit, also was ist mit der Autopsie?«

Luke schien überrascht über sein lebhaftes Interesse. »Der Inspektor in Saltbridge hatte recht«, erklärte er sachkundig. »Paggen Mayo starb genau so, wie er gedacht hatte. Beide Spitzen des Zungenbeins waren gebrochen. Es gab nur einen einzigen Schlag, daran besteht kein Zweifel. Direkt auf den Adamsapfel. Arnold verstand sein Geschäft. Ja, der Direktor hat mich informiert, ehe er zurückfuhr. Schätze, man hat mir gerade so viel erzählt, wie gut für mich ist.«

Mr. Campion wirkte erleichtert, aber ehe er etwas sagen konnte, sprach der Polizeichef bereits weiter.

»Am faszinierendsten an dieser Geschichte fand ich, wie die Leiche von dem Personenwagen in den Laster kam«, sagte er. »Das war reine Polizeiarbeit und genauso verrückt, wie nur das Leben sein kann.«

»Der geparkte Sportwagen in Earl's Court gehörte vermutlich einem jungen Mann?« erkundigte sich Mr. Campion.

»Das ist dir also aufgefallen, was?« Lukes Interesse war geweckt. »Sie haben ihn zum Verhör gebracht, ehe ich wegmußte. Sobald ich ihn sah, war ich nicht mehr überrascht. Diese Typen tauchen in jeder Generation auf, närrisch wie die Katzen im Wind! Er muß gerade achtzehn sein, und der Wagen ist sein ein und alles. An dem fraglichen Morgen stand er noch im Dunkeln auf, weil er sich mit seiner Clique an der Speedwaybahn fünfzehn Meilen hinter Morton treffen wollte. Er schlüpfte in seine Kleider, rannte auf die Straße hinunter, zerrte die Plastikhülle von seiner alten Kiste, warf sie seiner Mutter in den Hof, damit die sie aufräumen sollte, und raste davon, ohne zu bemerken, daß so eine Kleinigkeit wie eine Leiche vor dem Rücksitz auf dem Boden lag! Als er durch Morton kam, wurde es gerade hell, und gleich außerhalb der Stadt sah er ein offenes Fernfahrercafé, und davor auf dem Parkplatz stand ein alter Laster. Er hielt an, stürmte in das Rasthaus und wieder hinaus und wollte gerade auf den Fahrersitz springen, als er zufällig nach hinten schaute!« Luke lachte. »Selbst dann hat er keinen Augenblick gezögert«, fuhr er fort. »Denn sonst wäre es ja mit seinem Ausflug vorbeigewesen. Also hat er so tollkühn gehandelt, wie man es nur in diesem Alter fertigbringt. Er ist sehr kräftig, und deshalb hat er die Leiche einfach aufgehoben, sie auf die Pritsche des Lasters gehievt, dessen Plane offenstand, und ein paar danebenliegende Säcke daraufgeworfen. Dann fuhr er weg und hat sich mit den anderen jungen Idioten, die sich wie er unbedingt den Hals brechen wollten, einen schönen Tag gemacht. Er sagte, er hätte kein einziges Mal mehr an die Sache gedacht, bis er am Sonntag morgen in einem Nachtlokal an der Straße zusammen mit den anderen Jungs den Polizeiaufruf hörte. Wir haben ihm geglaubt, man konnte gar nicht anders. Er war vollkommen aufrichtig.«

Mr. Campions blasses Gesicht verzog sich zu einer schmerzlichen Grimasse zwischen Lachen und Weinen. »Hat der Lastwagenfahrer denn auch nichts bemerkt?«

»Der Lastwagenfahrer und sein Beifahrer waren sehr müde«, erklärte Luke. »Sie kommen aus Saltbridge und hatten für einen Bekannten, der umziehen wollte, eine Ladung Möbel nach Süden gebracht. Ein schneller, billiger Freundschaftsdienst von Freitag nach Feierabend bis Samstag früh. Nachdem sie ihre Fracht abgeladen hatten, fuhren sie zurück und hielten an dem Café an, um zu frühstücken. Sie sahen den Jungen reinkommen und Zigaretten kaufen, und der Besitzer hat sogar den Wagen bemerkt, die Motorhaube war fast vor seinem Fenster, aber er war mit Frühstückmachen beschäftigt und hat daher nicht beobachtet, wie er wegfuhr. Nachdem der Lastwagenfahrer und sein älterer Beifahrer gegessen hatten, setzten sie sich wieder ins Führerhaus und fuhren weiter bis zur Autobahn, dann fielen ihnen fast die Augen zu. Sie steuerten einen Parkplatz an, machten erst im Führerhaus ein Nickerchen, und dann schlug der Fahrer seinem Kumpel vor, er solle sich doch hinten auf dem Verpackungsmaterial aufs Ohr legen, während er selbst noch einmal auf die Tube drückte, um nach Hause zu kommen. Der alte Knabe war davon ganz angetan und kletterte nach hinten, während sich der Fahrer wieder in den Verkehrsstrom einfädelte. Gerade als sie ihre Spur erreicht hatten, warf sich der Kumpel auf den Stapel Säcke und stieß einen Schrei aus, als ginge die Welt unter. Der Fahrer hörte ihn, und dabei muß der arme Teufel den Kopf verloren haben und wie wild auf die Bremse gestiegen sein. So eine Karambolage hast du schon lange nicht mehr gesehen. Drei Tote. Siebzehn Fahrzeuge waren ineinander verkeilt.«

Mr. Campion schwieg lange. Endlich blickte er auf. »Ihr wart alle erstaunlich schnell. Ich habe den Polizeiaufruf gehört, gleich nachdem er ausgestrahlt wurde – übrigens von hier aus. Wer hat sich daraufhin gemeldet? Der Junge?«

»Sofort. Er hat direkt in Saltbridge angerufen; er ist nicht dumm, hat nur zu viele andere Dinge im Kopf.« Charley Lukes lebhaftes Gesicht verzog sich zu einem Grinsen. »Ich war nicht anders, das weiß ich noch genau. Ich war einfach zu beschäftigt mit dem Leben an sich, um mich in Dinge einzumischen, die mich nichts angingen. Aber ich nehme an, du wolltest eigentlich etwas über Arnolds Tod erfahren? Ich bin mir immer noch nicht im klaren, wieviel wir gewöhnlichen Polizisten darüber wissen dürfen?«

Der dünne Mann betrachtete ihn nachdenklich, ging aber nicht auf die Frage ein. »Hat man eine Wunde gefunden?« erkundigte er sich.

»Nur mit Mühe.« Er tastete in seiner Tasche nach dem unordentlichen kleinen Zettelbündel, das ihm als Notizbuch diente. »Die hatten ihre Hausaufgaben heute morgen noch nicht fertig, deshalb bekam ich, als ich losfuhr, nur eine vorläufige telefonische Auskunft. Da haben wir's ja: – *Kleine Einstichverletzung etwa vier Zentimeter unter der linken Brustwarze und zwei Zentimeter nach innen. Bei der Sezierung wurde festgestellt, daß die Wunde sich zwischen der fünften und sechsten Rippe und dem Perikardium bis in die Zwischenrippenmuskulatur hinein fortsetzte. Die linke Herzkammer war offenbar nicht verletzt, aber es gab beträchtliche Störungen* (was immer das bedeuten mag), *und die linke Pleurahöhle enthielt flüssiges Blut.* Er blickte auf. »Er ist auf das Ding gefallen, das hat Mr. Ferris zu Protokoll gegeben. Soweit er sehen konnte, lief der Mann auf dich zu – zweifellos, um dir beim Aufstehen zu helfen – als er ausrutschte und ins Gras fiel, das, soviel ich höre, so glatt wie Roßhaar ist?«

Mr. Campion nickte. Luke wartete noch ein wenig und unternahm dann einen neuen Vorstoß.

»Der Chef der hiesigen Kriminalabteilung ist ein großartiger und sehr vernünftiger alter Knabe«, murmelte er so leise, wie seine kräftige Stimme es zuließ. »Einer von der alten Schule und wirklich sehr helle. Er hat mir erklärt, seiner Ansicht nach könnten Angehörigen solcher Organisationen alle nur denkbaren Unfälle zustoßen. Außerdem hat er gesagt, ihn würde gar nichts überraschen.«

Mr. Campions breiter Mund wurde noch breiter. »Das ist hilfreich.«

»Ich kann dir versichern, daß er wirklich sehr entgegenkommend ist«, beharrte Luke. »Allerdings leuchtete ihm zuerst nicht ein, warum der Mann offenbar im Morgengrauen auf einem einsamen Weg geparkt und dann mit einem Patentkorkenzieher in der Hand dagesessen haben soll, um schließlich dem Fahrer eines entgegenkommenden Wagens zu Hilfe zu eilen, der gestolpert war, als er ausstieg, um mit ihm zu sprechen! Aber er hat schließlich eine Kleinigkeit gefunden, die sogar das erklärt.«

»Tatsächlich?« Mr. Campion gab sich alle Mühe, sich sein Erstaunen nicht anmerken zu lassen.

»Ein paar frische Kratzer auf der Motorhaube des Lieferwagens«, sagte Luke ruhig. »Nicht viel, aber doch genug, um Arnold bei seiner Firma in Schwulitäten zu bringen, wenn er eine Neulackierung beantragen mußte. Der hiesige Chef ist der Ansicht, er habe sie ungesehen und ohne Zeugen etwas ›aufbessern‹ wollen, um sagen zu können, der Schaden sei mutwillig angerichtet worden, während das Fahrzeug nachts auf dem Festland irgendwo parkte, möglicherweise vor dem Covent-Garden-Markt.«

Mr. Campions ungläubiges Lächeln ging in ein Lachen über. »Und von wem, um Himmels willen?« fragte er.

»Von irgendwelchen Jungen«, erklärte Luke entschieden und prompt. »Rowdies, das übliche. Jedenfalls paßt jetzt alles zusammen, und der Leichenbeschauer bekommt den Fall fix und fertig auf den Tisch. Du hast wirklich ein Mordsglück gehabt«, fügte er ernst hinzu. »Der Bursche war ein Killer, wie man ihn unter Tausenden einmal findet. Ich habe Mayos Leiche gesehen. Pieksaubere Arbeit!«

Der dünne Mann wurde der Notwendigkeit einer Antwort enthoben, weil es hinter ihnen an der Tür klopfte und Martin, der etwas angeschlagen wirkte, den Kopf hereinsteckte.

»Da seid ihr also«, sagte er erleichtert. »Wißt ihr schon das Neueste?«

»Wie sollen wir denn?« Luke starrte ihn an.

»Es tut mir leid. Ich war sicher, ihr hättet es schon gehört.« Er trat ein, schloß die Tür hinter sich und blickte sich zweifelnd um.

»Ich glaube, wir sind einigermaßen sicher«, beruhigte ihn Mr. Campion. »Mein alter Kumpel wurde rechtzeitig daran gehindert, einen unverzeihlichen gesellschaftlichen Fauxpas zu begehen. Alles ist abgeschaltet. Also, was ist?«

»Ein Überseetelegramm.« Martin war immer noch ganz überwältigt. »Von Professor Bolitho an Professor Tabard. Ludor wurde informiert, wie nicht anders zu erwarten, und er ging fast an die Decke. Eigentlich müßte er jetzt hier draußen sein und sich einen Test anhören, der in Paris stattfinden soll – das wollten sie alle beide –, aber statt dessen ist er beim Großen Geist und macht dem die Hölle heiß. Das wird Tabard sich nicht gefallen lassen. Er mag ja aussehen wie ein zahmer Maulwurf, aber wenn man ihn reizt, kann er ganz schön wild werden.«

»Was war das für ein Telegramm?« fragte Luke geduldig, und Martin blinzelte ihn an.

»Es ist so verrückt, daß ich es am liebsten gar nicht erzählen würde«, gestand er. »Es ist ein Glückwunsch zum Erfolg des Geräts, außerdem bietet Bolitho seine eigenen Unterlagen an, die helfen könnten, den vollständigen Durchbruch zu erzielen und den praktischen Einsatz zu ermöglichen.«

Die beiden Älteren waren sich durchaus bewußt, auf welch komplexes Gebiet sie sich da vorwagten, sie sahen sich kurz an, und dann stellte Mr. Campion ganz vorsichtig eine Frage.

»Handelt es sich dabei um den Professor Bolitho aus Pittsburgh, der sich mit den neuen Forschungen über die unbekannteren Aspekte der vom Gehirn erzeugten elektrischen Impulse beschäftigt?«

»Richtig.« Martin schien sich zu wundern, daß es überhaupt jemanden gab, der eine solche Frage stellen mußte. »D. S. Bolitho: auf seinem Gebiet der Größte. Er ist mit Tabard befreundet, sie stehen in ständigem Briefwechsel. Heute nachmittag war ich gerade beim Alten, als das Telegramm kam, und er war ganz außer sich, denn seit Bolitho in allen möglichen menschlichen Energiequellen herumsondiert hat...

»Das verstehe ich nicht.«

»Das kann ich mir denken, und das wird auch noch eine Weile so bleiben...« Der Wissenschaftler zögerte. »Die Sache ist nämlich folgende, im Moment haben wir keine Möglichkeit, sicherzustellen, welche Botschaft wir projizieren. Ich meine, wir können die dabei aufgewendete Energie nicht kontrollieren. Wir wissen nicht einmal, um was für eine Energieform es sich handelt. Aber das tut alles nichts zur Sache. Wichtig ist, und das hätte Tabard fast übersehen, ein Ausdruck in dem Telegramm, der die Leute von der Zensur in der Telefonvermittlung veranlaßte, es sofort an Ludor weiterzugeben. Da stand nämlich: *Herzlichen Glückwunsch zur Leistung Ihres Teams. Ich bewundere Longfox' I.I.*«

»Was?«

»Ich habe es gesehen. Ich habe es gelesen.«

»Aber...« Luke runzelte die Stirn. »Das kapiere ich nicht. Ich dachte...?«

»Ich weiß.« Martin begegnete seinem Blick. »Das Gerät

wird nicht von Tabards Team hergestellt, ja? Wem gehört es also? Wer hat sogar seinen Namen an Bolitho verraten, der an ganz anderen Dingen arbeitet und meilenweit weg zu Hause in den USA sitzt? Wo ist Edward, und wer steht hinter ihm?«

»Jetzt kommen wir der Sache schon näher!« Luke beugte sich vor. »Genau das habe ich mich auch gefragt. Und das hat mich auf diese Fachmesse hier geführt, denn ich kenne mich zwar mit den technischen Einzelheiten dieser Sache nicht aus, aber im allgemeinen verstehe ich etwas von Menschen.« Er hielt inne, und sein Gesicht wurde sehr ernst. »Ich sehe allerdings keinen einzigen Menschen«, fuhr er fort. »Gewöhnlich gibt es bei einer Hexenjagd wie dieser entweder zuviele Verdächtige, oder einen gewissen Sowieso, den man nicht festnageln kann, aber so wie sich mir das Bild im Augenblick darstellt, ist gar niemand da. Was ist mit dir, Campion? Siehst du jemanden?«

Der dünne Mann starrte durch eines der Gucklöcher auf das Durcheinander unter ihnen.

»Ich glaube fast, ja, Charles«, sagte er endlich. »Die Idee stammt von Thos. Und eines sage ich dir; wenn die Antwort so ist, wie ich glaube, ist jeder Versuch von seiten Lord Ludors, dieses Gerät zu kontrollieren, kläglich zum Scheitern verurteilt.«

»Was ist mit Edward?« wollte Martin wissen. »Wer steht hinter ihm?«

»Das«, Mr. Campion war sehr ernst geworden, »das ist eine ganz andere Sache. Wie ich es sehe, darf man einfach nicht zulassen, daß Lord Ludor Edward in die Finger bekommt.«

21
Die Übernahme

Etwas mehr als eine Stunde später saß Mr. Campion noch immer im Projektionsraum und überlegte, daß ein Gerät zur Entdeckung einer Persönlichkeit wie der von Lord Ludor eigentlich überflüssig war. Der Mann war nun endlich eingetroffen, und die akute Nervenanspannung, die seither in dem schalldichten Gebäude herrschte, belastete alle Gemüter.

Martin war bereits unten. Der dünne Mann sah ihn mit Helena und Sam, die man ebenfalls dazugeholt hatte, auf einer Seite des Raumes stehen. Die Familiengruppe wirkte verschüchtert und sogar ein wenig rührend, wie ein Teil einer politischen Karikatur, ein Symbol der Normalität inmitten all der Utensilien des Fortschritts. Eine solche Betrachtungsweise war Mr. Campions innerstem Wesen völlig fremd, und sie erfüllte ihn mit Betroffenheit, bis er sie als Randerscheinung des Eindrucks identifizierte, den Lord Ludor auf ihn machte. Den in prächtigen, ingwerfarbenen italienischen Tweed gekleideten Baron mußte man einfach gesehen haben. Sein Rücken wirkte unter dem Wollstoff kraftvoll und aggressiv, und der feine Hemdkragen ließ seinen kurzen Hals besonders robust aussehen. Er hatte auf dem mittleren Element der Sesselgarnitur auf dem Teppich Platz genommen. Neben ihm saß seine Sekretärin, ein blasses blondes Mädchen, das fast eine Doppelgängerin von Merle Rawlins hätte sein können, sogar ihr Haar hatte den gleichen Goldton von Scotch mit Soda, nur war sie fünfundzwanzig Jahre jünger und wirkte noch nicht verbraucht.

Die dritte Person in dieser Mittelgruppe saß in einer ehrerbietig gebeugten Haltung da, die gar nicht zu ihr zu passen schien. Der schwergewichtige Mann war neu hinzugekommen, und Mr. Campion vermutete, daß es sich um den zweiten Partner von Advance Wires handelte, um den Funker persönlich, der eben erst von einer Spritztour nach Frankreich zurückgekehrt war. Der Typ war dem dünnen Mann vertraut, der Funker war auf seine Weise ebenso skrupellos wie Ludor, aber doch nicht mit ihm zu vergleichen. Er besaß eher das Format eines Hauptfeldwebels bei der kämpfenden Truppe, war also keineswegs zu vernachlässigen. Im Augenblick schien er sehr nervös zu sein, und Mr. Campion bemerkte durch das Guckloch den Schweiß auf seiner rosigen Stirn unter dem spärlich blonden Haaransatz. Er redete eindringlich auf Lord Ludor ein, aber so leise, daß seine rauhe, von Zeit zu Zeit umkippende Stimme von oben nicht mehr zu verstehen war. Sonst war niemand zu sehen außer Thos. Er stand im Eingang zu einem beleuchteten Nebenraum, aus dem wie teuflische Weinranken zahlreiche Kabel sprossen. Man hatte jedoch sehr stark das Gefühl, daß hinter den Kulissen hektische Aktivität herrschte und alle Nerven bis zum Zerreißen gespannt waren.

Zum Teil wurde dieser Eindruck direkt von Drasil Vaughan-Jenner übertragen, der Martins Platz zwischen Luke und Campion eingenommen hatte und jetzt so leise mit dem Polizeichef sprach, als sei er in der Kirche. Äußerlich wirkte er immer noch unbekümmert, aber in seinen strahlenden Augen stand Unruhe, und das natürliche Lachen in seiner Stimme hatte Mühe, sich durchzusetzen.

»Unser Großer Geist hat Lord Ludor aus dem Haus geworfen, die Tür versperrt, alle Jalousien runtergezogen und mich losgeschickt, damit ich mich an seiner Stelle auffressen lasse«, sagte er gerade. »Die Situation ist offenbar folgende, entweder sind die Geräte, die uns von Ihren Leuten übergeben wurden, nicht dieselben, die Mayo den Kindern abgenommen hat, oder sie wurden in der Zwischenzeit so stark beschädigt, daß sie fast nicht mehr zu reparieren sind.«

»Tut mir leid, das zu hören, Sir«, knurrte Luke unverbindlich. »Ich habe auf dem Weg von Saltbridge im Hauptquartier vorbeigeschaut, dort habe ich sie gesehen und auch identifiziert. Sie sahen nicht schlimmer aus als beim ersten Mal, nur sehr schmutzig, aber das waren sie schließlich immer.«

»Das haben wir auch gehört.« Der junge Mann musterte ihn nervös. »Aber als sie gereinigt und von Staub und Klebemasse befreit worden waren ... Polizeichef, die Experten haben sich schon gefragt, ob Sie sich vielleicht geirrt haben könnten. Sie waren doch vollkommen sicher, nicht wahr?«

»So sicher, wie man sein kann, ohne sie markiert zu haben. Ausprobiert habe ich sie nicht mehr.«

»Aha.« Drasil zögerte und entschloß sich dann, rückhaltlos offen zu sein. »Folgendes ist passiert: zuallererst scheint Lord Ludor Mühe gehabt zu haben, die Behörden davon zu überzeugen, daß die Dinger nicht nur Beweisstücke gegen einen ausländischen Agenten sind, den man zufällig geschnappt hatte. Ich glaube, anfangs wollte die Polizei sie überhaupt nicht herausrücken. Um diese Schwierigkeit aus dem Weg zu räumen, ließ Lord Ludor sie in London von Experten untersuchen, und diese Leute haben eben telefonisch ihren vorläufigen Bericht durchgegeben. Sie sagen ganz ungeschminkt, ihrer Ansicht nach habe sich jemand einen Scherz erlaubt.« Er lachte verlegen. »Unseren Informationen nach haben Sie eines von den Dingern ausprobiert und Mayo ebenfalls, und Sie haben eine Reaktion gespürt oder glaubten es wenigstens, aber die einzigen, die sonst noch damit gearbeitet haben, waren die Kinder, und die sind natürlich nicht zuverlässig.«

Lukes schwarze Augen unter den dreieckigen Brauen funkelten wild. »Auch Kanonikus Avril hat einen Versuch gemacht.«

»Ja, sicher, aber er ist schon sehr alt, und er schlief dabei ein oder träumte, nicht wahr? Das haben wir dem ersten Bericht entnommen, der, glaube ich, von Ihnen abgefaßt wurde.«

Mr. Campion hörte zu und dachte, Drasil sei eigentlich nicht aggressiv, sondern flehe nur um eine Chance. Er betrachtete den mächtigen, tweedbekleideten Rücken unten im Vorführraum und glaubte zu bemerken, daß Ludors Anspannung etwas nachgelassen hatte.

»Ist Lord Ludor etwa der Meinung, die ganze Sache sei ein Schwindel?« fragte Luke, und obwohl man sie unten nicht hören konnte, spähte Drasil ängstlich durch das Guckloch.

»Ich zweifle ja nicht an Ihrer Aussage, Polizeichef«, sagte er müde. »Und Professor Tabard ist vollkommen überzeugt davon, daß Sie das empfunden haben, was Sie beschreiben. Genau diese Gefühle hätte er erwartet, sagt er. Aber Lord Ludor hat tatsächlich an einen Schwindel oder an einen Scherz gedacht. Sollte sich das als richtig herausstellen, dann wäre er zwar enttäuscht, aber er würde einfach übersehen, welche Unannehmlichkeiten wir damit haben.«

»Verstehe, Sir.«

»Nein, Chef, das verstehen Sie nicht!« Das war ein Aufschrei aus tiefster Seele. »Ganz inoffiziell, in diesem Augenblick versuchen die armen Schwachköpfe in der Stadt, eines der Dinger zu reparieren und das zweite zu analysieren, und in jeder Phase mischt sich die Polizei ein. Und dabei ist alles, was sie, soweit sie sehen können, in der Hand haben, ein Paar ganz gewöhnlicher, billiger Verstärker aus einem kleinen ausländischen Transistorradio.«

»Bei dem Ding, das ich ausprobiert habe, war kein Irrtum möglich.«

»Ich weiß. Ich weiß.« Drasils Gemurmel war wie ein beschwichtigendes Hintergrundgeräusch. »Mayo ist jedenfalls drauf reingefallen und hat deshalb sein Leben verloren, der arme Kerl. Wir fragen uns nur, ob vielleicht, Sie haben schließlich keine Erfahrung mit diesen Dingen, etwas anderes, eine kleine Batterie etwa, hätte eingebaut sein können, ohne daß ...«

Mr. Campion hörte nicht weiter zu, sondern drehte an einem Knopf, um die Geräusche aus dem Auditorium zu verstärken.

Der Funker sprach noch immer sehr leise, ein beschwörendes Raunen, zu dem Lord Ludor offenbar jeden Gesprächspartner provozierte.

»Ich nehme es auf meinen Eid«, wiederholte er gerade, und die altmodische Phrase klang wie ein heiliges Versprechen. »In dieser Wohnung hält sich außer dem englischen Mädchen kein Erwachsener auf. Mrs. Rubari ist weggefahren, ehe wir hinkamen, und das erste, was wir gestern morgen aufgeschnappt haben, war die Stimme des Jungen, Henri heißt er, und er sprach von ihr. Sie wird am Mittwoch zurückerwartet. Sicher, wir haben nicht jedes einzelne Wort aufgefangen, Sir, aber wir haben doch eine ganze Menge. Wir haben die Wohnung ununterbrochen überwacht, und es wurden Abschriften von allem angefertigt, was überhaupt als relevant angesehen werden konnte...«

»Von wem?« Mr. Campion zuckte erschrocken zusammen. Er hatte vergessen, wie Lord Ludor sich anhörte, wenn er in dieser Stimmung war.

»Von mir, Sir.« Die Stimme mit dem starken westenglischen Akzent klang nicht weniger starrsinnig.

Lord Ludor lachte. Er schien zufrieden. »Es sind also keine Erwachsenen dort außer der englischen Lehrerin, Gouvernante oder was immer sie ist, und dazu die beiden Jungen? Aber der zweite Junge ist der Sohn von Grégoire von Daumier. Jedes Wort, das in dieser Wohnung gesprochen wird, könnte direkt dorthin gehen, das ist Ihnen doch klar?«

»Ich weiß, daß das nicht der Fall ist, Sir.«

»Wieso?«

»Ich habe in der Wohnung ein Zweiwege-Mikro Marke Groten-Forbes installiert. Wenn irgend etwas rausginge, wüßte ich es.«

»Vielleicht machen sie es ja ganz offen. Mit Direktverbindung.«

»Auch dann würde ich etwas merken.«

»Sie scheinen sich sehr sicher zu sein.«

»Verdammt ... ich bin sicher, Sir.«

»Hm.« Ludor regte sich und stieß das Mädchen neben sich an.

»Wieviele von den Aufzeichnungen, die er mitgebracht hat, hast du überprüft?«

»Ich habe die durchgesehen, die ich hier habe.« Ihre Stimme klang so beruhigend wie die von Merle. »Viel Interessantes scheint nicht drin zu sein, bis auf diesen Test um fünf Uhr. Von dem sprechen sie immer wieder.«

»Hat jeder der Jungen eines von den verdammten Dingern?« Er war immer noch mißtrauisch, strich ständig um die Idee herum und konnte sich nicht davon trennen.

»Es scheint so. Vor dem englischen Mädchen reden sie nicht darüber, vielleicht ist auch alles nur Einbildung; du weißt doch, was Kinder manchmal für Spielchen treiben. Sie scheint eine Angestellte von Grégoire zu sein, ist nur zusammen mit dem kleineren Jungen zu Besuch und paßt auf die Wohnung und auf den jungen Rubari auf, solange dessen Mutter und ihre Hausgehilfin verreist sind.«

»Wie alt ist das Grégoire-Kind?«

»Etwas über zehn, glaube ich. Henri Rubari ist zwölf.«

Lord Ludors geräuschvoll schnaubendes Lachen zerriß die Stille. »Du glaubst, wir strampeln uns alle ganz umsonst ab, nicht wahr? Ich glaube es auch! Diese albernen Lausebengel!«

Das Mädchen zögerte, dann neigte es sich zu ihm und murmelte ihm etwas ins Ohr. Er hörte zu und warf dann einen Blick auf Sam, ohne daß die Eltern es bemerkten. Sie unterhielten sich, und als Mr. Campion sie beobachtete, sah er deutlich, daß man oben im Projektionsraum dank der vielen Mikrophone viel mehr hören konnte als die einzelnen Gruppen im Auditorium.

»Nein«, murmelte Ludor und sah sich dabei um, ob jemand ihn belauschte. »Die Mutter spielt ein bißchen verrückt. Ich möchte ihn nur deshalb dabeihaben, weil er mit dem, was reinkommt, vielleicht etwas anfangen und uns helfen kann, den älteren zu finden.«

»Er ist zu jung«, sagte sie.

»Niemand ist zu jung, wenn er sich nützlich machen kann, aber er scheint nicht ganz richtig im Kopf zu sein, das behauptet jedenfalls seine Mutter. Hübsches Mädchen übrigens, findest du nicht?«

Die Blonde sah zu Helena hinüber, zuckte die Achseln und errötete, aber diese Reaktion entging Mr. Campion, denn in diesem Moment bemerkte er etwas weitaus Bedeutsameres.

Sam hatte eine ganze Weile auf einem Hocker gesessen und mit dem merkwürdig leeren Gesichtsausdruck eines Menschen vor sich hingestarrt, der an überhaupt nichts denkt. Nun wachte er auf, als habe er einen Befehl erhalten, lächelte freundlich und intelligent, fuhr sich dann mit einem Finger durchs Haar und begann zu schielen, er spielte den Idioten, wie ungezogene kleine Kinder es manchmal tun. Endlich wandte er Ludor demonstrativ den Rücken zu und begann, die Segeltuchrolle, die an der Nahtstelle von Wand und Fußboden um den ganzen Raum herumlief, zu erforschen und so lange mit dem Fuß dagegenzutreten, bis seine Mutter ihm Einhalt gebot.

»Es ist gleich fünf, Sir.« Der Funker hatte mit Thos gesprochen, der noch immer im Eingang zum Nebenraum stand, und kehrte nun zu Lord Ludor zurück. »Im Moment haben wir einen ausgezeichneten Empfang, haarscharf getroffen. Sollen wir es hier hereinlegen, live?«

»Ich denke schon.« Lord Ludor spielte den Liebenswürdigen. Nachdem er seine Wut über das amerikanische Telegramm an Professor Tabard persönlich ausgelassen hatte, schienen ihn die schlechten Nachrichten von den Londoner Experten eher beschwichtigt zu haben. Immer noch verbreitete er eine Atmosphäre starker Verunsicherung, und niemand sonst im Raum hatte sich entspannt, aber er selbst wirkte völlig gelöst und amüsierte sich über seine Lakaien.

›Der Vateraffe‹, dachte Mr. Campion und war sehr zufrieden mit sich selbst.

»Was machen sie im Moment?« Ludors Frage richtete sich an den ganzen Raum.

»Es ist wieder diese Frau.« Thos vergaß sich so weit, daß er direkt antwortete. »Sie nörgelt ständig an ihnen rum.«

»Der junge Rubari hat sich die Hand verletzt, hat sie in einer Schublade eingeklemmt.« Der Funker schaltete sich hastig ein. »Die Gouvernante sagt, mit dem Verband kann er kein Pferd lenken, und sie versucht, den Namen des Reitstalls aus ihm herauszubekommen, damit sie telefonieren und seine Reitstunde morgen früh absagen kann. Er ist ein sturer kleiner Teufel. Den ganzen Tag über geht das schon hin und her.«

»Sagten Sie nicht, sie sei gar nicht seine Gouvernante?«

»Das ist sie auch nicht. Sie ist mit dem kleinen Daumier gekommen, sozusagen als Aufpasserin. Mit Gouvernanten, wie ich sie kenne, hat sie kaum Ähnlichkeit.«

»Haben Sie denn so viel Erfahrung damit?«

Der Funker zögerte, und Mr. Campion, der ihn von oben direkt im Blickfeld hatte, sah, wie es zwischen seinen dicken, kahlen Lidfalten aufblitzte. Er widerstand jedoch der Versuchung und meinte nur gelassen: »Ich glaube, eigentlich ist sie ein Au-pair-Mädchen. Einer von unseren Jungs hat gesehen, wie sie rausgehuscht ist, um einen Brief aufzugeben. Er sagt, sie ist noch sehr jung und trägt eine Brille. Sie soll dafür sorgen, daß die Jungen Englisch sprechen, und außerdem muß sie das Telefon hüten.«

»Und den jungen Rubari schikanieren, wenn er reiten will. Was geht sie das denn an?« Das klang fast so, als sei Ludor persönlich gekränkt. »Na, dann mal los. Lassen Sie hören.«

Der Funker nickte Thos zu, der gab jemandem im nächsten Raum ein Zeichen, und sofort war aus einem Bronzegitter in der Wand eine Stimme mit sehr deutlichem Londoner Vorortakzent zu vernehmen.

»Henri, ich glaube, du solltest es mir wirklich sagen. Es ist schon so spät. Vielleicht machen sie dort bald zu, und wenn du morgen nicht reiten kannst, hast du umsonst bezahlt. Glaube mir, ich verstehe etwas vom Reiten. Meine ganze Familie...«

»Es ist fünf Uhr«, unterbrach eine helle, höfliche, junge Stimme. »Bitte, Mademoiselle, Sie 'aben versprochen...«

»Schön, Grégoire, aber warum kann ich nicht hierbleiben?«

»Weil Ihre Brille im Weg sein würde.« Eine dritte Stimme, lachend und ein wenig brutal, schallte in den Raum, und dann waren keuchendes Gelächter und das Schlagen einer Wohnzimmeruhr zu hören. Sam zupfte Helena am Ärmel.

»Das ist der alte Rubari...«

»Still, mein Lieber.«

»Ich gehe jetzt und rufe alle Reitställe in ganz Paris an...«

»Das können Sie gar nicht, weil das Telefon hier drin steht...«

»Dann müßt ihr eben im anderen Zimmer spielen...«

»Ich nehme Ihnen die Brille weg; dann können Sie das Telefonbuch nicht lesen...«

»Henri! Geh weg! Henri!...«

»Oh, bitte, Mademoiselle. Sie 'aben uns Ihr Wort gegeben...« Die jüngere Stimme klang verzweifelt.

»Gehen Sie doch selbst raus, meine Liebe.« Rubari schien vor Lachen fast zu ersticken. »Und die Brille lassen Sie lieber weg, ohne sie sehen Sie viel besser aus.«

»Henri! Du wirst sie zerbrechen, Henri!«

»Oh, bitte! Longfox wird schon warten. Bitte.«

»Henri, du sollst mich nicht küssen. Das ist nicht nett, du bist noch zu jung... Na schön, wenn ihr so lästig seid, dann lasse ich euch eben zehn Minuten hier allein.«

Ein Schwall von Störgeräuschen, dazwischen mehrfach ein ominöses Klicken und Kreischen, schließlich das Geräusch einer zuschlagenden Tür. Die Verbindung stand noch. Ludor begann zu lachen.

»Was kostet das Ihre Firma, Knapp?«

Thos warf seinem Partner einen rachsüchtigen Blick zu, der bedeutete ihm zu schweigen, und schließlich gewann der Lautsprecher wieder die Oberhand.

»... beeilen.« Grégoires klare Stimme klang schrill vor Ungeduld. »Wir haben uns verspätet. Henri, hast du die Botschaft? Du hast sie doch aufgeschrieben, oder nicht?«

»Ich hasse dieses blöde Weib. Ich will morgen reiten.«

»Na schön. Reg dich doch nicht so auf. Zuerst erledigen wir das. Es ist schon fast sieben Minuten nach fünf. So. Jetzt denken wir beide gleichzeitig: *Ein Clown mit einer Flasche in der Hand springt durch einen papierbespannten Reifen.* Siehst du das im Geiste vor dir? In Farbe, bitte.«

»Ja, natürlich. Ich sehe es sogar mit meinen Augen, da draußen auf der Reklametafel.«

»Das ist nicht dasselbe. Es muß in unserem Geist sein, glaube ich. Schließ die Augen. Also, wir denken es beide gleichzeitig und schnell: *Ein Clown mit einer Flasche in der Hand springt durch einen papierbespannten Reifen, und das Wort heißt ...«*

»Das ist unfair. Worte empfängt man nie. Longfox sagt ...«

»Laß nur, wir versuchen es wenigstens. Jetzt: Wir versuchen dir folgendes zu sagen, Longfox: *Ein Clown mit einer Flasche in der Hand springt durch einen papierbespannten Reifen, und das Wort heißt ›Prosit‹!«*

In ihren Grenzen war es eine eindrucksvolle Demonstration. Die am Experiment Beteiligten waren ganz in ihr Tun vertieft, Lord Ludor hatte seinen großen Kopf ein wenig schräg gelegt, und seine tiefliegenden runden Augen fixierten finster das Gitter des Lautsprechers.

»Jetzt.« Gregoire hatte noch immer das Kommando. »Wir müssen nach meiner Uhr die Zeit notieren. Schreib es hier auf. Ach komm, Henri! Du denkst nur an das Reiten. Dabei ist es nicht einmal dein eigenes Pferd. Hör auf damit! Was nützt es denn, wenn man ...«

»Na schön.« Rubari zwang sich, höflich zu sein. »Fünf Uhr dreizehn. Ich hab's. Und was machen wir jetzt?«

»Jetzt legen wir unsere eigenen Innies an und warten auf Edward Longfox...«

»Darauf bin ich aber gar nicht scharf. Ich hasse die Innies, man kommt sich damit vor wie im Vogelhaus im Zoo.«

»Das liegt nur daran, daß du so schnell älter wirst. Aber du mußt dir Mühe geben. Ich kann zwar besser damit umgehen, aber du darfst nicht vergessen, daß ich diesen Longfox noch nicht kenne, und ich muß ihn doch herausfinden. Klebt das auch richtig? Ist es warm?«

Eine Pause trat ein, dann war prustendes Gelächter zu hören. »Wetten, daß sie mich waschen will, wenn sie diese Schmiere sieht?«

»Oh, Henri, jetzt sei doch nicht so albern! Ich sehe ja ein, daß Longfox dich mitmachen lassen muß, wegen des Geldes, aber du hast nicht das richtige Temperament dafür. Das ist die Krönung des ganzen Unternehmens. Komm. Wir warten noch zwei Minuten. Ganz locker, nicht verkrampft. Vergiß nicht. Entspannen. Gar nichts tun. Gleich ist es fünf Uhr siebzehn. *Jetzt...*«

»Er läßt mich nicht nur wegen des Geldes mitmachen! Das ist eine Gemeinheit! Wenn du Longfox kennen würdest...«

»Oh, bitte! Sei still. Öffne deinen Geist. Warte.«

Lord Ludor lehnte sich zurück und knurrte. »Was war das?« wollte er wissen. Der Funker hatte etwas gemurmelt.

»Ich sagte, sie sind offensichtlich überzeugt davon, daß sie allein sind.«

»Mir haben Sie erzählt, das *wüßten* Sie.«

»Das stimmt. Außer uns hört sie niemand ab, aber sie haben uns auch mit ihren Apparaten nicht entdeckt.«

»Keiner von ihnen kennt uns. Sie müssen ein bestimmtes Signal unter allen anderen herausfinden. Ist es nicht so?« Er blickte fragend zu Sam hinüber. Es war ein verschlagener, merkwürdig verstohlener Blick unter den schweren Brauen.

Das Kind erwiderte ihn gleichmütig und wandte dann die Augen ab. Ludor lächelte bedauernd und wandte sich wieder dem Funker zu. »Das ist kein Spiel«, sagte er. »Sie sind geschult worden. Irgendwo steckt da ein Erwachsener dahinter.«

»Ja, Sir. Aber ich glaube nicht, daß er sich dort drüben aufhält.«

»Mag sein. Aber Grégoire Grégoire, der Vater des zweiten Jungen, ist ein bemerkenswerter Bursche. Ich wünschte, er wäre bei uns. Was machen wir jetzt? Warten wir ab, bis einer von den kleinen Bälgern glaubt, etwas empfangen zu haben? Wo klingelt denn dieses Telefon?«

»Das kommt von Ihrem Mikro, Sir. Das Telefon steht in Paris, im gleichen Zimmer.«

Die Sekretärin sagte etwas, und Ludor wandte sich ihr zu.

»*Meine* Zeit vergeude ich damit nicht. Du kannst ja gehen, wenn du willst. Jetzt werden sie gleich gestört. Ja, da ist sie...«

»Hör mal, Henri!« Das arme Mädchen hatte einen schrecklich gekünstelten Akzent, der durch das Mikrofon noch verstärkt wurde. »Laß mich sofort rein. Ich muß ans Telefon gehen.«

»Schon gut...«

»Gar nichts ist gut! Wie kannst du es wagen, die Tür abzuschließen? Laß mich rein...!«

»Oh, bitte!« flehte Grégoires kleine Stimme. »Sei doch still, ich höre ja nichts. Es ist Longfox...«

»Edward? Das kann nicht sein!«

»Laß mich sofort rein, Henri. Grégoire...«

»Nun gib schon her, ich höre nichts. Edward? Bist du das?«

»Laß mich sofort rein!«

»Du meine Güte!« Der Aufschrei kam von Ludor, der ungeduldig auf seinem Sessel auf- und abhüpfte. Nie waren seine Größe und seine Primitivität deutlicher ins Auge gefallen. Wie als Antwort auf seinen Ausbruch erwachte der zweite Lautsprecher zum Leben, und das angezapfte Telefon – dergleichen war schließlich die Spezialität von Advance Wires, das Fundament der ganzen Firma – gab widerstandslos seine Geheimnisse preis.

»Hast du's gekriegt, Edward?« In der Aufregung wirkte Rubaris Stimme um einiges kindlicher als vorher. »Sag mal, Edward. Du bist es doch, nicht wahr? Wo bist du denn?«

»Hör zu, Rubari. Das ist jetzt ganz wichtig. Kommst du an ein Fernsehgerät ran?« Die neue Stimme, streng, aber bebend vor Aufregung, jagte Mr. Campion einen Stich der Erleichterung durch die Brust.

»Edward! Wie bist du denn zu uns durchgekommen? Wo bist du überhaupt? Hör zu, wir haben eben unsere Testbotschaft abgeschickt. Hast du sie empfangen?«

»Henri Rubari, du hältst jetzt den Mund und hörst zu! Du mußt um sechs oder wann immer bei euch das Abendprogramm anfängt, vor einem Fernsehgerät sitzen. Es ist einen Tag früher passiert als geplant. Einen Tag früher. Verstehst du? Ich glaube, du wirst alles zu sehen bekommen. Vielleicht wird es übertragen. Aber du darfst die Sendung nicht versäumen, und wenn ihr dort keinen Apparat habt, mußt du dich beeilen.«

»Wo bist du?«

»In London natürlich. Nun sei so freundlich und paß genau auf. Ich glaube, dieser Anruf kostet Unsummen.« Eine Pause trat ein, das Lachen eines Mannes schwebte kurz durch die Leitung, und obwohl sie mehr oder weniger damit gerechnet hatten, erschraken die Zuhörer, als sei ihnen ein Gespenst erschienen.

»Das ist prima!« Wieder Edwards Stimme. »In Ordnung, wir können noch ein wenig weitersprechen. Das Geld spielt keine Rolle. Hör zu – oh, wer ist denn die Frau, die da so schreit? Kannst du das nicht abstellen? Ach so, ich verstehe. Aber jetzt kann sie es ruhig erfahren, es ist fast geschafft. Ich werde dir alles erzählen, wenn wir uns wieder treffen, aber sieh dir heute abend unbedingt die Sendung an. Was?«

»Hast du unsere Übertragung empfangen?« Rubari gab sich so geduldig wie ein Erwachsener. »Nun sei doch mal vernünftig, mein Lieber. Das war doch der Zweck der ganzen Übung. Deshalb sind Grégoire und ich ja überhaupt hier. Hast du ...?«

Lord Ludor nickte beifällig, wie Mr. Campion belustigt bemerkte. Er schien in Rubari eine verwandte Seele entdeckt zu haben.

»Gleich.« Edward konnte sich von seinen eigenen Neuigkeiten noch immer nicht losreißen. »Das hier ist wirklich viel wichtiger. Du wirst es dir nie verzeihen, wenn du kein Gerät auftreibst. Geh in ein Café oder sowas, wenn ihr solche Snobs seid, daß ihr selbst keines habt. Na schön, Rubari, wenn du es verpaßt, dann verpaßt du es eben.«

»Was verpasse ich?«

»*Es.* Alles. Es wurde aufgezeichnet. Wo? Hier natürlich, es hat den ganzen Tag gedauert. Aber mach dir keine Sorgen. Und wegen eurer Testübertragung: Sie war ziemlich schlecht, aber ich glaube, das kommt nicht daher, daß Wasser dazwischen liegt. Ich war immer der Ansicht, daß das keinen großen Einfluß haben dürfte. Was?«

»Was war es dann? Was hat denn nicht gestimmt?«

»Es war einfach nicht lang genug. Nur ein kräftiges, klares Inni und dann vier sehr schwache Nebensignale. Es kam gerade, als ich sehr beschäftigt war, zum Teil mag es also auch an mir gelegen haben. Was?«

»Was war es für ein Signal, du Tölpel?«

»Schön. Sie sagen, ich kann weitermachen. Es ist sehr teuer, also paß gut auf, damit du alles richtig mitkriegst. Bist du soweit? Hast du deine Aufzeichnungen? Also, dann hör zu ...«

»O.k.?«

»O.k. I.I.-Test. Bericht beginnt: Zeit: vier Uhr dreiundzwanzig. Was ist damit? Zu früh? Ja, verstehe. Nun, das ist ja oft so. Ich glaube, mit der Zeit kommen wir nicht klar, meinst du nicht? Das ist nicht unsere Schuld. Das muß ein grundlegender Fehler im System sein. Ach ja. Hoffnungslos ungenau. Richtig. Weiter jetzt: Inni-Signal: Rubari an Longfox. Grégoire nicht erkannt. Starke Störungen. Eine Menge über Zirkus; könnte für mich bestimmt gewesen sein, aber deine Botschaft war sehr klar. Bist du bereit für den nächsten Teil?«

»Bereit. O.k.?«

»O.k.«

»Teil eins. Gedanke: Qualität gut. Dauer: zu kurz. Doppelbild. Farbig. Erkennbar. Botschaft: Was? Ach, genau daran habe ich doch erkannt, daß du es bist, du Esel. Hör zu. Information beginnt. Eins: Das schöne braune Pferd mit der weichen hellrosa Nase wird mich vermissen und vergessen. Zwei: Die Frau hat mir die Hand verletzt. Hast du das? Rubari!«

»Ja, alles da.«

»Schön, dann mach mal Dampf dahinter. Teil zwei: Gefühl. Eins: Starke Traurigkeit. Tief bis schmerzlich. Zwei: Gereiztheit und Haß. Stufe fünf. Das ist für Haß ganz schön hoch. Ende der Botschaft. Wie war das?«

»Mein Gott!« Lord Ludor kam schwerfällig auf die Füße und ging, ohne auf lose Kabel, kleine Antiquitäten oder sonstige Dinge zu achten, die im Weg standen, durch den Raum. »Mein Gott!« sagte er noch einmal, und dann fügte er unvermittelt hinzu: »Sie haben es geschafft. Die Übertragung ist nicht gut, aber der Empfang ist da. Was ist los mit dir?«

Die letzte Frage galt der Sekretärin, die aufrecht dasaß und ihn entsetzt anstarrte.

»Das war doch sein *Geheimnis*«, sagte sie. »Daß er Angst hatte, das Pferd würde ihn vergessen. Genau das *wollte* er doch nicht verraten...«

»Ja, aber diese Botschaft ist rübergekommen, auf welche Weise auch immer. Das... ach so, jetzt verstehe ich, was du meinst.« Er schwieg einen Moment lang, und als er wieder das Wort ergriff, klang es, als wollte er eine Rede an die ganze Insel halten.

»Ich will diesen Jungen haben«, sagte er, und es klang, als wolle er am liebsten ›Abrakadabra, Hokuspokusfidibus‹ hinzufügen, überlegte Mr. Campion und hätte beinahe gelacht. »Und ich will ihn hier haben.«

Als Antwort ertönte die Stimme eines Mannes aus dem Telefon weit weg in der Pariser Wohnung.

»Henri Rubari.« Der Sprecher strahlte große Autorität aus, und seine Stimme kam mehreren der Anwesenden entfernt bekannt vor. »Ich freue mich sehr, dich kennenzulernen und möchte dir gratulieren. Du bist an der Pionierphase einer der bemerkenswertesten Entwicklungen unserer an Wundern so reichen Zeit beteiligt...«

Die schwülstige Ausdrucksweise war leichter zuzuordnen als der Tonfall, und die Erkenntnis traf Mr. Campion, einen Sekundenbruchteil, ehe die Stimme weitersprach, wie ein Keulenschlag.

»Hier spricht Leonard Rafael, Chefredakteur des *Daily Paper*. Ich bin in meinem Büro in der Fleet Street, und Lord Feste, der Besitzer des Blattes, läßt dich grüßen...«

22

Durchbruch 1

Mr. Campion, der mit Luke auf dem Beobachtungsposten geblieben war, stellte fest, daß eine Niederlage interessante Auswirkungen auf Lord Ludor hatte. Sie verstärkte seine Menschlichkeit, während sie gleichzeitig seine Größe reduzierte. Er hatte das bedauernde Lächeln und das leicht angeschmutzte oder zumindest unscheinbare Aussehen des resignierten Verlierers angenommen, und die Atmosphäre hatte sich merklich verändert.

Wer vorher gezittert hatte, war jetzt bekümmert, und allenthalben tauten die Menschen auf und wurden als Persönlichkeiten erkennbar, die ihn ganz vorsichtig ein wenig anpöbelten, um sich zu vergewissern, daß er noch nicht tot war.

»Ich hatte nicht die leiseste Ahnung«, sagte er zu der blonden Sekretärin, die gewachsen zu sein schien und jetzt so aussah, als käme sie ganz gut allein zurecht. »Und nicht einmal du kannst wissen, wie verdammt witzig das ist! Notiere dir folgendes: Pa Paling kommt auf die schwarze Liste.«

Sie sah ihn erschrocken an. »Wird das nicht...?«

»Natürlich. Damit werden ein Dutzend Pläne über den Haufen geworfen, aber das muß eben sein. Ich will sein verfluchtes Lispeln nie wieder hören und sein Gesicht nie wieder sehen. Auch der Name ›*Clew*‹ ist fortan in allen Firmen und allen Abteilungen des Konzerns ein Schimpfwort.«

»Schön, aber ich habe dich gewarnt.«

»Ich werde es nicht vergessen.« Er schien sich fast zu amüsieren und hatte sogar seine Krawatte gelockert und seinen mächtigen Hals entblößt. Das war der Ludor von vor zwanzig Jahren, als Rückschläge noch häufiger vorgekommen waren.

»Wo ist Vaughan-Jenner?«

»Hier, Sir.« Drasil war bereits hinuntergegangen, und er nahm sich als einziger mehr in acht als zuvor, weil er erkannte, daß die Bestie nun noch gefährlicher war. Der ältere Mann musterte ihn mit schiefem Blick. Normalerweise hätte er sich mit einem Knurren zu der eleganten, aber ausgefallenen Kleidung geäußert, aber jetzt entschied er sich gegen derart persönliche Bemerkungen. Statt dessen befahl er: »Gehen Sie zu Professor Tabard und bringen Sie ihm bei, daß ich bedauere, was vorgefallen ist. Tragen Sie so dick auf, wie Sie wollen, aber sorgen Sie dafür, daß er die Entschuldigung annimmt.«

Der junge Mann starrte ihn verdutzt an, aber die Röte, die ihm ins Gesicht geschossen war, wich wieder, als er lachte. »Ich kann's versuchen.«

Ludors tiefliegende, runde Augen musterten ihn finster. »Bleiben Sie dran. Nicht nachgeben. Sagen Sie ihm, nach meinen jüngsten Informationen befindet sich Lord Feste im Moment in den USA. Am Sonntag hat man ihm in der Universität von Boomville irgendeine Ehrendoktorwürde verliehen, und ehe er zu der Feier ging, muß er mit Rafael gesprochen haben, der stets engen Kontakt mit ihm hält. Gott weiß, wem er davon erzählt hat, aber das ist die Erklärung für das Telegramm.«

»Ich verstehe.«

»Sagen Sie Tabard, Mayo muß unverzüglich ersetzt werden, und diesmal mit anständiger Bezahlung. Nehmen Sie diesbezüglich direkt mit dem Londoner Büro von Godley's Kontakt auf – Mr. McBain. Ich weiß nicht, wieviel Feste Mayo zugesteckt hat.«

»Verzeihung!« Die Blondine stellte sich vor aller Augen als ein Machtfaktor heraus. Sie brachte ihren Einwand nur murmelnd vor, aber er war offenbar begründet.

»Ich weiß es nicht!« schrie er abwehrend. »In dem Telegramm wurde ausdrücklich Tabards Team erwähnt. Diese Dinger, die jemand an den Kindern ausprobiert und um derentwillen Mayo bereits getötet wurde, sind vielleicht nicht direkt von ihm hier hergestellt worden, aber jemand muß nach seinen Informationen gearbeitet haben. Vaughan-Jenner?«

»Ich bin noch da.«

»Beschwichtigen Sie Tabard. Sorgen Sie dafür, daß er sich die Sendung ansieht. Gibt es da drüben ein Gerät?«

»Das neueste Modell; er sitzt die ganze Zeit davor.«

»Du lieber Himmel! Warum das denn?«

»Es gefällt ihm. Wahrscheinlich hat er die Vorankündigung bereits gehört.«

»Setzen Sie sich zu ihm und sehen Sie es sich mit an. Ich will wissen, wie er reagiert. Die Sendung kommt auf QTV, Festes eigenem Kanal. Sieben Uhr. Sie müssen sich beeilen.«

Aus dem Projektionsraum beobachteten Mr. Campion und Luke, wie die flotte Gestalt kurz stehenblieb und mit erhobenem Daumen zu ihnen hinaufsignalisierte, ehe sie verschwand. Der Polizeichef schüttelte seinen kurzgeschorenen Kopf.

»Ich kann mir nicht vorstellen, daß jemand sich darauf freut«, sagte er düster. »Für mich ist die Vorstellung einfach gräßlich, viel schlimmer als das Ende der Welt. Es wird in der Tat das Ende meiner Welt sein, wenn die Sache mal ins Rollen kommt. Du brauchst dir nur mal auszumalen, was das bedeutet. Neue Heucheleien, neue Sitten, neue Moral, neue Verkaufsmethoden, neue Beziehungen, neue . . .«

»Eine neue Welt«, ergänzte Mr. Campion. »Wir müssen uns wohl damit abfinden, Charles, aber bis es soweit ist, wenden wir weiter unsere alten kriminalistischen Methoden an. Was im Namen der Vernunft ist deiner Ansicht nach eigentlich passiert?«

»Wenn ich das wüßte«, seufzte der Polizeichef, und er hatte keine Zeit mehr, sich weiter darüber auszulassen. Die Tür zur Eisentreppe hatte sich einen Spalt breit geöffnet, und jetzt schob sich der Präsident von Advance Wires herein. Er hatte ein kleines Tonbandgerät bei sich und stellte es auf den Kasten an der Wand.

»Eben ist eine Nachricht reingekommen, Bert«, sagte er. »Von deiner besseren Hälfte. Unsere Burschen waren vom Pfarrhaus abgezogen worden und wollten gerade zusammenpacken, als sie das hier vom Wohnzimmerfenster aus ins Mikro bekamen. Sie dachten, es sei vielleicht von Interesse, deshalb haben sie es direkt übertragen. Feeoh schickt es dir mit besten Grüßen. Wenn man sie in Rage bringt, hat sie ein ganz ordentliches Mundwerk, was?«

Er setzte die kleinen Spulen in Bewegung, und nach einem kurzen, die Spannung steigernden Rauschen tönte Amandas schöne Stimme durch den Raum. Die beißende Schärfe ihrer Wortwahl überraschte sogar ihren Gemahl. Sie äußerte sich in Form einer Erklärung, die ohne Pause, ja offenbar sogar ohne Atemholen abgegeben wurde:

Lady Amanda Campion übermittelt dem Heer von rückgratlosen Tölpeln, die die Dreistigkeit hatten, während der vergangenen sechsunddreißig Stunden das Haus ihres Onkels ›anzuzapfen‹, ihre besten Grüße und möchte ihnen hiermit mitteilen, daß die Verbindung zu Edward Longfox niemals abgerissen ist, trotz der damit verbundenen Unannehmlichkeiten für seine Freunde und seine Familie, die sich gezwungen sahen, diverse Täuschungsmanöver durchzuführen. Nachdem die Notwendigkeit der Geheimhaltung nun nicht mehr besteht, möchte sie dem dicken jungen Mann in den Stoffstiefeln und seinen Helfern raten, sich heute abend um neunzehn Uhr eine Sendung auf QTV *anzusehen. Sie tut das nur, weil sie befürchtet, daß Techniker, die es geschafft haben, die Tatsache zu übersehen, daß die alte Dame, die neben dem Pfarrhaus wohnt und es ständig aufsucht, um so viele saubere Chorhemden zu bringen, wie ein Geistlicher nicht einmal in einem ganzen Monat von Reinigungszeremonien verbrauchen könnte, ebenfalls Telefonanschluß hat, vielleicht auch eine Ankündigung versäumen könnten, die den jungen Mann betrifft, nach dem sie suchen, und die vor über einer halben Stunde im öffentlichen Rundfunk ausgestrahlt wurde. Gute Nacht.*

Thos lachte leise. »Sie hat eben Stil«, sagte er. »Ich höre mir das gerne an, aber ich wollte es doch lieber dir und nicht der Firma geben. Das Kind hat also die ganze Zeit bei dem alten Mädchen nebenan geklingelt, was? Und sie hat den anderen mit der Wäsche Zettel eingeschmuggelt. Die Menschen sind heutzutage aber auch wirklich hinterlistig. Als ich noch ein Dreikäsehoch war, hätten sich Kirchenleute noch nicht so benommen.«

Luke seufzte. »Jedenfalls wissen sie im Pfarrhaus über die Sendung Bescheid«, bemerkte er. »Bestimmt sitzen sie alle bei den Talismans um den Küchentisch herum und sehen sie sich von dort aus an. Ich wünschte, ich wäre auch dabei. Ich hasse dieses Gebäude!«

»Das liegt an der Isolierung«, erklärte Thos unerwartet verständnisvoll. »Die legt sich aufs Gemüt, wenn man nicht daran gewöhnt ist. Warum gehen Sie nicht raus und vertreten sich ein wenig die Beine?« Er zwinkerte Mr. Campion zu, als er diesen Vorschlag machte, und sobald sie allein waren, trat er mit unheilvoller Vertraulichkeit dicht an ihn heran.

»Wie sieht's denn nun aus?« erkundigte er sich ängstlich. »Ich hab' dem Funker erklärt, du bist der einzige, dem man vertrauen kann. Du bist ein alter Freund von mir. Aus meiner anrüchigen Vergangenheit, hab' ich gesagt! ... Bert wird uns alles erzählen, was offiziell so läuft, hab' ich ihm versprochen. Und das wirst du doch auch tun, Kumpel? Also, wie schlimm ist es?«

Mr. Campion erklärte ihm in aller Aufrichtigkeit, er verstehe ihn nicht, und Thos hockte sich auf den Kasten, seine unglaubliche Nase zuckte sichtbar, und in seinen rot umrandeten Augen stand Beklommenheit.

»Nun sei kein Spielverderber«, sagte er. »Das ist das Ende, oder?«

Der dünne Mann brauchte ein paar Sekunden, um zu begreifen, daß Thos wissen wollte, ob das Ludor-Imperium vor dem Ruin stehe. Dann überwältigte ihn das Schauspiel der Ur-Ratte, die sich anschickte, ›ihren Papagei auf die Schulter zu nehmen und in die Boote zu gehen‹, und er begann zu lachen.

»Nein«, sagte er. »Natürlich nicht. Die Sache hat noch gar nicht angefangen. Ich glaube, du hast noch fünfzig Jahre Zeit, bis dein Ermittlungsdienst in Scheidungssachen überhaupt davon berührt wird.«

Thos nahm diese Bemerkung unerwartet ernst. »Mein Gott! Das könnte unsere Scheidungsabteilung völlig durcheinanderbringen«, sagte er. »Ich glaube, du hast recht. Es wird bestimmt noch eine Weile dauern, und das ist immerhin ein Trost.« Er deutete mit einer Kopfbewegung auf Lord Ludor. »Das alte Ekel schafft es vielleicht, die Sache noch zu stoppen. Was meinst du?«

Mr. Campion wollte ihn nicht noch mehr deprimieren und schwieg, aber Thos bettelte weiter: »Ich würde es ihm nicht verübeln, und ’ne Menge anderer, vernünftiger Leute auch nicht. Eine *schöne* Vorstellung ist es doch wirklich nicht, oder? Private Gedanken und so? Der arme Kleine, der da wegen seinem Pferd so traurig war, hat mir richtig leid getan. Und wenn es nun gesetzlich verboten wird?«

»Ich bin ziemlich sicher, daß es dazu kommt.«

»Wirklich?«

Mr. Campion legte eine Hand auf die magere Schulter. Der Mann hatte wirklich Knochen wie eine Maus. »Sei doch nicht kindisch, Thos«, sagte er freundlich. »Du lieber Himmel, ist es jetzt soweit?«

Als Luke vom Watt heraufgestürmt kam, erwachte jeder Bildschirm im ganzen Gebäude, auch der im Projektionsraum, zum Leben, und einen Moment lang war noch das

Ende eines jener ziemlich beängstigenden Werbespots zu sehen, die den Eindruck vermitteln, als leide die gesamte Bevölkerung unter einer Lady-Macbeth-Psychose, und die verstockten Zuschauer drängen, für sich selbst und ihre Wäsche ›Mehr Reinheit als Sie ahnen‹ anzustreben.

Dann trat eine Pause ein, zuckende Lichter rasten über die Schirme, und endlich kam zu den Klängen von *Land of Our Fathers* die Abendsendung von QTV unter Leitung von Giles Jury ins Bild. In der Vergangenheit hatte Mr. Campion oft seinen Augen nicht getraut, wenn auf dem Bildschirm Menschen, die er kannte, wie ausgezehrte Gespenster erschienen, aber heute schien das Medium eine schreckliche Intimität zu verbreiten. Campion spürte zum Beispiel ganz deutlich, daß Jury, ein weltgewandter, etwas überlebensgroßer junger Mann, vermutlich schon vor längerer Zeit darauf bestanden haben mußte, das Gerät selbst auszuprobieren. Es verriet eine Menge über seine Selbstdisziplin, daß die einzige sichtbare Auswirkung ein Hauch von Pathos in seinem unmenschlichen Lächeln war.

Zu seiner Linken saß der alte Peggie Braithwaite und strahlte von seinem glänzenden Kahlkopf bis zum mittleren Westenknopf beneidenswerte Gelassenheit aus. Zweifellos galt das auch für den Rest seines Körpers, nur konnte man den nicht sehen. Leonard Rafael, dunkelhaarig, nervös und noch nicht so eindrucksvoll wie in dem Augenblick, in dem er den Mund öffnen würde, saß auf der anderen Seite von Jury. Edward hatten die beiden zwischen sich genommen. Der Junge hockte entweder auf einem Stapel Bücher, oder er war, seit man ihn zum letzten Mal gesehen hatte, einen halben Meter gewachsen, und er wirkte müde. Niemand hatte ihm gesagt, er dürfe sich nicht kratzen, und die Scheinwerfer strahlten sicher eine beträchtliche Hitze aus, aber er schien entschlossen, die Sache trotz des ständigen Juckens durchzustehen. Sein flammendrotes Haar wirkte so dunkel wie das von Rafael, doch seine Augen blickten kühl und intelligent.

Das fünfte Mitglied der Gruppe war ein Fremder, ein knochiger junger Mann, der wie ein gereizter weißer Bullterrier aussah und das Haar hinten und an den Seiten kurz, am Oberkopf dagegen sehr dicht trug, was zu der fälschlichen Annahme führte, die Person, an die er einen so lebhaft erinnerte, sei gar nicht anwesend. Erst als man ihn als Mr. Reginald P. Yates Braithwaite vorstellte, Chefredakteur des hervorragenden aktuellen Wochenmagazins *The Boy's Technician*, eines Ablegers von *The Daily Paper*, fiel der Groschen.

Die Sendung wurde mit einem Trommelwirbel eröffnet. Giles Jury übertraf sich selbst. Noch nie hatte seine Autorität so eindrucksvoll, so wenig bombastisch gewirkt, seine entspannte Haltung verriet gerade so viel Erregung, daß der Zuschauer spürte, wie wahrhaft bedeutsam dieser Anlaß war.

»Man hört oft, daß Geschichte gemacht wird«, sagte er freundlich, »aber heute abend, glaube ich, trifft diese Wendung wirklich zu. Lord Feste, der Präsident von QTV und gleichzeitig der alleinige Besitzer von *The Daily Paper*, hat uns das Recht eingeräumt, Sie über diese Neuigkeit schon heute zu informieren, anstatt sie bis morgen aufzusparen und exklusiv von der Zeitung verbreiten zu lassen. Er hat das getan, weil er findet – und ich glaube, wenn wir die Ausmaße dieses Durchbruchs erkennen, werden wir ihm alle zustimmen – daß es sich hier um etwas handelt, was weit über den kleinlichen Rivalitäten der verschiedenen Medien stehen sollte. Dies ist etwas, was uns allen gehört.

Das Thema dieser Sendung ist ESP, außersinnliche Wahrnehmung, und weil auf diesem Gebiet soeben etwas Erstaunliches geschehen ist, haben wir unser gesamtes Programm geändert. Etwas später, nach den Nachrichten, werden sich eine Reihe führender Wissenschaftler unseres Landes dazu äußern, die Namen werden wir noch bekanntgeben. Das Interesse an außersinnlicher Wahrnehmung hat sich in den letzten Jahren gewaltig verstärkt, aber schon seit undenklichen Zeiten versuchen die Menschen, nur mit der Kraft der

Gedanken Verbindung miteinander aufzunehmen. Ich werde gar nicht erst versuchen, das näher zu erklären, sondern möchte keine Zeit verlieren, unsere Gäste hier am Tisch vorzustellen, die Ihnen so viel zu erzählen haben: Mr. Leonard Rafael, den Chefredakteur von *The Daily Paper*; Mr. William Pegg Braithwaite, den bekannten Schriftsteller, Rundfunkmann und Wissenschaftskorrespondenten von *The Daily Paper*; den Sohn seines verstorbenen Bruders, Mr. Reginald Yates Braithwaite, Chefredakteur von *The Boy's Technician*; und Edward Longfox, von dem wir später noch mehr hören werden.«

»Peggie, würden Sie uns bitte zuerst einmal genau sagen, was außersinnliche Wahrnehmung eigentlich ist, und uns dann erzählen, was sich aus Ihrer Sicht eben so Erstaunliches ereignet hat?«

Der alte Journalist fing den Ball mit der sicheren Hand eines Kricketspielers auf, und als die vertraute, abwechselnd rauhe und kieksende Stimme an diesem Abend in drei Vierteln der Wohnstuben des Landes zum ersten Mal ertönte, war der Augenblick des Durchbruchs wirklich gekommen. Die Schale zerbrach, und die erste Spitze des neuen Keimlings, fremd, beängstigend, aber herrlich aufregend, drängte ans Licht.

»Außersinnliche Wahrnehmung ist ein kolossal schlechter Ausdruck«, sagte Peggie. »Jedenfalls finde ich das. Das Phänomen, über das wir heute abend sprechen wollen, ist die Verständigung von Geist zu Geist, ob tierisch oder menschlich, ohne Zuhilfenahme bekannter technischer Mittel. Wir haben alle davon gehört, wir sind solchen Erscheinungen – oder jedenfalls Dingen, die eine verdächtige Ähnlichkeit damit hatten – auch hin und wieder selbst begegnet. Einigen von uns gefällt diese Vorstellung nicht, anderen gefällt sie wiederum viel zu gut, und sie lassen zu, daß wir damit zum Narren gehalten werden. Ich kann Ihnen jedoch heute sagen, daß alle Ungewißheit auf diesem Gebiet der Vergangenheit angehört. Der junge Mann, der mit dieser Entdeckung – denn das ist es, ich kann es nicht anders bezeichnen – so viel zu tun hatte, ist heute hier bei uns. Aber zuerst möchte ich Ihnen erzählen, wie *ich* in diese Geschichte hineingeraten bin.« Er räusperte sich und kam zur Sache.

»Letzten Sonntag wurde ich in den frühen Morgenstunden von zwei jungen Männern aus dem Bett geholt. Hier sind sie: Edward Longfox, der Sohn jenes hochbegabten jungen Wissenschaftlers, der vor wenigen Jahren auf so tragische Weise in der Antarktis ums Leben kam, und Reggie Braithwaite, der Sohn meines älteren Bruders Yates, der bis zu seinem Tod im letzten Jahr *The Yorkshire Stagecoach* herausgab. Reggie hat selbst eine großartige Zeitung zu betreuen, und er weiß, wie sehr ich mich dafür interessiere, aber es hat mich doch ein wenig überrascht, als er mich am Sonntag um zwei Uhr morgens zusammen mit einem seiner Leser aufsuchte! ›Aber Junge‹, sagte ich, ›hast du den Verstand verloren?‹ Einen Augenblick später fürchtete ich, das sei tatsächlich geschehen, denn er erzählte mir die unglaublichste Geschichte über eine wissenschaftliche Entdeckung, die ich jemals gehört hatte. Während ich ihn noch anstarrte und überlegte, ob ich einen Krankenwagen rufen sollte, legte mir Edward Longfox etwas in die Hand: dies hier.«

Er streckte seine plumpen Finger aus, die Kamera fuhr darauf zu, und einen Augenblick lang glitzerte in vielfacher Vergrößerung ein durchsichtiger Zylinder auf einem jungfräulichen Klebepflaster im Scheinwerferlicht. Dann verstaute der alte Peggie das Beweisstück wieder in einer prächtigen Schnupftabaksdose. Er sammelte altes Silber, und man sagte ihm nach, er versäume nie eine Gelegenheit, eines seiner Stücke zur Schau zu stellen, um vielleicht auf diese Weise an eine Neuerwerbung zu kommen. Mr. Campion und Luke beobachteten ihn amüsiert.

»Ich hatte meinen Schlafanzug an, und mein Hals war nackt«, fuhr er fort und stellte die Dose auf den Tisch. »Als sie mich daher aufforderten, dieses Instrument auf meiner Halsschlagader zu befestigen, tat ich ihnen den Gefallen, aber ich dachte noch immer, sie wollten sich irgendeinen Spaß mit mir erlauben. Im nächsten Augenblick, du meine Güte! Ich wäre fast durch die Decke gegangen. ›Es ist wahr!‹ rief ich. ›Mein Gott, sie haben es geschafft!‹« Er schüttelte den Kopf, und das Scheinwerferlicht spiegelte sich auf seinem glänzenden Schädel. »Es war eine zutiefst beängstigende Erfahrung«, verkündete er dann feierlich. »Ich wußte, daß überall auf der Welt Wissenschaftler – Bolitho in Amerika, Broberg in Schweden, Fischer in Westdeutschland, Tsybukin und Djudja in Sowjetrußland, Dutruch in Frankreich und unser eigener Professor Tabard auf seiner Insel an der Ostküste, um nur einige zu nennen – immer näher an diese wundervolle Tür zum menschlichen Geist herangekrochen sind, die nun mit diesem kleinen Schlüssel plötzlich aufgesperrt wurde.« Er hielt inne, und seine scharfen, kleinen Augen zwinkerten wissend ins Publikum, als kenne er jeden einzelnen Zuschauer. »Rufen Sie nicht bei uns an; die Tür ist noch nicht offen. Diese Instrumente sind im Handel nicht erhältlich, und um Ihrer aller willen bin ich froh, daß dem so ist. In der jetzigen Entwicklungsphase könnte ein Experiment damit verheerende geistige Auswirkungen haben und wäre unter Umständen sogar gefährlich. Große neue Entdeckungen und der Umgang damit reifen nicht über Nacht zur Vollkommenheit heran. Das wird noch einige Zeit dauern. Der erste Schritt wurde jedoch gemacht.« Ehe Giles Jury ihn unterbrechen konnte, wandte er sich an den Chefredakteur von *The Boy's Technician*. »Reggie, du hast mir eben erzählt, unser junger Freund habe für die momentane Lage einen treffenden Vergleich gefunden?«

Der Ball, der ihm so unerwartet zugespielt wurde, hätte den jüngeren Braithwaite fast aus der Fassung gebracht. Er suchte hilflos nach Worten und enthüllte damit, daß ein liebenswerter Jacques Tati in ihm steckte. Sein Mund verzog sich zu einem breiten Hundegrinsen, das weit auseinanderstehende Zähne und einen jungenhaften Sinn für Humor zum Vorschein kommen ließ. »Er sagte, wir hätten die Spitze des Taschenmessers durch den Deckel der Kondensmilchdose getrieben«, keuchte er schließlich. Edward studierte angelegentlich seine Fingernägel, aber seine Lippen kräuselten sich ein wenig, und Mr. Campion hatte den Verdacht, daß er von der Formulierung selbst recht angetan war.

Nach diesem eigenmächtigen Intermezzo, einem eklatanten Fall von Begünstigung, griff Giles Jury eher besorgt als verärgert ein.

»Und daraufhin haben Sie sich meines Wissens ans Telefon gehängt, Mr. *Pegg* Braithwaite?« soufflierte er entschieden.

»Natürlich.« Peggie besaß immerhin so viel Anstand, daß er ein schuldbewußtes Gesicht machte. »Ich habe mich auf meinen Instinkt verlassen und meinen Chefredakteur angerufen. Hier ist er: Mr. Rafael.«

Der Chefredakteur von *The Daily Paper* hatte bisher wie ein Holzklotz dagesessen, aber jetzt wachte er auf, stellte beide Beine auf den Boden, rückte seinen Stuhl näher ans Mikrophon und trat so geschmeidig in Aktion, als habe man den Motor eines großen Wagens gestartet.

Er hatte eine ganz normale Stimme und ein ganz normales Gesicht, aber er zog mühelos den ganzen Kreis und auch all jene in seinen Bann, die zu Hause vor den Bildschirmen saßen. »Als ich den Telefonhörer neben meinem Bett abnahm, glaubte ich, diesmal übertreibe Peggie aber ein wenig«, sagte er und lächelte vertraulich in die Runde. »Aber schließlich hat er mich überzeugt, und wir verabredeten uns in unserem Büro in der Fleet Street. Dort habe ich ein paar Leute zusammengetrommelt, um einige erste Versuche durchzuführen. Sobald ich sicher sein konnte, daß wir es tatsächlich mit einem echten Durchbruch zu tun hatten und nicht nur mit einer kleinen Erfindung, nahm ich Kontakt zu Lord Feste auf, der sich in Amerika befand. Wie Sie wissen, ist man dort mit der Zeit ein paar Stunden hinterher, und er wollte gerade zu Bett gehen, aber als er hörte, was ich ihm zu erzählen hatte, wurde auch er von der Aufregung angesteckt, und nach einer kurzen Besprechung erhielt ich alle Vollmachten, um mit dem Programm zu beginnen, das wir ausgearbeitet hatten.«

Er brach ab und wandte sich direkt an Giles Jury, der unruhig geworden war. »Oh, ich lehne mich wohl zu weit über den Tisch? Entschuldigen Sie, aber die Sache ist so aufregend, daß ich alles um mich herum vergesse. Nun, es tut mir leid. Das erste, was *ich* wissen wollte, war das, was jetzt auch *Sie* alle interessiert. Wie in aller Welt konnte es zu dieser erstaunlichen Entwicklung kommen? Was hat dazu geführt? Was für Köpfe steckten dahinter? Der Mann, der mir das sagen konnte, war schon zur Stelle – Mr. Reginald Yates Braithwaite.«

Er nickte dem jungen Mann zu, gab aber das Mikrophon nicht ab: Reggie Braithwaite war schließlich nicht *sein* Neffe. »Wie Sie bereits hörten, gibt er eine erfolgreiche Jugendzeitschrift heraus, die der Thousand and One Nights Press gehört, einer weiteren Firma, deren Präsident Lord Feste ist. Mr. Braithwaite hat die Angewohnheit, Leserbriefe zu veröffentlichen, eine anregende und sehr beliebte Spalte, die in seinem Blatt den ungewöhnlichen Platz auf Seite zwei einnimmt. Vor sieben Wochen erhielt er einen Brief, der ihm so gut gefiel, daß er beschloß, ihn sofort zu veröffentlichen, an erster Stelle und mit einer Schlagzeile. Es ist vielleicht nicht unbedingt ein Nachteil, daß *The Boy's Technician* volle sechs Wochen im Druck ist und der Brief daher erst morgen früh erscheinen wird. Ich habe hier jedoch ein Vorausexemplar der Zeitung und möchte Ihnen jetzt, mit Erlaubnis des Chefredakteurs, diesen Brief vorlesen.« Er setzte eine Brille auf, die fast an Scheuklappen erinnerte, und griff nach einem sehr schmalen, sehr neu aussehenden, broschierten Magazin.

»Die Schlagzeile, die Yates Braithwaite dem Brief gegeben hat, lautet folgendermaßen: *Sieben Pfund für Ihre Gedanken*, *aber es lohnt sich, sagt Edward.* Und dies ist der Brief. Ich habe selten ein aussagekräftigeres Schriftstück gelesen, und ich hoffe, Sie werden ihm die Aufmerksamkeit schenken, die es verdient. Hier also der Brief:

Sir,

Es ist vielleicht nicht allgemein bekannt, daß es inzwischen durchaus möglich ist, die Gedanken anderer Menschen in Form von Signalen aufzufangen, die so stark sind, daß sie selbst der schwächste Intellekt entdecken kann.

Die Erforschung von ESP *ist inzwischen gesellschaftsfähig geworden, was früher, als man noch von Telepathie sprach, nicht der Fall war. Doch erst vor kurzem gelang es, und zwar an dieser Schule, ein wissenschaftliches Instrument zu entwikkeln, das einen völlig problemlosen Empfang ermöglicht – außer für Menschen, die zu alt dafür sind.*

Eine Gruppe von Jungen, die alle in irgendeiner Form naturwissenschaftlich interessiert sind, hat sich zusammengeschlossen und folgendes erreicht:

(1) Auf Grund von Forschungen wurde festgestellt, daß das neue Element Nipponamium der wichtigste Bestandteil eines solchen Instrumentes sein muß. Anmerkung: – Wie Sie wahrscheinlich wissen, ist Nipponamium noch nicht lange bekannt, da es auf der Erde nicht vorkommt, sondern erst in radioaktivem Kohlenstoff aus einem Toten Reaktor erzeugt und nachgewiesen wurde.

(2) Derselbe Forscher entdeckte auch, daß der Iris Transistor Semi-Silent, *der von der* No-moto Company of Japan *hergestellt wird, im Verstärkerelement des Gerätes bereits eine winzige Menge dieses neuen Stoffes enthält. Die Firma hoffte auf diese Weise zu erreichen, daß der Ton bei geringer Lautstärke weniger durchdringend, aber dennoch rein klingt und gut hörbar bleibt. Dadurch wären diese Transistorgeräte für Schulschlafsäle etc., wo ein leiser Empfang so wichtig ist, besonders geeignet gewesen.*

(3) Aus einer anderen (ebenfalls japanischen) Quelle erfuhren wir, daß die Produktion des Iris Semi-Silent *eingestellt wurde, weil die Tonqualität nicht viel taugte und weil der Hersteller auf Schwierigkeiten gestoßen war. Die Arbeiter, die mit dem Nipponamium in Berührung kamen, zeigten nämlich Symptome einer mysteriösen Neurose und wollten nach einer Weile nichts mehr damit zu tun haben. (Ich vermute, es waren ausschließlich Erwachsene.)*

(4) Ich erkannte, daß ich schnell handeln mußte, weil vielleicht keine weiteren Iris-Transistorradios mehr nach England eingeführt würden, also wandte ich mich an meinen Freund Henri Rubari, der (schließlich) das Geld zur Verfügung stellte, das benötigt wurde, um nicht weniger als vier Apparate zu kaufen. Diese Geräte sind nur bei der Firma –, – & – von – in Holborn erhältlich, die sie als einzige importieren.

Rafael hielt inne und nahm seine Brille ab. »Wir haben den Namen der Firma gelöscht, um einer internen Vorschrift der Thousand and One Nights Press zu genügen, aber *The Daily Paper* hat alle Fakten überprüft und die erforderlichen Schritte unternommen«, sagte er vollkommen ruhig, dann setzte er seine schwarzen Scheuklappen wieder auf und fuhr ohne weitere Erklärungen fort.

Die Radios kosten pro Stück nicht weniger als sieben Pfund, und deshalb begannen wir erst einmal mit einem, das Henri Rubari kostenlos zur Verfügung stellte, weil er an die Idee glaubte. Ich möchte erwähnen, daß ich das sehr zu schätzen weiß. Mit diesem Gerät und mit den Informationen ausgerüstet, die mein Forschungsbeauftragter für mich besorgt hatte, machte ich mich, unterstützt von den anderen Mitgliedern meines Teams, an die Arbeit.

(5) Da uns klar war, daß natürlich der menschliche Körper die Funktionen der übrigen Radiobauteile einschließlich der Batterie übernehmen mußte, war meine erste Aufgabe, die

geeignete Anschlußstelle zu finden. Wir alle stellten wirklich umfassende Versuche an, und anfangs waren die Ergebnisse enttäuschend. Dann jedoch, und ich glaube, das ist bei solch großen Entdeckungen üblich, stellte sich der Erfolg durch einen Zufall ein. Wir fanden heraus, daß bei den meisten Leuten die beste Wirkung erzielt wurde, wenn man einen Verstärker über die Hauptarterie am Hals klebte, und wir testeten auch verschiedene Klebstoffe. (Mit solchen Albernheiten konnte man sich endlos beschäftigen, und wir vergeudeten eine Menge Zeit damit.) Endlich entschied ich, daß ein gewöhnliches Stück Heftpflaster am praktischsten und gleichzeitig auch am unauffälligsten sei, und als ich unseren kostbaren Verstärker eines Tages in leicht beschädigtem Zustand zurückerhalten hatte, rollte ich ihn in der Zinkmasse, eigentlich nur, weil ich hoffte, daß das Ding damit zusammenhalten würde. Meine Stimmung war wirklich auf dem Tiefpunkt. Und dann, wie ein Blitzschlag! Der Sieg!

(6) Ich konnte den Verstärker erst am nächsten Abend ausprobieren, weil ich Boxtraining hatte, deshalb hatte er einige Stunden Zeit, um in der Masse zu ziehen. Außerdem war es sehr heiß, was wahrscheinlich günstig war, aber das muß erst noch erforscht und wieder und wieder getestet werden.

Jedenfalls bekam ich, sobald ich den Transistor angebracht und mich ruhig hingesetzt hatte, um, wie es erforderlich ist, meinen Geist von allen Gedanken frei zu machen, neben einer Menge anderer, verwirrender Dinge ein eindeutig erkennbares, deutliches Signal von Rubari, der sich unten im Tagesraum aufhielt. Es ging ums Angeln, wofür ich mich nicht interessiere. Er spießte gerade Fliegen auf, und irgend etwas ärgerte ihn, wie es häufig vorkommt. Ich konnte mich sofort bei ihm vergewissern, und dann machte er die Gegenprobe. Ich war wütend auf ihn, weil er an meinen Worten zweifelte, und er empfing, was ich davon *hielt, allerdings nicht genau die Botschaft, die ich sendete. Danach wurde mit großem Eifer* weitergearbeitet, und wir erwarben auch die anderen Geräte. Leider verkaufte das Geschäft die Verstärker nicht einzeln.

(7) Ich möchte keine Behauptungen über das Zink aufstellen, solange nicht die nötigen chemischen und, wie ich hoffe, auch Strahlungstests durchgeführt worden sind. Ohne eine geeignete Laboreinrichtung, zu der ich in Frankreich über einen Freund von Rubari, den wir für die Sache interessieren konnten, Zugang zu bekommen hoffe, läßt sich nicht herausfinden, wie eine so geringe Spur von Zink die winzige Menge Nipponamium in einem kleinen Transistor beeinflussen kann, oder wie das Zink überhaupt herankommt. Frage: Ist es vielleicht gar keine Sache der Chemie, sondern Strahlung? Wenn man bedenkt, wie eine Spur Germanium, die so gering ist, daß sie sich chemisch nicht einmal nachweisen läßt, die Atomstruktur von Aluminium beeinflussen kann, macht man sich zwangsläufig solche Gedanken.

(8) Ich möchte sagen, daß ich diese interessante Entwicklung aus gutem Grund jetzt veröffentliche, ehe noch mehr davon durchsickert. Bei unseren Versuchen mit diesem Instrument haben wir natürlich viele Gedanken von außen aufgefangen, meist von Fremden oder von Menschen, die wir nur flüchtig kannten. Manchmal ging es bei diesen Gedanken um ESP und sogar um unsere eigene Rolle dabei, und manche waren dagegen oder sogar gefährlich, und deshalb habe ich beschlossen, nicht länger zu warten, sondern jetzt zu handeln. Mein Vater war ein sehr berühmter Mann, und als ich noch ganz klein war, hat er mir einmal gesagt, eine Erfindung gehöre dem Land des Erfinders, aber ein Durchbruch gehöre der ganzen Welt. Ich habe sehr gründlich darüber nachgedacht und bin zu der Ansicht gelangt, daß es sich hier um einen Durchbruch handelt. Also muß ihn die Welt übernehmen und so schnell wie möglich daran weiterarbeiten, denn dies ist nichts, wovon ein Teil der Menschheit mehr wissen sollte als der andere, wenn es nicht zur Verschärfung der ernsthaften Irritationen führen soll anstatt zu ihrer Ausräumung. Ich

glaube außerdem, daß naturwissenschaftlich interessierte Männer und Jungen damit eine nützliche Beschäftigung bekommen, was ihr Interesse an Explosionen und der Zerstörung der Welt und ähnlichem Unsinn verringern könnte. Sobald dieses Instrument allgemein in Gebrauch ist, könnte niemand auch nur daran denken, auf den Knopf für eine Bombe zu drücken, ohne daß die davon Betroffenen gewarnt wären. Aber ich muß wiederholen, daß es vor diesem schönen Tag noch viel zu tun gibt. Der Sendevorgang ist bisher nicht kontrollierbar, und der Empfang ist für Erwachsene noch nicht wirklich praktikabel, was im Moment noch sehr dagegen spricht.

(9) Ich möchte nur eine einzige persönliche Bitte äußern, daß nämlich der Verstärker, wenn er einmal voll funktionsfähig ist, nach meinem Vater Longfox' Instant-Informator genannt wird. Außerdem gehört mein Forschungsbeauftragter dem berühmten – Team an, und er sagt zu Recht, das Verdienst, als erste an die Nützlichkeit des Nipponamiums gedacht zu haben, gebühre diesen Leuten.

Ich schicke diesen Brief an The Boy's Technician, *weil ich die Zeitschrift sehr gut finde und meine, sie sollte in den meisten Häusern zu finden sein.*

Ihr sehr ergebener
Edward Longfox
(fast) 12 Jahre

PS Ich habe diesen Brief auf Band gesprochen, und die Sekretärin von Rubaris Mutter hat ihn für uns abgetippt.

23

Durchbruch II

Oben in ihrer Festung wechselten Mr. Campion und Luke einen Blick, als Rafael die Zeitung zuklappte und seine Brille daneben auf den Tisch legte. Er machte ein ernstes Gesicht.

»Das war der Brief«, sagte er. »Yates Braithwaite war der Ansicht, er sollte veröffentlicht werden. Ich hätte genauso gedacht, aber da mir die Mittel des *Daily Paper* zur Verfügung standen, hätte ich zuvor vielleicht ein paar Nachforschungen angestellt. Sie haben nicht einmal ein solches Radio gekauft, nicht wahr?« fügte er hinzu und drehte sich zu dem jungen Mann herum, der mit seinem Erröten und seinem schüchternen Lächeln sofort eine ganze Nation auf seine Seite brachte.

»Sieben Pfund!« murmelte er, und sein keuchendes Lachen beschwor eine Welt des Journalismus' herauf, die Rafael schon ganz vergessen hatte.

Der ältere Mann lachte kurz. »Jedenfalls haben Sie die Sache nicht ernst genommen, und wer will Ihnen das verübeln? Aber Sie haben erkannt, daß es sich um einen echten, wissenschaftlichen Denkansatz handelte, und haben dem Verfasser einen sehr netten Brief geschrieben, den er mir geliehen hat und den ich nun, mit Ihrer Erlaubnis, ebenfalls vorlesen möchte.« Er wartete diese Erlaubnis nicht ab, sondern faltete ein zerrissenes und zerknittertes Stück Papier auseinander.

»Wie man sieht, hat er ihn gehütet wie einen Schatz«, bemerkte er, hielt das Blatt hoch und strahlte die beiden an, während diese den wehmütigen, aber im ganzen doch glücklichen Blick von Menschen wechselten, die feststellen müssen, daß sie ihren Triumph nur aus zweiter Hand genießen dürfen. »Hier ist er: *Lieber Edward, das war ein schöner Brief, und er hat mir gut gefallen. Er wird in unserer Ausgabe vom 12. des nächsten Monats erscheinen. Paß gut auf, daß Du ihn nicht übersiehst. Irgendwann in nächster Zeit mußt Du mir Deinen Instant-Informator zeigen. Vielleicht bin ich schon zu alt, und er ist für meine berufliche Karriere nicht mehr der Leckerbissen, der er hätte sein können, aber es würde mich freuen, mich mit Dir darüber zu unterhalten. Wenn Du in den Ferien nach London kommst, schau doch mal bei mir vorbei. Du brauchst dem Mann an der Tür – er heißt Mr. Cachou – nur Deinen Namen zu nennen und dann in die fünfte Etage heraufzukommen.*

Die Guinea für Deinen Brief wird Dir von unserer Rechnungsabteilung zugeschickt, wahrscheinlich in ungefähr drei Wochen.

Dein guter Freund
Reginald Yates Braithwaite
Chefredakteur

Rafael faltete den Brief zusammen und wollte ihn einstecken, aber Edward streckte die Hand danach aus und verstaute ihn sorgfältig in seinem eigenen Notizbuch. Giles Jury lachte und erschien wieder an seinem gewohnten Platz im Zentrum des Bildschirms.

»Er kennt die Erwachsenen«, sagte er leichthin und wollte seine Herde für die nächste Phase um sich scharen, doch Rafael kam ihm höflich zuvor, und die Kamera folgte wie ein treuloser Hund dem Stärkeren.

»Ich wollte Ihnen diese Briefe vorlesen«, sagte er schlicht, »weil sie erklären, was als nächstes geschah. Am Vormittag des letzten Samstags, Edward war in London, um hier seine Kurzferien zu verbringen, machte er sich auf den Weg, um seinen Chefredakteur zu besuchen. Seine beiden Demonstrationsverstärker waren konfisziert worden, und das beunruhigte ihn. Am Morgen hatte jemand in einer Londoner Straße gezielt versucht, sie ihm abzunehmen, aber das hatte er verhindert. Am Abend wurden sie jedoch, ein großer Glücksfall, wie sich später herausstellte, von einem älteren Verwandten in Verwahrung genommen und ohne weitere Überlegung einem interessierten Besucher übergeben. Mit diesem scheinbar eigenmächtigen und unfreundlichen Vorgehen hat der unfreiwillige Wohltäter jedoch der Gemeinschaft einen kaum zu überschätzenden Dienst erwiesen, denn ohne sein Eingreifen wäre *The Daily Paper* diese bedeutsame Enthüllung gar nicht möglich gewesen. Nach Lage der Dinge mußte sich Edward, nachdem er seine beiden Verstärker eingebüßt hatte, Geld leihen und einen neuen kaufen. Ich betone diese Tatsache, weil es für alle, die mich hören, von größter Wichtigkeit ist, sich darüber klar zu sein, daß dieses kleine Gerät, für dessen magische Eigenschaften sich alle hier am Tisch Sitzenden verbürgen können, tatsächlich letzten Samstag ganz normal in einem Londoner Geschäft gekauft wurde. Seither hat man lediglich zwei Dinge damit angestellt, man hat es teilweise aufgebrochen und in Zinkpflaster gewickelt. Nichts sonst. Folglich hat niemand auch nur den geringsten Anspruch darauf. Niemand kann behaupten, hier würden irgendwelche Geheimnisse des Britischen Verteidigungswesens oder des Verteidigungswesens einer anderen Nation verletzt. Es ist ein ausländischer Artikel, der in dieser Woche auf dem freien Markt erworben wurde, man hat ihn zerbrochen und in ein Pflaster gewickelt, sonst aber nichts daran verändert, und diese Behauptung kann bis auf den letzten Buchstaben beschworen werden, wenn nötig auch vor Gericht.

Nun gut. Um zu Edward und zum letzten Samstagvormittag zurückzukehren: er erledigte seinen Einkauf und ging dann in die Fetter Lane. Aber die Belegschaft der Thousand and One Nights Press kommt am Samstag nicht zur Arbeit, und als er daher die Marmortreppe des Scheherazade House hinaufstieg, erklärte ihm der Mann an der Tür – heißt er wirklich Cachou?«

»Ja«, explodierte Mr. Braithwaite Junior begeistert. »Mit Vornamen Hektor.«

Rafael, der selbstverständlich angenommen hatte, der Brief sei nur ein Scherz gewesen, runzelte die Stirn. »Erstaunlich«, sagte er kalt. »Jedenfalls scheint er ein ausgezeichneter Portier zu sein, denn als er Edwards Geschichte hörte und den Brief sah, schickte er den Jungen nicht etwa weg oder sagte ihm, er solle am Montag wiederkommen, sondern er hängte sich ans Telefon und rief Mr. Yates Braithwaite zu Hause an. Der war ausgegangen, aber Joan Yates Braithwaite war da, und da sie eine großartige Journalistenehefrau ist, bat sie ihn netterweise, den enttäuschten Jungen zu ihr zu schicken. Leider begann von da an ein Versteckspiel. Als Edward kam, waren die Braithwaites nicht da, und so ging es ein paarmal hin und her, aber endlich, spät in der Nacht, trafen sie alle zusammen, und Edward zeigte seinen Einkauf vor. In kürzester Zeit faßte Mr. Yates Braithwaite einen Entschluß. Nachdem er mit einer freundlichen Nachbarin von Edwards Tante Kontakt aufgenommen hatte, um diese über die Abwesenheit des Jungen zu beruhigen, fuhr er mit seiner Frau und ihrem jungen Besucher nach Chiswick, wo sie den vielleicht einzigen Mann in ganz England aufweckten, der so viel umfassendes Wissen über die Seitenwege der zeitgenössischen Naturwissenschaften der ganzen Welt besitzt, daß er sich aus den ihm vorgelegten Beweisen ein schlüssiges Bild machen konnte.« Er beendete seine Rede mit einer Verbeugung vor dem entzückten Peggie, und wieder wollte Giles Jury die Zügel an sich nehmen.

»Ich bin leider noch nicht fertig, mein Lieber.« Rafael war unerbittlich, und ganz kurz war selbst durch die flauschigen Schatten des Mediums ein wenig von der Kraft dieses Mannes zu erkennen. »Bisher habe ich nur die Geschichte erzählt, wie sie *The Daily Paper* vorgelegt wurde. Nun muß ich Ihnen berichten, was *The Daily Paper* in Ihrem eigenen Interesse weiter unternommen hat.

Ich will mir nicht anmaßen, es mit Edwards wissenschaftlicher Systematik aufnehmen zu können, aber ich habe meine Maßnahmen in der Reihenfolge aufgelistet, in der ich sie getroffen habe. Zuerst sorgte ich dafür, jeden Iris-Transistor in meinen Besitz zu bringen, der in diesem Land noch zum Verkauf stand, und ich kaufte auch die wenigen Einzelstücke auf, die ins Herzogtum Luxemburg gegangen waren, das einzige europäische Land, das sie sonst noch importierte. Zweitens nahm ich Kontakt mit Mr. Hyakawa, einem der Direktoren der No-moto Company in Tokio auf, und er war sehr hilfsbereit. Er bestätigte Edwards Geschichte über die merkwürdigen nervösen Störungen, unter denen seine Arbeiter zu leiden hatten, wenn sie mit Nipponamium hantierten, und erklärte, dies sei tatsächlich einer der Gründe, warum seine Firma diesen Stoff nicht mehr verwende. Die Geschichte war in einer Klatschspalte in einem Probeexemplar der Japanischen Handelsnachrichten erschienen, das in Übersetzung eine Zeitlang in diesem Land kursierte. Mr. Hyakawa sagte mir auch, die Formel für die im Iris-Transistor verwendeten Verstärker sei nicht patentiert. Das Ganze sei nur als Verkaufsschlager konzipiert worden, und man halte das Projekt für gescheitert. *The Daily Paper* hat einen Wissenschaftskorrespondenten in Japan, und Mr. Hyakawa hat sich bereiterklärt, ihm alle für die Zusammensetzung und die Herstellung der Verstärker bedeutsamen technischen Daten zu überlassen. Ich glaube, das ist sogar bereits geschehen, und diese wichtigen Informationen werden im Moment in London analysiert. Leider sagte er mir, die Fabrik habe von dem ausgelaufenen *Iris-Semi-Silent*-Modell keine Bestände mehr auf Lager. Die letzten, kleinen Partien könnten in die Tschechoslowakei, nach Frankreich oder auch nach China verkauft worden sein, aber das wurde bisher nicht bestätigt.«

»Hören Sie, Rafael, ich glaube, wir sollten auch etwas über Nipponamium sagen...« Jury stieß seinen Einwand so scharf dazwischen wie einen Dorn zwischen zwei Ziegelsteine, aber er hatte seinen Mann unterschätzt.

»Dafür ist gesorgt«, versicherte der Chefredakteur des *Daily Paper* der Welt. »Morgen früh – die Zeitung ist wie gewöhnlich ab vier Uhr morgens auf den Straßen erhältlich – drucken wir einen ausführlichen Bericht über den Durchbruch im allgemeinen und Longfox' Verstärker im besonderen. Er wurde von Pegg Braithwaite verfaßt, der noch nie so dynamisch war. Sie können alles, was heute auf der Welt über Nipponamium bekannt ist, in einem Artikel von Professor T. P. Symmington von der Cambridge University, sowie alles über den Iris-Transistor, seine chemische Zusammensetzung und den technischen Aufbau lesen. Das Blatt wird Fotografien, maßstabgetreue, von Künstlern angefertigte Zeichnungen und auch eine Kurzbiographie von Edwards berühmtem Vater Richard Longfox aus der Feder eines Schriftstellers enthalten, der ihn kannte. Außerdem finden Sie darin persönliche Stellungnahmen von den Personen, die Gelegenheit hatten, den Verstärker selbst auszuprobieren. Auch ich habe ein paar Worte beigesteuert. Es war eine unheimliche Erfahrung, die ich hoffentlich niemals wiederholen muß, wenigstens nicht in der gegenwärtigen Form! Ich würde nichts lieber tun, als Ihnen jetzt sofort darüber zu erzählen, aber es gibt noch zwei wichtigere Dinge, die wirklich Vorrang haben sollten.

Das erste ist eine Warnung, und ich möchte, daß wir sie alle verzweifelt ernst nehmen. Glauben Sie nicht, daß Rom an einem Tag erbaut wurde. Durchkämmen Sie nicht die Geschäfte nach dem *Iris Semi-Silent*. Rufen Sie weder *The Daily Paper* noch QTV an. Und vor allem, *haben Sie keine Angst*. Ihre Geheimnisse werden noch sehr lange sicher sein. Experten schätzen, daß es Jahrzehnte, vielleicht sogar Jahrhunderte dauern wird, bis die in dieser Entwicklung enthaltenen Chancen realisiert werden. Im Augenblick kann keine Botschaft gesendet oder empfangen werden, für deren Genauigkeit garantiert werden könnte. Momentan wissen wir nur, daß beides zu einem späteren Zeitpunkt mit Sicherheit möglich sein wird. Bis dahin gibt es noch so viel zu tun, daß das Gehirn sich sträubt, auch nur daran zu denken. Wir müssen nicht nur lernen, Gedanken zu übertragen und zu empfangen, es müssen auch zuverlässige Abschirm- und Verschlüsselungsverfahren erfunden werden. Alle Männer und Frauen haben ein Recht auf ihre Privatsphäre, und *The Daily Paper* verspricht Ihnen hiermit, daß wir eine Verletzung dieses Grundrechts niemals zulassen werden. Lassen Sie sich also in dieser Hinsicht nicht beunruhigen, dazu besteht kein Anlaß. Außerdem, sollte jemand von Ihnen zufällig einen seit letzten Mai gekauften Iris-Transistor besitzen – sehr wahrscheinlich ist es nicht, weil nur ganz wenige dieser Geräte abgesetzt wurden –, aber falls es so ist, dann nehmen Sie ihn bitte nicht auseinander, um ihm sein Geheimnis zu entreißen. Er könnte wertvoll sein. Vergewissern Sie sich zuallererst, ob Name und Hersteller stimmen, und nehmen Sie dann, erst dann, mit *The Daily Paper* oder über diese Sendung mit QTV Verbindung auf.

Es gibt jedoch noch etwas – und das ist mein zweiter Punkt –, was Sie, wie ich glaube, für ebenso erschreckend halten könnten wie ich. In den hektischen Stunden, seit ich diese Nachricht erhielt, haben mich aus aller Welt Informationen erreicht, überraschende kleine Dinge, die sich summiert haben und zusammen nichts weniger ergeben als eine Verschwörung, um ein Monopol für Nipponamium aufzubauen! In den letzten Monaten haben weniger als ein halbes Dutzend sehr reicher Firmen und Privatpersonen alle bekannten Vorräte dieses Elements aufgekauft, von dem man bisher glaubte, es sei praktisch so gut wie nicht verwendbar. Morgen früh werden unser Finanzkorrespondent und sein Kollege K. L. Tabbs, der schärfste Rechercheur des *Daily Paper*, dieses Geheimnis gründlich und furchtlos erforschen, und sie werden nicht ruhen, bis die Habgierigen rücksichtslos bloßgestellt sind. Inzwischen besteht, soweit *The Daily Paper* erfahren konnte, weiter kein Grund, eine weltweite Knappheit zu befürchten. Nipponamium kann ohne große

Schwierigkeiten aus den Resten gewisser radioaktiver Kohlenstoffe isoliert werden und ...«

Die Übertragung brach unvermittelt ab. Die Zuhörer bei Advance Wires wurden von der prickelnden Stille völlig überrascht, und erst, als Lord Ludor, gefolgt von dem entsetzten Feeoh, im Eingang des Kontrollraums erschien, bekamen sie eine Erklärung.

»Zur Hölle mit dem alten Ekel!« sagte Thos unerwartet. »Das macht er jedesmal, wenn er sich langweilt. Geht einfach hin und reißt die Hauptsicherung raus. Irgendwann baut er damit noch einen Riesenkurzschluß und bringt sich selbst mit einem Stromschlag um! Wie kann man sich nur so aufspielen? Was?«

Luke berührte Mr. Campions Arm, und sie warfen noch einen Blick auf die Szene unter sich, um dann zur Treppe zu gehen. Sie erreichten Sam noch fast vor Ludor, der erst Helena und Martin hatte umschiffen müssen. Der Junge lehnte, die Hände in den Taschen, an der Bretterwand. Seine Wangen waren leicht gerötet, und er hatte die Augen gesenkt, aber seine Haltung drückte Zufriedenheit aus.

Ludor stützte sich mit einer Hand über Sams Kopf an der Wand ab. Martin, Helena, Campion und Luke bildeten einen Kreis um ihn, und so mäßigte er seinen Ton.

»Du hast also die Forschungsarbeit gemacht. Wer hat dir denn gesagt, daß du zu Professor Tabards Team gehörst?«

»Er selbst.« Sams Blick zuckte nach oben. »Natürlich. Sonst hätte ich ja nicht sicher sein können, oder? Als ich drüben in der Werkstatt mithalf, kam der Professor herein, sah mich an und sagte: ›Ist das einer von Ihren elenden Zwillingen, Mayo?‹ und Mr. Mayo sagte: ›Nein, er ist normal.‹ Dann sagte der Professor: ›Aha, verstehe, er gehört zum Team.‹ So war das.«

»Woher hast du gewußt, daß dieses Transistorgerät Nipponamium enthält?«

»Aus den Werbeinformationen. Man kann sie sich schicken

lassen, wenn man irgend etwas will und nicht das Geld dafür hat. Wenn man dann die Informationen gelesen hat und das Ding immer noch haben möchte, spart man darauf.«

Ludor war interessiert, das war seine große Stärke. »Du hast das ganze kleingedruckte Zeug gelesen? Ich wußte gar nicht, daß irgend jemand das tut.«

»Natürlich. Das ist doch Forschung.«

»Mag sein. Gräßliche Aufgabe. Hast du die Broschüre noch?«

»Nein, sie ging mit meiner Tasche verloren. Ich wußte nicht, wie Edward ohne sie zurechtkommen würde, aber es klappte ganz gut. Er hat den Ball über das ganze Feld gedribbelt, nicht wahr? An allen anderen vorbei. Und dieser Chefredakteur hat ihn direkt ins Tor geschossen, wumm!«

»Du hättest ein zweites Exemplar der Broschüre anfordern können.«

»Geht das denn? Wir hatten doch schon eines bekommen.«

Lord Ludor betrachtete ihn voll Abscheu. »Du bist einfach zu jung«, sagte er, und er meinte es ehrlich. »Wie lange brauchst du noch bis zur Promotion? Zehn Jahre?«

»Schätzungsweise. Wahrscheinlich länger. Ich bin erst knapp neun.«

»Mach deinen Doktor, und dann komm zu mir, ich stelle dich sofort ein.«

»Vielen Dank.« Einen flüchtigen Moment lang schien Sam der Welt entrückt. »Das ist sehr freundlich von Ihnen«, sagte er dann ernst. »Aber glauben Sie wirklich, daß Sie so etwas versprechen sollten? In den nächsten zehn Jahren wird sich sehr viel verändern. Vielleicht haben Sie dann gar nichts mehr für mich zu tun?«

Lord Ludor wandte sich ab und ging zu seiner blonden Sekretärin zurück. »Ich hasse dieses verdammte Gör«, sagte er.

Cyril Hare im Diogenes Verlag

Solo für Lucy

Roman. Aus dem Englischen
von Kurt Bracharz. detebe 21991

Wer ermordete die Sologeigerin Lucy Carless? Ihr erster Ehemann? Oder ihr zweiter? Oder der Frauenheld Bill Ventry? Oder gar ihr Kollege, der polnische Klarinettist Zbartorowski, mit dem sie eine harsche Auseinandersetzung hatte?

»Die Handlung ergibt sich aus musikalischer Sachkenntnis, einer Dickinson-Anspielung, verwoben mit einer delikaten Rechtsfrage. Das alles wird mit erfreulich dezentem Intellekt, mit viel Wärme und Stilgefühl bearbeitet.« *The New York Times*

Selbstmord ausgeschlossen

Roman. Deutsch von Karin Polenz
detebe 21923

Der Service in englischen Hotels kann einen Mann zum Trinken treiben (sofern es die Polizeistunde gestattet), doch sicher selten zum Selbstmord.
Leonard Dickinson aber wird tot in seinem Zimmer im Pendlebury Old Hall Hotel aufgefunden; er starb an einer Überdosis Schlaftabletten. War es Selbstmord? Oder war es Mord, wie Dickinsons Familie nachweisen will, weil sonst ihr Anspruch auf das Geld von der Lebensversicherung erlischt? Inspektor Mallett will die Wahrheit herausfinden, und muß feststellen, daß man im Pendlebury keine heißen Spuren zum Frühstück serviert – wohl aber falsche Fährten.

»A Must for Agatha Christie-Fans.«
Encyclopedia of Mystery & Detection

Tragödie im Gerichtssaal

Roman. Deutsch von Robert Picht
detebe 21638

Anonyme Drohbriefe, Pakete mit toten Mäusen, seltsames Konfekt werden Sir William Barber, dem Strafrichter, ins Haus geschickt, Gas strömt plötzlich in sein Schlafzimmer, und schließlich wird im Dunkeln seine Frau mit ihm verwechselt und niedergeschlagen.

»Cyril Hare (1900–1958) war Jurist und begann seine Karriere in einem Anwaltsbüro, das viele große Kriminalfälle zu behandeln hatte. Er hat es verstanden, etwas Neues in diesem Genre zu bringen…«
Luzerner Neueste Nachrichten

Mörderglück

und andere Detektivgeschichten

Ausgewählt und eingeleitet von
Michael Gilbert und Peter Naujack
detebe 20196

»…Ich jedenfalls gebe für jede dieser kleinen Geschichten den ganzen Edgar Wallace.«
Richard Kirn/Frankfurter Neue Presse

Fanny Morweiser im Diogenes Verlag

Das Medium

Roman. Leinen

Auf der Rückreise aus dem Urlaub geraten Nora, ihr Freund und ihre halbwüchsige Tochter Marilu in eine Kleinstadt, deren verschlafene Idylle die drei magisch anzieht. Aber die Idylle trügt: In der Kleinstadt gibt es zwei Kaufhäuser, die sich wie ein Ei dem anderen gleichen und deren Besitzer sich erbittert bekämpfen.

»Ihre Romane und Erzählungen gehören nie ganz der robusten literarischen Welt an, in der alles so ist, wie es ist. Etwas Gespenstisches weht durch sie hin. Das macht die Originalität der Fanny Morweiser aus: Sie spinnt schreibend vor sich hin wie mit gründlich vergiftetem, doch zartfarbenem und reißfestem Garn.«
Die Welt, Hamburg

Ein Sommer in Davids Haus

Roman. detebe 21059

»Eine Geschichte aus Licht und Schatten, aus Poesie und Bangen geflochten. Fanny Morweiser macht Skurriles so glaubhaft, als gehöre es zum Alltag, und geht mit dem Alltag um wie mit einem wunderlichen Traum. Wie schon in ihren ersten Büchern hält sie auch hier mehr, als sie verspricht. Einzuordnen ist sie nicht, denn es gibt nicht viele ihrer Art. Sie unterhält nicht nur – sie tut das, was man in England ›arrest‹ nennt: sie fesselt.« *Welt am Sonntag, Hamburg*

Die Kürbisdame

Kleinstadt-Trilogie
detebe 20758

Drei Herren aus der besseren Gesellschaft steigen einer zwielichtigen Dame nach und begeben sich dadurch in große Gefahr. Menschen in einem Altersheim widersetzen sich den Anweisungen des Heimleiters, um endlich ihre eigenen Wege gehen zu können. Ein nervöser Zahnarzt gerät plötzlich in einen Anarchistenstreich und findet dadurch sein inneres Gleichgewicht wieder. Solche Stoffe verarbeitet Fanny Morweiser in diesen drei Erzählungen voller schwarzen Humors und versetzt den Leser damit in lustvolles Gruseln.

»Diese schaurig-schönen Erzählungen schockierten mich bei der Lektüre und erinnerten mich unwillkürlich an Roald Dahl, der ebenso wie Fanny Morweiser mit seiner makabren Phantasie den Leser den Atem anhalten läßt. Beide Autoren übersteigern ihre Stoffe ins Groteske und erzeugen dadurch Komik.«
Süddeutscher Rundfunk

Lalu lalula, arme kleine Ophelia

Eine unheimliche Liebesgeschichte
detebe 20608

»Außerhalb jeder Realität, ausgestattet mit dem Personal der deutschen Romantik und der Psychologie einer Daphne du Maurier.«
Norddeutscher Rundfunk, Hamburg

La vie en rose

Ein romantischer Roman
detebe 20609

»Wenn Franz Kafka und Thomas Bernhard Zeitgenossen geworden wären und sich außerdem entschlossen hätten, gemeinsam eine grotesk-komische Geschichte zu schreiben, dann hätte der Roman ›La vie en rose‹ herauskommen können.« *Die Presse, Wien*

Voodoo-Emmi

Erzählungen. detebe 21541

»Wie entledigt sich ein verkanntes Genie seiner kleinlichen Frau? Der Maler gibt Voodoo-Emmi ein Foto seiner Angetrauten, die Emmi wird's schon richten. Das ist eine der elf neuen, geheimnisvollen Geschichten von Fanny Morweiser, und wieder spielen kuriose, nicht alltägliche Menschen die Hauptrolle. Unmerklich überschreitet die Autorin die Grenzen zum Phantastischen, etwas Gespentisches weht durch die Stories hin. Die Pointen kommen eher auf leisen Sohlen daher, sind darum jedoch nicht weniger zündend. Das Ganze: ein höchst originelles, hintersinniges Lesevergnügen.« *Landeszeitung, Lüneburg*

O Rosa

Ein melancholischer Roman
detebe 21280

»Wer kann einem seriösen, soliden Unterricht im Zaubern, besser gesagt im Verzaubern, geben? Wer bringt uns bei, daß die durchaus nicht immer zauberhaften Alltäglichkeiten einem weniger ausmachen, daß man ihnen zum Trotz das Leben, wenn schon nicht ›en rose‹, so doch als eine im ganzen gute Sache zu empfinden vermag? Wer den neuen Roman von Fanny Morweiser, *O Rosa*, gelesen hat, kennt die gute Medizin, die ihm wenigstens zeitweilig helfen kann.«
Neue Zürcher Zeitung

Ein Winter ohne Schnee

Roman. detebe 21693

Ein sanftes, kleines, irres Dorf voll mildem Wahnsinn, mit einem Fährmann, einem kranken Jungen, der in dem Dorf zur Rekonvaleszenz weilt, dem Bund der roten Krähe, der den von Mönchen in grauer Vorzeit vergrabenen Schatz heben will, bevor ein anderer ihnen zuvorkommt, dem unheimlichen kleinen Jungen mit der Mutter, die Anna heißt und eine Hexe ist, dem Krüppel Manni, Joseph...

»Von diesem Roman kommt man nicht los. Er hat Bilder, die schrecklich sein könnten. Wenn sie nicht aus

einem bestimmten Blickwinkel eingefangen wären. Manches läßt sich nur ahnen. Das ist gut so.«
Neue Osnabrücker Zeitung

Indianer-Leo

und andere Geschichten aus dem wilden Westdeutschland
detebe 20799

»Die subtilen Verbrechen der Fanny Morweiser spielen sich in aller Stille, in schönen Landschaften, in alten Häusern, gelegentlich bei lieben älteren Damen ab – und dies soviel gefährlicher als bei Agatha Christie!«
Hannoversche Allgemeine